元曲名篇鉴赏

卷三

王斐 主编

吉林出版集团有限责任公司

目 录

蒲道源
〔黄钟〕人月圆 赵君锡再得雄
...... 497

孙周卿
〔双调〕沉醉东风 宫词（二首）
...... 498
双拂黛停分翠羽 498
花月下温柔醉人 498
〔双调〕水仙子 山居自乐（四首）
...... 499
西风篱菊灿秋花 499
小斋容膝窄如舟 499
功名场上事多般 499
朝吟暮醉两相宜 499
〔双调〕水仙子 赠舞女赵杨花
...... 501

宋槃
〔黄钟〕人月圆 中秋小酌 502

顾德润
〔南吕〕骂玉郎过感皇恩采茶歌 夏日
...... 503
〔南吕〕骂玉郎过感皇恩采茶歌
述怀（二首） 505
蛛丝满甑尘生釜 505
人生傀儡棚中过 507
〔中吕〕醉高歌过喜春来 宿西湖
...... 508
〔中吕〕醉高歌过摊破喜春来 旅中
...... 509

李齐贤
〔黄钟〕人月圆 马嵬效吴彦高
...... 510

曹德
〔双调〕沉醉东风 村居（三首）
...... 511
新分下庭前竹栽 511
茅舍宽如钓舟 512
枫林晚家家步锦 513
〔双调〕清江引（二首） 514
长门柳丝千万结 514
长门柳丝千万缕 515
〔双调〕庆东原 江头即事（三首）
...... 516
低茅舍 516
猿休怪 517
闲乘兴 518

高克礼
〔越调〕黄蔷薇过庆元贞 519
燕燕别无甚孝顺 519
〔越调〕黄蔷薇过庆元贞 520
又不曾看生见长 520

陆登善
〔南吕〕一枝花 悔悟 521

王晔 朱凯
〔双调〕庆东原 黄肇退状 523
〔双调〕折桂令 问苏卿 524
〔双调〕折桂令 答 525
〔双调〕殿前欢 再问 526
〔双调〕殿前欢 答 527
〔双调〕水仙子 驳 528
〔双调〕水仙子 招 529
〔双调〕折桂令 问冯魁 530
〔双调〕水仙子 答 531
〔双调〕折桂令 问双渐 532

〔双调〕水仙子　答 …………… 533
〔双调〕折桂令　问黄肇 ……… 534
〔双调〕水仙子　答 …………… 535
〔双调〕折桂令　问苏妈妈 …… 536
〔双调〕水仙子　答 …………… 537
〔双调〕水仙子　议拟 ………… 538

王仲元
　〔中吕〕普天乐　赠美人 ……… 539
　〔中吕〕普天乐　旅况 ………… 540
　〔中吕〕普天乐　相思 ………… 541
　〔中吕〕普天乐　离情 ………… 542

高安道
　〔仙吕〕赏花时　春情 ………… 543

大食惟寅
　〔双调〕燕引雏　奉寄小山先辈
　　…………………………………… 544

亢文苑
　〔南吕〕一枝花 ………………… 545
　　琴声动鬼神 ………………… 545

吕止庵
　〔仙吕〕后庭花（二首） ……… 547
　　西风黄叶稀　一年音信无 … 547
　　西风黄叶疏　南楼北雁飞 … 548

孙叔顺
　〔南吕〕一枝花　休官 ………… 549

王仲诚
　〔中吕〕粉蝶儿 ………………… 550
　　昨宴东楼 …………………… 550

陈子厚
　〔黄钟〕醉花阴　孤另 ………… 552

真　氏
　〔仙吕〕解三酲 ………………… 553
　　奴本是明珠擎掌 …………… 553

李邦基
　〔越调〕斗鹌鹑　寄别 ………… 554

景元启
　〔中吕〕上小楼　客情 ………… 556
　〔双调〕得胜令 ………………… 557

　　一见话相投 ………………… 557
　〔双调〕殿前欢　梅花 ………… 557

吕侍中
　〔正宫〕六幺令 ………………… 558
　　华亭江上 …………………… 558

吕济民
　〔双调〕蟾宫曲　楚云 ………… 560

查德卿
　〔仙吕〕寄生草　感叹 ………… 561
　〔仙吕〕寄生草　间别 ………… 562
　〔仙吕〕一半儿　拟美人八咏（之一）
　　…………………………………… 563
　　春梦 ………………………… 563
　〔仙吕〕一半儿　拟美人八咏（之八）
　　…………………………………… 564
　　春情 ………………………… 564
　〔越调〕柳营曲　金陵故址 …… 565

吴西逸
　〔越调〕天净沙　闲题（四首选二）
　　…………………………………… 566
　　长江万里归帆 ……………… 566
　　楚云飞满长空 ……………… 567
　〔双调〕清江引　秋居 ………… 568
　〔双调〕寿阳曲　四时（四首之三）
　　…………………………………… 569
　　萦心事 ……………………… 569
　〔双调〕雁儿落过得胜令　叹世
　　（二首之二） ………………… 570
　　春花闻杜鹃 ………………… 570

武林隐
　〔双调〕蟾宫曲　昭君 ………… 571

卫立中
　〔双调〕殿前欢（二首） ……… 572
　　碧云深 ……………………… 572
　　懒云窝 ……………………… 572

赵显宏
　〔中吕〕满庭芳 ………………… 574
　　渔 …………………………… 574

樵 …………………………………… 575
耕 …………………………………… 576
牧 …………………………………… 577

唐毅夫
〔双调〕殿前欢　大都西山 …… 578
〔南吕〕一枝花　怨雪 ………… 579

李爱山
〔双调〕寿阳曲　怀古 ………… 580
〔中吕〕上小楼　自适（四首）
　………………………………… 581
　酒酣时乘兴吟 ………………… 581
　思古来屈正则 ………………… 581
　黑甜浓坦腹眠 ………………… 581
　开的眼便是山 ………………… 581

王爱山
〔双调〕水仙子　怨别离（十首选五）
　………………………………… 583
　凤凰台上月儿弯 ……………… 583
　凤凰台上月儿偏 ……………… 584
　凤凰台上月儿斜 ……………… 585
　凤凰台上月儿低 ……………… 586
　凤凰台上月儿高 ……………… 587

朱庭玉
〔越调〕天净沙　秋 …………… 588
〔越调〕天净沙　冬 …………… 589
〔南吕〕一枝花　女怨 ………… 590
〔大石调〕青杏子　送别 ……… 592
〔双调〕行香子　痴迷 ………… 594

李德载
〔中吕〕阳春曲　赠茶肆（十首选三）
　………………………………… 595
　茶烟一缕轻轻飏 ……………… 595
　黄金碾畔香尘细 ……………… 596
　金芽嫩采枝头露 ……………… 597

程景初
〔正宫〕醉太平 ………………… 598
　恨绵绵深宫怨女 ……………… 598

孙季昌
〔正宫〕端正好　集杂剧名咏情
　………………………………… 599
〔仙吕〕点绛唇　集赤壁赋 …… 602

秦竹村
〔双调〕行香子　知足 ………… 604

李致远
〔中吕〕迎仙客　暮春 ………… 606
〔中吕〕朝天子　秋夜吟 ……… 607
〔中吕〕红绣鞋　晚春 ………… 608
〔中吕〕红绣鞋　春闺情 ……… 609
〔中吕〕红绣鞋　晚秋 ………… 610
〔中吕〕喜春来　秋夜（二首）
　………………………………… 611
　断云含雨峰千朵 ……………… 611
　月将花影移帘幕 ……………… 611
〔越调〕小桃红　新柳 ………… 612
〔越调〕天净沙　离愁 ………… 613

沙正卿
〔越调〕斗鹌鹑　闺情 ………… 614

吕天用
〔南吕〕一枝花　秋蝶 ………… 615

王　氏
〔中吕〕粉蝶儿　寄情人 ……… 616

张鸣善
〔中吕〕普天乐　愁怀 ………… 619
〔中吕〕普天乐　嘲西席 ……… 620
〔双调〕水仙子　讥时 ………… 621
〔双调〕水仙子　题情 ………… 622
　失宫调牌名　咏雪 …………… 623

赵　莹
〔正宫〕塞鸿秋　题情 ………… 624

邦　哲
〔双调〕寿阳曲　思旧（三首）
　………………………………… 625
　初相见 ………………………… 625
　谁知道 ………………………… 625
　尔在东 ………………………… 625

李伯瞻
　〔双调〕殿前欢　省悟（七首）… 626
　　去来兮，黄花烂熳满东篱 ……… 626
　　去来兮，黄鸡啄黍正秋肥 ……… 626
　　去来兮，青山邀我怪来迟 ……… 626
　　到闲中，闲中何必问穷通 ……… 626
　　驾扁舟，云帆百尺洞庭秋 ……… 627
　　好闲居，百年先过四旬余 ……… 627
　　醉醺醺，无何乡里好潜身 ……… 627

杨朝英
　〔中吕〕阳春曲　闺思（二首）… 629
　　浮云薄处瞳胧日 …………… 629
　　沈腰易瘦衣宽褪 …………… 629
　〔双调〕得胜令 ………………… 630
　　日日醉红楼 ………………… 630
　〔双调〕清江引 ………………… 631
　　秋深最好是枫树叶 ………… 631
　〔双调〕水仙子 ………………… 632
　　闲时高卧醉时歌 …………… 632
　〔双调〕水仙子 ………………… 633
　　雪晴天地一冰壶 …………… 633
　〔双调〕水仙子　东湖所见 …… 634

宋方壶
　〔仙吕〕一半儿 ………………… 635
　　别时容易见时难 …………… 635
　〔中吕〕红绣鞋　客况 ………… 636
　〔中吕〕山坡羊　道情（二首之二）
　　……………………………… 637
　　青山相待 …………………… 637
　〔双调〕清江引　托咏 ………… 638
　〔双调〕水仙子　居庸关中秋对月
　　……………………………… 639
　〔双调〕雁儿落过得胜令　闲居
　　……………………………… 640
　〔南吕〕一枝花　蚊虫 ………… 641

陈德和
　〔双调〕落梅风　雪中十事（之十）
　　寒江钓叟 …………………… 643

丘士元
　〔中吕〕普天乐　秋夜感怀 …… 644
　〔双调〕折桂令　相思 ………… 645

王举之
　〔南吕〕金字经　春日湖上 …… 646
　〔中吕〕红绣鞋　秋日湖上 …… 647

贾　固
　〔中吕〕醉高歌过红绣鞋
　　寄金莺儿 …………………… 648

周德清
　〔正宫〕塞鸿秋　浔阳即景（二首）
　　……………………………… 649
　　长江万里白如练 …………… 649
　　灞桥雪拥驴难跨 …………… 649
　〔中吕〕朝天子　秋夜客怀 …… 650
　〔中吕〕满庭芳　看岳王传 …… 651
　〔中吕〕红绣鞋　郊行（三首之二）
　　……………………………… 652
　　穿云响一乘山簝 …………… 652
　〔中吕〕阳春曲　秋思 ………… 653
　〔中吕〕阳春曲　别情 ………… 654
　〔双调〕蟾宫曲 ………………… 655
　　倚篷窗无语嗟呀 …………… 655

班惟志
　〔南吕〕一枝花　秋夜闻筝 …… 656

钟嗣成
　〔正宫〕醉太平 ………………… 657
　　风流贫最好 ………………… 657
　〔南吕〕骂玉郎过感皇恩采茶歌
　　四时佳兴（之一）　春 …… 658
　〔南吕〕骂玉郎过感皇恩采茶歌
　　四景（之二）　花 ………… 660
　〔南吕〕骂玉郎过感皇恩采茶歌
　　四情（之二）　欢 ………… 661
　〔南吕〕骂玉郎过感皇恩采茶歌
　　四别（之一）　叙别 ……… 662
　〔南吕〕骂玉郎过感皇恩采茶歌
　　四别（之三）　寄别 ……… 663

〔双调〕清江引（十首选二）… 664
 秀才饱学一肚皮 …………… 664
 凤凰燕雀一处飞 …………… 664
〔双调〕凌波仙 ………………… 665
 菊栽栗里晋渊明 …………… 665
〔双调〕凌波仙 ………………… 666
 灯前抚剑听鸡声 …………… 666
〔南吕〕一枝花 自序丑斋 …… 667

邵元长
〔双调〕湘妃曲 赠钟继先 …… 670

周 浩
〔双调〕蟾宫曲 题《录鬼簿》
………………………………… 671

郝 经
〔双调〕蟾宫曲 题《录鬼簿》
………………………………… 672

汪元亨
〔正宫〕醉太平 警世（二十首之二）
………………………………… 673
 憎苍蝇竞血 ………………… 673
〔双调〕雁儿落过得胜令
 归隐（二十首选二） ……… 674
 闲来无妄想 ………………… 674
 趋炎真面惭 ………………… 674

孟 昉
〔越调〕天净沙 十二月乐词（九月）
………………………………… 675

一分儿
〔双调〕沉醉东风 …………… 676
 红叶落火龙褪甲 …………… 676

刘婆惜
〔双调〕清江引 ……………… 677
 青青子儿枝上结 …………… 677

萧德润
〔双调〕夜行船 秋怀 ………… 678

杨维桢
〔双调〕夜行船 吴宫吊古 …… 680

倪 瓒
〔黄钟〕人月圆 ……………… 682
 伤心莫问前朝事 …………… 682
〔越调〕小桃红 ……………… 683
 陆庄风景又萧条 …………… 683
〔越调〕小桃红 ……………… 684
 一江秋水澹寒烟 …………… 684
〔越调〕小桃红 ……………… 685
 五湖烟水未归身 …………… 685
〔双调〕殿前欢 ……………… 685
 揾啼红 ……………………… 685

夏庭芝
〔中吕〕朝天子 赠王玉英 …… 687

刘庭信
〔双调〕折桂令 忆别（十二首选三）
………………………………… 688
 想人生最苦离别。三个字细细分开
………………………………… 688
 想人生最苦离别。赐到阳关 … 688
 想人生最苦离别。恰才燕侣莺俦
………………………………… 688

李邦祐
〔双调〕转调淘金令
 思情（四首之一） ………… 690
 花衢柳陌 …………………… 690

邵亨贞
〔越调〕凭阑人 题曹云西翁赠妓小画
………………………………… 691

梁 寅
〔黄钟〕人月圆 春夜 ………… 692

舒頔
〔中吕〕朝天子 ……………… 693
 学骏 ………………………… 693

季子安
〔中吕〕粉蝶儿 题情 ………… 694

高 明
〔商调〕金络索挂梧桐 咏别 … 696

杨舜臣
  〔仙吕〕点绛唇　慢马……… 697

汤式
  〔南吕〕一枝花　旅中自遣…… 699
  〔双调〕湘妃引　旅舍秋怀…… 701
  〔中吕〕满庭芳　武林感旧二首
    （之一）……………………… 702
  钱塘故址……………………… 702
  〔双调〕沉醉东风　悼伶女四首… 703
  讣音至伤心万端……………… 703
  铅华树春风甚早……………… 703
  檀板歌声沉鹧鸪……………… 703
  宝镜缺青鸾影孤……………… 704
  〔越调〕柳营曲　听筝………… 705
  〔中吕〕谒金门　落花二令…… 706
  〔中吕〕谒金门　长亭道中…… 707
  〔正宫〕醉太平　约游春友不至
    （二首之一）………………… 709
  芳尘滚滚……………………… 709
  〔双调〕庆东原　京口夜泊…… 710
  〔越调〕天净沙　小景………… 711
  〔越调〕天净沙　闲居杂兴…… 712
  〔商调〕知秋令　秋夜………… 713

杨讷
  〔商调〕二郎神　怨别………… 714

兰楚芳
  〔南吕〕四块玉　风情（四首选二）
    …………………………………… 716
  我事事村……………………… 716
  意思儿真……………………… 717
  〔黄钟〕愿成双　春思………… 718

胡用和
  〔南吕〕一枝花　隐居………… 719

谢应芳
  〔中吕〕满庭芳（二首）……… 721
  神仙有无……………………… 721
  横山翠屏……………………… 721

徐昶
  〔中吕〕满庭芳………………… 723

  乌纱裹头……………………… 723

施耐庵
  〔双调〕新水令　秋江送别——
    赠鲁渊、刘亮……………… 724

无名氏
  〔正宫〕塞鸿秋　山行警……… 726
  〔正宫〕塞鸿秋　丹客行……… 727
  〔正宫〕醉太平………………… 728
  堂堂大元……………………… 728
  〔正宫〕醉太平　讥贪小利者… 729
  〔仙吕〕寄生草　（二首）…… 730
  花影儿来来往往纱窗外……… 730
  有几句知心话………………… 731
  〔仙吕〕醉中天　咏鞋（十首之二）
    …………………………………… 732
  哀告花笺纸…………………… 732
  〔中吕〕朝天子　志感（二首）
    …………………………………… 733
  不读书有权…………………… 733
  不读书最高…………………… 733
  〔中吕〕红绣鞋………………… 734
  孤雁叫教人怎睡……………… 734
  〔大石调〕初生月儿（四首）… 735
  初生月儿悬太虚……………… 735
  初生月儿一半弯……………… 735
  初生月儿明处少……………… 735
  初生月儿一似弓……………… 735
  〔大石调〕阳关三叠…………… 737
  渭城朝雨泡轻尘……………… 737
  〔小石调〕归来乐……………… 738
  从负郭问桑麻………………… 738
  〔商调〕梧叶儿　嘲谎人……… 739
  〔商调〕梧叶儿　题情………… 740
  〔越调〕天净沙………………… 741
  平沙细草斑斑………………… 741
  〔双调〕蟾宫曲　酒…………… 742
  〔双调〕拨不断………………… 743
  老书生………………………… 743

〔黄钟〕人月圆

赵君锡再得雄①

蒲道源

君家②阴德多多种,重得③读书郎。掌中惊看,隆颅犀角④,黛抹朱妆⑤。

最堪欢处,灵椿⑥未老,丹桂⑦先芳。他年⑧须记,于门高大⑨,车马煌煌⑩。

【注释】

①再得雄:即又生了一个儿子。 ②君家:即赵家。 ③重得,即再得。 ④隆颅犀角:言其天庭(两眉之间)开阔,地阁(额角)方圆,整个额头都是饱满的。隆,隆起。犀角,指额上发际隆起之骨,旧时以为贵相。 ⑤黛抹朱妆:言其眉目俊秀,面颊红润。 ⑥灵椿:古代传说中的神树,《庄子·逍遥游》言"上古有大椿者,以八千岁为春,八千岁为秋。"可见其寿之长,后用以指代父亲。 ⑦丹桂:古以比喻科举及第者,桂与贵同音,丹桂,桂(贵)中显者。宋人窦禹钧有五个儿子,相继全部登科,冯道赠诗云:"灵椿一株老,丹桂五枝芳。" ⑧他年:指孩子长大成龙之后,即作了大官的时候。 ⑨于门高大:即门庭又高又大。于,发语词。 ⑩车马煌煌:言其驷马高车,地位显赫。

【赏析】

这首曲子是祝贺赵君锡又添贵子的,既赞美再得之子的相貌不凡,又祝赵家美满幸福。

开头二句"君家阴德多多种,重得读书郎。"破题,恭维得子之因。"重得读书郎"一句,表明赵家已有一个儿子了,这次所生的是第二个。在封建社会,读书、作官是男人的事,生个儿子就意味着生了一个未来可能飞黄腾达的官人,是值得庆祝的,更何况一连生了两个儿子。所以,在祝贺"重得读书郎"时,作者首先恭维"君家阴德多多种"。一个"种"字,用得极妙,同时还对第二句的点题起了提示作用,两句相互呼应。

接下来句写男孩的相貌。"掌中惊看",一个"惊"字,引人注目,预示着孩儿相貌的不凡。"隆颅犀角",言男孩天庭饱满,气势不俗。"黛抹朱妆"言其眉目俊秀,面颊红润。寥寥几笔,既盛赞了孩子本身,又活化出恭维的人们那种惊叹不已的情状,描绘得生动传神。这种英俊富贵的相貌,也为后面对孩子的展望埋下了伏笔。后部分翻进一层,用"最堪欢处"提起,"灵椿未老,丹桂先芳。",字里行间洋溢着喜庆的气氛,渲染出赵君锡家更加美满,更加充满希望的欢乐氛围。最后三句"他年须记,于门高大,车马煌煌。",祝愿孩子早日登科及第,飞黄腾达,地位显赫。

全曲语言简练,活用典故,虚实相生,雅俗相宜,洋溢着欢快的情绪。

〔双调〕沉醉东风

宫词(二首)

孙周卿

双拂黛停分翠羽①,一窝云半吐犀梳②。宝靥香③,罗襦④素。海棠娇睡起谁扶⑤,肠断春风倦绣图⑥。生怕见纱窗睡缕⑦。

花月下温柔醉人,锦堂中笑语生春⑧。眼底情,心间恨,到多如楚雨巫云。门掩黄昏月半痕,手抵着牙儿自哂⑨。

【注释】

①双拂黛:即两叶黛眉。黛,青黑色,古人用以画眉。停分:平分。翠羽:原指翠绿色鸟羽,这里借以比喻形容黛眉。 ②一窝云:指鬓发,浓云一般的黑发。半吐犀梳:意思是珍贵的犀角作的梳子,在云雾般的青丝中隐约闪光。 ③宝靥香:言脸靥上的涂饰物散发香味。靥,指脸上笑靥,俗称酒窝。 ④罗襦:锦罗做的衣服。 ⑤海棠:指代美人。娇睡:写其意态。谁扶:实是无人扶,言其处境孤独。 ⑥倦绣图:写其失望灰心时的心态。 ⑦睡缕:指翠条睡缕,即杨柳抽条发出新芽。 ⑧"锦堂"句:言宫中华丽的厅堂里,传来了热闹的欢笑声,使人感到春光融融,顿生倾慕之情。 ⑨哂:讥笑,这里是作者自嘲。

【赏析】

第一首小令着力刻画一位年轻美丽的宫女处在幽深寂寞的后宫感伤春光流逝的惆怅心情。前四句"双拂黛停分翠羽,一窝云半吐犀梳。宝靥香,罗襦素。",分别由两组合璧对组成,刻画女主人公的外貌。前两句写眉黛、鬓发,后两句写妆饰与衣着,将女主人公的外形刻画得美丽鲜明,香艳中透出几分清丽素雅,既符合女主人公的身份,又与她当时的心情相契合,为下文埋下了感情伏笔。后面三句"海棠娇睡起谁扶,肠断春风倦绣图。生怕见纱窗睡缕。",描绘了女主人公的情态。作者以一个诘问,提起以下二句,进一步揭示内心世界。"肠断春风倦绣图"一句,道出女主人公内心痛苦,最后一句在此基础上生发出来,补足其内心活动,翠条睡缕本是明媚欢快之景,而女子却"怕见",足见女主人公感伤春光的深情。作者通过描绘主人公反常的心态,将宫女怀春、伤春而怕见春色的心理活动刻画得细致入微。这首小令是词情、声律并美,读起来婉转动人,令人感到余音袅袅。

　　第二首小令表现了寂寞的宫女在孤独的环境里无可奈何、自怜自嘲的情状。开头两句"花月下温柔醉人，锦堂中笑语生春。"，描写了花前月下的良辰美景以及女主人公的所见所闻，由室外到室内，由景到人，勾勒出一幅春宫花月夜锦堂欢乐、春意盎然的热烈图景，与下面所表现的女主人公孤独处境和心情形成鲜明的对比。接下来"眼底情，心间恨，到多如楚雨巫云。"紧承上句，写出所感。主人公的青春被锁在深宫，年华白白流逝，于是心头暗恨滋生。一个"到"字加强了良辰美景对愁和恨的反衬。最后两句"门掩黄昏月半痕，手抵着牙儿自哂。"，女主人公不堪忍受春宫月夜歌舞欢乐对她的冲击和折磨，想要躲进屋里以求解脱，但是月光似乎总是和她过不去，跟着她进入屋内。女主人公百无聊赖，只好用手抵着月牙儿，凝神，在等待，明知不会有什么幸福到来，却又不肯舍弃这种希望，于是对着窗前的月色露出凄凉心酸的笑意。"自哂"二个字，恰当传神地表达出女主人公这种无可奈何的自怜自嘲情状。全曲采用反衬对比的手法，将宫女对于美好生活的向往和孤寂的愁绪写得细腻传神，声情并茂。

〔双调〕水仙子

山居自乐（四首）

孙周卿

　　西风①篱菊灿秋花，落日枫林噪晚鸦。数椽②茅屋青山下，是山中宰相③家。教儿孙自种桑麻。亲眷至煨④香芋，宾朋来煮嫩茶，富贵休夸。

　　小斋容膝⑤窄如舟，苔径无媒⑥翠欲流。衡门⑦半掩黄花瘦，属东篱⑧富贵秋。药炉经卷香篝⑨。野菜炊香饭，云腴⑩涨雪瓯，傲煞王侯⑪。

　　功名场上事多般，成败如棋不待观。山林寻个好知心伴，要常教心地宽。笑平生不解眉攒⑫。土坑⑬上蒲席厚，砂锅里酒汤暖，妻子团圞。

　　朝吟暮醉两相宜，花落花开总不知。虚名嚼破⑭无滋味，比闲人惹是非。淡家私付与山妻⑮。水碓⑯里春来米，山庄上线了鸡⑰，事事休提。

【注释】

①西风：指秋风。　②椽：原指在檩子上架屋瓦用的木条，后用来指房屋间数。③山中宰相：借用南朝梁陶弘景的典故。陶弘景曾隐居勾曲山（茅山，在江苏西南），武帝几次礼聘，均不出，国有大事，辄就咨询，时称山中宰相。　④煨：本指火盆中的火，引申为用火加热烤熟。　⑤斋：书斋。容膝，容纳双膝，仅可容身立足之意，极言书斋之简陋窄小。　⑥无媒：无人来往，杜牧句"无媒径路草萧萧"。　⑦衡门：本指横木为门，喻简陋的房屋，《诗·衡门》："衡门之下，可以栖迟。"后指隐者所居。　⑧东篱：见陶诗"采菊东篱下"。　⑨香篝：熏茶用之熏笼，陆龟蒙《茶坞诗》："遥盘云髻慢，乱簇香篝小。"　⑩云腴：指名贵的云雾茶。　⑪傲煞王侯：极端傲视王侯。煞，很和极的意思。　⑫眉攒：皱眉。　⑬土坑：北方卧榻，土砖砌，能通火取暖。　⑭嚼破：即仔细思量后已经看穿。　⑮淡家私付与山妻：言家道清贫，连最简朴的家务事自己也不用管，自有勤劳的贤妻照料。淡，淡泊。　⑯水碓：春米用之器具。　⑰线了鸡：即腌了鸡，使之长得更肥。

【赏析】

这四首〔水仙子〕，都是抒写山林隐居生活的乐趣，表达对功名富贵的蔑视。

第一首写山居的幽静环境与充满乐趣的躬耕生活，表示对富贵荣华的鄙弃。

开头"西风篱菊灿秋花，落日枫林噪晚鸦。"，二句一开头，用合璧对写景，迎着西风，篱边秋菊绽放着灿烂的花朵，落日的余晖映衬着山间的枫叶，鸦雀归巢在枫林里喧闹。由近看到远眺，从视觉变听觉，勾勒出一幅秋日黄昏山居图。第三句"数椽茅屋青山下"，紧扣"山居"，交代青山旁的间数茅屋。以青山衬托茅屋，别具神韵。然后点出"是山中宰相家"，作者借"山中宰相"自指，表达其山居的旨趣，更见其豪放潇洒的气度。后四句"教儿孙自种桑麻。亲眷至煨香芋，宾朋来煮嫩茶，富贵休夸。"承接"山中宰相家"，铺写山居农家生活的情趣，展开题旨，"教儿孙自种桑麻"，使人自然联想陶渊明"种豆南山下"的躬耕生活；"煨香芋"招待亲戚，"煮嫩茶"以享宾朋，与首句陶渊明采菊东篱一事相呼应，山居自乐，不言而喻。最后以一句"富贵休夸"作结，反衬山居之乐，更见乐在其中。

全曲融写景、叙事、抒情于一体，妙用典故，语言本色，雅俗相宜，声情并佳，格调高雅。

第二首，侧重描写山居中的书斋生活，从另一侧面表现怡然自得的山居乐趣。

开头第一句"小斋容膝窄如舟"，承第一首"数椽茅屋青山下"，由室外写到室内，写其书斋简陋窄小仅能容纳双膝。第二句由室内再到室外，"苔径无媒翠欲流"，因无人来访，庭院小路上长满了青翠欲流的苔藓，别有一番情趣。开头两句用对仗勾勒出了书斋环境与庭院景物。第三句将景物环境补足"衡门半掩黄花瘦"，半掩的柴门、清瘦的黄花，这一切都让淡泊世事而无所追求的主人颇为满足，认为是"属东篱富贵秋"。东篱下的菊花本是清瘦的，不能与富贵的牡丹相比，主人的生活是清贫的，却言"富贵"，表明作者精神上的富有，既领起下文，又突出书斋生活的情趣，可见主人格调之高、语气之豪。接下来"药炉经卷香篝。野菜炊香饭，云腴涨雪瓯"三句，进一步铺写了"富贵秋"。到山中采药；在书斋读书；饭甜茶香，其乐无穷。末句"傲煞王侯"四字总括全篇，使山居自乐的意蕴进一步丰富。

第三首小令写山居生活的天伦之乐。

小令先从功名胜败无凭、官场互相倾轧入笔，展开简朴而愉悦的山居生活。开头二句"功名场上事多般，成败如棋不待观。"，叙写官场里尔虞我诈、明争暗斗的险恶复杂污浊，"不待观"三个字是主人公山居自乐的思想起点。接下来"山林寻个好知心伴，要常教心地宽。"两句，证明描写归隐，与功名场上、成败如棋形成鲜明对比。第五句"平生不解眉攒"承上启下，表现出主人公对社会生活与人生的一种顿悟，与陶渊明"觉今是而昨非"是同一种境界。最后三句，极力铺写山居生活的场景，补足并渲染了其中的天伦之乐。温暖的土坑，热酒暖汤，亲人们的团聚，本就是令人十分羡慕，又与相互倾轧的官场形成鲜明的对照，山居之乐不言而喻，使题旨也得到了深化。小令语言更加口语化，增添了许多韵味。

第四首小令，进一步写山居的闲适乐趣，作者为山居生活所陶醉，最终悟透了名利实乃虚无。

小令前四句从自己醉酒吟诗，不以尘俗为怀写起，表现出顿悟之后对功名的彻底否决。开头两句"朝吟暮醉两相宜，花落花开总不知。"，以合璧对言整天饮酒赋诗，淡忘世事，连"花开花落"时序变化都没有引起注意，就更不用提功名富贵了。三、四两句"虚名嚼破无滋味，比闲人惹是非。"，紧承上文，从根本上否定了功名富贵，并且用一个比喻，把争夺虚名比作闲人惹是生非的无聊之举。以上四句，层层递进，否定了功名，也是对当时黑暗现实的鞭挞。后面四句，铺陈山居生活的闲适之乐。家务事全交给勤劳的贤妻照料，舂米，腌鸡，生活气息浓厚，引人联想，其中蕴含着无穷的乐趣。最后一句"事事休提"收束全篇，极言自己已经得到最大满足，毫无牵挂，怡然自得，其乐无穷。小令充满了生活气息，语言雅俗适度，韵律和谐优美。

〔双调〕水仙子

赠舞女赵杨花

孙周卿

霓裳一曲锦缠头①，杨柳楼心月半钩②。玉纤双撮泥金袖③，称珍珠络臂韝④。翠盘中一榻温柔⑤。秋水双波溜，春山八字愁，殢杀温柔⑥。

【注释】

①霓裳一曲：指霓裳羽衣曲，本是唐代开元年间由西凉传入的波罗门舞曲，天宝十三年经李隆基润色而成，曲终引声徐缓，是宫中经常奏用之名曲。锦缠头：舞女歌妓表演时

多用罗锦缠头，听歌看舞的人常以罗锦作为赏赠，称为缠头。　②杨柳楼心月半钩：从晏几道词《鹧鸪天》"舞低杨柳楼心月"中化出。　③撮：撮弄，舞女的动作，手技。泥金袖：细碎的金屑装饰着舞衣两袖，耀眼生辉。　④臂鞲：即臂套。络：缠绕。　⑤翠盘：比喻其身着翠绿衣裙，旋回而舞时姿态。一榻温柔：意思是充满了温暖与柔情。一榻，言其全部，如一榻糊涂。　⑥殢杀温柔：殢，本是纠缠、困扰的意思，这里有引逗、招惹意。杀，即煞，甚辞，盛赞杨花之招人喜爱，言其实在太温柔，太动人了。

【赏析】

　　这首小令，赞美了舞女赵杨花舞《霓裳羽衣曲》的舞姿优美，舞技高超，及其意态动人。

　　开头二句"霓裳一曲锦缠头，杨柳楼心月半钩。"，交代赵杨花在众人拥簇下尽情歌舞直至深夜的情景，以热烈气氛笼罩篇首，领起全篇。霓裳曲是宫中经常奏用之名曲，用以为赵杨花伴奏，为其舞技不凡埋下了伏笔。"锦缠头"描述了赵杨花舞霓裳羽衣舞及其装扮，"杨柳楼心月半钩"一句，是说一弯明月悬在杨柳掩映的歌舞楼台上空，月已当头照着楼心，而赵杨花纵情歌舞时至深夜，可见场面的热闹。中间三句"玉纤双撮泥金袖，称珍珠络臂鞲。翠盘中一榻温柔。"，描写了赵杨花妆饰的美丽以及高超的舞技和惊人的艺术魅力。一双纤纤玉手撮弄着炫目生辉的泥金舞袖，举起缠绕珍珠臂套的双臂，翩翩起舞。"翠盘"一句比喻鲜明形象，把舞女的技艺和意态同观众感受融合一体。"一榻温柔"，一句形象地再现了赵杨花的舞姿和意态，也是观赏者的感受和评价，赵杨花回旋起舞的优美姿态令观众神魂颠倒。最后三句"秋水双波溜，春山八字愁，殢杀温柔。"，进一步点画赵杨花的眉眼，揭示其意态神情。作者以秋水形容清澈的眼波；春山比喻微皱的黛眉，已经让人产生无限美的联想，而有用一个"溜"字，将美目的羡自流转、顾盼多情写得出神入化。她的娇嗔妩媚，让观赏者陶醉，惊呼赞叹声脱口而出，"殢杀温柔"就是在这种激动场面中道出，收束全篇。

　　这首小令融叙事、描写和抒情为一体，层层递进，情味隽永，浑然天成。

〔黄钟〕人月圆

中秋小酌

宋褧

　　红螺香滟金茎露①，清兴溢璇霄②。玉盘③光冷，云鬟雾湿④，丹阙⑤烟销。

　　□□此夜，明年明月，何似今宵。西风唤我，瑶阶折桂，绮槛吹箫。

【注释】

①红螺：漂亮的酒盅。金茎露：指代美酒。金茎，汉武帝所建，上有金铜仙人捧承露盘。 ②清兴：清高高雅的兴致。溢：充满。璇霄：白玉一般的夜空。 ③玉盘：从李白"小时不识月，呼作白玉盘。"中来。 ④云鬟雾湿：见杜诗《州望月》："香雾云鬟湿，清辉玉臂寒。" ⑤丹阙：应指月宫，由苏词《水调歌头》："不知天上宫阙，今夕是何年？"化出。

【赏析】

这首小令表达了作者在中秋之夜对月饮酒的雅兴和遐思。

曲子前半部分开头二句，从美酒入手，点出题中"小酌"。"红螺香泛金茎露"，铺写酒杯的华美，美酒的珍贵，比起王翰《凉州词》中的"葡萄美酒夜光杯"来，更加华丽富艳；"清兴溢璇霄"，夜色的空明幽静，这一切都激起了作者高雅的兴致。接下来三句正面描写月亮，点明中秋的题旨。"玉盘"从李白诗"小时不识月，呼作白玉盘。"中来，足见月亮的圆润皎洁；"云鬟雾湿"，化用杜甫"香雾云鬟湿，清辉玉臂寒。"的句意，写月下之人；"丹阙"由苏轼"不知天上宫阙，今夕是何年？"化出，形成鼎足之对，从月光之冷，月下人之云鬟雾湿，回到丹阙烟销，上下往复，把天上人间、古往今来联成一体，渲染了光明洞澈的优美境界，丰富了中秋之夜的文化内涵。

曲子的后部分写由赏月小酌引起的遐想，"□□此夜（前二字脱落），明年明月，何似今宵。"，由赏月想到人生，充满对宇宙奥秘的沉思，饱含深刻的哲理，使人对良辰美景顿添无限的珍惜。"西风唤我，瑶阶折桂，绮槛吹箫。"是作者的遐想，西风吹来，主人公从沉醉中惊醒，仿佛乘风进入月宫，踏上瑶阶，折取月中仙桂，倚着绮丽的门槛，吹起幽咽的洞箫，极尽天上人间美好欢乐的情趣，寄托了作者的理想。

〔南吕〕骂玉郎过感皇恩采茶歌

夏 日

顾德润

衔泥燕子穿帘幕，早池塘贴新荷，庭槐堤柳鸣蝉和，扇影罗①，巾岸葛②，花③盈座。

暑气无多，雨声初过，倚东床，开北牖，梦南柯④。灯前恣舞，醉后狂歌，书慵注，琴倦抚，剑羞磨。

挂青蓑，钓沧波，世尘不到小行窝⑤，笑拥青娥娇无那⑥，年来放我且婆娑⑦。

【注释】

①扇影罗：表明人多。罗，即罗列。　②巾岸葛：头巾是葛布做的。岸，本指把头巾推起露出前额，这里指头巾。　③花：指代歌妓舞女。　④"倚东床"三句：牖，窗户。东床、北牖、南柯原先均各有所指，东床可指代女婿，用王羲之典故；北牖，即北扉，唐以来学士院之代称；南柯，代称梦境，用李公佐《南柯记》中淳于棼梦到槐安国故事。　⑤世尘：即世俗。小行窝：远离官场之所居。　⑥笑拥青娥娇无那：即与歌儿舞女私混，表面放荡失检，实际是有意对抗官场世俗，发泄失意后的愤懑。　⑦婆娑：盘旋，停留意。宋玉《神女赋》"既姽于幽静兮，又婆娑乎人间。"

【赏析】

　　这篇带过曲由三个曲牌组成，旨在抒写夏日的景致和主人公的放纵闲散，表达对现实不满的怨愤之情。

　　〔骂玉郎〕前三句"衔泥燕子穿帘幕，早池塘贴新荷，庭槐堤柳鸣蝉和"写景，通过燕子衔泥，池塘新荷，槐柳鸣蝉等物象，景物由近及远，把夏天喧闹活跃的自然景象展现在读者面前，也为下面主人公出场作了烘托。接下来"扇影罗，巾岸葛，花盈座。"三句，写人物活动，仅仅九个字，就勾勒出男主人公在扇影罗列、男女杂陈中，头巾掀起、无拘无束的洒脱行为。作者面对满座歌妓舞女，消磨这清和的首夏。

　　中间的〔感皇恩〕曲，刻画主人公消闲纵乐场面。"暑气无多，雨声初过"二句写天气的变化，雨后暑期消散，自然清新。"倚东床，开北牖，梦南柯。"三句构成鼎足对，对仗工整，巧用典故，除以"南柯"指代梦外，其余均只取字面含义，巧妙地运用方位词展现了人物活动。"灯前恣舞，醉后狂歌"两句，以"灯前""醉后"组成合璧对，进一步补足主人公的兴致。最后"书慵注，琴倦抚，剑羞磨。"，用三个短句排比，从反面衬托主人公以酒消愁、心灰意冷的消闲生活。这部分语句短促，全用排比对仗，文笔雄健纵横。

　　后一部分由〔采茶歌〕完成，写主人公垂钓沧波，笑拥舞女的自由放浪的生活。作者表明狂放颓废，实则是抒发心中积压已久的愤懑之情。"年来放我且婆娑"，可以看出作者心中的感伤怨愤之情，是对当时黑暗官场的一种反抗。

　　乔吉有"凤头、猪肚、豹尾"之说，这首带过曲起首由写首夏清和景致入笔，清新秀丽；中间写闲散行乐的生活场景，纵横尽变；最后写放浪形骸的生活，悠游洒脱，首尾贯穿，意境清新，《太和正音谱》称其曲作为"雪中乔木"。

〔南吕〕骂玉郎过感皇恩采茶歌

述怀（二首之一）

顾德润

蛛丝满甑尘生釜①，浩然气尚吞吴②。并州每恨无亲故③。三匝乌④，千里驹⑤，中原鹿⑥。

走遍长途，反下乔木⑦，若立朝班，乘骢马，驾高车⑧。常怀卞玉，敢引辛裾⑨。羞归去⑩，休进取⑪，任揶揄⑫。

暗投珠⑬，叹无鱼⑭。十年窗下万言书⑮。欲赋生来惊人语，必须苦下死工夫。

【注释】

①蛛丝满甑尘生釜：引用《后汉书·范冉传》的故事，以范冉自比，言自己穷苦困厄之状。甑，木质蒸笼。釜，锅。都是烹饪用的器具。 ②浩然气尚吞吴：引用《孟子·公孙丑》"吾善养浩然之气"和杜甫《八阵图》"功盖三分国，名成八阵图。江流石不转，遗恨失吞吴。"的句意。浩然气，即正气。吞，吞并。吴，三国孙权所建之东吴。吞吴，刘备、曹操等均想吞并孙吴，战胜敌手，统一中国，气概极盛。 ③并州每恨无亲故：化用唐刘皂《旅次朔方》的诗意。并州，本九州之一，指河北保定及山西太原一带。 ④三匝乌：曹操《短歌行》："月明星稀，乌鹊南飞。绕树三匝，何枝可依？"用乌鹊绕树而飞，寻找作巢的枝干，比喻士人寻求归依的情状，正符合作者处境。 ⑤千里驹：良马，用以形容英俊有为的少年，语出《楚辞·卜居》，曲中比喻自己的抱负才干。 ⑥中原鹿：即中原逐鹿。《史记·淮阴侯传》："蒯通对曰：秦失其鹿，天下共逐之，于是高材疾足者先得焉。" ⑦乔木：高大的树木，《诗·伐木》："出自幽谷，迁于乔木。"后借喻地位高升，如祝贺搬迁言"乔迁之喜"。下乔木：当指被谪平江。 ⑧"若立朝班"三句：用汉朝桓典的故事。朝班，朝官排列位次，立朝班，即朝官按所排列位次上朝，立于庭。杜甫《秋兴之五》："一卧苍江惊岁晚，几回青琐点朝班。"骢马，青白色马，桓典为御史，常乘骢马入朝，对宦官秉权无所畏避。 ⑨"常怀"二句：用卞和以及辛毗典。卞玉，即卞和玉，良玉；卞和，春秋楚人，相传他发现一块玉璞，先后献给楚厉王、武王，都被认为是以假玉欺君，被截去双脚。文王即位时，卞和抱璞哭于荆山之下，楚文王使人看望，剖璞加工，果得良玉，称为和氏璧，亦称卞玉。常怀卞玉，言自己有美好的品德才华。裾，衣袍。《三国志·魏志》："文帝欲徙冀州十万户，辛毗谏，帝不答而起，毗

随而引其裾。" ⑩羞归去：指不因身为卑官而退避，以归隐为耻。 ⑪休进取：指不违背自己的节操去攀缘求进。 ⑫任揶揄：指不顾别人的耍笑和嘲弄。 ⑬暗投珠：比喻自己像一颗明珠被投置于阴暗角落，埋没了才华。 ⑭叹无鱼：用战国时齐孟尝君的食客冯谖典，冯谖弹铗（敲击剑把）而歌曰："长铗归来乎！食无鱼。"曲中借以慨叹自己之不遇。 ⑮十年窗下万言书：言长期埋头写作，为的是拿出有益于国计民生的言论主张，向皇帝献策。万言书，大臣给皇帝的上书。赵升《朝野类要·四》云："万言书，上进天子之书也。"

【赏析】

　　这是一首由三个曲牌组成的带过曲，抒写作者怀才不遇、壮志难酬的痛苦愤懑之情和对美丑善恶不分的社会的控诉。

　　开头〔骂玉郎〕一曲，一共六句，连用七个典故和前人诗意，铺写自己所处的环境以及自己的才干和抱负。开头二句，借范冉自比，引用孟子的"吾善养浩然之气"和杜甫《八阵图》的诗意，言自己虽处境艰难困厄，但心中仍充满浩然之气，有坚持正义的进取精神。第三句"并州每恨无亲故"，化用唐刘皂《旅次朔方》的诗意，抒发思乡之情，此句翻腾转折，有承上启下的作用。后面"三匝乌"三句，形象展现自己的追求、抱负和理想。"三匝乌"借曹操《短歌行》诗句，写作者自己无所归依的处境；"千里驹"比喻自己的才华；"中原鹿"表达自己的理想抱负。这三句，巧妙连用典故，组成精巧工整的鼎足对，精巧工整，奇妙无比。

　　中间十句〔感皇恩〕，写作者在官场上东奔西走，风尘仆仆，不被升迁，反因直言被贬谪，进一步深化了题旨。作者连用《诗经·伐木》中的"乔木"、汉代桓典、楚国卞和、魏时辛毗四个典故，写自己空有才华和敢于直谏的勇气，结果还是落得个被贬平江为吏的下场。最后"羞归去，休进取，任揶揄。"三句排比，承接上文，描写作者欲进不能、欲退不忍的矛盾复杂的心态，刻画得细腻传神。

　　最后部分〔采茶歌〕，共五句，句句用韵。作者感慨自己怀才不遇，如明珠投暗，无人赏识，只好像冯谖弹铗而歌曰："长铗归来乎！食无鱼。"而自己"十年寒窗"写就的万言长策，也不值一文，怎能不愤懑？最后两句"欲赋生来惊人语，必须苦下死工夫。"，语义激愤，暗用杜甫"语不惊人死不休"意，表达作者要为理想奋斗的进取精神。至此，一个怀才不遇，身沉下僚，却勇于坚持自己的节操和政治理想的正直士人形象被塑造地十分饱满。

　　全曲九十多字，多处用典，将作者的处境、生平、理想抱负、复杂的内心活动作了充分表达，意蕴深邃，排对工整，语言通俗，真不愧为"雪中乔木"。

〔南吕〕骂玉郎过感皇恩采茶歌

述怀（二首之二）

顾德润

人生傀儡棚中①过，叹乌兔②似飞梭。消磨岁月新工课，尚父蓑③，元亮歌④，灵均些⑤。

安乐行窝⑥，风流花磨，闲呵诹⑦，歪嗑牙⑧，发乔科⑨。山花袅娜⑩，老子婆娑⑪。心犹倦，时未来，志将何。

爱风魔，怕风波，识人多处是非多，适兴吟哦无不可，得磨跎处且磨跎⑫。

【注释】

①人生：指自己的生平。傀儡：本指木偶或木土偶像，在这里指胸无主张，俯仰随人的人。棚中：小屋，简陋的居处。 ②乌兔：古代传说，日中有金乌，月中有玉兔，由日月运行之快而联想的。左太冲《吴都赋》云："笼乌兔于日月，穷飞光之栖宿。"乌兔代表日月、时光。 ③尚父蓑：蓑，钓鱼。周武王称吕尚为尚父，即姜子牙，姜子牙在遇文王前，垂钓于溪，等待时机。 ④元亮歌：元亮，陶渊明，字元亮。元亮歌，像陶渊明那样，虽环堵萧然，不蔽风日，但"常著文章自娱"。 ⑤灵均些：像屈原那样写作《离骚》，行吟泽畔。灵均，出自《离骚》，指屈原。些，语末助词，沈括《梦溪笔谈·三》，"今夔、峡、湖、湘及南北江獠人，凡禁咒句尾皆称'些'。此乃楚人旧俗。" ⑥安乐行窝：安乐窝，宋邵雍自称其住宅为安乐窝，戴复古《访赵东野诗》："四山便是清凉国，一室可为安乐窝。"加一个"行"字，意味着所居并不固定。 ⑦呵诹：大声喊叫。 ⑧歪嗑牙：说瞎话，逗乐。 ⑨乔科：戏剧假动作。 ⑩袅娜：言枝叶柔弱细长貌。 ⑪老子婆娑：用《晋书·陶侃传》中成语"未亡一年，欲逊位归国，佐吏等苦留之……将出府门，顾谓（王）悠期曰：'老子婆娑，正坐诸君辈'。"本为盘旋、停留、等待之意。 ⑫磨跎：打发日子，得过且过。磨，消磨，跎，过也。

【赏析】

这首带过曲是作者由杭州路吏迁平江时所作，主旨是抒发作者胸怀大志，却被闲置时心中的忧愤和苦闷。

开头六句是〔骂玉郎〕，开门见山，直抒胸臆，慨叹自己置闲下吏，无法施展自己的雄心抱负，只好让大好年华白白地流逝。一个"叹"字，慨叹日月如梭，时光飞逝。第三句"消磨岁月新工课"承上启下，由于自己被排挤、遭迁谪，身不由己，不能有所作为，只能用以下新工课来消磨。"新工课"三字领起以下三句："尚父蓑，元亮歌，灵均些。"为了消磨时光，作者也像姜尚、陶潜和屈原一样，或垂钓碧溪，或写文章自娱，或行吟泽畔。

中间部分〔感皇恩〕曲牌，共十句，铺写作者百无聊赖的生活情状与被闲置后的怨愤之情。作者生活舒适放荡，不拘礼法，行为放荡，整日与歌儿舞女厮混寻欢，消磨日月；或者心绪烦乱时，找人闲扯取乐，胡乱打发日子。后面"心犹倦"三句，承接以上胡乱度日，点明自己狂放颓废的原因，表明自己的心都已疲倦了，然而时却未到来，不禁大声呼唤自己的胸怀大志将会如何。"时未来"二句与篇首照应，一脉相通。"志将何"，表现了作者理想落空、壮志难酬的痛苦与愤懑。

后部分用〔采茶歌〕曲牌，进一步抒发自己被闲置的苦闷。"爱风魔"收束以上厮混狂放的生活。"怕风波"，进一步揭示内心的隐衷。接着"识人多处是非多"，紧承"风波"，也揭示了"风波"的具体内容。所以，要摆脱这种尘嚣，就要"适兴吟哦"才能得过且过。全曲表明看似消沉，但实际上是对官场的厌恶，是当时知识分子中的有志之士在遭受排挤和打击后的悲歌。全曲主要用抒情的手法，将曲折复杂的心理活动，描绘得极为生动细腻，当为曲中的"上品"。

〔中吕〕醉高歌过喜春来

宿西湖

顾德润

梅花飘雪漫山，杨柳和烟放眼。画船①稳系东风岸。金缕朱弦象板②。

春融南浦③冰澌散，酒醒西楼月影悭④，一天星斗水云寒。名利难。诗酒债且填还。

【注释】

①画船：华美的船。 ②金缕：曲名。朱弦：代表奏乐。象板：象牙所做，按拍击节用。 ③南浦：湖的南边水面。 ④悭：悭涩，缺少。陆游《怀昔》："泽国气候晚，仲冬雪犹悭。"

【赏析】

这是一首由〔醉高歌〕和〔喜春来〕两个曲牌联缀而成的带过曲，描绘作者夜宿西湖时所见的早春景象，抒发了作者因仕途失意的忧愤和哀怨。

前四句是〔醉高歌〕，开头二句"梅花飘雪漫山，杨柳和烟放眼"，写所见之景，梅花像雪花般漫山飘舞，轻烟笼罩着杨柳丝绦，放眼望去，一派诗意盎然的早春景象。第三句"画船稳系东风岸"紧承上两句，交代自己的立足点。画船平稳地停泊在东风吹拂的湖岸，是夜宿西湖的起点，暗中照应了题目。紧接着"金缕朱弦象板"一句，描写西湖的声色之欢，用金缕、朱弦、象板三种乐曲和乐器形象地再现了长夜歌舞的盛况，主人公沉醉在声色之中，把西湖的繁华美景同个人的安逸与欢乐摄尽。句式对仗工整，音律和谐有致，将内容表现得含蓄婉转。

后五句是〔喜春来〕曲牌，继续描写夜宿的情景。开头三句"春融南浦冰澌散，酒醒西楼月影悭，一天星斗水云寒"，描写早春湖光：春光融融，坚冰融化；作者在黎明前刚从西楼沉醉中醒来，残月犹在，仍然感到春寒料峭。最后二句"名利难。诗酒债且填还"，交代因由，点明题旨。"名利难"，意即在名利场上失意，仕进途中坎坷，这正是饮酒作乐的思想缘由；"诗酒债且填还"，为了补偿奔波仕途所耽搁的欢乐生涯，才会沉醉歌舞，以诗酒自娱。作者表面上似乎已经看开释然，实际上幽怨颇深。

全曲以写景为主，融叙事抒情于写景之中，构思奇妙，以乐景衬出哀情，结尾更是寄托遥深，耐人寻味。

〔中吕〕醉高歌过摊破喜春来

旅中

顾德润

长江远映青山，回首难穷望眼①。扁舟来往蒹葭岸②，人憔悴云林又晚。

篱边黄菊经霜暗，囊底青蚨逐日悭③。破清思、晚砧鸣，断愁肠、檐马④韵，惊客梦，晓钟寒。归去难。修⑤一缄，回⑥两字报平安。

【注释】

①回首：当是舟中回望。难穷望眼：指望不到边际。　②蒹葭：芦苇。《诗·秦风》："蒹葭苍苍，白露为霜。"　③青蚨：钱。悭：悭涩，缺少。　④檐马：即檐间铁马。　⑤修：指修书，写信。　⑥回："寄"之意。

【赏析】

这是一首由〔醉高歌〕和〔摊破喜春来〕两个曲牌组成的带过曲，主旨是抒写落魄士子在飘泊旅途中的穷愁和乡思。

前四句是〔醉高歌〕，描写作者在旅途中所见之景。开头两句"长江远映青山，回首难穷望眼",描绘了长江远景,水天开阔,青山倒映,一望无际,含有无限眷恋之情。第三句"扁舟来往蒹葭岸",扁舟一叶在江中飘泊,正是游子所在。"蒹葭"取《诗经·秦风》句意,暗指时令,使人感到孤寂凄凉。于是紧接着"人憔悴云林又晚人"一句,云林又晚,交代时序,加上暮色苍茫,游子憔悴,更加渲染出迟暮悲凉的气氛,为下面的抒情做好了铺垫。作者寥寥几笔,勾勒出旅至长江时秋日的风光和黄昏时的景象,景物与心情相互映衬,突出了作者迟暮潦倒、飘泊无依的情状,而且凄清苍凉的气氛笼罩篇首。

"篱边"以下十一句是〔摊破喜春来〕曲牌。前两句"篱边黄菊经霜暗,囊底青蚨逐日悭",进一步刻画旅途的秋色、描写旅人的穷愁,抒发沉郁的乡思。"黄菊"点明季节;"青蚨"指代钱财。作者囊中羞涩,在这种心境中投宿,又没钱买酒,其难堪情状可想而知,也为下文作好铺垫。接下来是用六个句式颠倒的短句,通过听觉,写足游子的思乡之情。"破清思,晚砧鸣",天气日趋寒冷,人们日夜赶制寒衣,捣衣的砧杵之声,极易勾起游子的乡愁。"断愁肠,檐马韵",屋檐下铁马声声,更是让游子愁肠寸断,难以入睡。"惊客梦,晓钟寒",游子刚要入梦,又被寒风中送来一声声报晓的钟声惊醒。游子在这样的一个不眠之夜,不禁长叹"归去难"。以上六句组成一组隔句鼎足对,把游子思乡又不能归去的复杂心情尽情道出,也逼出全篇的最后两句:"修一缄,回两字报平安。"全曲笼罩在漂泊无依、凄凉伤心的情绪之下。

这首小令最大的艺术特色是情景相融,相互衬托,景中见情,情中有景,不愧为"雪中乔木"、"曲之上品"。

〔黄钟〕人月圆

马嵬效吴彦高①

李齐贤

五云②绣岭明珠殿,飞燕倚新妆③。小颦④中有,渔阳胡马,惊破霓裳⑤。

海棠正好,东风无赖,狼藉春光⑥。明眸皓齿,如今何在?空⑦断人肠。

【注释】

①马嵬:即马嵬驿。效:即仿效。吴彦高:即吴激。李齐贤曾奉使川蜀,此小令约是他路经马嵬驿而作。 ②五云:五色的彩云。 ③飞燕倚新妆:借用李白描绘杨贵妃的《清平调词》其二的"借问汉宫谁得似?可怜飞燕倚新妆"诗句。飞燕,即赵飞燕,汉成帝的皇后,我国古代著名美女。倚新妆,形容美人娇懒的神情姿态。 ④小颦:让人皱眉的事。颦,皱眉。 ⑤"渔阳胡马"两句:化用白居易《长恨歌》的"渔阳鼙鼓动地来,

惊破霓裳羽衣曲"。渔阳，即现在河北蓟县，安禄山起兵的地方。胡马，安禄山是少数民族人，善骑。霓裳、羽衣，都是从西藏、甘肃等地传到内地来的乐曲，唐玄宗曾亲加改编。 ⑥"海棠正好"三句：用比喻来象征杨贵妃在马嵬驿被逼惨死的情景。 ⑦空：即"徒"，白白地。

【赏析】

这是一首咏史小令，叙写杨贵妃受宠而最终惨死马嵬驿的历史故事，抒发了作者的感叹。杨玉环于天宝四载（745年）被唐玄宗李隆基册封为贵妃，深得玄宗的宠爱。她的堂兄杨国忠也因而青云直上，后为右相，权倾内外。唐玄宗荒淫误国，朝政腐败。755年，安禄山、史思明借讨伐杨国忠为名，率军发起叛乱，很快进入京都长安，唐玄宗带着杨贵妃逃往蜀地，行至马嵬驿，朝廷的军队兵变，杀死杨国忠，逼迫唐玄宗处死杨贵妃。

全曲可以分为两部分，前部分写杨贵妃受宠和安禄山的叛乱。首句"五云绣岭明珠殿"，写杨玉环和唐明皇在陕西临潼骊山上的华清宫里过着奢华荒淫的生活，如同神仙一般。第二句"飞燕倚新妆"，借用李白的诗句，再现杨贵妃娇懒的神情姿态。接下来"小鼙中有"写好景不长，安禄山的叛变打破了杨贵妃的神仙般的生活。"渔阳胡马，惊破霓裳"两句，从白居易《长恨歌》的"渔阳鼙鼓动地来，惊破霓裳羽衣曲"中化出，描写安禄山起兵叛乱。

小令的后部分抒发作者对杨贵妃惨死的感慨。"海棠正好，东风无赖，狼藉春光"三句，象征杨贵妃在马嵬驿被逼惨死的情景。唐玄宗和杨贵妃奔蜀途中逃至马嵬驿，将军陈玄礼等杀死杨国忠，并要求玄宗处死杨贵妃，"六军不发无奈何，宛转蛾眉马前死"，"君王掩面救不得，回首血泪相和流"（白居易《长恨歌》），这正如阳春时节一场狂暴的风雨摧残了满园的春光，花枝凋零，惨不忍睹。最后三句"明眸皓齿，如今何在？空断人肠"，是作者对杨贵妃惨死的议论和感叹，情感复杂，既有嘲讽，又寄有惋惜之情，含蓄模糊，令人深思。

〔双调〕沉醉东风

村居（三首之一）

曹　德

新分下①庭前竹栽，旋笔得缸面茅柴②。媪弹③鸡，和根菜，小杯盘曾惯留客。活泼刺鲜鱼米换来，则除了茶都是买。

【注释】

①新分下：刚到手。　②旋：现成。笔：滤酒的器具，这里指滤酒。缸面：新酿成的酒。茅柴：劣酒，村酿薄酒。　③媪：方言，鸟类下蛋。弹：同"蛋"。

【赏析】

这首曲子写农村生活的情趣，着重交代了酒和食物都是自酿自种的，表现了作者对村居生活的一种满足感。

开头两句分别交代了笋和酒是自种自酿的：新分栽下的笋是庭前竹园里的，刚刚滤出的是新酿的村居薄酒，点明"村居"的题旨。接下来写用生蛋的母鸡和刚从地里摘下新鲜蔬菜招待客人，显示出主人的热情好客。"活泼刺鲜鱼米换来"一句承上，写招待客人用的活蹦乱跳的鱼，是用米换来的。以上所写都是酒食方面的情况，至于与酒食有关的开门七件事：柴、米、油、盐、酱、醋、茶，在最后的一句"则除了茶都是买"中作了交代。只有茶是用钱去买的。全曲夸耀了村居生活资料的丰富，表现出作者在这方面的满足感。

这首小令充满了生活情趣，行文活泼而富于变化。

〔双调〕沉醉东风

村居（三首之二）

曹　德

茅舍宽如钓舟，老夫闲似沙鸥①。江清白发明，霜早黄花瘦②，但开樽沉醉方休。江糯③吹香满穗秋，又打够重阳酿酒。

【注释】

①沙鸥：借用杜甫《旅夜书怀》中"飘飘何所似，天地一沙鸥"的诗意。　②"黄花瘦"句：出自李清照《醉花阴》："莫道不消魂，帘卷西风，人比黄花瘦"。　③江糯：又称江米，是江南地区特产的糯米。

【赏析】

这首散曲叙写作者闲居乡村，无所事事，只能以饮酒聊以自慰，排遣闲愁。

首句"茅舍宽如钓舟"句中，"茅舍"两字，点题"村居"。以"钓舟"形容"茅舍"，极言其小，却说成宽。第二句"老夫闲似沙鸥"中的"沙鸥"，化用杜甫《旅夜书怀》中"飘飘何所似，天地一沙鸥"之意，意思是说像沙鸥一样在天地之间飘泊无依，表达了杜甫当时孤苦伶仃的凄怆心情。本曲在"沙鸥"之前著一"闲"字，看似闲适，但却流露出悲苦愤激之情。

接下来"江清白发明，霜早黄花瘦"两句写村景：江水如此清澈，作者的白发映照在江水之中是如此的清晰，而作者报国无门，壮志未酬，就已年华老去，如同受到早霜侵袭的黄花，显得如此瘦弱，如此凄苦。作者借李清照词"人比黄花瘦"的成句，含着寄托乡居的凄凉和痛苦，道出"但开樽沉醉方休"，作者借酒消愁，只能以醉来寻求解脱，排解心中的痛苦。最后由酒启下，引出"江糯吹香满穗秋，又打够重阳酿酒"两句，等到籽粒饱满的糯稻发出特有的清香，在秋日的田野上弥漫的时候，作者不禁想到大好收成的糯米足够拿来作重阳酿酒之用了。因而，心情稍得宽慰。作者以糯米丰收、可以酿酒作结，意蕴丰富，看似欣慰，实际上却是说自己的忧愁无穷无尽，余味无穷。

〔双调〕沉醉东风

村居（三首之三）

曹 德

枫林晚家家步锦①，菊篱秋处处分金②。羞将宝剑③看，醉把瑶琴④枕，没三杯著甚消任⑤？若论到机⑥深祸亦深，却不是渊明好饮⑦。

【注释】

①步：步入。锦：锦绣的图画。　②分金：意思是分堆着黄灿灿的金子。　③宝剑：指代为国效劳的事业。　④瑶琴：指代作为个人消遣的文人雅事。　⑤消任：是消受、受用之意，这里是表达作者无限痛苦之情的反语，强调了需多饮才能显出受用。　⑥机：这里可作机智、才能、为国效劳的能力讲。　⑦渊明好饮：说的是陶渊明，他在做彭泽令时，一次，督邮来县城，有人告诉陶渊明应该"束带见之"，陶渊明叹了口气说："我不能为五斗米折腰"，于是弃官而去，从此倘伴于山水之间，以酒自娱。

【赏析】

曹德曾经写过两首〔清江引〕张贴在午门，讽刺丞相伯颜的专权滥杀，为躲避缉捕，曾经在吴中某寺院避祸。这三首《村居》小令或是在这期间所作。这首小令就是抒写作者怀才不遇，为避祸寓情于酒的苦闷心情。

开头二句"枫林晚家家步锦，菊篱秋处处分金"，紧扣题目"村居"，描绘出了一派醉人的农村景色。在晚霞的辉映下，红艳艳的枫林旁，一户户农家好像步入了锦绣的图画之中，令人心醉；在明净的秋色中，篱边菊花一片金黄，好像是到处分堆着黄灿灿的金子，生气勃勃。中间"羞将宝剑看，醉把瑶琴枕，没三杯著甚消任"三句，抒写作者的心情。宝剑是驰骋疆场、保家卫国的武器，辛弃疾在《破阵子·为陈同甫赋壮语以寄》中有"醉里挑灯看剑，梦回吹角连营"的豪情壮语；而瑶琴则是文人雅士消遣述怀的工具。此处作者运用借代和对比的手法，委婉抒写自己空有报效国家的雄心壮志和才华，而英雄无用武之地，表达无法为国出力的痛苦，因此羞于再看能杀敌报国的宝剑，只能饮酒弹琴，消磨时光。

结尾两句"若论到机深祸亦深，却不是渊明好饮"，以陶渊明自比，点明自己饮酒是为了避祸。陶渊明是认识到了为国效劳的才能越高，受到的祸害也越大，才爱好饮酒的。作者以陶渊明自况，也是说明自己认识了"机"与"祸"的关系后，为了避祸，才饮这么多酒。曹德敢于触犯当朝宰相、正义直言，可见其正义感和治国安邦的远大理想。

这首小令以鲜明的自然色彩来反衬自己的忧愤和苦闷，很有特点，而这种运用借代和对比的修辞方法，也加强了曲子的艺术效果。

〔双调〕清江引（二首之一）

曹 德

长门①柳丝千万结，风起花如雪。离别复离别，攀折更攀折②。苦无多旧时枝叶也！

【注释】

①长门：即汉长门宫。司马相如在《长门赋·序》中写道"孝武皇帝陈皇后时得幸，颇妒，别在长门宫，愁闷悲思……"。长门宫原是陈皇后失宠后居住的地方，后来泛指失宠的后妃的住所。这里比喻为由伯颜把持的朝廷。　②"离别复离别"两句：古代友人分别攀折柳枝相赠。这里比喻伯颜的滥杀无辜与极力搜刮民脂民膏。

【赏析】

郑振铎在《中国俗文学史》中提到这首曲的主题时说："相传是刺伯颜"的。伯颜是指元顺帝时右丞相伯颜。他把持政权时，滥杀无辜，连剡王彻彻都和宗室嘉王都无罪被杀，更何况平民百姓！陶宗仪《辍耕录》载："太师伯颜擅权之日，前后左右无非阴邪小辈"，说伯颜"贪恶无比"。伯颜死时，寄棺驿舍，有人在壁上题字："百千万锭犹嫌少，堆积金银北斗边，可惜太师无远智，不将些子到黄泉。"伯颜专权时，曹德为山东宪吏，正巧在大都，便写了这两首〔清江引〕（另一首附后），后贴于午门之上以讽刺朝政。伯颜知道后大怒，命人画了曹德的图形到处缉捕他，曹德避于苏州庙中，直至伯颜死后才回京都。

开头两句"长门柳丝千万结，风起花如雪"，写长门春景，暗指伯颜把持朝政，独断专权。作者恰当运用"长门"这一典故，使生机勃勃的柳丝蒙上了一层落寞之感。"离别复离别，攀折更攀折"两句，作者通过咏叹柳树的被攀折摧残，讽刺朝政的残暴，表现出作者对于滥杀无辜、横征暴敛行为的愤激之情。曲中用了"复"和"更"两个字，足见离别之频，伯颜的罪恶之多，抒发了作者对伯颜横征暴敛的愤怒及对被摧残者的深刻同情，更好地表达了主题。最后一句"苦无多旧时枝叶也"，在风、离人的一再摧残下，生意盎然的柳树已枝叶无多、奄奄一息，与开头生意盎然形成强烈的对比，突出了主题，增强了艺术感染力。

这首小令以物喻人,用典故引发读者联想,寄寓了作者深刻的讽刺意味,增强了小令的艺术力量。

〔双调〕清江引(二首之二)

曹 德

长门柳丝千万缕,总是伤心树。行人折嫩条,燕子衔轻絮。都不由凤城春①做主。

【注释】

①凤城:即京城,相传秦缪公要自己的女儿弄玉在京城里吹箫,弄玉吹时,有凤鸟下降,因而命名此城为丹凤城,后人就把京城称作"凤城"。凤城春,指元顺帝。

【赏析】

这首散曲也是借长门柳来讽刺右丞相伯颜和朝政的,也有人认为是讽刺伯颜幽杀皇后伯牙吾氏而作。据《元史·卷一三八》所载,伯牙吾氏与唐其势为亲兄妹,伯颜杀唐其势后,并执皇后,"后呼帝曰:'陛下救我。'帝曰:'汝兄弟为逆,岂能相救邪!'"

开头两句"长门柳丝千万缕,总是伤心树",总写长门柳是伤心树。因为柳丝所在地是幽囚失宠后妃的长门宫,所以即使是有着"千万缕"也总是"伤心"的。接下来"行人折嫩条,燕子衔轻絮"两句,进一步陈述伤心的原因:生长在长门宫,枝条被"行人"攀折,轻絮被"燕子"衔走,被人任意糟蹋摧残。最后一句"都不由凤城春做主",是说"凤城春"都不能为它做主。《元史·卷四十》中有记载,伯颜拥立元顺帝后,欺他年幼,专权自恣,虐害天下。所以,这里的"行人"、"燕子"比喻为伯颜等当道奸佞。朝政在伯颜的把持下,作为京城之春的皇帝,也无权做主。曲中比喻贴切生动,自然含蓄,讽刺委婉有力,不愧为元散曲中的佳作。

〔双调〕庆东原

江头即事（三首之一）

曹 德

低茅舍，卖酒家，客来旋①把朱帘挂。长天落霞，方池睡鸭，老树昏鸦。几句杜陵诗②，一幅王维③画。

【注释】

①旋：临时。 ②杜陵：地名，位于长安东南，唐朝大诗人杜甫曾居住于此，故自称杜陵布衣。杜陵诗即杜甫诗。 ③王维：唐代诗人、画家，擅长山水画。

【赏析】

曹德曾经写过两首〔清江引〕张贴在午门，讽刺丞相伯颜的专权滥杀，为躲避缉捕，曾经在吴中某寺院避祸。这首小令或作于吴中，写他在江头的所见所感。

开头"低茅舍，卖酒家，客来旋把朱帘挂"三句，集中写江头所见之景。作者放眼望去，首先映入眼帘的便是卖酒人家低低的茅舍。有酒客到来，临时挂上了朱红色的帘子。那朱红色，格外引人注目，不仅为酒家增加了热闹气氛、为画面增添了艳丽色彩，也能引发读者的联想，从而感受到画面景物的动态美。此处所见之景，由外部转向室内，由江头来到酒店里面。中间"长天落霞，方池睡鸭，老树昏鸦"三句，写从窗户向外所见四周之景，作者由内而外，由远及近，充满诗情画意。"长天落霞"从大处落笔，取王勃的名句"落霞与孤鹜齐飞，秋水共长天一色"的诗意，意境开阔；"方池睡鸭"则突出细部，显得恬静安谧；"老树昏鸦"一景，让人联想到马致远《天净沙》的成句，在静景中增加了昏鸦归巢时飞的动态及阵阵鸦噪之声。最后两句"几句杜陵诗，一幅王维画"，作者对眼前景色高度赞美，有所顿悟，把自然之景推到了诗与画的高度，陶醉于诗情画意当中，结尾高雅响亮。

整首小令色调明丽，层次分明，写景远近结合，动静相宜，华丽自然，引人入胜。

〔双调〕庆东原

江头即事（三首之二）

曹　德

猿休怪，鹤莫猜①，探春偶到南城外。池鱼就买，园蔬旋②摘，村务③新开。省下买花钱，拚却④还诗债。

【注释】

①"猿休怪"两句：猿、鹤，解为"君子、友人"，指代友人和朋友。《抱朴子》："周穆王南征，一军尽化，君子为猿为鹤……"。　②旋：现成。　③村务：即乡村酒店。　④拚却：尽管之意。

【赏析】

这首曲子，作者以诙谐欢快的口吻，表达了一个久居城中偶然来到郊外探春的人的喜悦。

开头"猿休怪，鹤莫猜，探春偶到南城外"三句，作者由"怪"和"猜"领起，交代自己为探春偶然来到南城外，同时使"怪"和"猜"贯穿全文。"猿"、"鹤"，在这里指君子和友人，作者没有直称"君子"，而以猿、鹤代之，用了比较诙谐的口吻，为全曲奠定了欢快的感情基调。"池鱼就买，园蔬旋摘，村务新开"三句，写作者来到城外的所见所为：见到刚从池塘中捕捞上来的鱼就买，园子里的蔬菜都可以现成采摘，遇到新开的酒店就迫不及待地进去坐下痛饮。这三句通过一连串的动作，生动地表现一个久居城中的人偶然来乡村的见闻，郊外的一切对他来说，都是那样新鲜而具有吸引力。这三句，承接开头，作者平时温文尔雅，而见到乡村的新奇事物便东张西望，东奔西跑，一切都那么新鲜好奇，所以开头才会呼告那些有学问、有修养的君子、友人，不要因为他这一连串异于平常的行为而感到怪异和不解。作者在这三句除了具体写出"休怪"、"莫猜"的内容外，还突出强调了一个"偶"字，正因为是平日不常来，今天偶然来到郊外，所以对郊外的一切都充满了新鲜感，才会有急不可待的行动，表现出来到郊外之人的愉悦豪放的心情。最后两句"省下买花钱，拚却还诗债"紧承"村务新开"，是说宁可不买花，以买花的钱来饮酒，因为饮酒可助诗兴、还却诗债，可见作者畅饮的兴致。"李白斗酒诗百篇"，为了偿还诗债，就要尽情豪饮，一醉方休。

这首小令语言诙谐通俗，轻快自然，抒发了作者春游时的欢悦心情。同时，曲子结构严谨，前后照应，浑然一体。

〔双调〕庆东原

江头即事（三首之三）

曹 德

闲乘兴，过小亭，没三杯著甚资谈柄①？诗题小景，香销古鼎，曲换新声。标致似刘伶②，受用如陶令③。

【注释】

①著：显露。资：资格。柄：彪炳，文采焕发。 ②标致：风采，风韵。刘伶：西晋人，"竹林七贤"之一，主张无为而治，被罢免后过着纵酒放诞的生活。 ③陶令：即陶渊明，东晋诗人，因不满当时黑暗的现实，去职归隐。

【赏析】

这首散曲铺写了作者游乐、饮酒和作诗的豪举，隐含着作者无可奈何的郁闷心情。

开头"闲乘兴，过小亭，没三杯著甚资谈柄"三句，铺排出作者游乐、豪饮的行径。作者乘着闲兴，穿过小亭子，一边观赏风景，一边饮酒。"没三杯著甚资谈柄"，一句反诘，不多饮几杯能显出什么资格来谈论诗文的文采呢？问中显示出作者的些许兴致和气概。中间"诗题小景，香销古鼎，曲换新声"三句，描写酒后题诗作曲的场景。作者豪饮之余，面对美景，在香烟缭绕的古鼎旁，思绪万千，诗兴大发，于是挥毫而题，谱就新曲。

最后两句"标致似刘伶，受用如陶令"，作者以刘伶和陶潜自况，感慨自己不得已才会过着纵酒的无聊生活。刘伶为"竹林七贤"之一，被罢免后过着纵酒放诞的生活；陶渊明乃东晋诗人，因不满当时黑暗的现实，去职归隐，饮酒自乐。作者所举的这两人，一个是不合当时统治者的要求的被罢免者，一个是不满当时现实的归隐者。刘伶在被罢免之前，曾在对朝廷策问中提出自己无为而治的政治主张，陶渊明在归隐后描绘田园景色的作品中，往往隐寓着他对统治集团的不满和憎恶，不愿与之同流合污。可见，他们在被罢免或归隐后的游乐、饮酒，都不是他们的本意，只是一种表象。作者以刘伶、陶潜不得已而为之的纵酒放诞或田园归隐为标准、为模范，其愁苦的心曲不言而喻。这里的"标致"和"受用"都是反语，增加了曲子的内涵，强调了曲子的主旨。

〔越调〕黄蔷薇过庆元贞

高克礼

燕燕别无甚孝顺①,哥哥②行在意殷勤。三纳子藤箱儿问肯③,便待要锦帐罗帏就亲。

唬得我惊急列蓦④出卧房门,他措支剌扯住我皂腰裙⑤,我软兀剌⑥好话儿倒温存:"一来怕夫人,情性哏⑦,二来怕误妾百年身⑧。"

【注释】

①孝顺:这里指奴婢对主人的侍奉。 ②哥哥:指住在主人家中的官家公子。 ③三纳子:疑是"玉纳子"之讹。问肯:古代男方向女家求亲时的一种礼节。 ④惊急列:表现出惊慌之态。蓦:大步跨越。 ⑤措支剌:当时的口语,慌忙。皂腰裙:当时婢女、侍妾的服饰。 ⑥软兀剌:当时口语,原意是形容困倦乏力,这里可解为软软地,低声下气地。 ⑦哏:同"狠"。 ⑧百年身:即终身之意。

【赏析】

这是一首由〔黄蔷薇〕和〔庆元贞〕组成的带过曲。曲子截取关汉卿的杂剧《诈妮子调风月》中的一个片段,写婢女燕燕服侍主人家的客人小千户,而这个官家子弟企图诱奸,受到燕燕机智的拒绝,表现了封建社会中处在下等地位的被欺侮者的痛苦心情。

前四句是〔黄蔷薇〕,第一、二句叙写燕燕注意到自己的婢女身份,无意讨好借住在燕燕主人家中的官家公子,对他不冷不热,不远也不近;而那官家公子因心怀鬼胎,所以一反常态,向小婢女大献"殷勤"。第三、四句承上写官家公子所献"殷勤"以及献"殷勤"的目的。他将玉纳子和藤箱儿送给燕燕,哄骗燕燕说要娶她。从全文看来,官家公子对燕燕显然不是真心的,所以还未等燕燕表态,小千户就迫不及待地"锦帐罗帏就亲"。"便"、"待要"揭示了小千户的急切心情。寥寥数语,就活画出小千户贪色的无耻嘴脸。

后六句是〔庆元贞〕,主要描写燕燕对官家公子的卑劣行径的反应。第一句"惊急列"表现出燕燕的惊慌之态,她想大步逃出卧房门,一走了之。第二句紧接着写官家公子的淫心不死,慌忙扯住燕燕的"皂腰裙"。欲走不成,欲喊不能,聪明机灵的燕燕马上改变方式,用软语好话来央求小千户。"我软兀剌"四句具体写燕燕的态度及向对方央求的内容。燕燕一方面以夫人的"情性哏"来警告对方,一方面以贻误自己终身的责任感来提醒对方。动之以理,晓之以情。

这首带过曲用简洁传神的口语描绘了一个聪慧机智的少女燕燕,在被侮辱时急中生智,巧妙地保护自己,同时也曲折地表现出燕燕内心的痛苦和对小千户的嘲弄,揭露出小千户的卑鄙无耻。曲中用的都是当时的口语,朴实自然,既符合燕燕的身份和性格,也增加了曲子的表现力。全曲用的是燕燕的自白，亲切感人。而曲末未交待结局，造成悬念，取得了极佳的效果。

〔越调〕黄蔷薇过庆元贞

高克礼

又不曾看生见长，便这般割肚牵肠。唤姹姹酪子里①赐赏，撮醋醋孩儿弄璋②。

断送得他萧萧鞍马出咸阳，只因他重重恩爱在昭阳，引惹得纷纷戈戟闹渔阳③。哎，三郎④，睡海棠⑤，都则为一曲舞霓裳⑥。

【注释】

①姹姹：意为奶妈。酪子里：暗地里。 ②撮醋醋：指妇女怀孕时爱吃酸食。弄璋：化用《诗经》"乃生男子，载弄之璋"，后俗称生男孩叫弄璋。 ③"断送得他萧萧鞍马出咸阳"以下三句：概括交代安史之乱的起因及后果。755年安禄山、史思明起兵渔阳，756年唐玄宗在龙武大将军陈玄礼的保护之下，出了京城咸阳，向西南方向逃走。戈戟，古代兵器，这里代安史所发动的叛乱战争。渔阳，郡名，在今河北蓟县一带，为安史起兵叛乱之处。昭阳，皇后所居宫殿名，此处以居所代人，指杨贵妃。 ④三郎：唐玄宗李隆基是睿宗第三子，故称三郎。 ⑤睡海棠：《太真外传》"上皇（唐玄宗）登沉香亭，诏太真妃子，妃时卯醉未醒，命力士从侍儿肤掖而至。妃子醉颜残妆，鬓乱钗横，不能再拜。上皇笑曰'岂是妃子醉，真海棠睡未足耳'。"唐玄宗以"海棠睡未足"比喻杨贵妃醉态娇艳动人。 ⑥霓裳：舞曲名，相传本为婆罗门曲，传自西凉，唐河西节度使杨敬述献与唐玄宗，经玄宗润饰后以"霓裳羽衣"名之。

【赏析】

这是一首由〔黄蔷薇〕和〔庆元贞〕组成的带过曲。曲子用唐玄宗宠爱杨贵妃导致荒废朝政引起安史之乱的历史教训，劝诫人们不要牵肠挂肚地只盼望生个儿子。唐玄宗李隆基于天宝四年（745年）封杨玉环为贵妃，并对杨氏一家宠幸无比，将杨的三个姐姐都封为夫人，堂兄杨国忠封官进爵，官至右相，权倾朝野。唐玄宗耽于淫乐，朝政日益荒废，终于爆发了安史之乱。

前四句是〔黄蔷薇〕，写劝诫的对象。"又不曾看生见长，便这般割肚牵肠。唤姹姹酪子里赐赏，撮醋醋孩儿弄璋"四句，作者以调侃的语气刻画出一个急切盼望生儿子的人的形象。小孩还没生出来，就急急忙忙请来奶妈，私下里给她许多赏赐，要她照顾好怀孕妇女，以求能生个男孩。当时口语的运用，使曲子充满了生活气息。

后七句是〔庆元贞〕，写劝诫的具体内容。前三句"断送得他萧萧鞍马出咸阳，只因他重重恩爱在昭阳，引惹得纷纷戈戟闹渔阳"，用排比鼎足对的形式，概括交代安史之乱的前因后果。"只因他"、"引惹得"把安史之乱与唐玄宗宠爱杨贵妃而误国的因果关系交代清楚。安史之乱的后果是十分严重，造成生灵涂炭，使天下百姓不得安生；而迫使唐玄宗逃离国都，险些成为亡国之君；更是导致唐王朝的衰落。曲中用"断送"一词，并将"萧萧鞍马出咸阳"的后果放在三句之首，强调悲惨的后果。最后"哎，三郎，睡海棠，都则为一曲舞霓裳"四句，重复唐玄宗宠爱杨贵妃以致误国害民的历史教训感情复杂沉痛，尤其一个"哎"字，饱含了多少痛惜、怨讽和哀叹！作者用"睡海棠"、"舞霓裳"这两个玄宗与杨贵妃朝欢暮乐、沉浸歌舞的典型事例，再一次指出荒淫误国的历史教训，以此告诫人们不要一味只想生男孩，男孩大了，可能会像唐玄宗一样沉迷女色而丢弃正事，甚至因此误国害民。最后四句亲切感人，极富说服力，精妙无比。

〔南吕〕一枝花

悔 悟

陆登善

春风柳吐金①，夏日荷铺锦②，秋蟾辉碧汉③，冬雪老④遥岑。四季光阴，终日寻芳⑤饮，奇花选拣簪⑥。曾共⑦知音，受用了些云屏月枕。

〔梁州〕也曾腿厮⑧压齐声儿和曲，头厮顶难字儿闲吟。番⑨思年少如春梦。传书寄简⑩，剪发拈沉⑪，盟山誓海，解珮移簪⑫。也曾待佳期到夜半更深，度良宵翠被鸳衾。如今腆着脸百事儿妆憨⑬，低着头凡事儿撒吞，睁着眼所事⑭推病。聪明，待怎，蓝桥⑮一任洪波浸，但饱暖且则恁⑯。始觉从前枉用心，再不追寻。

〔尾〕眠花卧柳⑰性全禁，惜玉怜香⑱心再不侵。假若普救寺⑲丽春园待则甚？自今！自今！把这俏俫⑳家风脱与您。

【注释】

①柳吐金：形容春天柳芽的色彩和鲜嫩。 ②荷铺锦：形容夏日照耀下的水面的美丽，如有文采的丝织品，鲜丽柔和。 ③蟾：即蟾蜍，相传月中有蟾蜍，故借蟾为月。碧汉：即天河，银河。 ④老：此处是描绘积雪，久不融化故用"老"来形容。 ⑤芳：花。 ⑥奇花选拣簪：意思是选拣奇花簪。簪，妇女头上戴的饰物。 ⑦曾：犹言"怎"。共：极也，深也。 ⑧厮：相也。 ⑨番：再，回。 ⑩书、简：都是指书信。

⑪剪发：剪下头发送人表示私情。拈沉：杜甫《秋日夔府咏怀》有"烹鲤问沉绵"。沉，即"沉绵"，从鱼肚里拈出传情的绵书。相传古代把信写在绵上塞在鱼肚里来传递情意。 ⑫解珮移簪：解下随身佩带的饰物送给情人。移簪，一作"遗簪"，赠送发簪，也是表示情意。 ⑬撒吞：与下文的"妆憨"同义，即假妆痴呆。 ⑭所事：即事事，件件，每一件事儿。 ⑮蓝桥：在陕西蓝田县蓝溪上，相传此地有仙人窟，据《太平广记》卷五十记载：唐代裴航在此遇仙女云英。 ⑯则恁：做甚么。 ⑰眠花卧柳：指进妓院的生活。 ⑱惜玉怜香：指恋妓女。 ⑲假：同"价"，这般，那般。若：即怎，那。"假若"，作"便就是"，"即使是"，也可通。普救寺：《西厢记》崔莺莺与张生生情成婚的地方。崔莺莺是多情的绝代佳人，这里借指美丽的妓女。 ⑳俏倬：本是形容女人容貌体态美丽可爱的样子，这里指喜爱美女的意思。

【赏析】

这是一部简单的套数，题目是《悔悟》，写男主人公对往日"眠花卧柳"、"惜玉怜香"的放荡生活的悔悟，表示从今以后"再不追寻"的决绝态度。

首曲〔一枝花〕，用倒叙的手法，总写昔日嫖妓的放荡生活。开头四句抓住一年四季美景的特点：春风吹拂着刚吐出金黄色芽儿的柳枝，夏日照着铺满荷叶的如锦似的水面，秋月与天河相互辉映，远山的高峰堆满了冬雪。接下来，主人公指明自己在一年四季美好的时光里，每日都在寻花问柳。饮酒作乐，引青楼女子为知音，享受人间的欢爱。作者在首曲写自己风月场中的老手，经验丰富，为下文作好了铺垫。

第二曲〔梁州〕接着第一支曲，继续写往日的放荡行为，后半曲从"如今"开始写今日的醒悟。全曲可以分为三层，曲开头一句"也曾腿厮压齐声儿和曲"，用一个"也"字承接前曲的内容，以下九句对上曲提到的"云屏月枕"的放荡生活作具体描绘。主人公与妓女传寄书信，赠送信物，山盟海誓，但愿天长地久、白头偕老。"也曾待佳期到夜半更深，度良宵翠被鸳衾"，曲子再用一个"也"字，继续展开对这种荒唐的描绘，为下面的情节写足了气势。"如今睥着脸百事儿妆憨"三句为第二层，笔锋陡转，描绘青楼女子如今忘情变脸的情状。"低着头凡事儿撒吞，睁着眼所事推病"，作者用一鼎足对，形象地刻画出妓女假装痴呆的神态，与第一层形成鲜明的对比。最后六句为第三层，妓女的朝三暮四、见异思迁的薄情寡义，让主人公幡然醒悟，深深感到"从前枉用心"。最后以"再不追寻"作结，点明曲题"悔悟"的题意，并为〔尾〕曲作过渡，含有无限悔恨之情。

〔尾〕曲承接上曲的"再不追寻"，写自己悔悟的誓言，表明自己的决心。"眠花卧柳性全禁，惜玉怜香心再不侵"，曲子用一个对偶句来表示决绝的态度，申明主人公再也不进妓院、不接近妓女的决心。为了加强这种肯定有力的语气，坚定不移的态度，接着用一句反诘句："假若普救寺丽春园待则甚？"进一步强化了主人公的坚决态度。

这篇曲子用了排比和对比的手法，主题鲜明，真实可信，并富有变化三支曲子之间衔接紧密，层层相扣，一气呵成，淋漓尽致。语言较近口语，但无粗俗之感，富于表现力。

〔双调〕庆东原

黄肇退状

王晔　朱凯

于飞①燕，并蒂莲，有心也待成姻眷。吃不过双生②强，当不过冯魁③斗谝，甘不过苏氏胡扇④。且交割丽春园⑤，免打入卑田院⑥。

【注释】

①于飞：典出《诗经·大雅·卷阿》："凤凰于飞，翙翙其羽，亦集爰止。蔼蔼王多吉士，维君子使，媚于夫子。"　②双生：即双渐，与苏卿早有恋情，能干而有本事的强中手。　③冯魁，善于花言巧语引逗作乐，家有万贯的江西茶商。　④胡扇：喻为任意乱来的手掌或手背批击。　⑤交割：元时商业用语，指买卖双方履行交易契约、进行银货授受的行为，交割后交易即告结束。丽春园：为当时的市语，指妓院或艺妓歌女居处。　⑥卑田院：也是当时的市语，指古代佛寺救济贫民之所，后又称乞丐聚居的地方。

【赏析】

这是元散曲作家王晔、朱凯合题的叙事小令组曲、题为《风月所举问汝阳记》（后又名《双渐小卿问答》）的首篇，以下连缀〔庆东原〕、〔折桂令〕、〔殿前欢〕、〔水仙子〕四个曲调的十五支曲子组成。双渐、苏卿的爱情故事在宋元间广为流传。它讲的是书生双渐与合肥妓女苏卿相恋，后在双渐应试求官之时，鸨母收下茶商冯魁巨金，卖掉了苏卿。苏卿随贩茶船南下，经过镇江金山寺时，乘冯魁酒醉题诗金山寺壁。双渐考取功名南归，途经金山寺，乘风赶上冯魁的贩茶船，夺回了苏卿。作者从双渐苏卿故事的结局写起，通过对苏卿、冯魁、双渐、苏母等人物进行询问和他们作出回答的方式，表现作者对这一事件及其每个人物的看法和评价，颇具代表性。

这首小令以"原告"黄肇撤消丽春园风月案申诉文辞为题，罗列了诉讼多方的争风特点，对竞争多方进行实力的比较，自然地回答了"退状"的缘由。开头两句"于飞燕，并蒂莲，有心也待成姻眷"，化用典故和俗语，表明本性惹草拈花的黄肇想和名妓苏卿结为百年好合的愿望。"吃不过双生强，当不过冯魁斗谝"两句，点出黄肇在情场上的两个对手：双渐和冯魁。一个与苏卿早有恋情，富有才华和能耐；一个善于花言巧语引逗作乐，家财万贯，这些都是黄肇望尘莫及的。"甘不过苏氏胡扇"是说，再加上苏卿朦胧暧昧的打情骂俏，都让黄肇承受不了、抵挡不住。黄肇既没有金钱做靠山，又没有能力作辅佐，只能乖乖地败退下来。最后"且交割丽春园，免打入卑田院"两句，意思是说无可奈何的黄肇只能偃旗息鼓,收回了申诉的文辞。黄肇心里十分清楚:打官司要钱,想要打赢官司更要大钱。行文至此,这场官司的实质已经不是高尚的情爱之争,而是违背社会道德的钱权交易。

作者构思精巧,表达得体、精要,在叙述情节、表现人物、反映主题等方面取得了良好的效果。

〔双调〕折桂令

问苏卿

王晔　朱凯

俏排场惯战曾经,自古惺惺,爱惜惺惺①。燕友莺朋②,花阴柳影③,海誓山盟。那一个坚心志诚④?那一个薄倖⑤杂情?则问苏卿:"是爱冯魁?是爱双生?"

【注释】

①"自古惺惺"两句:化用元乐府中"葫芦提怜懵懂,惺惺的惜惺惺"的成语,意谓糊涂人可怜糊涂人,聪明人爱怜聪明人。惺惺,聪慧貌。　②燕友莺朋:燕、莺均比喻女子,友、朋则指亲近、相好。　③花阴柳影:是对他日姻缘成就之时美满生活的憧憬。　④志诚:意为用情专一。　⑤薄倖:指薄情、负心。

【赏析】

王晔、朱凯合作的十六首小令《风月所举问汝阳记》(后又名《双渐小卿问答》),以诙谐、幽默的笔调,自问自答,艺术地记录了苏卿被卖的过程,描摹了各类人物在这起风月案中所表现出的个性特征,揭露了元代黑暗社会现实的一个侧面。

这一首〔双调〕折桂令　问苏卿,是紧承序曲〔双调〕庆东原　黄肇退状后的第一首小令,它将心坚志诚和薄倖杂情两种截然不同的恋爱态度进行对比,并以此发问苏卿:"是爱冯魁,是爱双生?"

开篇"俏排场惯战曾经"一句,一个"俏"字既描摹出苏卿的容态的轻盈美好,又暗中点出她身在青楼的轻佻身份,她已经惯了风月场中的这些大排场。"自古惺惺,爱惜惺惺"两句,是借用元乐府中"葫芦提怜懵懂,惺惺的惜惺惺"的成语,提醒苏卿:选择托付终身的伴侣,首先是应该爱怜你的才貌,还要尊重你的人格。接下来"燕友莺朋,花阴柳影,海誓山盟"三句鼎足,互为对仗,抒发了作者美好的愿望。意思是说,希望这美好的爱情和时光像山、海一样永久不变,作者意在激起被问者苏卿的感情波澜。

接下来两句"那一个坚心志诚?那一个薄倖杂情?",作者开诚布公地直陈苏卿。哪一个用情专一,哪一个负心薄情,到底选择哪一个?对这人生大事的抉择,万不能掉以轻心。"杂情"二字,则生动地刻画出苏卿此刻矛盾、以及思绪万千的心情。最后"是爱冯魁？是爱双生？"，直截了当的提问，如挥剑斩乱麻，斩断了苏卿的纷纭思绪。然而曲终意未尽，这两个问号悬念重重，牵动着读者的心弦。

这首小令采用直陈白描的赋的手法，语言质朴自然，作者的褒贬感情溢于言表，直白豪辣。

〔双调〕折桂令

答

王晔　朱凯

平生恨落风尘，虚度年华，减尽精神。月枕云窗，锦衾绣褥，柳户花门。一个将百十引江茶问肯①，一个将数十联诗句求亲。心事纷纭。待嫁了茶商，怕误了诗人！

【注释】

①问肯：古代男方向女家求亲时的一种礼节。

【赏析】

这首小令是丽春园风月案的女主角苏卿对上曲"是爱冯魁？是爱双生？"发诘的回答，曲中概括了妓女低下、卑贱的社会地位，展现了妓女屈辱痛苦的真实生活，酣畅地表现了苏卿面对抉择时复杂纷纭的内心世界。

开篇"平生恨落风尘"一句，一个"恨"字，一语道破了沦落风尘的苏卿内心的愁绪，也从侧面表现出妓女对被污辱被蹂躏的生活的怨恨。开头一句即入情，震动人心。接下来"虚度年华，减尽精神"两句，具体描绘了妓女风尘生活的悲惨结局，同时照应了上曲中苏卿对"这人折了那人攀"遭遇的声声嗟怨，表明苏卿并非是自甘堕落的淫娼荡妇，她内心也渴望自由幸福的生活。"月枕云窗，锦衾绣褥"，描绘了妓女依人卖身、彻夜遭受蹂躏的氛围。在皎洁、恬静的月夜，嫖客们在"锦衾绣褥"下竭尽猎奇沽欲之能，而妓女却只能强颜欢笑、虚意逢迎。这里，作者以幽静的画面、华贵的色彩来掩饰"柳户花门"内的肮脏和丑恶。苏卿深陷如此污浊的泥潭，自然是音容憔悴，辜负了大好时光。

接下来"百十引江茶问肯，数十联诗句求亲"的场景，使苏卿心中激起了波澜。作为一名普通女子，她自然渴望摆脱被玩弄、被欺辱的命运，找到一个真正的知己，有个好的归宿。然而，封建社会中的爱情婚姻是受阶级利益制约的，求婚聘礼的价格相差得如此之悬殊：一边是百十引江茶的巨款；一边是不值一文的数十联诗句。这种悬殊引发了苏卿的思想斗争："待嫁了茶商，怕误了诗人"。小令以工整的对偶句式，揭示了苏卿内心的惆怅和矛盾，生动传神地解释了"心事纷纭"的缘由。而曲子以"怕误了诗人"作结，主人公似乎把感情的天平倾向了"才"的一端，重视精神寄托，也让读者看到了苏卿灵魂中宝贵、闪光之处。

这首小令自然朴实，语言不假雕饰、清新温润，而在平淡中又富有思想和韵致，贴切、真实地描摹了人物复杂的心理活动，情蕴深厚。

〔双调〕殿前欢

再 问

王晔 朱凯

小苏卿，言词道得不实诚。江茶诗句相兼并①，那件著②情？休胡芦提二四③。相偎倖④。端的接谁红定⑤？休教勘问，便索招承⑥！

【注释】

①江茶、诗句：在这里分别借代茶商冯魁和诗人双渐的聘礼。兼并：并吞。 ②著：显露。 ③休胡芦提二四：意为不能糊里糊涂地恣意胡为，也不能随心所欲地放肆乱答应。胡芦提、二四，均为元时的俗语。 ④偎倖：焦躁、烦恼。 ⑤端的：真的。红定：订婚时下聘的礼物。 ⑥索：即尽。招承：即认罪。

【赏析】

面对是选择茶商还是诗人的难题，苏小卿陷入了"心事纷纭"的复杂境地。作者以"再问"为题，急迫追问，使问题白热化，促使苏卿的感情沸腾、升华。

曲子开篇"小苏卿，言词道得不实诚"，开门见山，直接点明"再问"的缘由。苏卿暧昧含糊的态度，闪烁其辞的语言，显然并不能作为"一问"的回答，没有道出内心更深层次的想法。接下来"江茶诗句相兼并，那件著情"两句，照应了上曲《答》中的"百十引江茶"和"数十联诗句"，意思是说茶商冯魁和诗人双渐的聘礼，哪一个更令你中意。作者不以外貌钱财作为标准，而以情爱为准绳，并要用多情的一方战胜薄倖的一方，从维护女性的视角，显示出思想的进步性。"休胡芦提二四"一句，是希望苏卿考虑周全，不能糊里糊涂、随心所欲地随意做决定。

"相偎倖。端的接谁红定？"两句，从作者的视角，极其细致传神地表现出了主人公焦灼烦恼的心情。仔细观察、揣摩苏卿举棋不定、犹豫不决的烦躁神态，实在叫人猜不出她将要收下谁的聘礼。小令结尾两句"休教勘问，便索招承"，别开生面，交代了风月案件的由来：俊俏书生、村虔茶客和痴呆黄肇同时迷恋上了名妓苏卿，然而谁也不舍得割爱，于是争执不休，酿成了整个案件。更令人不可思议的是被告竟然是苏卿，处于被动地位受迫害、遭蹂躏的卑贱妓女为被控诉的对象，于是案情就显得跌宕有致。最后结尾问得煞有介事，要苏卿"便索招承"，语言含蓄风趣，深化了题旨。

这首小令纯口语化的语音，质朴、自然，虽然直白浅近但富有表现力。

〔双调〕殿前欢

答

王晔　朱凯

满怀冤，被冯魁掩扑①了丽春园。江茶万引谁情愿？听妾②明言。多情小解元③，休埋怨，俺违不过亲娘面。一时间不是，误走上茶船。

【注释】

①掩扑：射覆与赌博。　②妾：谦词，女子自称。　③解元：科举制度中乡试第一名，指双渐。

【赏析】

这首〔双调〕殿前欢　答是对上曲逼问"便索招承"的申辩。这是苏卿痛苦的呻吟，深情的剖露，字字含怨，声声带泪，表白了之所以"误走上茶船"的原因是"违不过亲娘面"而并非出于自愿。

小令一开头"满怀冤"三个字，如泣如诉，饱含着苏卿对自己低下的社会地位和任人蹂躏的悲惨遭遇的无限感喟。一个"冤"字，言辞凄然，令人怆然伤怀；"满怀"两字则说明了苏卿忍辱含冤、倍遭欺凌的程度。万恶的娼妓生活耗尽了她的韶华，又被冠上水性杨花、薄情寡悻的风尘之名，她怎能不感到冤屈？接下来"被冯魁掩扑了丽春园"一句，用暗喻的手法，将富翁冯魁对苏卿的玩弄比为射覆与赌博，只是他把玩泄欲的工具。寥寥数语，将妓女的辛酸无奈穷曲极尽。"江茶万引谁情愿"，曲中以"谁"代"我"，突出了苏卿的与众不同，语气婉转而有情致，进一步表现了苏卿的被动与无奈。"听妾明言"，苏卿以谦词"妾"自称，表明自己低声下气的处境，惹人怜惜。

接下来"多情小解元，休埋怨，俺违不过亲娘面"三句，直陈苏卿心曲。以"小"来称呼双渐，表示亲昵，使得感情赤诚至极，声声带血含泪。"亲娘"视财如命，不顾情意将我卖了，而我又无法违抗她的意志，祈求你谅解我的苦衷。这里直呼鸨母为"亲娘"，表现了名不符实、欲壑难平的本质，冷嘲热讽的感情不言而喻。"一时间不是，误走上茶船"一句，"误"字可谓是点睛之笔，透过这个"误"字，我们能体会到苏卿凄然抵触和万般无奈的神情。以"误"作结，收缩全曲感情，为以后苏卿"月夜贩茶船"作了强烈的感情铺垫。

小令语言虽浅淡但富有韵致，在幽咽吞声中蕴藉了无限的哀情。

〔双调〕水仙子

驳

王晔 朱凯

明明的退佃丽春园，暗暗的开除①了双解元，惨可可说下神仙愿，却原来都是谝②！再谁听甜句儿留连？同他行坐，和他过遣③，怎做的误走上茶船？

【注释】

①退佃、开除：皆为元时的方言市语，意为舍弃、摒弃和灭绝、置人死地。 ②谝：指花言巧语。 ③过遣：即过活。

【赏析】

这首小令以驳斥上曲苏卿的二"答"为题，简练地概括了苏卿所面临的尴尬场面，进一步撩拨苏卿的矛盾心弦，旨在窥探人物内心深层的思想。

全曲可以分为两个层次。开头四句"明明的退佃丽春园，暗暗的开除了双解元，惨可可说下神仙愿，却原来都是谝"为第一层，落脚点在一个"谝"字上，引发读者好奇。苏卿嫁给江茶万引的冯魁，终于跳出了"月枕云窗，锦衾绣褥"的火坑，理应过上富足踏实的生活。然而嫁作商人妇却有着难以言明的痛苦和酸楚。苏卿委身于冯魁，断绝了与双渐的万千情丝，可是心中却是余情难舍。"惨可可说下神仙愿"一句逼真地描绘苏卿愁肠百转情状并且点明原由。整日面对不懂今古只通商贾的茶商，就像幽囚在笼中金丝鸟，看似华贵富足，但是并没有得到意愿中的美好生活，哪里来得欢乐和幸福。于是以"谝"字作结，驳斥了苏卿表面上说的甜言蜜语。

接下来四句为第二层。"再谁听甜句儿留连"一句是前四句的结局，直接否定了苏卿的言行。平日里，苏卿为了取宠，必须得强颜欢笑，说着违心的甜言蜜语，这是妓女生活的需要。然而这句话可以看作是双渐对苏卿的责问，双渐回想起平日与苏卿的耳鬓厮磨，苏卿的娓娓动人的"甜句儿"似乎还萦绕耳际，然而这一切现在已经烟消云散。最后三句"同他行坐，和他过遣，怎做的误走上茶船？""误走上茶船"是苏卿在〔双调〕殿前欢答中对这段与冯魁姻缘的注释。如果苏卿真的是心甘情愿地和冯魁在一起过活，又怎么会说成是一念之差的误走呢？这样赤裸裸地驳斥就会引发苏卿进一步内心的剖白，推动案情的发展。

〔双调〕水仙子

招

王晔　朱凯

书生俊俏却无钱，茶客村虔倒有缘①。孔方兄②教得俺心窑变，胡芦提过遣③，如今是走上茶船。拜辞④了呆黄肇，上覆⑤那双解元，休怪俺不赴临川⑥！

【注释】

①村虔：元时的俗语，意为土头土脑。缘：指机缘。　②孔方兄：古代铜钱，中为方孔，由此孔方兄就成了钱的别名。　③过遣：即过活。　④拜辞：呈恭敬谦意状。　⑤上覆：有翻转、遮盖的意思。　⑥临川：江西东北部的一个县名，是双渐学成为官往任知县之地。

【赏析】

这首小令以"招"为题，进一步撞击苏卿内心的心理活动，含蓄地揭示出了主宰这场风月案的实际上是金钱。

开头两句"书生俊俏却无钱，茶客村虔倒有缘"，对偶工整，酣畅淋漓地表露了争执双方的优劣与得失。相貌俊俏书生条件得天独厚，与土头土脑的茶客一分高下，胜负似已经见分明，然而却因为没钱和有缘的客观因素，使这场竞争的胜负发生了根本性的变化。曲中"却"和"倒"使用，语气委婉风趣，述说颠倒了的事实，颇有情致。接下来三句"孔方兄教得俺心窑变，胡芦提过遣，如今是走上茶船"，坦露出苏卿内心不得已的苦衷。在铜钱眼里照人就像从门缝里看人，不过前者比后者更为铜臭，恶俗。于是村虔茶客战胜了俊俏书生；多情志诚的输给薄倖杂情的。甜言蜜语的轰炸，珠光宝气的魅惑；双渐的离去，一年半载杳无音讯；归期渺茫，伴随着无处排解的相思；更是迫于烟花女子的生存条件致使苏卿只能浑浑噩噩地艰难度日，最后违心地走上了茶船。"走上茶船"和前两曲的"误走上茶船"仅一字之差，然而微妙地展现了人物思想的深掘和故事情节的发展。

最后三句"拜辞了呆黄肇，上覆那双解元，休怪俺不赴临川"，余音未绝，令人印象深刻。苏卿饱尝了世态炎凉，既不是见钱眼开的泛泛之辈，也不是水性杨花的薄情之人，她走上茶船之际，感慨万千，愁绪百转，她对憨呆的黄肇表示失礼的歉意，对心上人则显露出负情的歉疚。接着，苏卿又恳求双渐的谅解，在哀怨声声中又溢出深邈的柔情，犹如一曲缠绵幽咽的哀歌，凄恻动人。

〔双调〕折桂令

问冯魁

王晔　朱凯

冯魁嗏你自寻思：这样娇姿①，效了琴瑟②，不用红娘③，则留红定④，便系红丝。量你呵有甚风流浪子⑤？怎消得多情俊俏媒儿⑥？供吐实词，说了缘由，辨个妍媸⑦。

【注释】

①娇姿：指苏卿"桃之夭夭、灼灼其华"的相貌、神韵。　②效：意为模仿，进而表奏效。琴瑟：两种弦乐器，合在一起则比喻夫妻。此处的"琴瑟"化用了《诗经》里"妻子好合，如鼓瑟琴"和"窈窕淑女，琴瑟友之"的诗句。　③红娘：借用了王实甫《西厢记》的人物，婚姻介绍人的代名词。　④红定：指聘礼。　⑤风流浪子：指洒脱不羁，富有才学的人，他们博学而倜傥卓异。　⑥媒儿：妓女。　⑦妍媸：美好与丑恶。

【赏析】

这首小令以插科打诨的调侃，探究冯魁取胜的原因，进一步深化了风月案以金钱为主导的题旨。

首句"冯魁嗏你自寻思"，单刀直入，让冯魁扪心自问，同时也吊起读者的胃口。腰缠万贯的茶商以巨金骗得了苏卿，金钱能使他无往不胜，更何况他现在只是要一个小小的风尘女子。但是接下来作者却笔锋一转，偏要冯魁以"郎才女貌"的传统观念解释他取胜的原因，不禁让人大感不解。"这样娇姿，效了琴瑟，不用红娘，则留红定，便系红丝"四句似乎问出了读者的心声。冯魁和苏卿之间既没有深挚的情感，又没有热心肠的红娘，只是冯魁留下聘礼，便促成了这段姻缘。以苏卿这般才貌，怎么会嫁给了一个只知商贾的茶商？作者的诘问，入情入理，对冯魁违反常理的做法反而奏效提出了怀疑。作者浓墨重彩，在滑稽、调侃的语调中寄予了对苏卿深切的同情。

"量你呵有甚风流浪子？怎消得多情俊俏女柔儿？"这两个疑问句，表露出作者对冯魁的蔑视和嘲笑。只有风流才子才配得上俊俏多情的姑娘，而你冯魁无德又无才，怎么就得了这姻缘？最后几句"供吐实词，说了缘由，辨个妍媸"，要冯魁"供吐实词"，厉声呵叱地审问，作者俨然以法官的口吻要冯魁从实招来，让大家辨个美丑善恶，愤懑的态度溢于言表。

小令用舒缓幽默的笔调，细致地交代事件的发展，中间掺杂着作者强烈分明的内心情感和态度，浑然天成。

〔双调〕水仙子

答

王晔 朱凯

黄金铸就劈闲①刀，茶引糊成划怪锹②。庐山凤髓三千号③，陪酥油尽力搅，双通④叔你自才学。我揣与⑤娘通行钞，他掂了咱传世宝，看谁能够凤友鸾交⑥！

【注释】

①闲：限制、约束。　②茶引：原指茶商所领的经商执照，又引为元代创制的衡名。茶商经官办的批验所验行无弊，即被放行至卖处交税行贾。怪：埋怨、责备。　③凤髓：鸟中之王的骨中凝脂。三千：泛指极多。号：宣称。　④双通：指双渐。　⑤揣与：硬给予。　⑥凤友鸾交：即鸾凤和鸣，常常用来暗喻感情笃厚、夫妇关系和谐的婚姻。凤、鸾均为传说中的鸟王，"鸾鸟……凤凰属也"（《广雅·释鸟》）。友，交好。交，相聚。

【赏析】

这首小令模拟冯魁的口吻，极其夸张自诩，刻画出了一个在金钱场上胜利者的骄横形象，讽刺了冯魁把金钱当作亵渎爱情、腐蚀道德的工具的罪恶。

开头两句"黄金铸就劈闲刀，茶引糊成划怪锹"，就有一种咄咄逼人的架势。冯魁骄矜的口气，盛气凌人的气势跃然纸上。在冯魁的眼中，金钱是主宰世界的万物之神。有了黄金，就能够无法无天，作恶多端；有了茶引，就能仗势欺人，目无王法。然而冯魁并不满足于炫耀所聚敛的财富，接下来"庐山凤髓三千号，陪酥油尽力搅"两句，描绘了他卖阔显富，竞奢赛侈的能力。他极尽夸张之能事，扬言要占有天下全部最珍贵的东西，所以占有一个苏卿，对他来说易如反掌，将冯魁丑恶的面目暴露无遗。

冯魁作为一身铜臭的剥削阶级，不仅贪婪专横，而且阴险刁钻，"双通叔你自才学"一句就是在双渐受伤了的心灵上洒下一把盐。在冯魁看来，穷才子双渐，唯一有的就是一点才学，而且不值一文。冯魁贬低才学，再一次提高了金钱的万能。接下来"我揣与娘通行钞，他掂了咱传世宝"两句，冯魁供出了自己贿赂鸨母，并且是靠钱取胜风月案。尽管冯魁胸无才学，然而却精通商贾，对钱自然有着深厚的感情，这里也表现了一定的社会现实。结尾"看谁能够凤友鸾交"一句，冯魁自认为自己得到了美满的婚姻，在这场风月岸中稳操胜券，对双渐直接用挑衅的口吻，不可一世。

这首小令用夸张的写法，细腻而逼真描摹出了冯魁的神态，与表现思想感情相得益彰，讽刺效果明显。

〔双调〕折桂令

问双渐

王晔　朱凯

　　小苏卿窖变了心肠，改抹了姻缘，倒换排场①。强拆鸳鸯②，轻分莺燕③，失配鸾凤。实丕丕兜笼④富商，虚飘飘蹬脱了才郎。你试思量：不害相思，也受凄凉。

【注释】

①排场：当作场面讲。　②鸳鸯：雌雄偶居的匹鸟，形影相随，相濡以沫。　③莺燕：指春天的莺燕飞鸣，泛指春天的景物，又比喻为一般女子或妓女。　④丕丕：加重语气。兜笼：笼络、巴结。

【赏析】

　　这首小令是作者对被苏卿离弃的双渐提出的疑问，来探究他的心理，同时又体贴地安慰双渐，要他直面现实，斩断情思。

　　开头一句诘问："小苏卿窖变了心肠，改抹了姻缘"，苏卿到底是出于什么原因而负情于双渐，变心跟茶商缔结了婚姻？这一问不仅正中双渐下怀，也勾起了读者的好奇心。"倒换排场"，言简意赅地陈述了苏卿与双渐喜结良缘的场面烟消云散，新郎取而代之的是茶商冯魁。这一个"倒"字，既表现出作者的惊讶和不解，又隐含着作者鲜明的爱憎之情。接下来"强拆鸳鸯，轻分莺燕，失配鸾凤"这三句工整的排比，以"鸳鸯"、"莺燕"和"鸾凤"这三个象征爱情婚姻美满的意象，层层递进，形象生动地描绘出苏卿与双渐郎才女貌、山盟海誓的爱情遭到破坏的情景。这三句集中倾注了作者对苏双二人遭遇的感慨，明确表明苏冯二人的结合是错误的行为。

　　"实丕丕兜笼富商，虚飘飘蹬脱了才郎"两句，作者语重心长地对双渐道出，苏卿切切实实是为了笼络、巴结富商冯魁，所以薄情寡义地离弃了你这个才郎。这两句正中双渐要害，可谓一针见血。最后三句"你试思量：不害相思，也受凄凉"，作者又以体恤、委婉的语调劝慰双渐：对于这次情场上的失利，双渐一定会痛不欲生，即使暂时摆脱了相思的折磨，也还要继续遭受寂寞凄苦的摧残，作者以情动人，站在双渐的立场，全文发自肺腑，真情感人，同时也牵动着读者的心。

　　全曲构思巧妙，先是一句发问，紧扣题旨，含蓄地表明自己的观点，紧接着作者又一针见血地斥责苏冯的结合，酣畅淋漓。然后笔锋又一转，欲将责任归咎于贪财薄情的苏卿，劝慰双渐挥剑斩情丝，以此作结，余味无穷。

〔双调〕水仙子

答

王晔　朱凯

阳台云雨①暂教晴，金斗风波②且慢行。小苏卿是接了冯魁定③，俏书生便喋声，没来由闲战闲争。非干是咱薄倖，既然是他浅情，我著甚乾④害心疼！

【注释】

①阳台云雨：宋玉在《高唐赋序》中讲了楚王梦见神女，神女愿荐枕席的故事，又写神女在离开时辞曰："妾在巫山之阳，高丘之阻，旦为朝云，暮为行雨，朝朝暮暮，阳台之下。"阳台，喻男女合欢之地。云雨，意为男女欢合之事。　②金斗：饮器。《吕氏春秋·长攻》中记述："先具大金斗，代君至酒酣，反斗而击之。"金斗则酒斗，因为系重金所制，大作之可以杀人。风波：比喻纠纷。　③定：指聘礼。　④乾：白白地，徒然。

【赏析】

这首小令是模拟双渐的口吻，回答上曲直辣的提问，是他发自内心、软弱无力的强自宽解，语调哀婉凄然。

开头两句"阳台云雨暂教晴，金斗风波且慢行"，含而不露地引经据典，寄托了双渐不便明说的复杂感情。在这里，双渐勉强压抑着内心的怒火，语调含蓄婉约，企图压制自己因丽春园风月案在自己心中翻滚的波澜。接下来六句是直接描写，以赋的手法，陈述了自己的主观看法。"小苏卿是接了冯魁定，俏书生便喋声，没来由闲战闲争"，意思是说，既然苏卿已经接受了冯魁的聘礼，我也只能三缄其口，无奈认命了，不然还有什么理由加入到这场案件的争夺中呢？显然，双渐是苦中带笑，对苏卿的感情既拿不起又放不下，极其矛盾和苦恼。

最后三句"非干是咱薄倖，既然是他浅情，我著甚乾害心疼"，双渐继续宽慰自己，似乎心中已经打定了主意。双渐本是间江县吏，因与知县女苏小卿相爱，离县而至远郡，苦志读书，欲待学成为官后向苏家求婚。谁知两年后，小卿因父母双亡已流落于扬州为娼。长途跋涉，赶至扬州寻访，终得以遇见。数月后，因公事缠身，自己只能离开扬州往任临川知县，而小卿已嫁于茶商冯魁。这样的际遇，心中怎能不郁结愤懑。但是仔细思量，薄倖负情的都是苏卿，自己又何必独自徒然伤心呢？至此，一个有情有义的双渐的形象已呼之欲出。

这首小令虽篇幅短小，但是抒写饱满，用词典雅、隽秀，雅俗共赏。

〔双调〕折桂令

问黄肇

王晔　朱凯

　　丽春园黄肇姨夫①！人道你聪明，我道你胡突②。苏氏掂俫③，双生挪渰④，你划地妆孤⑤。怕不你身上知心可腹，争知他根前似水如鱼⑥？休强支吾⑦，这样恩情，便好开除⑧。

【注释】

①姨夫：当时的市语，是两男共狎一妓之称。　②胡突：糊涂，头脑不清而不明事理。　③掂俫：与男人勾搭。　④挪渰：装作痴呆。　⑤划地：倒是，反而。妆孤：嫖荡，好色。　⑥似水如鱼：即指鱼水之欢，喻夫妻之相得。　⑦支吾：说话不老实，含混，搪塞。　⑧便好：妥善，美好。

【赏析】

　　这首小令用民间闹剧特有的插科打诨的戏谑，叙述黄肇在风月案中的地位和表现，表现出了苏卿和双渐爱情的根深蒂固。

　　曲子开篇一句"丽春园黄肇姨夫"，以当时的市语调侃戏谑了两男共占一女的荒唐情景，一个感叹号，极尽揶揄奚落之情。"人道你聪明，我道你胡突"平白直辣，承上启下。接下来"苏氏掂俫，双生挪渰，你划地妆孤"三句，道出黄肇"胡涂"的地方，意思是说，苏卿是倚门卖笑的妓女，本是逢场作戏、风流成性；双渐是俊俏聪明的才子，早就和苏卿眉来眼去，暗中传情了，自然装作痴呆来掩人耳目；而你这个嫖荡好色之徒，是单纯的嫖客、姘夫。作者快人快语，对三方作出的评论恰如其分，直白辛辣，他这一番话说得黄肇茅塞顿开却又无言以对。

　　接下来"怕不你身上知心可腹，争知他根前似水如鱼"两句，作者直接深入到黄肇的心理，他要彻底打消黄肇想要婚配苏卿的念头，作者打了个比方，即使黄肇如愿娶了苏卿，那也不能称心如意。黄肇并不知道在这以前苏卿就和双渐有鱼水之欢了。苏卿和双渐的关系早已"根前似水如鱼"，而你黄肇和苏卿的感情纽带与之相比简直是以卵击石而已，还是早些撒手作罢吧！这一席话推心置腹，直接斩断了黄肇的一线希望。但是黄肇还不甘心就此退出，还要自作多情地进行解释，，于是作者最后"休强支吾，这样恩情，便好开除"三句，不客气地打断了黄肇的话头，斩钉截铁地告诉他：你不要再说搪塞之词了，按照你们俩的感情，最好的办法就是快刀斩乱麻，直接断了黄肇的退路。

　　全曲虽以"问黄肇"为题，但全无疑问之意。寥寥数语，突出阐明了苏卿和双渐的爱情基础的牢固。语言诙谐幽默，语穷意尽，畅快淋漓。

〔双调〕水仙子

答

王晔　朱凯

风流双渐惯轮铡①，澜浪苏卿能跳塔②。小机关③背地里商量下，把俺做皮灯笼④看待咱。从来道水性难拿。从他赵过，由他演撒⑤，终只是个路柳墙花⑥。

【注释】

①轮铡：比喻手段高强。　②跳塔：跳上小土丘，喻有随机应变、转危为安之能。　③机关：机密而巧妙的计谋或计策。　④皮灯笼：比喻愚笨的人。　⑤演撒："有"的市语，"有"通"友"，意亲善，此处特指男女情爱，即爱恋的上手，有勾搭意。　⑥路柳墙花：比喻妓女。

【赏析】

经过作者的逼问后，黄肇的心理发生了强烈的变化，竟然开始反唇相讥辱骂苏卿。黄肇对苏卿的这种报复心理，反映了他贪淫和虚伪。

开头两句"风流双渐惯轮铡，澜浪苏卿能跳塔"，黄肇就以一种扭曲变态的心理来曲解双渐和苏卿，说双渐风流成性、手段高明；说苏卿更是从万红丛中过，颇具随机应变、转危为安之能，语调酸涩无比。苏、双的爱情本是建立在两情相悦、情投意合的基础之上的，而黄肇却说二人是出于手段高强和随机应变而结合的，赤裸裸地暴露出了他吃不到葡萄就说葡萄酸的丑恶心态。接下来两句"小机关背地里商量下，把俺做皮灯笼看待咱"，更是酸味十足，绘声绘色地此二人机关算尽，把自己当傻瓜看待，简直是贼喊捉贼。这里全是用俗而又俗的土语，十分贴近黄肇的身份，使人物形象栩栩如生。"从来道水性难拿"一句更进一层，诬陷苏卿水性杨花，更见黄肇人格的低劣。

最后三句"从他赵过，由他演撒，终只是个路柳墙花"，黄肇收起了刚才的撒泼漫骂，转而又变得温文尔雅起来。黄肇勾搭苏卿，本来就只是贪图她的美色，而最后想要而不得之后，只能又带上了伪饰的面具，若无其事地说，任苏卿从我身边走开，她勾引任何人都与我无关。"路柳墙花"出自黄肇这个流氓、嫖客之口，不仅全无哀怜之情，还流露出对妓女的睥睨和鄙夷，相比双渐在〔双调·水仙子·答〕中的真情表露，可以令读者清楚地看到两个不同人物的思想境界，以及两人对苏卿的情感。

这首小令语言文白相杂，运用人物最典型的个性化语言勾勒出了一个愚诈而放浪的人物形象，符合其身份个性，逼真传神，富有表现力。

〔双调〕折桂令

问苏妈妈

王晔　朱凯

苏婆婆常只是熬煎①,临逼②得孩儿,一谜③地胡扇。使会虚脾④,著些甜唾,引起顽涎⑤。用力的从教气喘,著昏的一任头旋。只为贪钱,将个婵娟,卖上茶船。

【注释】

①熬煎:受磨折苦难。　②临逼:逼迫、胁迫。　③一谜:即一味、专一、一径。　④虚脾:虚情假意。　⑤顽涎:贪婪女色的馋涎,亦喻在女性中死皮赖脸。

【赏析】

这首小令将笔锋对准了风月案中兴风作浪而后又推波助澜的元凶——苏婆婆,作者以具体、形象的笔触陈述了她不分好歹、不辨贤愚卖掉了苏卿,列数了鸨母在钱堆上受用的斑斑劣迹。

开篇三句"苏婆婆常只是熬煎,临逼得孩儿,一谜地胡扇",直接陈述平日里苏婆婆的所作所为,说明她幽囚逼迫苏小卿并不为怪。被苏卿称为亲娘的苏婆婆,把苏卿当做了摇钱树,她胁迫妓女们对嫖客富商们强颜谄媚、依身卖笑,然后中饱私囊。接着,作者为了揭示苏婆婆丑陋的真实面貌,又对苏婆婆进行了入木三分、栩栩如生的刻画。"使会虚脾,著些甜唾,引起顽涎",一遇见腰包鼓鼓的嫖客,苏婆婆就如见到财神爷一样围在嫖客身边虚情假意地甜言蜜语,吹嘘她手中妓女的姿色、身段,于是引得这些好色之徒馋涎欲滴,乖乖地掏腰包。财迷心窍的苏婆婆看到了钱,简直比见到了亲娘还亲,于是"用力的从教气喘,著昏的一任头旋。"将苏卿婚配给冯魁,可以说是将苏卿卖给了冯魁,可见酿成风月案的始作俑者、推波助澜者都是她苏婆婆。最后"只为贪钱,将个婵娟,卖上茶船"三句,更是直言不讳地戳穿了苏婆婆见钱眼开的丑陋,自己处于封建社会的下层,还剥削比她处境更为凄惨的妓女,简直是到了人神共愤的地步。作者对反面人物的批判和鞭挞毫不留情,一针见血,令人拍手称快。

这首小令罗列出了苏婆婆的恶贯满盈,将苏卿摆在了受人摆布的被动地位,惹人同情,使整个风月案件逐渐明朗化。

〔双调〕水仙子

答

王晔　朱凯

有钱问甚纸糊锹？没钞由他古锭刀。是谁俊俏谁村拗①，俺老人家不性索②，冯员外将响钞③递着。双生咻休乾闹，黄肇喋了且莫焦，价高的俺便成交！

【注释】

①村拗：粗野、固执。　②性索：管、关心。　③冯员外：指茶商冯魁。响钞：铜、银等硬币。

【赏析】

这首小令是丽春园风月案的兴风作浪者——苏婆婆的答词，作者细腻传神地勾勒了老虔婆贪得无厌的形象，当时污浊的社会风气可见一斑。

开头两句"有钱问甚纸糊锹？没钞由他古锭刀"，意思是说，有钱人虚晃着无用的纸糊铁锹；没钞的执持着闪亮的古代名刀，身为老鸨的苏妈妈出口便散发着无比腥臭的铜臭味。"有钱"和"没钞"是老鸨为苏卿婚配立下的标准，也是风月案的症结所在，直接点明风月案的主旨。对这场实力悬殊的案件，老虔婆只是"问甚"、"由他"，可见苏卿在她心目中只是一棵没有任何感情的摇钱树，揭露出其丑陋的本性。接下来"是谁俊俏谁村拗，俺老人家不性索"两句，表明鸨母对"择婿"的美丑、贤愚更是不屑一顾，在她眼里，苏卿的幸福、命运一概与她无关，苏卿只不过是她待价而沽的商品罢了。她真正关心的，只是苏卿能给她带来多少实际的好处。于是下面一句"冯员外将响钞递着"，极其传神地刻画出了她出卖苏卿时的贪婪和迫不及待。

以上是刻画了苏妈妈的贪财，接下来作者集中笔墨将苏妈妈的丑态塑造地更加饱满。"双生咻休乾闹，黄肇喋且莫焦"两句，表现出了她的圆滑，善于周转人际关系的她面对乾闹、聒噪的双生和黄肇，打起了"休"、"莫"的哈哈。表面上是在安慰，实际上则是在嘲讽，她既看不起穷双生，又鄙夷糊涂的狎客黄肇，至此苏妈妈私利刁钻的丑态劣迹令人一览无余。最后苏妈妈吆喝了一句"价高的俺便成交"，爽快地结束了这场无本万利的买卖。元代俗语、方言的自然运用，十分贴近苏妈妈的个性，苏妈妈贪财、薄情、私营的丑陋面目再一次活脱脱地展现在读者眼前，同时妓女低下、卑贱的社会地位也引人深思。

〔双调〕水仙子

议拟①

王晔 朱凯

双生好去觅前程②,黄肇休来恋寡情③。冯魁统镘刚④婚聘,老虔婆⑤指证的明,小苏卿既已招承。风月所成文案⑥,莺花寨⑦拟罪名,丽春园依例施行。

【注释】

①议拟:指行动之前的考虑和议论,类似公堂退庭前宣布审判结果。 ②前程:专指婚姻。 ③寡情:指缺乏情义。 ④统镘:筹划钱钞。刚,勉强达到某种程度。 ⑤虔婆:甘言悦人的不正派老婆子,又指鸨母。 ⑥风月:旧时指男女恋爱的事件。文案:公文案卷。 ⑦莺花寨:妓女集中的风月场所。

【赏析】

这首小令以"议拟"为题,调查清楚了丽春园风月案的来龙去脉,依照丽春园的惯例,继续上演着针砭时弊的闹剧,再一次披露了钱可以主宰一切的社会现实,讽刺了以钱为基准的社会道德,作者的愤慨之情溢于言表。

小令开头先由双生和黄肇入曲,"双生好去觅前程,黄肇休来恋寡情",吩咐情场失利的双生应该重新选择配偶偶婚配,并且安抚糊涂的黄肇停止对苏卿的留恋。作者开篇便抓住了人物的心理状态,分析得丝丝入扣。接下来"冯魁统镘刚婚聘,老虔婆指证的明,小苏卿既已招承"三句,概括了风月案涉及的几个人物的最后结局:冯魁准备钱财筹办婚事,尽管这并不是建立在真挚感情上的结合;而苏卿经过苏妈妈的点拨已经改变观点,最终屈于钱势,同意嫁作商人为妇。作者形容苏卿时用了"招承"两字,使读者依稀可以看到钱势咄咄逼人的恶煞之态,揭露了买卖婚姻的罪恶,也从侧面烘托出了苏卿楚楚可怜之状。

"风月所成文案,莺花寨拟罪名,丽春园依例施行"三句,拟出了风月案最后的决断。在金钱可以主宰一切的社会里,司空见惯的诉讼案件,一切皆以金钱来衡量。莺花寨定下的规矩,丽春园自然是依例施行了。作者以悖谬的决断作结,进一步揭露了不公黑暗的社会现实。作者故意使案件的决断显示出荒谬的一面,实质上表达了对邪恶奸佞得势、道德伦理败坏的污浊社会的不满。作者含蓄而不晦涩地一层层揭示了主题,塑造了栩栩如生的人物形象,人物对话妙趣横生,语言风格雅俗皆宜,取得了良好的艺术效果。

这十六首组曲以作者假设的公堂审判的形式,一问一答,再问再答,问后又驳,与错综复杂的风月案内容相得益彰,多方面多层次地展现了人物性格以及品质,结构严谨,一脉相承。

〔中吕〕普天乐

赠美人

王仲元

柳眉新,桃腮嫩。酥凝琼腻①,花艳芳②温。歌声消天下愁,舞袖散人间闷。举止温柔娇风韵,司空见也索销魂③。兰姿蕙魄④,瑶花玉蕊⑤,误染风尘。

【注释】

①酥凝琼腻:指皮肤象酥油凝成的一样柔软,又象琼玉一样滑润。琼,玉,比喻人的美好。 ②芳:指香气。 ③司空:官职名,唐代李绅任司空,典出于此。索销魂:即应销魂。索,应、得的意思。 ④兰、蕙:都是香的植物。 ⑤瑶:光洁美好的意思。玉蕊:玉状花蕊。蕊,花的花蕊。

【赏析】

这首小令赞歌妓俊美的容貌、温柔的举止,同时对这样一位美好的女子沦为卖笑的歌妓寄予同情和惋惜。

小令开头四句"柳眉新,桃腮嫩。酥凝琼腻,花艳芳温",从外表勾勒人物的形象。歌妓的眉毛如初生的柳叶,细长清新;红腮似新开的桃花,粉嫩美丽;皮肤像凝成的酥油一样细腻,又像琼玉一样润滑;浑身散发着如花一样的香气,温馨诱人。接下来四句"歌声消天下愁,舞袖散人间闷。举止温柔娇风韵,司空见也索销魂",从作者的客观感受描写歌妓的歌声和舞技,赞其水平之高。歌妓婉转动人的歌声可以消除天下人的忧愁;潇洒翩翩的舞姿可以驱散人间的烦闷;她举止温柔、惹人怜爱,体态婀娜、风韵娇媚,如此色艺俱佳的美人,就连见惯歌舞送酒的李司空见了也会销魂动心。接下来"兰姿蕙魄,瑶花玉蕊"两句,由外表深入歌妓的心灵,对其进一步赞美。意思是说歌妓的身姿像春天的兰花一样摇曳生姿,纯洁的心灵像蕙草一样摄人心魄。最后一句"误染风尘"抒发了作者的感慨。

小令以花喻人,兼用夸张的手法,极力夸赞歌妓的外表姣好,技艺精湛,都是为末句的"误染风尘"的叹惜作铺垫,从而更容易唤起读者对这位女子的同情。

〔中吕〕普天乐

旅 况

王仲元

树杈桠,藤缠挂①。冲烟塞雁②,接翅③昏鸦。展江乡④水墨图,列湖口潇湘画⑤。过浦穿溪沿江汉⑥,问孤舟夜泊谁家?无聊⑦倦客,伤心逆旅⑧,恨满天涯。

【注释】

①挂:指藤萝柔软的茎条缠绕在树上,从树枝上吊挂下来。 ②烟:烟霭。塞雁:即边塞飞来的候鸟大雁。 ③接翅:形容归鸦之多。 ④江乡:即"水乡"。 ⑤湖口:即江西鄱阳湖口,明清时曾为九江府。潇湘画:元代画家曾画有潇湘八景图,很为人称道。 ⑥浦:河流入江海的地方。溪:江的支流、小河。沿:顺着水道。汉:汉港。 ⑦无聊:无所寄托。 ⑧逆旅:即客舍。

【赏析】

这首小令描写的是作者旅途中所见夕阳西下的景色,抒发了羁旅愁思。

小令开头两句"树杈桠,藤缠挂",描写的是地面上的静景,树枝舒展地伸杈着,藤萝柔软的茎条缠绕在树上,从树枝上吊挂下来。接下来两句"冲烟塞雁,接翅昏鸦",所写的是空中的动象,从高空中望见的是冲破云霭而翱翔的大雁,低空中一个接着一个飞回的是乌鸦。动静结合,展现出旅途倦客所见的种种景致。旅途美景,塞雁归鸿,更容易引发旅人的愁思,于是接下来两句"展江乡水墨图,列湖口潇湘画",概括总体的景色,仿佛像水墨画潇湘八景图一样美丽。这部分六句纯是写景,下半部分则由景及情,抒写旅人的愁思。"过浦穿溪沿江汉,问孤舟夜泊谁家"两句,意思是说旅客孤舟经过河的浦口,穿过支流,沿江到达汉港,自问今晚不知客宿谁家。"孤舟"二字,显示出旅人的孤独,作者天涯飘泊的愁思溢于笔端。接下来三句"无聊倦客,伤心逆旅,恨满天涯",直抒胸臆,抒发了旅人常年漂泊、浪迹天涯的无限哀怨。旅人由身体疲惫而感到百无聊赖,因无聊而伤心,又由伤心而生恨,展示出游子旅愁的整个过程。

小令前半部分写景,后半部分直接抒情,写景部分情景交融,层层渲染,创造出耐人寻味的境意。

〔中吕〕普天乐

相 思

王仲元

泪盈波①，眉愁锁②。消香减腻，病鬼愁魔。炉烟飘怨气浮，襟袖湿啼痕污。无限凄凉来着抹③，瘦身躯怎生存活！相思未脱。他愁为我，我病因他。

【注释】

①波：指流转的目光，这里指眼睛。 ②锁：即紧皱。 ③着抹：撩惹、烦扰的意思。

【赏析】

这是一首描写相思之苦的小令，女主人公每日苦苦地思念着心上人，"衣带渐宽"人憔悴，而对方也同样因思念而愁闷万分。

全曲紧紧围绕着"相思"这个题目。开头"泪盈波，眉愁锁"两句，意思是说，主人公眼里盈满了泪水，紧锁着愁眉，这是从面部形态描写因相思而致病的人满面愁容。接下来两句"消香减腻，病鬼愁魔"，扩展到整个外貌去表现女主人公精神的痛苦。女主人公因相思愁苦，肌肤失去了光泽，身体也消瘦了许多，仿佛像一个病鬼愁魔。下面两句"炉烟飘怨气浮，襟袖湿啼痕污"写女主人公因相思而生怨，愁思像炉烟滚滚，绵绵不断；而她日日啼泣，泪水都湿污了衣衫，可见悲戚之深。"无限凄凉来着抹，瘦身躯怎生存活！相思未脱"，是说思妇整日感到满腹的凄凉撩惹着自己，无法排解。这满腔愁绪，病瘦的身体怎么经受得了，这愁思难禁的日子，怎么过得下去？女主人公思念至极，联想到自己的意中人肯定也在苦苦地思念着自己。结尾两句："他愁为我，我病因他"，思妇由己推人，说明两人都处在相互思念之中，表现出思妇因思念心上人而又不能如愿的内心痛苦。

这首小令从头到尾都紧扣"相思"这一主题，从泪眼、愁眉、身体憔悴消瘦，到那整日愁闷的情绪，凄凉的心境，逼真地刻画出一个惆怅满怀的思妇形象。小令语言凄怆，语调悲凉，与"相思"的主题和谐统一。

〔中吕〕普天乐

离 情

王仲元

远山攒①,乌云②乱。分钗破鉴③,单枕孤鸾④。芳心⑤被闷织罗,病躯教愁羁绊。惹肚牵肠相穿贯⑥,上心来痛似锥剜⑦。归期限满,难凭⑧后约,孤负⑨前欢。

【注释】

①远山:指眉毛,有用黛画眉如远山之说。攒:即聚集在一起。 ②乌云:即乌黑的头发。 ③分钗破鉴:也称"分钗断带",比喻夫妻分离,典出于南朝梁陆罩《闺怨》诗:"自怜断带日,偏恨分钗时。"钗,为妇女头上戴的首饰,由两股簪子合成,有的在夫妻分离时,各执一股以志纪念。鉴,指古镜。 ④孤鸾:也即"别鹤孤鸾",比喻夫妻分离。晋陶潜《拟古诗》:"上弦惊别鹤,下弦操孤鸾。" ⑤芳心:指女子美好的心灵。⑥穿贯:即贯穿。⑦剜:即挖。 ⑧凭:依仗。⑨孤负:即辜负。

【赏析】

小令细腻地地描写了闺中少妇思念远别情人的凄凉心境,逼真传神地刻画了她愁闷、痛苦以至失望埋怨的复杂心情。

小令开头两句"远山攒,乌云乱",从外貌形象描写,主人公双眉紧皱,头发蓬乱,说明少妇愁绪满怀,无心洗梳,更无心打扮。她为什么如此烦闷呢?接下来"分钗破鉴,单枕孤鸾"道明原由,这两句都是比喻夫妻分离。作者以"分钗破鉴"、"单枕"、"孤鸾"三个物象渲染烘托夫妻分离后的情思。少妇满腔愁绪,无心梳妆,正是因为深深思念远离的爱人所致。下面"芳心被闷织罗,病躯教愁羁绊。惹肚牵肠相穿贯,上心来痛似锥剜"四句,极力抒写少妇思念情人的悲愁与痛苦。女主人公整个心都被忧愁占据,因思念而致病的身体也被愁闷缠绕着无法解脱。相思的愁情牵肠挂肚,悲痛阵阵涌上心头,心痛如锥如挖似的难受。少妇由痛苦而生怨,少妇埋怨远去的情人"归期限满"而不归。这样辜负了约定,以后就难以依照已约定的日期相见了,而且这样也辜负了以前的欢会。最后三句"归期限满,难凭后约,孤负前欢",将离别相思之情寓于埋怨之中。

这首小令层次分明,结构严密,紧紧围绕着"离情"这个中心,先写少妇的外表之愁,继而写她内心的愁苦,又写因苦而产生的怨恨,层层推进,心理刻画极为细腻,语言工整雅丽,颇具特色。

〔仙吕〕赏花时

春情

高安道

香爇龙涎宝篆①残;帘卷虾须②春昼闲。心事苦相关,春光欲晚。无一字报平安。

〔尾〕意无聊,愁无限,花落也莺慵燕懒。两地相思会面难。上危楼凭暖雕阑③,畅④心烦。盼杀人也秋水春山⑤。几时看宝髻鬅松云乱绾⑥?怕的是樽空酒阑⑦,月斜人散。背银灯偷把泪珠弹。

【注释】

①爇:燃烧的意思。龙涎:一种珍贵的香料。宝篆:一种盘香。 ②虾须:即帘子的流须,代帘子。 ③危楼:即高楼。雕阑:是对阑的美称。阑,门前横格栅门。 ④畅:真、很的意思。 ⑤秋水:本指秋日之水,这里借指眼波。春山:意为春天明媚的山。 ⑥宝髻:即戴着宝簪的发髻。鬅松:头发松乱的样子。云:指乌云,头发。绾:盘结。 ⑦阑:尽。

【赏析】

文学作品中的"春情"往往有两层含义,一是指自然季节里的春意,二是指男女之间的爱情。这首套曲两种意义兼而有之,描写在春天的大好时光里,一个女子思念远去的意中人而产生的无限惆怅。

首曲〔赏花时〕,开头两句"香爇龙涎宝篆残,帘卷虾须春昼闲",以景染情,用龙涎熏制的盘香已经快燃尽了。外面春日融融,而女主人公却整日愁绪万端,因而卷起帘子。面对春日的大好时光,本应是赏心悦目的,而她却是"心事苦相关"。为什么满腔的心事总是跟愁苦纠缠在一起呢?"春光欲晚。无一字报平安"两句道明了原由,春天将要过去,对意中人的思念也日渐长久,结果他连一点音讯也没有。本曲最后三句,既有对远人的思念,又流露出一种委屈抱怨的心情。

〔尾〕曲进一步描述了"春情"这个中心思想。前七句极写主人公愁苦的无法排解,直接抒发了她思念远人的愁苦。"意无聊,愁无限,花落也莺慵燕懒"三句,以乐景衬托了主人公心情烦闷,寂寞倦闷的心境。五六七句"上危楼凭暖雕阑,畅心烦。盼杀人也秋水春山",描写主人公独上高楼,凭阑远望,面对眼前诱人的春色依然心烦。主人公望眼欲穿地盼意中人早归,于是她眼中明媚宜人、春色满山的景色也增添了一缕情思。下面四句的意境转入主人公的回忆和想象。她不知道心上人几时回来，于是对着镜子把鬓松的头发梳理好；回忆往日相会是欢快的，可是她又怕和心上人相见之后又要分离，那种分别之时的"樽空酒阑，月斜人散"是最难忍受的，于是又会出现自己"背银灯偷把泪珠弹"的情景。至此，作者把女主人公写春日思念远人的愁推向了一个新的高潮。

这首曲子围绕着"春情"，采用了触景生情、移情于物、物我交融的写法，使主题"春情"的意义又深化了一层。而且曲子一唱三叹，层层递进，将主人公的"春情"淋漓尽致地表达出来。风格凄楚，具有强烈的艺术感染力。

〔双调〕燕引雏

奉寄小山①先辈

大食惟寅

气横秋②，心驰八表快神游③。词林谁出先生右？独占鳌头④。诗成神鬼愁，笔落龙蛇走⑤，才展山川秀。声传南国⑥，名播中州⑦。

【注释】

①小山：是元代后期著名散曲家张可久的字，他仕途不得志，纵情诗酒，放浪山色湖光，专写散曲，特别致力于小令。　②气横秋：形容张可久气概豪迈，诗气文才横溢天地。气，是指作家的气概、精神，本作中是指文气诗才。　③心驰八表快神游：化用陆机《文赋》中"精骛八极，心游万仞"之说。八表、八极，都是指八方之外，泛指天地之间。　④独占鳌头：指状元及第。　⑤"诗成"两句：杜甫称道李白的诗才有："笔落惊风雨，诗成泣鬼神"（《寄李十二白二十韵》）。大食惟寅化用杜甫的名句来形容张可久的才气和艺术成就。　⑥南国：即南方。　⑦中州：即中原，泛指北方。

【赏析】

这是一首论赞名人的寄赠小令。作者以词林后学的身份，奉寄曲坛名宿张可久，从不同的角度歌颂了张可久的绝世才华、作品和名望，表达了对前辈的崇敬仰慕之情。

小令下笔"气横秋，心驰八表快神游"两句，即歌颂了张可久的豪迈气概，说他的诗气文才横溢天地，才思敏捷高远，驰骋神游。作者化用前人诗句出神入化，不着痕迹。接下来"词林谁出先生右？独占鳌头"两句，是对张可久的才气的评价。词家中谁能超出先生之上呢？作者作此设问已已经对张可久的才华在词坛上的位置作了极高的肯定评价，但仍不满足，紧接着一句加强语气：冠及当时，独一无二。张可久一生创作颇丰，今存小令850首，套曲九套，此曲称他为"独占鳌头"的曲中状元，实不为过。

下面"诗成神鬼愁,笔落龙蛇走,才展山川秀"三句,对张可久才气和艺术成就作进一步的具体描绘。张可久浪迹湖山,长于描绘山水之景,名噪一时,作者化用杜甫称道李白的诗才的诗句,再加一句"才展山川秀",三句组成一个排比,互成鼎足对,气势昂扬,对前辈的推崇敬仰之情,溢于言表。最后两句"声传南国,名播中州",赞扬其名声传扬全国,增强了艺术感染力。

这首曲作是奉寄先辈的,文词典雅庄重,气势淋漓;颂扬之辞,委婉含蓄,毫无奉承阿谀之味,给人留下无限回味的想象空间,堪称是奉赠之作的佳制。

〔南吕〕一枝花

亢文苑

琴声动鬼神,剑气冲牛斗①。西风张翰②志,落日仲宣③楼。潘鬓成秋④,渐觉休文瘦⑤,卧元龙⑥百尺楼。自扶囊拄杖挑包,醉濯足新丰换酒⑦。

〔梁州〕尽是些喧晓日茅檐燕雀⑧,故意困盐车千里骅骝⑨。英雄肯落儿曹彀⑩?乾坤倦客⑪,江海扁舟⑫;床头金尽,壮志难酬⑬。任飘零身寄南州⑭,恨黄尘敝尽貂裘⑮。看别人苦眼铺眉⑯,笑自己缄舌闭口,但则索⑰向寒窗袖手藏头。如今,更有,那屠龙计策干生受⑱。慢劳攘慢奔走,顾我真成丧家狗,计拙如鸠⑲?

〔尾〕蛟龙须待春雷吼,雕鹗⑳腾风万里游。大丈夫峥嵘忐㉑时候,扶汤佐周㉒,光前耀后,直教万古清名长不朽。

【注释】

①"琴声"两句:琴和剑是古代士人随带的行装,此处用宝琴宝剑来比拟象征人的才华气概。斗牛,即北斗星和牵牛星。《晋书·张华传》:张华发现牛斗之间常有紫气,邀雷焕一同观看。雷焕认为,这是宝剑的精气冲天所致。后来果然在地下掘得龙泉、太阿两把宝剑。 ②张翰:晋代吴郡吴县(今苏州)人,《晋书·张翰传》说,张翰曾在洛阳做官,看到朝廷乱象已成,因见西风起,想到家乡的菰菜(茭白)莼菜羹和鲈鱼脍,便说:"人生贵得适志,何能羁官数千里以要名爵乎?"于是弃官回乡。 ③仲宣:王粲的字,建安时代的著名诗人,他在荆州时登阳城县城楼作著名的《登楼赋》,为历代文人传颂。《登楼赋》写诗人未得刘表重用在登楼远眺时兴起的乡关之思,乱离之感,倾吐了他怀才不遇和渴望建立功业的痛苦心情。其中云:"步栖迟以徒倚兮,白日忽其将匿。"
④潘鬓成秋:潘岳,西晋诗人,年少貌美,据说他在外行走,许多妇女向他投赠水果。他在《秋兴赋序》中说:"余春秋三十有二,始见二毛。""二毛",即本曲中说的"鬓成

秋",即鬓发斑白,亢文苑借此来形容自己年华已逝。 ⑤休文:南朝宋代诗人沈约的字,他在《与徐勉书》中说:"百日数旬,革带常应移孔;以手握臂,率(大致)计月减半分。"本曲的"渐觉休文瘦",是形容自己因不得志而苦闷消瘦如同沈文休,描绘自己日渐苍老。 ⑥元龙:陈登的字,东汉时代的才士。《三国志·陈登传》记载:许汜(刘备谋士)曾与刘备说陈元龙无礼,陈元龙自上卧于大床,使客卧于下床。刘备批评许汜徒有名士的虚名,不留心救世,只求田问舍(谋求个人的家产),言无可采,这是陈元龙所不惜的。所以刘备说:"如小人当卧百尺楼上,卧君于地,何但上下床之间耶?"亢文苑在本曲中借用此典,只是要说明自己高卧楼上,以说明自己放浪的生活。 ⑦"自扶囊拄杖挑包"二句:说的是唐朝马周年少时的事迹,据《古今小说》记载,马周年少不得志,从故乡来到长安新丰镇,在一家客店里吃酒,他要来五斗酒,喝了三斗多,用剩下的酒来洗脚,店里的人无不惊怪。亢文苑借此来描绘自己的行为惊世骇俗,不为时人所理解。 ⑧燕雀:比喻志短无能的小人。 ⑨困盐车:因世无伯乐(古代善相马的人),千里马被迫屈居驽马去拉盐车。此处指当权者不识人才,得志小人故意叫有才之士屈居下层受苦。千里骅骝:即千里马,与"燕雀"相对,比喻有才之士。 ⑩英雄肯落儿曹彀:表明了诗人对小人设下的阴谋的明智态度,表示决不上当受骗。儿曹,即小儿辈。彀,本指拉满的弓,引申为圈套、牢笼。 ⑪乾坤:即天地。倦客:即失意者。 ⑫江海扁舟:写诗人失意后放浪江海、驾着扁舟。 ⑬床头金尽,壮志难酬:写诗人的穷困和悲愤。张籍《行路难》:"君不见床头黄金尽,壮士无颜色。" ⑭任飘零身寄南州:描写诗人无依无靠地漂荡到了南方。任飘零,听凭飘荡,生活不定。南州,即南方。 ⑮恨黄尘散尽貂裘:借战国苏秦的事迹来形容自己的怀才不遇的困境。苏秦曾以连横说秦王,秦王不理睬。苏秦回家的时候,"黑貂之裘敝,黄金百斤尽",即离家时带去的皮衣服也破了,钱也花光了,穷困得狼狈不堪。 ⑯苦眼铺眉:展眼舒眉,形容小人得意的样子。 ⑰则索:只得。 ⑱屠龙计策:出自《庄子·列御寇》篇:"朱泙漫学屠龙于支离益,单(同殚,穷尽意)千金之家,三年技成,而无所用其巧。"后世因称技高而无用的为屠龙之技。干生受:白吃苦。 ⑲计拙如鸠:相传斑鸠性拙,不会做窝,借喜鹊之窝来产卵。 ⑳雕鹗:鸷鸟。 ㉑峥嵘:此指得志。恁:那。 ㉒扶汤佐周:即辅佐国君建功立业。汤,指商汤,商朝的开国君主。周,指周武王。

【赏析】

这是一篇咏怀套数,抒发了作者怀才不遇、壮志难酬的悲愤,表现了对小人得志、贤才埋没的社会现实的强烈不满和自己浪迹江湖的失意生活,但作者对前途没有绝望,同时表达了自己蛰居待时、经时济世的顽强信念。

第一曲〔一枝花〕描写诗人怀才不遇的苦闷,并且引用历史人物反复比拟自己这种郁闷不得志的心态。开篇起势突兀,势如破竹,"琴声动鬼神,剑气冲牛斗"两句,运用曲高和寡及龙泉、太阿两把宝剑埋没地下的典故,抒发了英雄埋没、鲜为人知的悲愤。接下来"西风张翰志,落日仲宣楼"二句,借张翰见西风起而思故乡和王粲因不被重用作《登楼赋》抒写乡愁的典故,表现自己客居异乡,寄人篱下,壮志难酬而产生的愁绪。"潘鬓成秋"以下数句,作者继续用历史人物潘岳、沈约、陈登、马周的遭遇来表达自己的不幸遭遇和功名不成的苦闷、狂放的心理。作者感叹自己空有像三国陈元龙那样的才华和抱负无法施展,以至于像潘岳那样正当年华而鬓发斑白;如同沈约那样,功名未就,未来先衰；自己穷困潦倒，受尽凌辱，好像昔日的马周，"自扶囊拄杖挑包"，四处飘零，饱受世态炎凉。以上都是表现了作者对于岁月流逝、功业未就的苦恼、孤独和难以排遣的愁绪。

第二曲〔梁州〕，抨击了不辨贤愚、颠倒黑白的黑暗现实，表现了作者对得志小人的不满和自己的失意窘态。开头两句"尽是些喧晓日茅檐燕雀，故意困盐车千里骅骝"，直陈现实：那个时代，得势的都是那些如燕雀般的小人，而英雄就像困在盐车里的千里马无法施展抱负。"英雄肯落儿曹彀"一句，表达了对于是非颠倒的社会现实的愤慨。接下来"乾坤"六句，写作者决不与这些小人为伍，四处飘零，劳碌奔波，壮志难酬之态，表现出作者的无限悲愤。接着，作者用看得志小人的"苦眼铺眉"与可笑自己"缄舌闭口，但则索向寒窗袖手藏头"构成对比，突出了自己失意的窘态，带有自嘲的意味。自己空有一身本领，但如丧家之犬和笨拙的斑鸠，可笑至极。作者自嘲以自慰，为下文作好铺垫。

〔尾〕曲写作者蛰居待时，大显身手的宏图伟志。作者气概豪迈，情绪高昂，对前途对功业寄予希望，充满信心。"蛟龙须待春雷吼"二句，以蛟龙和雕鹗自喻，表现诗人气概雄壮，志向远大，将待时而起。后四句"大丈夫峥嵘恁时候，扶汤佐周（周朝），光前耀后，直教万古清名长不朽"，直抒胸臆，一旦时机到来，自己就像伊尹辅佐商汤，姜尚辅佐周武王那样，作出彪炳万代的功业，名留青史。作者多处用典，语言含蓄凝练。

整套曲子多采用对仗、排比句式，气势磅礴奔放。前两曲悲慨低回，尾曲乐观向上，跌宕起伏。语言雅俗相宜，带有元曲的独特本色。

〔仙吕〕后庭花

吕止庵

西风黄叶疏，一年音信无。要见除非梦，梦回总是虚。梦虽虚，犹兀自①暂时节相聚，近新来和②梦无。

【注释】

①兀自：犹说"还"。　②和：犹"连"也。

【赏析】

这是一首秋天思念游子的小令，作者在熔铸前人诗意的基础上，仍然写得深沉悱恻，委婉动人，别具一格。

这首小令虽短，但是表现了主人公因思极而生梦，然后到欲梦不能的心理发展过程，曲折顿挫，跌宕起伏，层层深入。开头两句"西风黄叶疏，一年音信无"，就揭示题旨，点出相思之苦。秋风萧瑟，黄叶飘零，最容易撩起人的离愁和思念。主人公抬头看到"西风黄叶疏"的深秋景象，心中倍增感伤，默默感叹离人已有一年没有音讯了。"一年音信无"，不仅感慨思念的深重，而且道出了思念者的心焦。"要见除非梦"似乎给主人公带来了一丝希望，无限的相思让人愁苦不堪，而在梦中的欢聚可以弥补别离相思的痛苦。但是"梦回总是虚",又将主人公拉回了残酷的现实。梦境和现实构成了鲜明的对比,倍增思念的痛苦,梦回以后更觉得寂寞、凄清和空虚,因而陷入了更深的思念,更大的痛苦。小令至此处仿佛意已说尽,不料作者另起一层,翻出新意,"梦虽虚,犹兀自暂时节相聚,近新来和梦无。"梦虽然是虚的,并且醒来后相思更加难熬,但尚且还能获得暂时的相聚,这是主人公的自我宽慰,但是可惜近来连梦也没有了,最终又转向了绝望。连梦里暂时的相聚之乐也不能得,那思念的痛苦之情比往日更进一层,给读者留下了广阔的回味空间。

这首小令写相思,但没有一个字写到情,写到思,写到愁,但情思愁自见,极其形象地刻画了主人思念远人的复杂心情。

〔仙吕〕后庭花

吕止庵

西风黄叶稀,南楼北雁飞。揾①妾灯前泪,缝君身上衣。约归期,清明相会,雁还也人未归。

【注释】

①揾:擦。

【赏析】

这也是一首抒写秋思的小令,表现一个女子对远行丈夫的思念,以及对远行丈夫未能如期归来的失望和痛苦,流露出女子对丈夫的深沉的柔情。

这首小令篇幅虽然短小,但是开篇点题,"西风黄叶稀,南楼北雁飞"两句,从深秋的景象写起,西风叶稀北雁南飞中,隐寄着一个"归"字。"揾妾灯前泪,缝君身上衣"由写景转向写人:一个女子在灯前一面抹着眼泪,一面缝着丈夫身上的寒衣,展现了女子错综复杂的思想感情。然而女子为什么要抹着泪为丈夫缝衣服呢?这就引起了读者的好奇。最后三句"约归期,清明相会,雁还也人未归",势如破竹,直抒原由。原来是她和外出的丈夫约定,在花开叶绿的美好季节——清明节团聚,然而如今西风扫落叶的深秋时节,到处一片凋零凄清,连秋雁也知道南飞归来,但丈夫依然没有回来,而且寒冬将至,还要为他准备寒衣,归期渺茫,让她怎么能不对灯揾泪呢?小令到结尾最后几个字"人未归"才点破主题,至此,女主人公见到风吹落叶、北雁南归的秋景时那种难以排解的愁思、无法忍受的寂寞,以及对远行亲人的埋怨,对丈夫无限的体贴,全都呈现在读者的面前。

这首小令结构曲折,前四句写景叙述,至篇尾才点明题旨,造成跌宕起伏之势,但淋漓自如;语言通俗平淡,意境深远,体现了吕止庵散曲的婉约清丽的风格。

〔南吕〕一枝花

休 官

孙叔顺

不恋蜗角名,岂问蝇头利①。世情看冷暖,人面逐高低。闲是闲非,僻掉的都伶俐②。百年身图画③里,本待要快活逍遥,情愿待休官罢职。

〔梁州〕谁待想锦衣玉食④?甘心守淡饭黄齑⑤。向林泉选一答儿清幽地,闲时一曲,闷后三杯。柴门草户,茅舍疏篱。守着咱稚子山妻,伴着几个故友相识,每日价笑吟吟谈古论今,闲遥遥游山玩水,乐陶陶下象围棋。早起,晚夕,吃醉了重还醉。叹白发紧相逼,百岁光阴能有几?快活了是便宜。

〔煞尾〕都则是两轮日月搬兴废,一合乾坤洗是非。直宿到红日三竿偃⑥然睡,那些儿况味谁知?一任莺啼唤不起。

【注释】

①蜗角名、蝇头利:宋苏轼也曾有"蜗角虚名,蝇头微利"的词句,表现出作者对名利的极端鄙视。 ②伶俐:聪明人。 ③百年:指人的一生。图画:联系全曲,应指那些描绘隐居生活的画。 ④锦衣玉食:指华贵的服饰和精美的菜肴。 ⑤淡饭黄齑:指粗米饭和黄齑菜。齑,是用来调味的菜,此处用来形容菜肴的简朴和生活的清苦。 ⑥偃:安息貌。

【赏析】

这篇套曲由三支曲子组成,讴歌了隐居生活的乐趣,表现了自己隐居山林,超脱尘俗的闲情逸致。

第一首曲子〔一枝花〕抒发了作者对官场名利的厌恶和对人生无常的感慨。开头以"不恋蜗角名,岂问蝇头利"引出,起到了提纲挈领的作用。作者把封建社会中知识分子视为生命的功名看作"蜗角"和"蝇头",这些都是极小的东西,足见作者对名利的鄙视。接下来"世情看冷暖,人面逐高低"二句,感慨世态炎凉,官场险恶。这两句极其平常的话,不仅饱含了作者的亲身体验,也将官场的险恶和世态炎凉表现得淋漓尽致。作者就处于这样险恶的环境之中,因此在他认为:"闲是闲非,僻掉的都伶俐。"只有避开这些与自己无关的是是非非,才是真正的聪明人。"百年身图画里"一句,意思是说,人的一生应该像那些图画里一样以隐居为乐。最后两句"本待要快活逍遥,情愿待休官罢职",引出的作者修官归隐的决心。

第二曲〔梁州〕紧接上曲的归隐志向,描绘恬静、自然的归隐生活,表现了作者归隐生活的无限乐趣。这种逍遥自在、清淡幽静的隐居生活,是上曲厌恶官场、否定名利思想的进一步深化。开头两句"谁待想锦衣玉食?甘心守淡饭黄齑",承接上曲进一步表达了作者隐居山林的坚定志向。以下数句铺写归隐生活的乐趣:作者在林泉边选了一处清净幽雅的地方,空闲时可以唱曲,烦闷时可以喝酒;周围稀稀拉拉的篱笆和茅屋,古朴之风让人神清气爽。陪着年幼的孩子和妻子,又有几个老友相伴,自由地谈古论今,逍遥地游山玩水,高兴地下棋嬉戏。人生得意须尽欢,在这样闲适逍遥、清淡幽静的环境中,摆脱了现实政治的种种压力,自由自在,悠闲自得又舒心惬意,与官场的劳碌而又受束缚的生活形成了鲜明的对照,进一步深化了隐居的旨趣。

第三曲〔煞尾〕继续抒写对社会的厌恶与淡薄。开头以"两轮日月搬兴废,一合乾坤洗是非"二句领出,表明了作者对于人世间的一切都看的是十分淡薄。朝代的兴废更替可以不去理会。"那些儿况味谁知"一句设问巧妙,这种悠闲的滋味,整日奔波在官场上的人确实是无法体会的。最后以"一任莺啼唤不起"作结,更加衬托出那种滋味的甜美,意犹未尽。

这套散曲在描写隐逸生活、表现脱尘离俗的闲情逸致时,多少带有一些消极避世的色彩。但在艺术手法的表现上颇具特色,描写和抒情,坦直真切,语调轻快,格调清幽,更具特殊的艺术魅力。

〔中吕〕粉蝶儿

王仲诚

昨宴东楼,玳筵①开舞裙歌袖,一团儿玉软花柔。过行云,回飞雪。玲珑别透,交错觥筹,捻冰丸暗藏锦绣②。

〔醉春风〕娇滴滴香脸嫩如花,细松松纤腰轻似柳。有丹青③巧笔写奇真,怎的朽、朽④。檀口能歌,莲舌轻调,柳眉频皱⑤。

〔迎仙客〕露玉纤⑥,捧金瓯,云鬓巧簪金凤头。荡缃裙,掩玉钩,百倍风流。无福也难消受。

〔满庭芳〕人间罕有,沉鱼落雁,月闭花羞。蕙兰性一点灵犀透⑦,举止温柔,成合了鸾⑧交凤友,匹配了燕侣莺俦。轻捆就⑨,如弹玉纤粉汗流,伴呵欠袖儿里低声儿咒,一会家把人迤逗。撇不下漾秋波一对动情眸。

【注释】

①玳宴：原是指以玳瑁装饰坐居的宴席，此处指盛宴。 ②捻：指用手指捏着。冰丸：此处应是"冰纨"，指色素鲜洁如冰的衣衫，即美人的衣衫，同时也暗喻美人形象的纯洁。锦绣：比喻美好的事物。 ③丹青：古代作画用的颜料。 ④朽：原意为腐朽或衰老。 ⑤"檀口能歌"三句：意思是，美人那粉红色的嘴能唱歌，莲花般的舌头发出那轻调，可两叶弯弯的柳眉却在频频皱着。 ⑥玉纤：状美人手指。 ⑦蕙兰性一点灵犀透：引用了晚唐诗人李商隐《无题》中"身无彩凤双飞翼，心有灵犀一点通"的诗意，比喻美人的蕙兰般纯洁的性灵，和自己的心是相通的。 ⑧鸾：鸾鸟是一种雌雄相守的鸟，离则不胜其哀。 ⑨捆就：温存。

【赏析】

这是一首歌颂男女恋情的套曲。作者以动人的笔触、细腻而生动的描写，表达了其真挚的感情。

首曲〔粉蝶儿〕描写了豪宴的盛况以及主人公对意中人的爱慕之情。开头三句"昨宴东楼，玳筵开舞裙歌袖，一团儿玉软花柔"，以回忆描绘了一幅流光溢彩的盛宴图：东楼的宴会上，歌女们翩翩起舞，美丽的彩袖和衣裙随着舞姿，在一片香雾缥缈之中，如一团玉，又像一朵花，柔软诱人。接下来"遏行云，回飞雪"二句，极力赞扬歌声的优美和舞姿的曼妙，歌声嘹亮响彻云霄，舞姿翩翩如雪花回旋。下面"玲珑剔透，交错觥筹"二句，将视角转移到宴席桌上，餐具细致奇巧，发出诱人的光彩，觥筹交错，酒酣人醉。结尾"捻冰丸暗藏锦绣"一句寓意丰富，描绘美人美好的形象时，心中也暗藏着美好的愿望，向意中人表达了自己的爱慕之情。

第二曲〔醉春风〕，作者刻画了意中人姣好的容貌和体态。"娇滴滴香脸嫩如花，细松松纤腰轻似柳"二句，以一个"嫩"字衬出了美人的年轻和娇娜的腰肢，足见体态的优美。接下来二句"有丹青巧笔写奇真，怎的朽、朽"，意思是说这样美丽的容颜怎么会失去那动人的光彩呢？"檀口能歌，莲舌轻调，柳眉频皱"三句，着笔于细节，进一步刻画了美人的美态。第三曲〔迎仙客〕，描写美人的动态美。"露玉纤，捧金瓯，云鬟巧簪金凤头"三句，写美人露出白玉般的纤纤手指，捧着黄金做的瓯，乌黑的云鬟上簪着金凤钗，神采飞扬。接下来二句"荡缃裙，掩玉钩"，描写美人的裙子象碧空中的云霞在飘荡，掩住遮住了那一弯新月。紧接着"百倍风流，无福也难消受"二句，说美人这种姿态正是百般的风韵，没有福份的人也消受不起，暗中透露出作者的隐忧。

最后一曲〔满庭芳〕，写美人的举止以及自己与之相爱的情景。曲子一开始"人间罕有，沉鱼落雁，月闭花羞"，极写美人美妙绝伦，举世无双。下面"蕙兰性一点灵犀透"句，说美人蕙质兰心，与自己心有灵犀。"举止温柔，成合了鸾交凤友，匹配了燕侣莺俦"三句，写作者与意中人心心相印，而她举止温柔和顺，与作者是一对璧人。以下数句都是描写自己与意中人如胶似漆，尤其是那种又疼又爱的骂更给爱情别添一番情趣。

这首套曲大胆地描写了世俗生活中的爱情，相当直露，不加掩饰，其真挚和热烈跃然纸上；虽然写的是与妓女之间的恋情，但绝无轻浮之辞，值得肯定。

〔黄钟〕醉花阴

孤另

陈子厚

宝钏松金髻云鬌①,甚试曾浓梳艳裹,宽绣带掩香罗②,鬼病厌厌③,除见他家可。

〔出队子〕伤心无奈,遣离人愁闷多。"见银台绛④蜡尽消磨,玉鼎无烟香烬火,烛灭香消怎奈何?

〔幺〕情郎去后添寂寞,盼佳期无始末。这一双业眼敛秋波,两叶愁眉蹙翠蛾,泪滴胭脂添玉颗。

〔尾〕着我倒枕捶床怎生卧,到二三更暖不温和,连这没人情的被窝儿也奚落我!

【注释】

①宝钏:指手镯。髻云鬌:意思是高耸的发髻现在也像云一般垂了下来。古代妇女把头发扎成各种样子的发髻,卷曲着高耸在头上,状如云朵,故以云来形容。鬌:垂貌。 ②香罗:指香罗裙。 ③厌厌:病貌。 ④绛:红色。

【赏析】

这是一首描写思妇的套数,抒写一个女子的思恋和孤独的内心感受,细腻真切。

首曲描写女子瘦削的病体,表现思妇苦苦思恋的煎熬。开头一句"宝钏松金髻云鬌",即写女子消瘦得连手镯都松了许多,昔日高耸的发髻现在也像云一般垂了下来,烘托出了思妇的愁苦之貌。女子这般病容,也自怜地想改善现在的状态,于是接下来作者写道:"甚试曾浓梳艳裹,宽绣带掩香罗",自己也曾试着浓妆打扮一番,然而却只是宽松的绣带掩着香罗裙,进一步言其形体消瘦、容颜憔悴。"鬼病厌厌,除见他家可"二句,说其病情沉重,只有到情人病才会好。至此,思妇那不可名状的愁苦,表现得淋漓尽致。

第二曲〔出队子〕开头二句"伤心无奈,遣离人愁闷多",直抒胸臆,抒发了思妇内心深处发出的无可奈何的哀叹。"见银台绛蜡尽消磨,玉鼎无烟香烬火",女子见到银烛台上燃尽的红烛和没有香烟缥渺的玉鼎,联想到自己可悲的处境,香尽烛灭象征着思妇迫切想见到情人的希望的破灭,而"烛灭香消怎奈何"一句,进而使她的心情跌倒了低谷。

第三曲〔幺〕直接描绘思妇盼佳期无望的痛苦之状。"情郎去后添寂寞",使女子的相思之苦添了一丝哀怨和凄凉。下面"盼佳期无始末"一句,道出了思妇自己明知道佳期无望,只是空添悲切,心中却还是放不下。最后"这一双业眼敛秋波,两叶愁眉蹙翠蛾，泪滴胭脂添玉颗"三句，着笔从神态上表现思妇的心灰意冷。眼睛疲倦，愁眉紧锁，脸挂泪珠，这一系列凝固的形象，淋漓尽致地表现出了思妇满怀的幽怨和悲伤。

最后一首〔尾〕，着意刻画了思妇内心无法排解的孤独之苦，怨恨之极。开头一句"着我倒枕捶床怎生卧"，一下子就让人听到了少妇发自肺腑的犹如撕心裂肺般的呼喊。她感到周围的一切都在和自己作对，令人无法忍受，最后"到二三更暖不温和，连这没人情的被窝儿也冥落我"二句，表达了她极其强烈和深切的愤懑。

这首套曲紧扣"孤另"这一题旨，形象悲切地表现了思妇体态的病瘦；用白描手法表现了她的孤苦；淋漓尽致地抒发了她内心的绝望和愤懑，情感起伏跌宕，动人心弦。

〔仙吕〕解三酲

真 氏

奴本是明珠擎掌①，怎生的流落平康②？对人前乔做作娇模样，背地里泪千行。三春南国怜飘荡，一事东风没主张，添悲怆。那里有珍珠十斛③，来赎云娘④？

【注释】

①奴本是明珠擎掌：《南村辍耕录》二十二卷"玉堂嫁妓"条记有真氏的身世，她说："妾乃建宁人氏，真西山之后也，父官朔方时，禄薄不足以给，侵贷公帑无偿，遂卖入娼家，流落至此。"故在此处她说自己原来也是父母的掌上明珠，只是为了搭救父亲，才不幸流落到娼家。 ②平康：原是指唐代长安的平康坊，是妓女所居之地，后世就泛指妓院。 ③珍珠十斛：引用了唐代孟棨《本事诗》中"石家金谷重新声，明珠十斛买娉婷"之意，显见真氏的内心里极盼望有人能为她搭救出去的。 ④云娘：指唐代官妓崔云娘。唐范摅《云溪友议》中有关于云娘的记载，说她"形貌瘦瘠"，有诗曰："何事最堪悲？云娘只首奇。瘦拳抛令急，长嘴出歌迟。只见肩侵鬓，惟忧骨透皮。不须当户立，头上有钟馗。"这里是真氏自喻。

【赏析】

这是一首歌妓作的散曲，真氏是元大德年间有名的歌妓，这首曲子自述了她由良家女沦落为官妓后的悲惨命运，表现了她迫切从良的愿望和从良无望的酸楚。

开头两句"奴本是明珠擎掌，怎生的流落平康"，自述其沦为官妓的经过。真氏本生于官宦之家，父母视其为掌上明珠，然而其父为官时挪用公银，因无力偿还而卖女抵债。在叙身世的同时也暗含着她对普通家庭生活的憧憬和渴望。在回忆这种被擎在手中有如对明珠的爱时，心中充满了辛酸。次二句"对人前乔做作娇模样，背地里泪千行"，极写官妓生活的悲辛。这些青楼女子人前娇柔妩媚，欢歌笑语，在她们的内心深处有着多少难言的苦衷，人后却是泪水千行。人前的"娇模样"与人后的"泪千行"对照鲜明强烈，深刻、细腻地表达出了妓女们肝肠寸断的痛苦之貌。作者一字一泪，满纸呜咽。

　　曲子的后半部分转向描写真氏渴望跳出火坑的强烈愿望。"三春南国怜飘荡，一事东风没主张"二句，感叹自己年华易逝，青春飘零。南国的春天是美好的，然而自己离乡漂泊已多年，像落花一样随处飘零，任人摆布，她多想除去乐籍，重返自由，但是又有谁来赎自己呢？这种悲惨的境遇就是春风也没有办法。写到此处，作者心头一种无可奈何的失落感油然而生，只能空"添悲怆"。父母没钱，自然无望，元代法律规定官妓不许从良，她只能哀叹"那里来珍珠十斛，来赎云娘"了。曲子看似绝望，然而真氏最后以云娘自喻，表明想跳出火坑的迫切心情。

　　这首曲子以作者的亲身经历来写，情感逼真，格调凄怆，语言不假雕饰，动人心弦，取得了感人肺腑的艺术效果。

〔越调〕斗鹌鹑

寄别

李邦基

　　百岁光阴，寄身宇宙①。半世蹉跎，忘怀诗酒②。窃玉偷香，寻花问柳③。放浪行，不自羞。十载江淮，胸蟠星斗④。

　　〔紫花儿〕鬓丝禅榻，眉黛吟窗，扇影歌楼⑤。献书北阙，挟策南州。迟留，社燕秋鸿几回首，壮怀感旧。妩媚精神，罗绮风流。

　　〔调笑令〕渐久，过清秋。今古盟山惜未休⑥，琴樽相对消闲昼，尽乌丝醉围红袖。阳关⑦一声人去后，消疏了月枕双讴。

　　〔秃厮儿〕浩浩寒波野鸥，消消夜雨兰舟，津亭送别风外柳。甚不解？系离愁，悠悠。

　　〔圣药王〕夜气收，人语幽，西楼梦断月沉钩。惜胜游，忆唱酬，追思往事到心头，肠欲断泪先流。

　　〔尾〕彩云⑧冉冉巫山岫，还相逢邂逅绸缪。终日惜芳心，思量岁寒友。

【注释】

①百岁光阴，寄身宇宙：意思是，人寄身在天地之间，不过就只有百年的光阴。
②半世蹉跎，忘怀诗酒：意思是，自己忘怀在诗酒上，已经悠悠忽忽地虚度了半生。
③窃玉偷香，寻花问柳：指在这半生里自己沉溺在烟花酒楼之中，过着青楼调笑、浅斟低

唱的放荡生活。 ④十载江淮，胸蟠星斗：指自己在江淮两地度过的十年里，胸中也曾盘伏着天上的星斗。星斗，比喻美好的祖国山河，在此引申为报效国家的愿望。 ⑤"鬓丝禅榻"三句：意思是说在扇影绰绰的歌楼里，鬓发已白的作者坐在禅榻上，听着美人在窗边歌吟。 ⑥休：停止，这里指忘记。 ⑦阳关：指阳关三叠，离别之曲。 ⑧彩云：指巫山神女，此处以巫山神女事隐指离人的思念。

【赏析】

这是一篇寄托离愁的套曲，由六个小曲组成。

首曲〔斗鹌鹑〕抒发人生感慨，缅怀以往的放浪生活和壮志满怀的抱负。开头四句"百岁光阴，寄身宇宙。半世蹉跎，忘怀诗酒"，抒发了对人生有限的感慨，而自己却忘情诗酒，已经浑浑噩噩地虚度了半生。接下来二句"窃玉偷香，寻花问柳"，是回顾过去的半生，自己沉溺在烟花酒楼之中，过着青楼调笑、浅斟低唱的放荡生活。"放浪行，不自羞"是说自己当时居然一点也不以为耻。"十载江淮，胸蟠星斗"是说自己在江淮的十年，也曾满怀抱负，时时希望能报效国家。

第二曲〔紫花儿〕抒发自己对旧时生活的怀念。开头三句"鬓丝禅榻，眉黛吟窗，扇影歌楼"，回想自己以往在扇影绰绰的歌楼之上，鬓发已白坐在禅榻上，看着美人靠着窗子吟诗唱曲，看着美人执扇翩翩起舞。这描写的是风花雪月的生活，可是接下来"献书北阙，挟策南州"两句，一下子从那种生活中跳脱出来，开始描写自己的政治生涯。回忆往事，自己也曾向朝廷献过安邦之策，也曾去南方施展自己的政治、军事才能。"迟留，社燕秋鸿几回首，壮怀感旧"，看到鸿雁一次又一次地飞回南方，作者满腔悲壮，更加怀念旧时的一切。"妩媚精神，罗绮风流"，既是言归去所遇女子的姣好，又是言自己过去的风流倜傥。

第三曲〔调笑令〕抒写缠绵的爱情生活，"渐久，过清秋"二句，表明现在已过清秋时节，与心上人分别已久。接下来"今古盟山惜未休"一句，写虽然分别已久，但值得珍惜的是分别时的海誓山盟还是没有忘记。"琴樽相对消闲昼，尽乌丝醉围红袖"两句，写当初和美人在一起时，弹琴饮酒，消磨时光，那些日子过得多么放浪。后面"阳关一声人去后，消疏了月枕双讴"两句，转向分别后，再也不能和美人月下共枕，双双歌唱。

第四曲〔秃厮儿〕紧接上曲，抒写当年离别时的愁情。"浩浩寒波野鸥，消消夜雨兰舟，津亭送别风外柳"，浩渺寒冷的水面上飞着几只野鸥，潇潇的夜雨中飘着一叶兰舟，一片苍茫悲凉的景色，渡口的柳树在风中摇曳，渲染了一种凄凉的气氛。在这样一种黯淡凄凉的时刻别离，作者那种凄清的心境可想而知。"甚不解？系离愁，悠悠"几句，淋漓尽致地抒发了离别之时的离愁别绪，十分感人。

第五曲〔圣药王〕继续写愁思。"夜气收，人语幽"，夜已深了，不时听见人语声，一切显得十分清幽。"西楼梦断月沉钩"，月亮西沉，作者在西楼从梦醒来。"惜胜游，忆唱酬，追思往事到心头，肠欲断泪先流"三句，写作者追忆梦境，夜不能寐，想到过去尽情邀游，放怀酬唱的欢乐如今再也不能复返，禁不住肝肠寸断。

最后一曲，"彩云冉冉巫山岫，还相逢邂逅绸缪"两句写作者期望和昔日的情人相会的情景，彩云冉冉围绕着巫山的峰峦，她与昔日的情人不期而会情意缠绵十分唯美。结句"终日惜芳心，思量岁寒友"，写自己整天都在想念自己心爱的女子，也思量那些在困境中的朋友，在美中表现愁苦，更令人黯然神伤。

这首套曲围绕抒写"别"愁,创造了苍茫悲凉的意境,表现了元代知识分子的坎坷人生和精神面貌。

〔中吕〕上小楼

客 情

景元启

欲黄昏梅梢月明,动离愁酒阑①人静。则被他檐铁②声寒,翠被难温,致令得倦客伤情。听山城,又起更,角声幽韵。想他绣帏中和我一般孤另③。

【注释】

①阑:尽。 ②檐铁:屋檐下的风铃。 ③孤另:孤零,孤单。

【赏析】

这是一首身处异乡的丈夫苦于思念家中的妻子的小令。

第一句"欲黄昏梅梢月明"写景,月上梅梢,点明时间已晚。紧接着"动离愁酒阑人静"一句,点明题旨是抒写"离愁"。倦客喝完酒,已是夜深人静,此一时刻,更容易引起作者远离家乡的孤独和想念妻子的愁情。"则被他檐铁声寒,翠被难温",一个"则"字,表示转折,写出他凄凉的内心感受。屋檐上的风铃声像铁一样冰冷,惊扰了游子,虽然身上盖着翠被,但是也难以温暖他的身心,更加思念远方的亲人。"致令得倦客伤情",写游子这种凄楚的内心感受,折磨得他久久不能入睡,疲备不堪,愁情满腔。

后面三句"听山城,又起更,角声幽韵",从听觉方面来展示人物凄楚的内心。作者夜不能寐,在满腹愁绪中度着这难捱的夜晚,远处,山城中的更声一次又一次响起,那深沉而有节奏的胡角声幽幽传来,更加令人悲伤,令读者仿佛可以看到游子辗转反侧、彻夜难眠的情景。最后一句"想他绣帏中和我一般孤另",由己及人,游子苦思至极,又联想到妻子此刻正独守在锦绣的帏帐中,也和自己一样度着这孤单凄凉的夜晚。结尾深化了主题,既表现出游子对妻子的思念之深,又反映出他们二人心心相印的爱恋之情。

这首小令在心理刻画上颇具特色,将痛苦凄楚的内心感受与外界景物的描写相结合,展现了游子深切的思念之情。

〔双调〕得胜令

景元启

　　一见话相投，半醉捧金瓯①。眼角传心事，眉尖锁旧愁。绸缪，暗约些儿后。羞羞，羞得来不待羞。

【注释】

　　①半醉：指有些醉意。瓯：盛酒器皿，本是瓦制，此谓"金瓯"，是喻其珍贵。

【赏析】

　　这首小令描绘了一个痴情女子与心上人难舍难分的情状，表现了少女对爱情的大胆追求。

　　开头两句"一见话相投，半醉捧金瓯"，描绘了女主人公对意中人的一片痴情：她对他一见倾心，话语投机。她手中捧着盛有美酒的金瓯，已喝得半醉了。这一捧"瓯"细节的描叙，可以令人体会到少女激动而丰富的感情，这里是酒不醉人人自醉了。第三、四两句"眼角传心事，眉尖锁旧愁"，转向描写人物的表情来表现其内心。女子的秋波一转，传达了她心底的秘密，双眉紧锁，表现了她的忧愁。女子一片深情，见到心上人怎么还会心绪不宁、愁眉紧锁呢？"旧愁"二字为下文作好了铺垫。"绸缪，暗约些儿后"两句，表现了两人的情意缠绵，如胶似膝，于是便暗自和他约定以后两人再相会。这里的"暗约"，表明是背着父母的，表现了女子对封建礼教的蔑视和挑战。最后两句"羞羞，羞得来不待羞"，表现了女子娇羞的情状，至此，少女形象被塑造得真实饱满、具体生动。小令笔法细腻，语言大胆直白。

〔双调〕殿前欢

梅　花

景元启

　　月如牙，早庭前疏影①印窗纱。逃禅老笔②应难画，别样③清佳。据胡床再看咱④，山妻⑤骂："为甚情牵挂？""大都来梅花是我，我是梅花！"

【注释】

①疏影：既指梅花，同时也写其枝干横逸，疏朗脱俗的姿态。 ②逃禅老笔：指宋扬无咎，字补之，善画梅花，词集以《逃禅》为名。 ③别样：这里作"特别"讲。 ④据：靠。胡床：交椅。咱：语尾助词，表示希望或请求。 ⑤山妻：妻子，自称其妻时所用的谦词。

【赏析】

咏梅也是中国古代文学作品中的传统题材之一，但这首咏梅之作独辟蹊径，写得独具一格，饶有情趣。

开头两句"月如牙，早庭前疏影印窗纱"，先从正面描写眼前的景色：清晨，一弯新月悬在天空，窗纱上投下了枝干横逸、疏朗脱俗的梅花的影子。因为隔着纱窗，所以作者看来就显得朦胧，一切都是那么恬静、淡雅！第三、四两句"逃禅老笔应难画，别样清佳"，从侧面描写景色之美。品性高洁的梅花融入清旷静谧的月色，更显得冷香幽韵，超凡脱俗，连归隐山中的老画家也手握画笔却无从下手、难以成画了。这样"别样清佳"印在纱窗上的梅花，使室内的主人公如此如痴如醉，完全被这空灵飘逸的美景陶醉了，于是"据胡床再看咱"。"再看"这一动作，精细传神地描绘出了主人公痴迷沉醉之态。这一悠然神往、全神贯注的举动，引起妻子的误解，于是诘问他："为甚情牵挂？"山妻的嗔骂，不仅进一步写出了景物之美，由前面的写景转入写人；而且，在嗔骂声中又突出了"别样清佳"的景色，显得更加鲜明。这一嗔骂似乎将引起夫妻间的一场风暴，但丈夫却出乎意料地回答："大概梅花是我，我就是梅花吧！"这看似答非所问，但此时的作者，觉得不仅是自己在观赏着梅影，梅影也在观赏着自己，他已经完全融入到了物我两忘的审美感受之中了。

这首咏梅曲，不直接写梅花的实体，而是写梅花印在纱窗上的投影；不直接咏梅本身，而重点在于展示作者观赏中物我合一的境界，在众多咏梅之作中独辟蹊径。曲中，作者精心选择了能充分体现人物内心的细节，插入山妻之话，既表现出了散曲特有的风格，又使感情逼真而小有波澜，取得了良好的艺术效果。方言口语化的语言通俗易懂，晓畅直白。

〔正宫〕六幺令

吕侍中

华亭江上，烟淡淡草萋萋①，浮光万顷。长篙短棹一蓑衣，终日向船头上稳坐，来往故人稀②。纶③竿收罢，轻抛香饵，个中消息有谁知？

〔幺〕说破真如④妙理，惟恐露玄机。春夏秋冬，披星带月守寒溪。一点残星照水，上下接光辉，素波如练，东流不住，锦鳞⑤不遇又空回。

〔尾〕谩伤嗟⑥，空劳力，欲说谁明此理？千尺丝纶直下垂，一波动万波相随。唱道难晓幽微，且恁陶陶度浮世。水寒烟冷，小鱼儿难钓，满船空载月明归。

【注释】

①萋萋：草茂密的样子。 ②来往故人稀：指自己很少与故旧亲朋来往。 ③纶：指钓鱼线。 ④真如：佛语，指宇宙本体。 ⑤锦鳞：指代鱼。 ⑥谩：这里是不要的意思。

【赏析】

这篇套数由三支曲子组成，借描写江上隐者的生活，表现作者旷达的生活态度。

首曲〔六幺令〕开头三句"华亭江上，烟淡淡草萋萋，浮光万顷"，描绘了华亭江的景色：江面上飘浮着淡淡的水雾，两岸芳草青青，万顷碧波在月光的映照下泛起层层银光，这景色是何等的幽静而富有生机？在这背景的烘托下，四至六句"长篙短棹一蓑衣，终日向船头上稳坐，来往故人稀"转向写人：渔者撑着长篙，划着短棹，身披蓑衣，整天过着垂钓生活，很少与故旧亲朋来往。作者以轻缓抒情的笔触表现出了烟波垂钓生活的情趣。最后三句"纶竿收罢，轻抛香饵，个中消息有谁知"，写渔者拾掇好钓鱼竿，再把已放上香鱼饵的钓鱼线向江中轻轻抛去，这种闲适自得的滋味又有谁能领略得到呢？末句反问，耐人寻味。

第二曲〔幺〕开头两句"说破真如妙理，惟恐露玄机"，紧接前曲的"消息"，意思是说隐逸的快乐只有自己知道，何必要说出来呢！接下来几句，作者将笔锋转向主体事物的描述上。"春夏秋冬"，自己"披星带月"地守在"寒溪"边上；早上，天上残星未尽时，就到江面抛下鱼竿；那时水光交接，江水如练，日夜向东奔流不息。一天结束，没有钓到一条鱼儿又空船而归了。末句"锦鳞不遇又空回"中的"又"字，说明是经常性的，但是毕竟领略了华亭江优美的自然景色，字里行间表露出作者旷达脱俗的豪情。

最后〔尾〕曲承上曲之末，开头三句"谩伤嗟，空劳力，欲说谁明此理"，是说还是不要为这种白忙一场的行为伤嗟吧！个中滋味只有自己知道，说出来别人也无法领会。接下来"千尺丝纶直下垂，一波动万波相随"，写道：长长的钓鱼线直向江底沉，一个水波就会激起万层波，这种景象不禁让人浮想联翩，心情激荡。因此作者接下来以豁达的态度唱道："唱道难晓幽微，且恁陶陶度浮世"，既然别人难以领略，那就这样自得其乐地度过浮生吧。最后三句"水寒烟冷，小鱼儿难钓，满船空载月明归"，作者为我们描绘了一幅如画的美景：清晨时分，雾寒水冷，更难钓到小鱼儿了，还是载着满船的月光回去吧！

这首曲子写景朴素淡雅，衬托出作者超然脱俗的心境。抒情处欲说还休，给读者留下广阔的无限的想象空间。

〔双调〕蟾宫曲

楚云①

吕济民

寄襄王②雁字安排，出岫无心③，蔽月多才④。目极潇湘⑤，家迷秦岭⑥，梦到天台⑦。浮碧汉阴晴体态，逐西风聚散情怀⑧，卷又还开，去又还来。雨罢巫山，飞下阳台。

【注释】

①楚云：本小令标题一作《赠楚云》，"楚云"是当时一个妓女的名字。　②襄王：与结句的"巫山"和"阳台"三词，皆出自宋玉的《高唐赋·序》，据载："昔者先王尝游高唐，怠而昼寝，梦见一妇人曰：'妾巫山之女也，为高唐之客，闻君游高唐，愿荐枕席。'王因幸之。去而辞曰：'妾在巫山之阳，高丘之阻，旦为朝云，暮为行雨，朝朝暮暮阳台之下。'旦暮视之如言，故为立庙，号曰'朝云'。"从这一美丽的神话中，我们可以知道，楚襄王是和宋玉一起游云梦之台而望见高唐之观上的"云"气的，而"巫山"和"阳台"，都是神女出没之处。于是，后世文人狎客，常以"襄王"自喻。　③出岫无心：出自陶潜《归去来兮辞》中"云无心以出岫"一句。　④蔽月多才：出自曹植《洛神赋》中"仿佛兮若轻云之蔽月"。故本句的"蔽月"就是指代"楚云"，是说楚云多才又多艺，表现了楚云的内在美质。　⑤目极潇湘：化自范仲淹的《岳阳楼记》中"南极潇湘"，因潇水湘水汇合处在湖南，属历史上的楚地，亦即"楚云"的故乡。　⑥家迷秦岭：化自韩愈《左迁至蓝关示侄孙湘》中的一句："云横秦岭家何在？"秦岭，古人南北方的分界线。　⑦梦到天台：出自《幽明录》中的一个故事，后汉永平中阮肇、刘晨二人共至天台山采药，因迷路而遇见二个仙女。后世便以天台喻为邂逅绝代佳丽的代称。　⑧西风聚散情怀：出自古诗"西风送离人"，即谓有相聚亦有离散，有离散也会有相聚，在不同情况下，两人的情怀也是有变易的。

【赏析】

这首曲子多处用典，表面上看起来是描写了云的种种情状，但实际上是歌颂美女之作。

曲子首句"寄襄王雁字安排"提及"襄王"，结句则有"巫山"和"阳台"，可知曲子是暗中贯穿着楚襄王梦游高唐这一典故，意思是说楚云请鸿雁捎信给"襄王"，和他安排约会的日期，表现了"楚云"对爱情的大胆追求。以下五句，暗用典故，赞美了"云"的形态。"出岫无心"，化用陶潜《归去来兮辞》中"云无心以出岫"一句，言楚云这一要求如云气出于山穴一般地自然，表现了楚云的纯洁自然。"蔽月多才"，化用曹植《洛神赋》中"仿佛今若轻云之蔽月"一句,赞美楚云的多才多艺。"目极潇湘",化自范仲淹《岳阳楼记》中的"南极潇湘"一句,"家迷秦岭",化自韩愈《左迁至蓝关示侄孙湘》中"云横秦岭家何在"一句,"梦到天台",引用后汉阮肇、刘晨二人游天台山遇仙女的典故,句句与云有关,同时也表现了作者感情上的起伏变化。

下面"浮碧汉阴晴体态,逐西风聚散情怀"两句,写楚云与作者在高楼相会的情景。作者经历着喜怒哀乐的感情变化,而楚云体态也各不相同,她在天空飘浮,忽阴忽晴,轻盈美妙。九、十两句"卷又还开,去又还来",写"楚云"开合舒卷的情状,暗示她与作者分别时依依难舍的情状。最后两句"雨罢巫山,飞下阳台",写两人的感情之深,作者借用《高唐赋》中神女的话,以神女喻楚云,表现了楚云希望和"襄王"旦暮相随的愿望。

此曲以云喻人,喻体和本体合而为一,用词独树一帜,全曲多处用典,而且用得贴切传神,表现手法别具一格。

〔仙吕〕寄生草

感叹

查德卿

姜太公贱卖了磻溪岸①,韩元帅命博得拜将坛②。羡傅说守定岩前版③,叹灵辄吃了桑间饭④,劝豫让吐出喉中炭⑤。如今凌烟阁⑥一层一个鬼门关,长安道一步一个连云栈⑦。

【注释】

①姜太公贱卖了磻溪岸:用了姜子牙磻溪垂钓遇周文王,辅佐周武王而成大业的典故。 ②韩元帅命博得拜将坛:韩元帅,指韩信,用了韩信登坛拜将的典故。且包含着韩信被斩于长乐宫的史实。博,赌博。 ③羡傅说守定岩前版:用傅说版筑的典故,这句话是说羡慕傅说能够守定了傅岩前的版筑。 ④叹灵辄吃了桑间饭:用"翳桑饿人"的典故。春秋时,晋国的赵盾在翳桑打猎,看见灵辄饿倒在那里,就给他饭吃。后来晋灵公埋伏了甲士要杀赵盾,恰巧灵辄充当灵公的甲士,就倒戈保卫了赵盾,赵盾得以不死。赵盾问他为什么要这样做,灵辄说:"我就是翳桑的饿人啊!"事见《左传·宣公二年》。
⑤劝豫让吐出喉中炭:用豫让漆身吞炭的典故。豫让,战国时晋国人,起初在范中行氏手下,不被重用,就离开范中行氏投奔智伯,得到很大的信任。后来,智伯被赵襄子所灭,豫让为了替智伯报仇,就把油漆涂在身上,造成癞皮病,吞下火炭,灼坏声带,使声音变嘶哑,使别人不认识他。他行刺赵襄子失败,并被抓获,赵襄子当面责备说:"你不是曾经在范中行氏处做事吗?为什么反而投靠智伯呢?"豫让说:"范中行氏用普通人之礼看

待我,我就用普通人的行为回报他。智伯用国士礼待我,我就用国士的行动报答他。今天的事,我固然应该被杀,不过请允许我刺击你的衣服,虽死不恨。"襄子答应了,就把自己穿的衣服给他。豫让拔剑跳起来刺击,然后伏剑自杀(见《史记·刺客列传》)。⑥凌烟阁:唐太宗画功臣画像的地方。 ⑦长安道,实指仕途。连云栈:《辞海》连字条据《褒城县志》说:"明洪武二十五年重修褒斜谷栈道,约为栈阁二千二百余间,统名连云栈"。四川的栈道,一向以艰险著称。

【赏析】

这首小令的题为《感叹》,作者慨叹仕途险恶,否定功名富贵,字里行间充溢着对封建传统的批判。

开头两句"姜太公贱卖了磻溪岸,韩元帅命博得拜将坛",引用了姜太公和韩信的典故。姜太公为周朝开国元勋,韩信被刘邦拜为大将,二人结局不同,但是出仕为官,放弃了自由自在的生活、换来名利缰锁则是一样的。作者对姜子牙放弃隐居出山求功求名和韩信赌上性命只赢得一座拜将坛的行为是持批判态度的,这是对自古以来人们孜孜追求的功名的大胆否定。下面三句"羡傅说守定岩前版,叹灵辄吃了桑间饭,劝豫让吐出喉中炭",作者借品评历史人物,表明了和统治阶级不合作的态度。商朝的傅说没能"守定岩前版",出来为宰相,并取得了好政绩。这里的"羡"字应为反语,作者的意思是:如果傅说能够守定了岩前隐居,那么是令人羡慕的,可他却没有守定,也就不值得羡慕了。春秋时的灵辄为报一饭之恩而舍命倒戈、背叛主人。战国时的豫让为了替主报仇,不惜以漆涂身,吞炭作哑。对于这些为统治阶级卖命的行为,作者是反对的。三句排比而下,酣畅淋漓,表达了作者蔑视统治阶级的愤激情绪。最后两句"如今凌烟阁一层一个鬼门关,长安道一步一个连云栈",极力渲染了仕途之险,把全曲的感情推向高潮。作者将"凌烟阁"看作"鬼门关","长安道"比为"连云栈",表现了作者对封建伦理的大胆批判。

这首曲子运用排比对仗的手法,使愤懑之情层层递进,淋漓恣肆。衬字的使用,一唱三叹的节奏,增强了艺术感染力。

〔仙吕〕寄生草

闲别

查德卿

姻缘簿剪做鞋样,比翼鸟搏了翅翰。火烧残连理枝成炭①,针签瞎比目鱼②儿眼,手揉碎并头莲③花瓣。掷金钗撅断凤凰头,绕池塘捽碎鸳鸯弹。

【注释】

①连理枝：两棵树的枝条相连，生长在一起，比喻夫妻恩爱、生死与共。白居易《长恨歌》："在天愿作比翼鸟，在地愿为连理枝。" ②比目鱼：生长在海底的鲽、鳎、鲆等鱼的统称。这几种鱼身体扁平而阔，两眼各在头部的一侧，比连而生。 ③并头莲：即"并蒂莲"，并排长在一枝茎上的两朵莲花。连理枝、比目鱼、并蒂莲，都是用来比喻夫妻恩爱，形容永不分离的意思。

【赏析】

这首〔寄生草〕，题为《间别》，抒写了女子对于负心男子的怨愤，表达了她誓与男子决绝的态度。可能是一对男女分别后，男方变心，女方因此愤恨至极，把所有过去男子所赠的信物以及二人相亲相爱、热恋难分的物件，全都破坏了，借以表示她与男方决裂的决心。全曲总共七句话，"姻缘簿"、"比翼鸟"、"连理枝"、"比目鱼"、"并头莲"、"凤凰头"、"鸳鸯弹"，这七个都是象征男女相爱的物件，组成了排句：一、二句一排，中间三句一排，六、七句一排，每排都是对偶句，带有一种斩钉截铁的气势，感情色彩、性格力量十分鲜明。作者又通过"剪"、"搏"、"烧"、"签"、"揉"、"撅"、"捽"等一系列的动作，渗透了女子对负心男子的愤恨。这首曲子最大的艺术特色，就是把感情的抒发寄予在一连串的动作之中，全曲没有一句直接议论，也没有一句抒情，但感情色彩强烈，人物性格鲜明，极具艺术感染力。

〔仙吕〕一半儿

拟美人八咏（之一）

春①梦

查德卿

梨花云绕锦香亭，胡蝶②春融软玉屏。花外鸟啼三四声。梦初惊，一半儿昏迷一半儿醒。

【注释】

①春：既指时令，又有"怀春"之意。 ②胡蝶：化用庄周梦蝶的典故。《庄子·齐物论》曰："昔者庄周梦为胡蝶，栩栩然胡蝶也，自喻适志与！不知周也。"大意是说，从前庄周梦见自己变成蝴蝶，翩翩飞舞的一只蝴蝶，遨游各处悠游自在，根本不知道自己原来是庄周。曲中以蝴蝶指代如意的好梦。

【赏析】

　　查德卿的《拟美人八咏》由八支小令组成，包括《春梦》、《春困》、《春妆》、《春愁》、《春醉》、《春绣》、《春夜》、《春情》，是一组抒写儿女之情的曲子。《春梦》描写了一个独处闺房的少妇春日做梦被林中啼鸟惊醒的情景。

　　曲子开头"梨花云绕锦香亭"，勾画了女主人公春日做梦的环境。锦香亭畔，梨花簇拥，如层层白云环抱四周。"胡蝶春融软玉屏"，具体描写春梦，暗喻着梦中欢会。接下来"花外鸟啼三四声"一句，是全曲的一个转折。正当女主人公沉醉于甜蜜的梦境之时，繁茂的花枝外传来几声清亮的鸟啼声，打破了宁静的境界，惊扰了少妇的美梦。"梦初惊，一半儿昏迷一半儿醒"，传神地描绘出女主人公刚从梦中被惊醒的那一霎那的神情意态。她既已被啼鸟惊梦，确实已经苏醒了，只是梦中那甜美如意的情景，仍然令人沉迷其间，留恋忘返，所以"一半儿昏迷一半儿醒"，反映出女主人公对美的梦境难以割舍。

　　这首小令开头两句写景叙事，文词典雅，具有诗词的含蓄婉约；后三句写惊梦的情景，语言坦直晓畅，使诗词的婉约与散曲的直露达到了完美的统一，别具韵味。

〔仙吕〕一半儿

拟美人八咏（之八）

春情①

查德卿

　　自调花露染霜毫②，一种春心无处托。欲写写残三四遭③。絮叨叨，一半儿连真一半儿草。

【注释】

　　①春情：指男女爱恋之情。　②霜毫：指毛笔。　③欲写写残三四遭：指她欲将心事写，但又心烦意乱，不知如何写好，于是写了又涂，涂了又撕，写坏了三四回。

【赏析】

　　这支小令为查德卿的《拟美人八咏》之八，描写一个少妇给远游在外的夫婿写信的情景。

　　开头两句"自调花露染霜毫，一种春心无处托"，写女主人公思念远人，爱恋之情无处寄托，于是就亲自用花间露水调墨，给自己的心上人写信，聊以解愁。研墨之水用花间露滴，写字用未曾染墨的羊毫新笔，可见女主人公的郑重其事和一片诚心。"欲写写残三四遭"，叙写她写信的过程，她想把自己的心事全都写进信里面去，但要说的话太多，心绪又太多，不知要如何写才好，于是写了又涂，涂了又撕，写坏了三四回。"絮叨叨"一句，是写女主人公心烦意乱的心理。但是由于心绪不宁，最后书信终算写成了，但是"一半儿连真一半儿草"。女主人公絮絮叨叨，啰哩啰嗦，写了一大片，但由于思深念切，心绪不宁，开头字迹写得还正楷，写到后来就潦潦草草，不成模样了。这正是她春心浮动、爱恋深切的折射。

这首曲子虽然写"春情"，但作品中除"一种春心无处托"一句外，再没有静止的、直接的抒情词句，外表上只是描写她给情人写信的具体行动，她那起伏不平的心境，急切思亲的情怀，都是在这些具体行动的描写中表现出的。作品细腻真实地描绘了女主人公写情书的全过程：她为了寄托春心，找来花露磨砚调墨，拿起羊毫新笔沾染墨汁，郑重其事地给心上人写信。开头她写写涂涂，几次撕掉重来。最后她终于写成了这封情书，并且絮絮叨叨写了许多。前半部分一笔一画写得还算工整，到后来就越写越潦草，只求一吐为快，顾不得字迹清楚不清楚了。这一系列的行动描写，使这位满怀春情的女子的形象更加鲜明、生动。

〔越调〕柳营曲

金陵①故址

查德卿

临故国②，认残碑③，伤心六朝如逝水。物换星移，城是人非，今古一枰④棋。南柯梦⑤一觉初回，北邙⑥坟三尺荒堆。四围山护绕，几处树高低。谁，曾赋《黍离离》⑦？

【注释】

①金陵：原为战国时楚国邑名，后来作为南京的别称。它是我国历史上著名的故都，三国的吴，东晋，南朝的宋、齐、梁、陈，都曾先后建都于此，历史上合称之为"六朝"。 ②故国：即指故都金陵。 ③认残碑：辨认残缺不全的碑文石刻。 ④枰：同"平"。 ⑤南柯梦：事出唐代李公佐的《南柯太守传》。传说游侠之士淳于棼，所居宅南有大槐树一株，有一天酒醉后突然应邀入"槐安国"，被国王招为驸马，出任南柯太守，荣华富贵，显赫一时。孰料盛极而衰，乐极生悲，先是战事失利，不久公主又病死。他遭到国王疑惮，被软禁起来，随后就被遣返故乡。此时他猛然从梦中醒来，始知前所经历的荣耀蹉跌悉为一梦。梦中所谓"槐安国"者，不过是大槐树穴中的一个大蚁穴；所领的"南柯郡"，则是槐树南枝上的一个小蚁穴而已。 ⑥北邙：即邙山，在河南省洛阳市北。东汉及北魏的王侯公卿多葬于此。唐代诗人王建《北邙行》曰："北邙山头少闲土，尽是洛阳人旧墓。"后来往往用来泛指墓地。曲中的北邙坟，是借指六朝统治者的坟茔。 ⑦

《黍离离》：即《黍离》，是《诗经·王风》的篇目，旧说是东周大夫出行路过故都镐京，看见"宗庙宫室，尽为黍离。闵周室之颠覆，彷徨不忍去而作是诗"（见《毛诗序》）。后代都把《黍离》作为故国之思的代表。

【赏析】

怀古咏怀也是中国古代传统文学作品中的传统题材，这首咏怀之作，也是作者亲临金陵故都的遗址，面对历史陈迹，感慨国家兴亡，揭示历史教训的作品。

小令开头"临故国，认残碑，伤心六朝如逝水"三句，直抒胸臆。六朝繁华之地，如今只剩残碑颓垣，想到如流水一般逝去的六朝往事，使人顿生无限伤感。辨认残缺不全的碑文石刻，记下了作者游览过程中的一个细节动作，再现了"有处特依依"的神情意态。作者由"临"到"认"，进而"伤心"，传达出作者的怀古之情。

接下来，"物换星移，城是人非，今古一枰棋"三句，作者就夹叙夹议，直接抒发内心的感慨。朝代更替，世事变迁，虽然金陵故址还在，但已是人事全非。古往今来，历史上的改朝换代，只不过是一局反复变幻的棋局而已。以往的怀古之作，多是总结历史教训，而此曲则视历史沧桑为毫无意义的游戏，暗含着对统治阶级的否定，也反映出知识分子对统治阶级的失望。基于这种观点，"南柯梦一觉初回，北邙坟三尺荒堆"两句，作者借用两个典故，视历史变迁为南柯一梦，忠奸贤愚，贵族王公，到头来都不过是北邙山上的荒坟。

下面两句"四围山护绕，几处树高低"，作者由议论转回到现实，先勾画了故都美丽的自然景色。山川景物依旧，而昔日的繁华古城已经一去不复返，再发物是人非的慨叹。最后作者一声长叹："谁，曾赋《黍离离》？"作者以冷语作结，笔锋陡转，回到全曲的主旨之上，黍离之悲，故国之思，是极为沉痛的，但历史上的斗转星移，只不过是"一枰棋"，"黍离"之悲又有什么必要呢？

这首小令以怀古为线，夹叙夹议，层层深入，同时在议论之中，作者又注意自己细节动作的刻画和故城自然环境的点染，相互映衬，增强了作品的感染力和说服力。

〔越调〕天净沙

闲题（四首之一）

吴西逸

长江万里归帆，西风几度阳关①，依旧红尘②满眼。夕阳新雁③，此情时拍阑干④。

【注释】

①阳关：地名，在今甘肃省敦煌县西南，乃古代交通要道。王维《送元二使安西》

诗:"劝君更尽一杯酒,西出阳关无故人。"这里乃泛指边远地区。　②红尘:通常有二义:一是指闹市中飞扬的尘土,形容繁华喧闹。刘禹锡《元和十一年戏赠看花诸君子》诗:"紫陌红尘拂面来,无人不道看花回。"它也指繁华的市区。如徐陵《洛阳道》诗:"绿柳三春暗,红尘百戏多。"另一是指人世间,佛家称人类社会为"红尘"。如陆游《鹧鸪天》词:"插脚红尘已是颠,更求平地上青天。"　③新雁:初次飞来的雁。　④此情时拍阑干:借用辛弃疾《水龙吟·登建康赏心亭》:"把吴钩看了,阑干拍遍,无人会,登临意"的词意。

【赏析】

吴西逸的〔天净沙〕《闲题》共有四首,都是写夕阳西下的江关景色,抒发离情。本篇是其中的第一首,通过写江上薄暮时的景象,抒发作者的离情别绪。

开头两句"长江万里归帆,西风几度阳关",写眼前的景象:远方归来的客船,正沿着万里长江,顺流而下,渐行渐近;这个地方风物依旧,凛凛西风,转眼又是一年了,可是曾在这里生活过的人如今又在何处呢?江中归帆引发了作者对离人的怀念。古人多以"阳关"写离情、别意,作者由万里长江联想到相隔深远的阳关,由长江的东去、帆船的归来而想到远方的离人,一实一虚,一景一情,怀人之情,溢于言表。第三句"依旧红尘满眼",写但见满眼红尘而不见柳色,更不见旧友,怀人的伤感越来越沉重。四、五两句"夕阳新雁,此情时拍阑干",既写景,又抒情,突出主题,结束全文。作者放眼空中,看到的却是夕阳如血,新雁哀鸣,此种哀景,使满腹的愁绪更添一层。

本曲写离情别绪,没有极力铺陈工描,而是融情于景,使长江、归帆、西风、阳关、红尘、夕阳、新雁等开阔的意象与怀念离人的情思高度统一,形成一种苍茫悲凉的意境。曲子篇幅短小,但内涵丰富。作者善化用前人的诗、词入曲,但不着痕迹,以凝练之笔,抒深挚之情,表现出了凝练、清丽的风格。

〔越调〕天净沙

闲题(四首之二)

吴西逸

楚①云飞满长空,湘江②不断流东。何事离多恨冗?夕阳低送,小楼数点残鸿③。

【注释】

①楚:古代长江中下游一带属楚国,这里泛指长江以南广大地区。　②湘江:长江重要支流之一,为今湖南四大河流之首,源出广西灵川县东海洋山西麓,由西南向东北流经长沙,横贯湖南省东部,注入洞庭湖,与长江连接。　③鸿:指雁,传递信息的使者。

【赏析】

　　这首小令是吴西逸四首《闲题》中的第二首,描绘了潇湘夕照时的萧瑟景象,通过写景,抒发了羁旅行客的离愁别绪。

　　开头两句"楚云飞满长空,湘江不断流东",写眼前所见的景象,抬头望天,然后俯身看水。楚云湘水,历来和许多哀怨、忧愤的神话传说联系在一起。楚天云飞,湘江奔流的图景,更能渲染出悲凉的气氛,更好地抒写愁绪。作者以"飞满"写云,以"不断"状水,实际上都是在写离愁相思的绵绵不绝。这两句表面上看似写景,实为抒情。第三句紧接上文,设问:"何事离多恨冗?"为什么人生总是离多会少、恨多乐少?这句的"离"字与第一句"飞"字、第二句"流"字紧密相连。在作者看来,云飞、水流、人离都是人世间的恨事,故三者加在一起,自然就逼出一个"冗"字来。这句声调激越,感情强烈,是全曲的眼,点题之笔,说明《闲题》其实不闲。最后两句"夕阳低送,小楼数点残鸿",在问而不答的情况下,进一步写江头晚景,同时也是为了进一步抒情。作者进一步延伸了前面的离愁别恨,从而把主人公的愁绪表现得更为深沉悠远,深化了主题。

　　这首小令内容与第一首相似,抒写的都是离情别绪,作者写景寓情,将离愁别绪融进景物的描写之中,寄寓遥深,赋予云、水、小楼、夕阳、残鸿以深沉的情感,展示了作者疏淡闲逸而又深沉委婉的风格,达到了完美的艺术效果。

〔双调〕清江引

秋　居

吴西逸

　　白雁乱飞秋似雪①,清露生凉夜。扫却石边云②,醉踏松根月③。星斗满天人睡也。

【注释】

　　①白雁:即白色的雁,暗示秋已渐深。宋彭乘《续墨客挥犀》七《白雁至则霜降》:"北方有白雁,似雁而小,色白,秋深到来,白雁至则霜降,河北人谓之霜信。"乱飞:暗示夜色苍茫,白雁找不到宿处,或者是受到了什么惊扰。秋似雪:一指夜色,一指寒意,与"白雁"相一致。　②扫:拂拭。石边云:山中雾气,极言山高。　③松根月:指树缝中漏下来洒在松下的月光;或指月已西沉,显得山高月低,月亮恰似藏在松树底下一般。

【赏析】

　　这首曲子描写秋天自然景色,山居夜景在凄清中透着闲适,字里行间表现出作者远离尘世的精神追求和闲适旷达的高雅情操。

第一句"白雁乱飞秋似雪",一开始就给我们展现出一派雅洁、肃静、清冷的秋天夜景,带出抒情的典型环境。第二句"清露生凉夜",续写秋夜景色,并且融入了主人公宁静淡泊的感受。句中"清露"、"凉夜",照应上句,与"白雁"互相映衬,并为下句人的出场预留空间。第三、四两句对偶接续上句,写秋夜里人夜饮醉归的活动,并用一个"醉"字点出人的精神状态。"扫却石边云,醉踏松根月",主人公企图用衣袖拂去山石旁的雾气,以便躺下睡觉。"扫"这一动作,暗喻醉态,极为传神;而"醉踏"一词,则是明写醉态。"松根月"进一步形容夜深。正是由于秋寒夜深,人又醉了,所以引出第五句"星斗满天人睡也"的一个动作"睡",以与上句"醉"字扣紧。"星斗满天"进一步反衬夜深,在这样的情景下,人一头栽倒在山石上,仰面朝天而睡,显现出主人公的达观、脱俗,完全融入了一种返璞归真的境界。最后三句一连串的动作,互相照应,一气呵成,情景交融,浑然一体。

这首小令色彩淡雅,格调清新,白雁、雪、云、月、星斗,组成了一幅静谧清凉的秋夜画面。作者以素雅之色衬托淡泊达观之情,极其深刻地表现出了主人公远离尘世、超然脱俗的精神境界。

〔双调〕 寿阳曲

四时(四首之三)

吴西逸

萦①心事,惹②恨词,更那堪③动人秋思。画楼边几声新雁儿④,不传书摆成个愁字。

【注释】

①萦:缠绕。 ②惹:引起、勾起。 ③更那堪:又怎么忍受得了呢?堪,忍受,承受。 ④画楼:指有彩绘雕饰、富丽精致的楼房。新雁:刚刚飞回来的雁。儿:北方口语,无实际意义。

【赏析】

这首曲子原作四首,分别写春、夏、秋、冬四季,名为《四时》,这是第三首,以写秋为题,描绘秋景却并不多,重点在于抒情,抒发闺中少妇悲秋的思绪。

小令前三句"萦心事,惹恨词,更那堪动人秋思",直接抒情,淋漓尽致地抒写了主人公思念远人的悲愁。这萦绕在心头的事,惹发人恨的词,已经够折磨人了,更何况如今又面对着触景伤怀的秋天,这千思万绪,怎么教人承受得了呢?这三句运用了赋的手法,写秋思的无处排遣,直抒胸臆。第三句在前两句写愁的基础上进一步写秋思,实际上也就是写离愁，"更那堪"加强了语气，表明愁的沉重。第四、五两句"画楼边几声新雁儿，不传书摆成个愁字"，先写景，后抒情，景中有情，情由景生，是全曲的点题之笔。"画楼"，以居住处点明主人公的身份是一位闺中少妇，她心绪烦躁，放眼向楼外望去，但见雁群鸣叫，从空中缓缓飞过。这些大雁，不仅没给她带来一点信息，而且在飞时摆出了一个"愁"字。雁阵自然不可能排出什么"愁"字来的，这"愁"字却摆在主人公心上，于是由此看出主人公心绪的波澜陡起，表达了她的怨到达了极点。这两句以景寓情，在写景中含蓄地表达出主人公的孤独之感和怀人之愁，更加耐人寻味。

这首曲子或直抒胸臆，或间接达意，直白与含蓄相结合，把少妇秋思的心绪表达得淋漓尽致。

〔双调〕雁儿落过得胜令

叹世（二首之二）

吴西逸

春花闻杜鹃①，秋月看归燕②。人情薄似云③，风景疾④如箭。

留下买花钱⑤，趱⑥入种桑园。茅苫三间厦⑦，秧肥数顷⑧田。床边，放一册冷淡⑨渊明传。窗前，抄几联清新杜甫篇⑩。

【注释】

①杜鹃：即子规，又称杜宇，常出现于暮春时节，啼声凄苦，似为"不如归去"。②燕：候鸟，春来秋去。③人情薄似云：化用俗谚"人情阅尽秋云厚，世事经过蜀道平。"④风景：即光景，泛指时代、社会的发展变化。疾：快速。⑤买花钱：指为了看花支出的费用，萨都剌诗："十八女儿摇艇子，隔溪笑掷买花钱。"花，也有"花花世界"的意思。⑥趱：赶，快走。⑦苫：用席或布把东西遮盖住。厦：大屋。⑧顷：古时一百亩为一顷。⑨冷淡：比喻陶渊明作品的风格及其为人。⑩清新：专指杜诗中一些描绘田园风光，感情真挚、笔调活泼、情趣盎然的律诗，如《客至》等闲适恬淡之作。

【赏析】

这是一首由两个曲牌联成的散曲小令，由两调组成，前四句为〔雁儿落〕，后八句为〔得胜令〕，描写隐居生活，抒写归隐情怀。

第一曲子〔雁儿落〕是两个对偶句，写作者的归隐之因。开头两句"春花闻杜鹃，秋月看归燕"，是说，春暖花开不久，杜鹃鸟就来送春了。秋月正好时，飞燕却要回去了。

这主要说明大好时光的短促，引出作者的触景伤情。三、四两句"人情薄似云，风景疾如箭"，感叹世态冷暖。这曲概括写了岁月流逝，人生无常，世态冷暖，集中表达了作者的内心苦闷和不满，为下文作了有力的铺垫。

第二曲〔得胜令〕，主要歌颂隐居的田园生活。"留下买花钱，趱入种桑园"，说的是离开闹市到宁静的田园中去。"趱入"，表现出了作者归隐田园的急切心情。三、四两句"茅苫三间厦，秧肥数顷田"，是说住的是茅草盖顶的三间大屋，吃的是数百亩肥沃田里长出来的粮食，洋溢着一种恬静的田园生活的乐趣。农桑之余，效仿古贤，读书写诗，悠然自乐。"床边，放一册冷淡渊明传"，是因为陶渊明超尘脱俗，淡泊无为，和作者的志趣相投；"窗前，抄几联清新杜甫篇"，是因为作者和杜甫一样，一生坎坷，穷困潦倒。这两句表达了作者对陶渊明、杜甫的仰慕之情，流露出作者处于异族统治下未能积极用世，不得已退居田园的痛苦心理。

这首带过曲比兴自然，语言平易流畅，具有一种天然纯真的美感，与作者隐居生活的闲适心境达到了和谐统一的境界。

〔双调〕蟾宫曲

昭　君

武林隐

天风瑞雪剪玉蕊冰花①。驾单车明妃②无情无绪，气结愁云，泪湿腮霞。只见十程五程③，峻岭嵯峨④，停骖⑤一顾，断人肠际碧离天漠漠寒沙。只见三对两对搠旌旗古道西风瘦马，千点万点噪疏林老树昏鸦⑥。哀哀怨怨，一曲琵琶。没撩没乱⑦离愁悲悲切切，恨满天涯。

【注释】

①天风瑞雪：形容北国的风大雪急。瑞，吉祥之意。玉蕊冰花：风雪中的晶莹世界。　②单车：本指单独一辆车，在这里意在强调王昭君的孤单无依。明妃：指王昭君。　③十程五程：相当于千里之遥。"十"和"五"是一个虚写数字。　④峻岭嵯峨：指山高岭险。　⑤骖：马。　⑥"只见三对两对"两句：套用了马致远的小令〔天净沙〕中名句"枯藤老树昏鸦"、"古道西风瘦马"。"三"、"两"，在这里是言其少。千点万点，形容远处的乌鸦。　⑦没撩没乱：当时的口语，形容心烦意乱、恍惚迷离到了极点。

【赏析】

这是一首吟咏昭君出塞的曲子。

曲子下笔不凡，开篇就给我们展现了一幅瑞雪纷飞，粉妆玉砌的世界："天风瑞雪剪玉蕊冰花"。"天风瑞雪"描绘出北国的风大雪急；作者用一个"剪"字，拟人化地点出了由天风瑞雪精心剪裁雕琢而成"玉蕊冰花"。"蕊"和"花"这两个美好的意象，极其自然地引出国色天香的王昭君出场。"驾单车明妃无情无绪，气结愁云，泪湿腮霞"，昭君一出场就使气氛陡变，笼罩着一层层浓重的哀怨。面对蔚为奇观的纷纷瑞雪，昭君并没有一丝情趣，思念故土的哀愁凝结不散，就像那满天阴云，泪水沾湿了她艳如朝霞的面颊。

以下两个"只见"，描写了昭君出塞途中凄惨的景观。"只见十程五程，峻岭嵯峨，停骖一顾，断人肠际碧离天漠漠寒沙"，写山高岭险，昭君停下车马回眸看时，背后留下的只是碧空下一片寂寞无声的黄沙，怎叫人不悲伤肠断，意冷心寒。"只见三对两对搠旌旗古道西风瘦马，千点万点噪疏林老树昏鸦"，写西风萧瑟，天寒地冻，连日跋涉，连坐马也一天瘦似一天，这让一个弱不禁风的女子如何承受得了？天色已晚，正是乌鸦归巢的时分，远处那数不清的乌鸦"哑哑"的叫着，像千万个黑点密密麻麻飘入稀疏的枯树林里，这就使得四周景色更加萧瑟，衬托了主人公的悲凄的心理。

最后"哀哀怨怨，一曲琵琶。没撩没乱离愁悲悲切切，恨满天涯"，眼前的凄凉，更加重了心中的愁苦，满腹哀怨又无人诉说，只能寄托于手中的琵琶；昭君心烦意乱、恍惚迷离，随着北行的路愈走愈远，背井离乡之苦就像是决堤的河水从琵琶悲曲中倾泻出来，回绕在天涯行路上。

此曲作者以昭君出塞为题材，写景阔大，抒情细腻，情景交融，意境耐人寻味。而且曲子格调悲凉，荡气回肠，满纸呜咽，给人一种悲壮的美感。

〔双调〕殿前欢（二首）

卫立中

碧云深，碧云深处路难寻。数橡茅屋和云赁①，云在松阴。挂云和八尺琴，卧苔石将云根枕，折梅蕊把云梢沁②。云心无我，云我无心。

懒云窝③，懒云窝里客来多。客来时伴我闲些个，酒灶茶锅。且停杯听我歌，醒时节披衣坐，醉后也和衣卧，兴来时玉箫绿绮，问甚么天籁云和？

【注释】

①赁：租的意思。 ②沁：浸透。 ③懒云窝：指"碧云深处"、"数橡茅屋和云赁"这个地方的名称。

【赏析】

　　这两首小令抒写了超尘脱俗、恬淡平和的隐逸生活。

　　第一首一开篇就将我们带入了一个飘渺变幻、与世隔绝的神秘世界。"碧云深,碧云深处路难寻",采用了顶真的修辞方法,两个前后相随的句子紧紧衔接、融汇反复,读起来带有强烈的节奏感与韵律感。接下来"数椽茅屋和云赁,云在松阴"两句,写作者把几间茅屋连同缕缕团团飘忽不定的云一起租赁下来,云就隐藏在了松荫深处。这里的"赁"字用得新鲜有趣,茅屋可租,碧云怎么能租呢?虚实相合,妙不可言。下面紧接着三个对仗句"挂云和八尺琴,卧苔石将云根枕,折梅蕊把云梢沁",描写了隐居生活的乐趣。"挂云和"对着"卧苔石"与"折梅蕊",这组鼎足对韵味十足。他把极其名贵的云和八尺琴挂在树枝上,头枕云根躺在长满青苔的岩石上,折下一枝盛开的梅花在云中轻轻摇曳,让云根梢都浸透梅的馨香。弹琴、折梅、卧石,与云相伴,这真是一个超脱尘世的幽静迷人的神仙世界。"云心无我,云我无心"两句,抒发了作者云我合一、物我相融的心境。云总是飘忽变幻、若隐若现、不即不离,可见云心里没有我。然而我心中却有云,它的虚无飘渺正说明它没有半点尘念俗心,这一点和我是相同的。这两句透着几分玄妙,形象生动。第一首曲子意在写云,通篇都离不开一个"云"字,笼罩着一种引人入胜的幻境,格调清新,恬淡自然。

　　第二首开篇"懒云窝,懒云窝里客来多",也是用了顶真的修辞方法,与前一首首句遥相对仗。作者以"懒云"自况,说自己就像一团聚而不散、凝而不动的懒云,他幽居的环境就象一个"懒云窝",表现出作者舒适懒散的心境。"客来时伴我闲些个,酒灶茶锅",是说整日只是与众宾客煮酒烹茶,闲话逍遥,渡过懒散的时光。"且停杯听我歌"承上启下,作者的情绪转向兴奋高昂,"醒时节披衣坐,醉后也和衣卧,兴来时玉箫绿绮,问甚么天籁云和?"作者对座上客的唱起了祝酒歌:喝吧,喝吧,酒醒了就披衣坐起,酒醉了就和衣而睡,兴来时就吹起玉箫、弹起绿绮琴,可以信口无腔,可以随心无调,只是乘兴而发,兴尽即止,管它是大自然的天籁音响,还是发自弦端的高曲格调!最后以一个反问句"问甚么天籁云和"收结,余味无穷,使全曲的恬淡平和之气为之一变,惊起了一丝波澜,给读者带来无限的想象空间。这首曲子的主旨是写山居之乐。曲中有"云",有"我",有"客",有"酒",有"琴",有"歌";对仗工整有序,雅俗相间,呈现出一片恬淡平和之气,与作者闲适的心境达到了高度的和谐统一。

〔中吕〕满庭芳

渔

赵显宏

江天晚霞,舟横野渡,网晒汀沙①。一家老幼无牵挂,恣意②喧哗。新糯酒香橙藕芽,锦鳞鱼紫蟹红虾。杯盘罢,争些醉煞,和月宿芦花。

【注释】

①汀沙:沙滩。 ②恣意:尽情任性的意思。

【赏析】

这首小令描写的是悠然自乐的渔村生活。

小令开篇,作者就浓墨重彩,描绘出了江畔渔村最美丽、最动人的景色:"江天晚霞,舟横野渡,网晒汀沙",在那夕阳西沉的江水与蓝天相接的地方,天公堆起了朵朵晚霞,像极了盛开的红似火的江花;野渡口处只有渔舟闲系在那里随风摇晃,鱼网在沙滩上铺开,等待着夜风的爱抚。随着夜的到来,江边野外一片寂静,美不胜收。接下来"一家老幼无牵挂,恣意喧哗"两句,由静入动,通过动态描写,描绘了渔民在一天紧张的劳动之后,全家老幼聚济一堂,其乐融融的场景。"新糯酒香橙藕芽,锦鳞鱼紫蟹红虾",新酿成的糯米酒、刚采摘的甜橙、新挖来的嫩藕芽、闪着锦缎般光泽的鲜鱼、金紫肥美的螃蟹、鲜红剔透的大虾,散发出各自的迷人香味,等待着劳累一天的主人们大快朵颐。这是一组叠句对,"新糯酒"对着"锦鳞鱼","香橙"、"藕芽"分别对着"紫蟹"与"红虾",字里行间色香味俱佳,不用再多着墨,渔家丰收之后自给自足陶然之乐的情景就跃然纸上了。小令结尾"杯盘罢,争些醉煞,和月宿芦花",是说杯中的酒已空了,盘中的菜肴也空了,人们酒足饭饱,趁着醺醺的醉意,伴着如水的月光,躺在芦花深处的扁舟上酣然入睡。

全曲格调欢快清新,语句流利自然,作者极力驰骋想象,既有渔村环境的描写,又有渔民自得生活的描写,绘出了一幅饶有情趣的渔家乐的图景。

〔中吕〕满庭芳

樵

赵显宏

　　腰间斧柯，观棋曾朽①，修月曾磨②。不将连理枝③梢锉，无缺钢多。不饶过猿枝鹤窠④，惯立尽石涧泥坡。还参破，名缰利锁，云外放怀歌。

【注释】

①观棋曾朽：引用了"烂柯"的典故，南朝梁任《述异记》中记载：晋人王质入山砍樵，见童子数人弈棋而歌，质观棋不去，童子与一物，状如枣核，使食，遂不觉饥。待一局终了，质起身欲去，见腰间斧柄已经腐烂，归家视之，人物皆异，概离家已数十年矣。　②修月曾磨：引用段成式《酉阳杂俎》中所载"修月"的故事：天上月亮是由七种宝物合成，她的形状应该象弹丸，否则太阳就要烧灼她凸出的部分，所以人间常有八万二千户专门负责修月。苏东坡有诗句曰"从来修月手，合在广寒宫"（《正月一日雪中过淮谒客回作》）。　③连理枝：指两棵树枝枝相连的现象，多用来比喻夫妻之情或手足之谊。　④猿枝鹤窠：猿猴、飞鹤全是避人而居的禽兽，猿在险崖树巅嬉戏，鹤在绝壁松枝上筑窝。

【赏析】

　　这首曲子赞美了避世而居的樵人飘逸不凡、高洁正直的形象，抒发了作者蔑视名利、清高豪放的情怀。首句"腰间斧柯"开门见山，一个腰间插着斧子的樵夫打扮的主人公直接出场。下面两句"观棋曾朽，修月曾磨"，对仗工整，是说这位樵夫非同一般，他那把斧子曾因看别人下棋而朽烂、还曾经用来修过月亮。这里，作者运用了浪漫主义的夸张手法，连用晋人王质入山砍樵而观棋的故事和《酉阳杂俎》中"修月"的故事，表面上看似写斧，实际上却是在喻人，突出了樵夫的不同一般，非凡夫俗子所能比。

　　以下四句，写这位樵夫的善良质朴和不惧艰险、迎难而上的品德。他不仅勇敢、善良，而且还具有脱俗、高洁的精神境界。作者在平实的叙述之中巧妙地寓于了深刻生动的刻画，"不将连理枝梢锉，无缺钢多"，是说这位观棋修月的樵夫对连理枝十分爱惜，不愿砍削，这绝不是因为斧刃无钢、卷缺迟钝，这是从樵夫的内心活动描写他的纯洁善良；"不饶过猿枝鹤窠，惯立尽石涧泥坡"，是说这位勇敢修月的樵夫对猿鹤出没处从不放过，深涧边、泥潭注、云畔石崖都是他惯常立足砍伐的场所，这是从动作入手，着意于樵夫的性格刻画，显示他刚强正直、不避艰险、知难而进的英雄本色。

　　最后"还参破，名缰利锁，云外放怀歌"三句，意在突出人物的精神世界。意思是说这位樵夫看破了世情冷暖，从世俗的名利中挣脱出来，甘愿到远离尘嚣的"云外"放开胸怀，放声歌唱，过着自由自在的隐居生活，这是全曲的升华，是作者的社会理想与审美理想的最高境界。

这首小令风格质朴平淡，全用叙述的语言，层层递进地揭示人物形象，颇具特色。

〔中吕〕满庭芳

耕

赵显宏

耕田看书，一川禾黍，四壁桑榆。庄家也有欢娱处，莫说其余。赛社处王留①宰猪，劝农②回牛表牵驴。还家去，蓬窗睡足，一品待何如？

【注释】

①赛社：指一年农事完毕之后，村民们杀猪宰羊，聚饮作乐，祭祀田神的活动。王留：与下句中的"牛表"都是人名，是元曲中常用来代指农村青年的称呼。 ②劝农：指一年春耕之始，在田间地头举行的勉励农耕的隆重仪式。

【赏析】

这首小令描写了农村世俗生活的乐趣，表达了作者傲视王侯、悠然自乐的旷达心境。

首句"耕田看书"，揭示出了主人公是位亦农亦儒的文人农夫。接下来"一川禾黍，四壁桑榆"，真实地描绘出来主人公眼中的农村常景。"庄家也有欢娱处，莫说其余"承上启下，既承以上的"庄家"，又领起下文所描写的农家乐。这两句虽是个过渡句，却重在写情，它画龙点睛地道出了"田家乐"的主旨，绝非虚笔。"赛社处王留宰猪，劝农回牛表牵驴"两句，用"赛社"与"劝农"这两种农村独有的节庆习俗来表现农村生活之乐。作者写农村之景和农村之乐，用了两对连璧式的对仗，寥寥数句就囊括了篇中全部景物，粗线条地勾勒出了一幅速写图，但摄入他眼中的只是脱尽了书生气的农村常景与乡间俗习，显然作者在这里有意追求的只是"俗"、"实"二字，从俗中见乐，从实中求美。最后"还家去，蓬窗睡足，一品待何如"三句，意思是说：劳累了一天的农夫回到家里，吃饱喝足之后，在柴草编织的门窗下一觉睡足，倦意顿消，这真是神仙般的生活，就是当了朝中的一品宰相又能怎么样呢？末句"一品待何如"，把农家的欢娱上升到了一个新的高度，使全篇内容突然拔地而起，体现了作者对于王侯将相的蔑视，进一步升华了主题。

这首小令语言俚俗相间，夹叙夹议，结尾"一品待何如"的反问，平凡而有力，表现了作者诙谐、达观的个性特征。

〔中吕〕满庭芳

牧

赵显宏

闲中放牛，天连野草，水接平芜。终朝饱玩①江山秀，乐以忘忧。青箬笠西风渡口②，绿蓑衣暮雨沧州③。黄昏后，长笛在手，吹破楚天④秋。

【注释】

①玩：这里是欣赏之意。　②渡口：指河岸水边设有摆渡，送人过对岸去的地方。③沧州：指碧绿的江水之滨，常被代指隐者所居之处。　④楚天：指南方的天空，因楚国在南方故称。

【赏析】

这首曲子描写了放牧生活的清悠、闲适，表现出隐居生活的逍遥与乐趣。

首句"闲中放牛"总领全篇，点出主人公是位农夫，放牧乃其农闲之事。以下各句，都是放牧时的所见、所感、所为。"天连野草，水接平芜"，是主人公所见之景。青青的牧草和远处的天边连成一片，清凉的绿水衔接着辽阔的原野平滩，境界阔大而清新。"终朝饱玩江山秀，乐以忘忧"，写出了主人公的内心感受。主人公从早到晚沉浸在对辽阔秀丽山河的欣赏之中，为大自然的美景所陶醉，早就忘掉了人世间的一切烦恼。"青箬笠西风渡口，绿蓑衣暮雨沧州"为一组对仗精巧的叠句对，以箬笠、蓑衣的特定装束，西风、暮雨的特定时节，渡口、沧州的特定环境，将曲中牧人形象塑造得生动逼真、丰满具体。他在西风劲吹时戴着箬笠徜徉在渡口，在暮雨中披着蓑衣在水滨放牧，突出表现了放牧生活的悠然自得。"黄昏后，长笛在手，吹破楚天秋"，黄昏时候，正是牧人归家的时候，他怀着满腔的喜悦，一支长笛在手，吹起那响透云空的曲调，牧曲搅破了满天的秋色，一幅黄昏牧归图至此跃然纸上，将隐居放牧生活的闲适情绪表达得淋漓尽致。

这首曲子画面清秀，形象生动，风格飘逸，将景物的描写与情感的抒发结合得圆满统一。

〔双调〕殿前欢

大都①西山

唐毅夫

冷云②间,夕阳楼外数峰闲。等闲不许俗人看,雨髻烟鬟。倚西风十二③阑,休长叹,不多时暮霭风吹散。西山看我,我看西山。

【注释】

①大都:今北京。 ②冷云:一语双关,既指自然景观,也比喻社会人情的冷暖。③十二:形容栏杆之多与愁情之深,宋代朱淑真有"十二栏闲倚遍"(《谒金门·春半》)之句。

【赏析】

这首曲子描写了雨后大都西山的景色,借以抒发自己对人生的感叹,在物我合一的美妙境界中表现出一种超脱尘俗的闲适心情。

开头一句"冷云间",起笔不凡:"冷云",既覆盖着灰暗阴霾之色,又渗透着丝丝寒意。"夕阳楼外数峰闲"一句紧承上句,意思是说在团团冷云笼罩的西边天空,突然出现了奇观:楼外的夕阳破云而出,照耀着几座峰顶,显得格外秀雅挺拔。"等闲不许俗人看,雨髻烟鬟",是两个倒装句,正确的顺序应该是前后调换,意思是说:经过轻风细雨滋润后的西山峰峦,像极了仙女初浴后的头饰,娇艳欲滴,曼妙动人,作者沉浸着一片美色当中,竟然爱美心切,不允许凡夫俗子随意来赏鉴。

接下来几句转向人物的心理刻画。"倚西风十二阑",是说曲中主人公在徐徐的西风中斜倚着栏杆。中国古代文学作品中多有"倚阑杆"的描写,多用来表现才子仕女的愁绪。然而本曲主人公到底在烦恼什么,作者并没有明确点出。接下来,"休长叹,不多时暮霭风吹散"两句,是主人公自我宽慰的语句。不要失望,不要叹息,你看,过不了多久,冷云晚雾都将被风吹散;那时候,西山美女婀娜多姿的身影又将会清晰地呈现出来。最后"西山看我,我看西山",采用分说合叙的修辞手法,深情收尾。把这两句总成一句,意思是说:待到烟消云散之时,西山就能看到对她一往情深的我,正在如醉如痴地凝视着她。

这首曲子风格自由洒脱,情景交融,意境清新。且语言多变,雅俗相间,具有传神的艺术效果。

〔南吕〕一枝花

怨 雪

唐毅夫

不呈六出①祥，岂应三白②瑞？易添身上冷，能使腹中饥。有甚③稀奇，无主向沿街坠，不着人到处飞。暗敲窗有影无形，偷入户潜踪蹑迹。

〔梁州〕才苫④上茅庵草舍，又钻入破壁疏篱。似杨花滚滚轻狂势。你几曾见贵公子锦裯绣褥？你多曾伴老渔翁箬笠蓑衣？为飘风胡做胡为，怕腾云相趁相随。只着你冻的个孟浩然⑤挣挣痴痴，只着你逼的个林和靖⑥钦钦历历，只着你阻的个韩退之⑦哭哭啼啼。更长，漏迟，被窝中无半点儿阳和气。恼人眠，搅人睡。你那冷燥皮肤似铁石，着我怎敢相偎。

〔尾〕一冬酒债因他累，千里关山被你迷。似这等浪蕊闲花也不是久长计。尽飘零数日，扫除做一堆，我将你温不热薄情化做了水。

【注释】

①六出：雪的结晶体成六角形，故古人以"六出"（或"六花"）指代雪花。　②三白：因大雪飘落漫天铺地，天、地、万物都变成银白一片，所以又称雪花为"三白"。　③甚：什么。　④苫：用席或布把东西遮盖住。　⑤孟浩然：唐朝诗人孟浩然无缘仕途，于是隐居鹿门，曾作《和张二自穰县还途中遇雪》一诗，将雪喻为"洛川神女"。　⑥林和靖：恬淡好古，结庐西湖孤山，人称"梅妻鹤子"。　⑦韩退之：韩愈，唐宋八大家之一，因谏阻迎佛骨触怒了宪宗皇帝，被贬官潮州，在被贬途中经蓝关而遇大雪。

【赏析】

这是一篇咏雪之作。作者一反过去咏雪作品对雪的赞赏，运用拟人化手法，赋予雪以人物的性格与形象；并通过委婉细腻的笔触，表达了对雪恣意肆虐、冷酷无情的怨恨。

首曲〔一枝花〕的主要内容是"责雪"，紧扣"怨"这一主题，历数雪的一条条罪状。开头两句"不呈六出祥，岂应三白瑞"，"六出"和"三白"均指雪，意思是说，雪不能给人带来吉祥。这种突如其来的指责，颇似无理，使人丈二和尚摸不着头脑，于是自然引出下文。"易添身上冷，能使腹中饥"，指雪会使人饥寒交迫。接下来"有甚稀奇，无主向沿街坠,不着人到处飞。暗敲窗有影无形,偷入户潜踪蹑迹",极写雪花四处飘零,漫无定向,狂蜂乱舞的丑态,表现出对雪的鄙夷。首曲除了"有甚稀奇"之外,其他八句皆双双叠映,构成了联珠式的对仗,增加了曲子的修辞美和韵律美。

中间一曲〔梁州〕,进一步抒写对雪花凌弱欺贫的怨恨。雪花似杨花般飘飞,来势轻狂,覆盖了穷人家的"茅庵草舍",钻入了断壁柴门,但是从不去惹富人家的锦褥绣被,也不为隐逸之士增添情趣。雪之所到之处,总要滥施狂威,雪锁江河。它还依仗风势胡作非为,专与志士为难,使人难以入睡。曲意至此,同是指责雪,但与首曲相比感情的因素愈来愈浓。作者对雪花的阴冷之性进行了无情的鞭挞,力透纸背。

最后一曲〔尾〕,充满了对雪花的愤愤诅咒。"一冬酒债因他累,千里关山被你迷",意思是说,作者曾因雪寒而赊钱沽酒取暖,因而负债累累;也曾因雪被阻关山,有家难归。紧接着又说诅咒雪是"浪蕊闲花",不能长久,发誓要将雪花"扫除做一堆",使它"化做了水"。至此,作者"怨雪"的细腻感情就全部烘托出来。

这篇套数语言生动、流畅、活泼,以拟人化的手法,在描写雪花飘落的形象特征时,赋予雪花以人的品行个性,表现了作者愤世嫉俗的怨愤情绪。

〔双调〕寿阳曲

怀 古

李爱山

项羽争雄霸,刘邦起战伐①。白夺成四百年汉朝天下②。世衰也汉家属了晋家③,则落的渔樵人一场闲话。

【注释】

①"项羽争雄霸"两句:指秦朝覆灭之后,我国历史上出现了刘邦、项羽争夺天下的激烈局面,这就是有名的楚汉之争。 ②白夺成四百年汉朝天下:指楚汉之争的结果是刘邦战胜项羽,威名赫赫地成为汉高祖,开创了统治天下四百年之久的汉朝基业。白,白白地,徒然。 ③世衰也汉家属了晋家:指汉王朝逐渐衰微,中间经过三国争雄鼎立,到最后是司马氏灭汉、平吴、篡魏,建立了晋室天下。

【赏析】

这首小令借怀古表达了作者对于人世沧桑的感慨,反映了元代末期知识分子的消极情绪。

"项羽争雄霸,刘邦起战伐",曲子开头从秦朝覆灭之后,刘邦、项羽争夺天下的激烈局面说起。"白夺成四百年汉朝天下",楚汉之争的结果是刘邦战胜项羽,威名赫赫地成为汉高祖,开创了统治天下四百年之久的汉朝基业。一个"白"字,清楚地表现出作者对王朝的兴衰、人物的成败所持的见解。在作者眼中，历代封建王朝的建立，无非是你杀我砍的相互争夺罢了。"世衰也汉家属了晋家"，及至汉王朝衰微，中间经过魏、蜀、吴三国鼎立，最后司马氏灭汉、平吴、篡魏，建立了晋室天下，汉室终为晋所取代。作者表面怀古，实际却是在影射他所处的元王朝，生活在社会最底层的汉族文人对于那个社会最动荡、战乱极频繁、统治相当残酷的朝代，普遍都有着对一切都看穿的情绪，他们对现实大多都怀有一种消极、绝望的情绪。结尾"则落的渔樵人一场闲话"与"白"字遥遥呼应，意思是说，历史兴衰，朝代更迭，人物成败，到今天都不复存在了，到头来只不过成为渔夫、樵子林间水畔闲谈的一段趣话而已。这首曲子与以往的怀古之作不同，并没有抒写历史兴衰教训，而是以感叹式的结尾，以示后人引以为戒的意味，带有一种消极遁世的情绪。

这首小令语言简洁，明白如话，几乎全用当时的口语。前面寓评论于叙述，采用夹叙夹议的写法，前面叙事，末句抒情，明短实连，给读者留下广阔的想象空间。

〔中吕〕上小楼

自适（四首）

王爱山

酒酣时乘兴吟，花开时对景题。剪雪裁冰，击玉敲金，贯串珠玑。得意时，自陶写，吟哦一会，放情怀悦心神有何惭愧。

思古来屈正则①，直恁地禀性僻。受之父母，身体发肤，跳入江里。舍残生，博得个，名垂百世，没来由管他甚满朝皆醉②。

黑甜浓坦腹③眠，清凉风拂面吹。高卧藤床，铺片蒲席，枕块顽石。日三竿，睡正美，蒙头衲被④，起得迟怕画不着卯历⑤。

开的眼便是山，那动脚便是水。绿水青山，翠壁丹崖，可作屏帏。乐心神，净耳目，抽身隐逸，养平生浩然之气⑥。

【注释】

①屈正则：称屈原为屈正则，是出自《离骚》"名余曰正则兮，字余曰灵均"之句。
②没来由管他甚满朝皆醉：节引自《史记·屈原列传》里屈原的原话：屈原投江前，

徘徊在江边，一渔父认出了他，问他为什么被放逐，他说"举世混浊而我独清，众人皆醉而我独醒"。 ③黑甜：即酣睡，也指昼寝。坦腹：坦开衣服，露出肚皮而睡。 ④蒙头衲被：衲被蒙头的倒装，苏轼《上元雪》："衲被蒙头真老病，纱笼照佛本无心。" ⑤画不着卯历：古时官吏在卯时（早上五点到七点）到职，谓之"应卯"，长官按点名册点名谓之"点卯"，官吏自己签到谓之"画卯"。 ⑥养平生浩然之气：引自《孟子·公孙丑上》："孟子曰：我善养吾浩然之气"。

【赏析】

　　这是一组抒发高雅情趣，歌颂幽居避世之乐的曲子，原作有四首。语言生动流畅，势如破竹，风格活泼多变。

　　第一曲重在抒写旷世放达以求顺心如意的心绪，实际上是抒发自慰、自解之情。作者以"酒酣时"、"花开时"、"得意时"为线索，描绘了乘兴吟咏，对酒放歌，风花雪月，良辰美景的自乐之情。"酒酣时乘兴吟，花开时对景题"，酒酣时吟咏，花开时写诗，这是文人独有的雅兴。接下来"剪雪裁冰，击玉敲金，贯串珠玑"三句，表面看似是写景或物，却是连用比喻：用白雪寒冰比诗的幽雅高洁的意境，用金玉之声喻诗的声韵动听，用串串珍珠喻词语的灿烂夺目。作者语出惊人，妙手成章，层层递进，博喻文采出众，可以说是自我陶醉于斑斓文采的写照。"得意时，自陶写，吟哦一会"，意思是说，待到兴致勃发之际，陶然而醉忘却忧愁，为宣泄情性，便放声高歌。"得意"二字，透露出一丝言外之意，令人遐想连篇。最后一句"放情怀悦心神有何惭愧"，作者呼吁人们要纵情尽兴地享受生命的欢乐，自然不会愧对生活！曲子看似轻脱，实则沉郁；貌似怡然自适，实则含有隐情。知识分子那种锦心绣口的才气，豪放不羁的怀抱，都寄予在"吟"、"题"和"吟哦"之中了。

　　第二曲旨在表达作者对人生的态度。作者借对屈原愤世沉江行为的否定，来表现超然于浊世的自适之情。开头"思古来屈正则，直恁地禀性僻"两句，意思是说，想起古人楚大夫屈原，竟如此一副古怪脾气。作者以隐逸之士所持的道家思想来观照屈原的行为，因而认为屈原沉江是"禀性僻"。接下来"受之父母，身体发肤，跳入江里。舍残生，博得个，名垂百世"六句，就是对屈原"禀性僻"的具体描述和指责，身体发肤都是由父母给予的，屈原好端端纵身跳入江底，舍弃生命换来流芳百世更是没有意义的。最后一句"没来由管他甚满朝皆醉"，语气强烈，意思是说，死得太没意义，管他什么满朝人都醉如污浊！这里是从反面表达了对隐逸自适生活的肯定，与组曲的其他三首正面赞颂隐逸生活的曲子构成主题上的和谐统一。这首曲子在对屈原的否定和对隐逸生活的向往中，蕴含着对现实深深的不满和绝望。

　　第三曲着重抒写睡梦中的自适情怀，表现出作者对官场的厌恶之情。开头两句"黑甜浓坦腹眠，清凉风拂面吹"，说的是清凉舒爽的微风轻轻地拂过作者的脸庞，他裸露着身子，酣然入梦。作者高卧在藤床上，垫着一张蒲席，枕着一块顽石，睡得正香。藤床、蒲席、顽石，历来是隐士们简陋而自适的卧具。日上三竿，作者睡得正美，盖着一张破被，不用再像官府小吏一样，天天要为按时签到画卯而不敢晚起。作者心目中称心欢乐的生活不过如此而已。这首曲子是自述睡梦中的自适，淋漓尽致。

　　第四曲写的是作者隐居在山水之间，"养平生浩然之气"的自适。开头两句"开的眼便是山，那动脚便是水"，直述了作者对理想的隐身环境的描述，那里睁开眼到处见青山，挪动脚处处有绿水。"绿水青山,翠壁丹崖,可作屏帏",高高的山和长长的水像重重屏嶂把这片乐土与凡尘俗世隔绝,构成了一个世外桃源式的仙境。"乐心神,净耳目,抽身隐逸,养平生浩然之气",作者在这样的环境里隐居,心旷神怡,耳目清净,最能修养正大刚直之气。最后一句"养平生浩然之气",引用孟子的"养吾浩然之气",表达了作者对现实的不满和对放达自在、恬淡无拘的生活的追求,自适之情勃然而出。

〔双调〕水仙子

怨别离(十首之一)

王爱山

凤凰台上月儿弯①,烛灭银河锦被寒。谩②伤心空把佳期盼,知他是甚日还,悔当时不锁雕鞍。我则道别离时易,谁承望相见呵难。两泪阑干③。

【注释】

①凤凰台:古台名。据刘向《列仙传》载:秦穆公有女弄玉,嫁萧史,萧善吹箫作凤鸣,凤凰来止其屋;穆公筑凤凰台使夫妇居之。后人或以"凤凰台"喻夫妻之和谐美满。月儿弯:月缺不圆的形象,天上月缺则象征着人间的离别。 ②谩:空自。 ③阑干:在此作纵横讲,形容泪水在脸上流动的样子。

【赏析】

《怨别离》是一组悲歌,原作有十首,都是使用同一个曲调谱写而成,而且每曲内容也都是围绕着男女爱情抒发离愁别恨的悲苦。这十首以"凤凰台上月儿弯"、"偏"、"斜"、"低"、"高"、"孤"、"明"、"昏"、"沉"、"圆"为首句,模拟思妇盼望情人的语气,从思念写到团圆。

这首曲子重点写思妇的盼、悔和怨,语言通俗浅显而又不乏余味。第一句"凤凰台上月儿弯"是起兴,引出下文。紧接着"烛灭银河锦被寒"一句,写夜深了,蜡烛熄灭了,外面的夜色就更加清晰;天上的银河映入眼帘,女主人公自然会联想起被隔绝在银河两岸的织女和牛郎,她感同身受;"锦被寒"又回到现实中来,丈夫不在,妻子凄凉而孤单,本是温暖的锦被也让人望而生寒。前两句相得益彰,写女主人公和情人分离后的感伤,烘托出了悲凉感伤的气氛。

以下转向描写心理活动,"谩伤心空把佳期盼,知他是甚日还",先是写盼,女主人公盼望能与丈夫早日相见,然而这却是空自伤心,谁知道他哪一天才能回来。当一次次盼望落空,又转入了悔,"悔当时不锁雕鞍"一句,写后悔自己没有在丈夫离去时抓住他的马鞍,把他强留下来。悔到一定程度就成了怨了,"我则道别离时易,谁承望相见呵难",女主人公写道:都怨自己没有远见,没有经验,以为别离容易相见不难,谁知道望眼欲穿而不得见,相见是这样的难。盼、怨、悔三个层面上的心理活动层层递进,淋漓尽致地表现出了女主人公的思想情绪。尾声"两泪阑干",进一步把一个伤心欲碎、满面泪水的妇女形象推到了人们的面前,加深了读者的联想,使曲子显得余味无穷。

〔双调〕水仙子

怨别离(十首之二)

王爱山

凤凰台上月儿偏,和泪和愁闻杜鹃①。恨平生不遂于飞②愿,盼佳期天样远,月华凉风露涓涓③。倚单枕难成梦,拥孤衾怎地眠。两泪涟涟。

【注释】

①杜鹃,鸟名,传说古蜀帝死后化为杜鹃,每当半夜三更就开始悲鸣,至流血方止。②于飞:比翼双飞之意,用以比喻夫妻和美,典出《诗经·卷阿》:"凤凰于飞,翙翙其羽"。 ③涓涓:细水慢流的样子。

【赏析】

这首是十首《怨别离》组曲中的第二首,描写了一位盼望情人归期的女子,因佳期无望而终夜孤独难眠的痛苦。

开头两句"凤凰台上月儿偏,和泪和愁闻杜鹃",即点明时间地点,以及女主人公悲愁的情景。女主人公在月已偏西时还尚未入睡,"和泪和愁",有形的"泪"与可感的"愁"交织相伴,一起袭来,再加上杜鹃的悲啼,更增加了无限的愁苦。作者写女主人公层层递进,逐一写愁多、愁深和愁重。接下来三句"恨平生不遂于飞愿,盼佳期天样远",笔锋一转,描写主人公遗憾与盼望相交织的复杂心理,遗憾的是,不能与心上人一辈子相亲相爱,厮守一生;整日盼望离人归来的佳期早日到来,它却像天边一样遥远遥远而不可及。紧接着"月华凉风露涓涓"一句景物描写,衬托出了主人公这种极度哀苦的心理。月色闪着惨白的光,冷风拂拂生凉,雾气成露。"倚单枕难成梦,拥孤衾怎地眠",面对此情此景,女主人倚着单枕,拥着孤被,怎么能睡得着呢?最后一句"两泪涟涟",所有的愁苦都化作了泪水,簌簌滴落下来不能停止。作者表现女主人公相思难眠的情景,将大自然的月、风、露等景物,床上的铺设枕和被等环境以及孤寂恨别的悲愁心理融为一体,带上了各自"凉"、"寒"、"单"、"孤"的色调,使全曲抒情错落有致,虚实相生,自然爽快。

〔双调〕水仙子

怨别离（十首之三）

王爱山

凤凰台上月儿斜，春恨春愁何日彻①。桃花零落胭脂②谢，倏忽③地春去也，舞翩翩忙煞蜂蝶。人去了无消息，雁回时音信绝。感叹伤嗟。

【注释】

①彻：停止，结束。 ②胭脂：代指桃花。 ③倏忽：转眼间，一瞬间。

【赏析】

这首是十首《怨别离》组曲中的第三首，把离恨和春愁融为一体，描写了思妇自叹青春的消磨、情人杳无音信的哀伤。

开头一句"凤凰台上月儿斜"起兴，点明时间月亮已经西斜。接下来"春恨春愁何日彻"，天快要亮了，而受了一夜煎熬的主人公的春恨、春愁却丝毫没有消减，这样的痛苦什么时候才能结束？这里的"春"字一语双关，既指季节时令，又指主人公对远去情人的眷恋之情。下面"桃花零落胭脂谢，倏忽地春去也，舞翩翩忙煞蜂蝶"三句，表面写景，旨在抒情。第三句中的"桃花零落"与"胭脂谢"是同义词组，既指春天的景物，也暗喻主人公思春而面色憔悴。作者用意双关，不露痕迹。转眼间，明媚的春天就要离去了，蜜蜂和蝴蝶仍恋恋于飞逝的春光，忙忙碌碌地飞舞着。这两句显然是在借物喻人，借景抒情，感叹丈夫一去不归，分别太久，而青春易逝，相思的忧伤使自己艳如桃花的面色迅速衰退，更加衬托出主人公的春愁与离恨。最后"人去了无消息，雁回时音信绝。感叹伤嗟"三句，意思是说，离人无情无义，一去不回，杳无音信，而指望大雁捎来情书，那只是奢望罢了。这怎能不让人深怨长叹！思妇盼望情人及早归来的急切心情，跃然纸上。

曲中以"春愁"喻离恨，以"桃花"、"胭脂"喻人之容颜，给读者留下广阔的想象空间，独具艺术魅力。

〔双调〕水仙子

怨别离（十首之四）

王爱山

凤凰台上月儿低，香烬金炉①空叹息。闷厌厌②怎不添憔悴，夜迢迢更漏迟，冷清清独守香闺。急煎煎愁如醉，恨绵绵意似痴。泪眼愁眉。

【注释】

①香：指沉水香，一名沉香，一种常绿乔木，木材有香味，可制成熏香料。金炉：盛放燃烧后的沉香的器皿。②闷厌厌：精神疲乏，心情烦闷的样子。

【赏析】

这首是十首《怨别离》组曲中的第四首，写思妇独卧难眠，因思念情人而愁得憔悴不堪，如痴如醉的苦闷心情。有实有虚，有详有略，大方得体。

开头两句"凤凰台上月儿低，香烬金炉空叹息"，月儿低挂在上空，金炉里的沉香已经燃尽，渲染了一种幽然的气氛，在此景的映衬下，女主人在幽幽地叹着气。这两句意蕴丰富，女主人公为什么而叹气，不禁勾起了读者的好奇心。"闷厌厌怎不添憔悴，夜迢迢更漏迟，冷清清独守香闺"三句，意思是说，女主人公独自一人守在香烟袅袅的深闺，冷清空寂，看着漫漫的长夜慢慢逝去，听着报时的铜漏越来越迟，无处排解而又剪不断的苦闷哀思使她变得枯槁萎靡。紧接着"急煎煎愁如醉，恨绵绵意似痴"两句，意思是说，急愁恨意把人折磨得如痴如醉，加深了曲子表现离愁之苦的氛围。作者运用"闷厌厌"、"夜迢迢"、"冷清清"、"急煎煎"、"恨绵绵"叠字的修辞手法，写憔悴的面容，漫长的黑夜，冷清的闺房，如痴如醉的神情。周围的境界，女主人公的形象和情感都因此而极其鲜明。常言道欢乐怨夜短，悲苦恨更迟，"夜迢迢更漏迟"，细腻地表现出了这种心理。最后一句"泪眼愁眉"则，又浓墨重彩，渲染出了女主人公的伤感。

〔双调〕水仙子

怨别离（十首之五）

王爱山

凤凰台上月儿高，何处何人品玉箫。眼睁睁盼不得他来到，陈抟①也睡不着，空教人穰穰劳劳②。银台上灯将灭，玉炉中香渐消。业眼难交③。

【注释】

①陈抟：北宋初年的道教大师，最初修道于武当山九室岩，后移居华山，常一睡百余日不起，显然是一位得道的睡中仙。引用陈抟典故，使全篇多少带上些幽默色彩。 ②穰穰：作纷乱烦心解。《盐铁论》有"天下穰穰，皆为利往"之说。劳劳：在这里的意思是忧伤惆怅，如《古诗为焦仲卿妻作》一诗中有"举手长劳劳，二情同依依"的句子。 ③业眼：作孽、可恨的眼，这应是当时的口语。难交：指上下眼皮难以闭合。

【赏析】

这首是十首《怨别离》组曲中的第五首，也是写女主人公春情难眠，期盼离人归来的情景。

开头两句"凤凰台上月儿高，何处何人品玉箫"，意思是说，看着凤凰台上的月亮高高升起了，不知在什么地方、也不知是什么人在吹奏玉箫，那呜呜咽咽、如泣如诉的乐调，更加撩起人的愁思。接下来"眼睁睁盼不得他来到"一句，清楚地交代了愁思的内容，女主人公是眼睁睁地盼望情人的来到。"陈抟也睡不着，空教人穰穰劳劳"，意思是说，就算是陈抟仙祖，也不能摆脱这揪心的期盼而安然入睡，期望落空，只会白让人烦乱惆怅。这里引用陈抟的典故，为全曲蒙上了一丝幽默色彩。而"穰穰"与"劳劳"的重叠出现，更加重了愁思之重之苦。下面两句"银台上灯将灭，玉炉中香渐消"，对仗工巧，"银台上"对"玉炉中"，"灯将灭"对"香渐消"，辞藻的精雕细琢，使室内的景物描写更加实在具体。夜已深，而女主人公却"业眼难交"。作者以月高写夜深，箫声写难眠，业眼难交写疲倦仍不可入睡。这种执着的爱情追求，衬托出了女主人公缠绵多情的形象。

这首曲子也是写思妇的"盼"，前面几首都没有出现一个"盼"字，却写尽焦急盼望的情意，而这首直露坦诚、直抒胸臆，把"盼"字描绘得十分显露，展现出不同的情趣。

〔越调〕天净沙

秋

朱庭玉

庭前落尽梧桐,水边开彻芙蓉①。解与诗人意同。辞柯②霜叶,飞来就我题红③。

【注释】

①芙蓉:即荷花,盛开于夏。 ②柯:指残荷。 ③飞来就我题红:借用"红叶题诗"的典故。唐人关于"红叶题诗"的故事说法甚多,情节都大致相同。其中一个是:据孟棨《本事诗》记载,玄宗时,顾况于御沟流水处拾得一片大梧桐叶,上有诗云"一入深宫里,年年不见春,聊题一片叶,寄与有情人",况亦于叶上题诗和之。后皇宫发放宫女,顾况择配者正是当年的题诗人。

【赏析】

朱庭玉的〔越调·天净沙〕原作有四首,分别以《春》、《夏》、《秋》、《冬》为题,这是第三首,主旨是借秋景抒发闲情。

开头两句"庭前落尽梧桐,水边开彻芙蓉",即在读者面前呈现出了秋日景色的特写画面,庭院里的梧桐叶纷纷飘落,池塘里的荷花也开始凋零,暗中点出秋天已经到来了。秋天是落叶的季节,唐诗中有"一叶落知天下秋"的句子,而梧桐叶又是较早落的,人们常常以"梧桐惊"比喻季节变换、夏去秋来。秋天到来,晚荷也红衰翠减,慢慢凋残。作者仅以桐叶、残荷两种意象就点染出了满园浓浓的秋色。接下来一句"解与诗人意同",开始转入抒情。梧桐落叶与荷花残瓣善解人意,仿佛与诗人心意相通。花、叶的飘零加重了诗人的悲秋之意,渲染出了一缕悲伤的气氛。而最后"辞柯霜叶,飞来就我题红"两句,笔锋一转,把这种悲凉的气氛一扫而空。一片告别树林飘飞过来的霜叶,正好让我题情。作者巧妙地运用拟人化的手法,说"霜叶""辞柯""飞来就我题红",具有神采飞扬的动感。结尾句借用"红叶题诗"的典故描绘秋景,用典而不拘于典,又恰如其分地抒发了对秋天的眷恋。

这首曲子篇幅虽小,想象丰富,情发于景,给人以跌宕起伏之感,写尽秋色而能跳出俗套,语言文雅而不失通俗,风格清丽,意境灵动,既有一般文人的悲秋意味,又别出机杼另有遐想,基调较为积极,可谓元曲小令中的佳品。

〔越调〕 天净沙

冬

朱庭玉

门前六出①狂飞，樽②前万事休提。为问东君③信息。急教人探，小梅江上先知。

【注释】

①六出：指雪花，六个花瓣的花叫"六出"，雪的结晶体是六个角，因而古人也用这个名字称呼它。 ②樽：这里指代酒。 ③东君：这里指司春之神。

【赏析】

朱庭玉的〔越调〕 天净沙原作有四首，分别以《春》、《夏》、《秋》、《冬》为题，这是第四首，写冬天的景色。

曲子开篇一句"门前六出狂飞"，即点题，点明现在正值隆冬季节，门外漫天的大雪正在狂飞乱舞。接下来一句"樽前万事休提"，由门外转向门内，人们正在痛快地饮着酒，在酒杯面前就应尽情尽意地喝，把一切烦忧都抛在脑后，什么事都不要提起。大雪纷飞，铺天盖地，覆盖了全世界。大千世界银装素裹，人们在闲适地喝着酒，一切都沉浸在静寂之中。"为问东君信息"，"东君"，在这里指司春之神，作者以不堪寂寞的心热切地打听着司春之神的信息，焦急地盼望着万紫千红的春天。作者在"门前六出狂飞"的寒冬时节，热情地呼唤春天的到来。"急教人探"一句，急急忙忙让人去探春的消息，更加表露出作者盼春的急切心情。结句"小梅江上先知"，承接开头"门前六出狂飞"一句，江边向阳处的梅树枝头，已经绽出了小小的蓓蕾。"先知"二字赋予梅树以知觉生命，简直把它写活了！作者把雪和梅拟人化，因为梅花一直被称为是春天的使者。

这首曲子短短二十八个字，把一个普普通通四季之一的冬天，通过具体景物雪花的狂飞和梅花的绽放的描写，活灵活现地刻画了出来，达到了较高的艺术境界，表现出作者炉火纯青的艺术修养。

〔南吕〕一枝花

女 怨

朱庭玉

慵铺翡翠鬏,懒晕①胭脂颊。寸心②开愁万缕,恨千叠。独对西风,倦把黄花折,幽庭闲步躞。红叶飞来,就我将相思字写③。

〔玉交枝〕那人家薄劣,故把雕鞍锁者,费千金要买闲风月,真眷爱等闲撇。情怀欲言何处说,一星星都向琵琶泻。若有知音听彻,应也青衫揾血④。

〔乌夜啼〕黄昏怏怏归兰舍⑤,还又是夜来时节,枕衾⑥寒难捱如年夜。可惯离缺,受恁磨灭⑦。金盘火冷篆烟绝,银台烛尽灯花谢。月下砧⑧,风前铁,敲碎人肠,几曾宁帖?

〔斗鹌鹑〕薄倖⑨多应,今宵醉也。谢馆秦楼⑩,偎香倚雪,不信伊家不耳热。俺好业,俺好呆,怎恁今生,天悭运拙⑪。

〔赚煞尾〕听南楼禁鼓敲三歇,拥被和衣强睡些。业眼⑫朦胧暂交睫,唱道⑬欲睡还惊,蓦⑭闻门外帘儿揭。俺唤则他来到出门接,原是风度竹筠筛翠叶。

【注释】

①晕:蕴开。 ②寸心:心脏只占方圆一寸的位置,所以称心为"寸心"。 ③"红叶飞来"两句:暗用了"红叶题诗"的故事。 ④应也青衫揾血:暗用白居易《琵琶行》"凄凄不似向前声,满座重闻皆掩泣;座中泣下谁最多,江州司马青衫湿"的诗意。揾,擦拭。 ⑤兰舍:指芝兰熏过的闺房。 ⑥衾:皮衣,这里指被子。 ⑦恁:这样,这般。磨灭:折磨。 ⑧砧:这里指捣衣声。 ⑨薄倖:薄情。 ⑩谢馆秦楼:风月场所,指妓院。 ⑪天悭运拙:指老天爷竟悭吝地不肯赐我好运。 ⑫业眼:作孽、可恨的眼,这应是当时的口语。 ⑬唱道:当时的俗语,元曲中多见,意思是"这正是"、"端的是"。 ⑭蓦:突然。

【赏析】

本曲题为《女怨》,共有五支曲子组成,描写了一个女子对离人的相思之情,因思念情深,所以字里行间充溢着一种浓郁的哀怨。

首曲〔一枝花〕可以看作是引子，引出人物、烘托了环境，起到引出正文的作用。"慵铺翡翠鬓，懒晕胭脂颊"两句，开篇即安排女主人公出场，刻画了一个被相思苦苦煎熬的女子形象。"女为悦己者容"，心上人不在身边，主人公因怨生愁，从而慵懒困倦，连梳洗打扮也没有心思了。"寸心开愁万缕"以下几句直接写愁，内心牵引出万条离愁、千层别恨。主人公一个人孤零零地迎着满院西风，连摘取一枝菊花的心情也提不起来，只是在幽静的庭院里独自徘徊。最后两句"红叶飞来，就我将相思字写"，暗用了"红叶题诗"的典故，意思是说，有一片红叶向主人公身边飞来，正好来供她写下相思相爱的美好诗篇。

第二曲〔玉交枝〕主要是写女主人公的怨恨，重在刻画人物的心理。"那人家薄劣，故把雕鞍锁者，费千金要买闲风月，真眷爱等闲撇"，直接诉说对情人的怨，意思是说那个人既薄情又恶劣，他有意把雕鞍锁起、一去不复返；宁愿破费千两黄金去买笑狎妓、眠花宿柳，反把真正爱恋他的人平白无故地冷清清撇在一旁。接下来"情怀欲言何处说，一星星都向琵琶泻。若有知音听彻，应也青衫揾血"几句，便是诉自己的苦。这满腹的愁情无人诉说，无处排解，只能一桩桩一件件地都倾注在琵琶弦端。如果有知音能听得明明白白，恐怕也会产生强烈共的鸣，泪染青衫而又继之以血。最后暗用白居易《琵琶行》"凄凄不似向前声，满座重闻皆掩泣；座中泣下谁最多，江州司马青衫湿"的诗意，浑然天成，感人至深。

第三曲〔乌夜啼〕主要是写黄昏来临时，女主人公孤单难眠的怨苦。"黄昏快快归兰舍，还又是夜来时节，枕衾寒难捱如年夜"，意思是说，日落黄昏，主人公闷闷不乐地回到芝兰熏过的闺房里，又是夜幕降临的时候，而且依然是单枕孤被，令人阵阵生寒，要"我"怎么熬过这度日如年的漫漫长夜？"可惯离缺，受恁磨灭"，主人公加深了语气，进一步诉说："我"怎能习惯于这样的离别，忍受这般折磨。"金盘火冷篆烟绝，银台烛尽灯花谢。月下砧，风前铁，敲碎人肠，几曾宁帖"，描写了周围的环境，渲染了悲凉的气氛，更加衬托出主人公凄凉的心境。夜深了，金盘里点燃的盘香早已烧完，烟缕也慢慢消散；银台上的蜡烛已尽，灯花也残了。一切归于静寂，凄冷的月光下，西风瑟瑟吹来，只听见家家户户铁杵捣衣的声音，一声声都敲在心坎上，令人肝肠寸断。这漫漫的长夜里，哪里有一会儿让人安宁的时间？

第四曲〔斗鹌鹑〕写夜不成眠的女主人设想的埋怨之词。"薄倖多应，今宵醉也"，主人公运用自己的想象，设想情人多半今晚上又喝醉了，带有几分梦幻色彩。"谢馆秦楼，偎香倚雪，不信伊家不耳热"，意思是说，说不定此刻情人正在风月场里倚偎着青楼女子在尽情享乐；而且我却在这里苦苦地念叨着你，不信你这时耳根会不发热。下面几句"俺好业，俺好呆，怎恁今生，天悭运拙"，由怨人转入自怨，主人公怨自己是多么倒霉，多么痴笨，这辈子到底造了什么孽，老天爷竟悭吝地不肯赐我好运，使我受这样的折磨！

最后一曲〔赚煞尾〕又是借景抒情。"听南楼禁鼓敲三歇，拥被和衣强睡些"交代了时间和环境，现在已是深夜，南边楼上传来了宫中报更的鼓声敲了三下，表明已经是后半夜了，主人公和着衣服盖上被子勉强睡下。"业眼朦胧暂交睫，唱道欲睡还惊，蓦闻门外帘儿揭"三句，笔锋一转，双眼朦朦胧胧刚刚闭上，又突然惊乍，猛听见门外边的帘子仿佛被人掀开了，于是主人公惊喜地以为是盼望的人儿回来了。"俺唤则他来到出门接，原是风度竹筠筛翠叶"，写的是主人公唤着他的名字出门迎接，却原来是西风吹动斑竹，抖动着碧翠的竹叶。主人公的怨由人及物，埋怨调皮的风也在捉弄自己。至此，一个因爱生怨，怨而更爱的思妇形象被刻画得淋漓尽致，富有情韵。句末调侃的语调，使曲尽而意未尽。

〔大石调〕青杏子

送　别

朱庭玉

游宦①又驱驰，意徘徊执手临岐，欲留难恋应无计。昨宵好梦，今朝幽怨，何日归期。

〔归塞北〕肠断处，取次②作别离。五里短亭人上马，一声长叹泪沾衣，回首各东西。

〔初问口〕万叠云山，千重烟水，音书纵有凭谁寄？恨萦牵，愁堆积，天天不管人憔悴。

〔怨别离〕感情风物正凄凄，晋山青汾水碧。谁返扁舟芦花外，归棹③急，惊散鸳鸯相背飞④。

〔擂鼓体〕一鞭行色苦相催⑤，皆因些子，浮名薄利。萍梗飘流无定迹，好在阳关⑥图画里。

〔催拍子带赚煞〕未饮离杯心如醉⑦，须信道送君千里⑧，怨怨哀哀，凄凄苦苦啼啼。喝道分破鸾钗⑨。丁宁嘱付好将息，不枉了男儿堕志气，消得英雄眼中泪。

【注释】

①游宦：指在外做官。　②取次：作"任意"理解。　③棹：船桨。　④惊散鸳鸯相背飞：既指比翼双飞的鸳鸯，又指夫妻分离后各奔东西。　⑤一鞭行色：意指远行人手执马鞭驱马赶路。苦相催：指去意之坚，似有什么东西在身后苦苦追逼。　⑥阳关：作为地名是指古代通西域的要塞，以居玉门关之南而被称为阳关；这里并非实指地名，而是泛指远行人行踪所到之处。　⑦未饮离杯心如醉：化用陶渊明《拟古之一》："未言心先醉，不在接杯酒"。　⑧须信道送君千里：化用俗语"送君千里，终有一别"。　⑨喝道分破鸾钗：意思是说，真是把好端端一对鸾钗擘成了两半儿。鸾钗，是妇女头上的装饰物，总是成对成双地出现，这里以"鸾钗分破"象征夫妻离别。

【赏析】

这首曲子描写别情，提出"浮名薄利"是造成"惊散鸳鸯相背飞"悲剧的根源，与以往一般的描写相思的作品相比，有着较高的思想境界。

首曲〔青杏子〕写丈夫为求官而离家远行，夫妻不得不分离。开头"游宦又驱驰"三句，写分别的原因和情境。临别时，妻子执手相送，在分岔路口犹豫徘徊，想留下他又不知用什么办法。"意徘徊执手临岐"一句，为情感的高潮，作者善于捕捉生活细节，使此情此景愈加感人。"昨宵好梦"三句一气呵成，流水对仗，回想昨夜还在一起欢聚，今早就要分手，满怀幽怨哀愁，哪一天才能再聚首？作者从"昨宵"、"今朝"、"何日"的时间顺序上依次写来，加深了离别的愁绪。

第二曲〔归塞北〕描写了短亭送别的情景。首句"肠断处"即渲染出了别情之苦令人断肠。第二句"取次作别离"的意思是说，妻子埋怨丈夫为了求取功名，竟然随意与自己分开，充满了幽怨。以上是概括写别情，紧接着三句"五里短亭人上马，一声长叹泪沾衣，回首各东西"，具体描写分别的细节，写要走的人在五里短亭处上了马终于走了，而留下的人一声长叹，眼泪打湿了衣衫，从此以后，望穿秋水、天各一方，充满了悲凉惆怅的感伤。

第三曲〔初问口〕写女主人公设想分别后的景况。开头三句"万叠云山，千重烟水，音书纵有凭谁寄"，远行人越走越远，两人相隔万水千山。云山蒙蒙，烟水茫茫，书信难通。"音书纵有凭谁寄"一句，是女主人向命运、向苍天发出的质问，充满离怨。"恨萦牵，愁堆积，天天不管人憔悴"三句，铺写离愁别恨，无处排遣，使人憔悴，抒发了主人公爱与怨交织的心情，气氛悲凉凄怆。

第四曲〔怨别离〕描写送别之景，同时又抒送别之情。"感情风物正凄凄，晋山青汾水碧"，写眼前的风光景物愈发触动了脆弱的离情，晋地宛延的群山一片青翠，奔流不息的汾水是那么碧绿，一片生机盎然的景象，这里是以乐景衬哀情。"谁返扁舟芦花外，归棹急，惊散鸳鸯相背飞"，不知是谁驾着一叶扁舟，从芦花荡外返回，桨儿划得那么急，把相聚戏水的形影不离的鸳鸯也惊飞了。这里是间接写离情，以鸳鸯被人惊散暗喻女主人公与丈夫的别离。

第五曲〔擂鼓体〕，女主人的思路转到丈夫离家的原因。"一鞭行色苦相催，皆因些子，浮名薄利"，写造成夫妻分离的社会根源是"浮名薄利"，把夫妻情分提到其上，表现了对世俗的批判和反抗。"萍梗飘流无定迹，好在阳关图画里"两句，是说远行人行踪不定，像随风逐水的浮萍草梗，但是他的身影总出现在西出阳关的那幅苍凉孤寂的图画里，一直映在妻子的脑海中，饱含关切和挂念。

尾曲〔催拍子带赚煞〕写对分手时悲苦场面的回忆，化用前人的诗词和歇后俗语，又用了"怨怨"、"哀哀"、"凄凄"、"苦苦"、"啼啼"五组叠音词，层层加重了因别离而带来的哀怨凄苦。

全曲不加雕饰，语言清新流畅，生动地表现出送别时两情依依的情景。作者善于运用细节描写来表现人物的心理，基调缠绵凄楚，感人肺腑。

〔双调〕行香子

痴　迷

朱庭玉

既不知心①，便不知音②，既知音岂不知心。文君有意，司马调琴③。想从初，思已往，怨而今。

〔拨不断〕泪淋淋，湿离襟。近来憔悴都因您，可是④相思况味深。自西风吹断回文锦⑤，瘦来直恁。

〔天仙令〕特然地⑥，这几日越昏沉。鬼病难挨，情怀不禁，自恨咱家，无分消任，天长地久争奈何，虚度光阴。

〔离亭宴带歇指煞〕情知的不是娘拘禁，度量来非为人谗谮⑦，再审小冤家，不道人图甚。饥不忺进饮食，卧不能安床枕，岂止道忘餐废寝，鬓发已成潘，形骸俏如沈⑧。

【注释】

①知心：思想情感完全相通，能够二心相印。　②知音：有共同的语言，共同的爱好和共同的情趣。　③文君有意，司马调琴：引用汉代才女卓文君与文坛名人司马相如的典故。　④可是：作"却是"讲，在句子中表示转折的意思。　⑤回文锦：指织有回文诗句的锦绸。东晋才女苏若兰嫁夫窦滔，十分和谐美满，但窦滔后来又另有新欢，长期不归；若兰悔恨悲伤，因织五彩锦作《回文璇玑图诗》赠之，计八百余言，纵横反复、颠倒上下皆成诗句，文词凄惋，窦滔为之感动，遂又和好如初。　⑥特然地：突然间。　⑦谗谮：谗言，坏话。　⑧鬓发已成潘，形骸俏如沈："潘鬓"、"沈腰"两个代语，前者典出晋潘岳《秋兴赋·序》"余春秋三十有二，始见二毛"，后因以"潘鬓"代指未到中年而鬓发即白；后者典出南朝梁沈约《与徐勉书》："百日数旬，革带常应移孔，以手握臂，率计月小半分。以此推算，岂能支久？"言因多病而腰围日渐减损，后因以"沈腰"作身体瘦损的通称。

【赏析】

这篇套数抒写了一痴情女子被负心人抛弃后，悔恨交织却又抑制不住相思之情的复杂心情，全曲充满着一种自怨自艾，痴迷哀婉的曲调。

首曲〔行香子〕可以看作是全篇的引子，委婉地概括出了女主人公遭遇的情变。开头三句"既不知心，便不知音，既知音岂不知心"，意思是说，既然不了解对方的心，也就谈不上是知音；既然相互引为知音，怎么能不了解对方的心？曲子开篇颇富哲理，女主人公痛苦地总结了自己的这段情感经历，她以为当初与心上人互为知音，倾心相爱，实际上却并不知心。"文君有意，司马调琴"两句，引用汉代才女卓文君与文坛名人司马相如的爱情故事，来证明"既知音岂不知心"这个论断的正确性。卓文君与司马相如二人就是通过琴声传递爱情，由知音而知心，结为百年之好。这就勾起了她"想从初，思已往，怨而今"的感慨。回想当初欢乐恩爱的日子，看着现在这种孤寂冷漠、被抛弃的情形，不禁怨恨交加。

第二曲〔拨不断〕，女主人公直接抒发内心的苦闷，怨恨与思念交织，情感复杂。女主人公为负心汉伤心流泪，容颜憔悴，可是相思的情味却愈来愈重。本来还抱有复合的愿望，可是当所有希望全部落空之后，她的身体就消瘦成现在这个样子。作者引用了"回文锦"的典故，说其被无情的"西风吹断"，委婉地道出了女主人公与负心人破镜重圆的希望破灭，语言生动凝练。

第三曲〔天仙令〕进一步描写女主人公的痴怨之态，抒发怨情。前四句是进一步描写曲中人的痴迷之态。"特然地，这几日越昏沉。鬼病难捱，情怀不禁"，意思是说，突然间，这几天过得更加浑浑噩噩，好像病魔缠身，对他的恨越深，对他的爱也就更深一层，不能自拔。接下来"自恨咱家，无分消任，天长地久争奈何，虚度光阴"四句，抒发了无尽的哀怨。不怨天尤人，只怨自己没有福分享受欢乐，今后漫长的岁月可怎么过？只能苟延残喘，虚度年华了。女主人公自怨自艾，曲调哀怨缠绵。

结曲〔离亭宴歇指煞〕也是渲染了女主人公的痴怨之态。前四句"情知的不是娘拘禁，度量来非与人谗谮，再审小冤家，不道人图甚"，女主人公像是喃喃自语，问以前的情郎负心的原因。意思是说，明明知道不是你的娘亲拘禁你，不让你来找我，仔细想想也不是什么人向你说了我的逸言，你才把我抛弃，一定要再仔细审问我的小冤家，不知你这样薄情到底图的是什么。下面五句"饥不忺进饮食，卧不能安床枕，岂止道忘餐废寝，鬓发已成潘，形骸俏如沈"，转入自叹自怜。饿了也不想吃，渴了也不想喝，睡下来不能成眠，于是辗转反侧；又岂止是不吃不喝不睡觉，可怜年纪轻轻的我，两鬓已出现银丝，身体也愈加瘦削。全曲至此戛然而止，意犹未尽，引发读者的同情和怜悯。

这篇套数善用典故，语言洗练生动，有简有繁，雅俗共赏，以女主人公的善良、多情、柔弱，衬托出负心男子的轻薄、残忍、冷漠，达到了良好的艺术效果。

〔中吕〕阳春曲

赠茶肆①（十首之一）

李德载

茶烟一缕轻轻飏，搅动兰膏②四座香，烹煎妙手赛维扬③。非是谎，下马试来尝。

【注释】

①茶肆：即茶馆。古人称市集贸易之处为"肆"。　②兰膏：指茶，民间类书收录"兰膏茶"的制法。　③维扬：今江苏扬州。

【赏析】

这组曲子原作共十首，内容都以盛赞好茶，带有明显的招揽顾客的意味。此曲是第一首，旨在夸赞茶的味道及制作功夫。

开头"茶烟一缕轻轻飏，搅动兰膏四座香，烹煎妙手赛维扬"三句，写茶味醇香和点茶、煎茶的技术高超。把开水冲入杯中，杯里的茶叶被水柱搅动得上下翻腾，茶面上蒸气袅袅地散开，飘散着诱人的股股清香。这里制茶的技艺，可以与名扬四海的江苏扬州的师傅相媲美。下面"非是谎，下马试来尝"两句，作者欲擒故纵，仿佛一个广告商一样，说前面对茶的叙述评价绝不是过誉之词、撒谎骗人的，不信的话，不妨下马进肆来尝尝看吧。这样就加强了其可以信赖的程度。

这首曲子语言通俗，风格明快，语气沉稳温和，爽朗干脆。作者写作技巧娴熟老练，读后犹如能品到这间茶肆的香茶一样，余味无穷。

〔中吕〕阳春曲

赠茶肆（十首之二）

李德载

黄金碾畔香尘细①，碧玉瓯中白雪飞②，扫醒破闷和脾胃③。风韵美，唤醒睡希夷④。

【注释】

①碾：指碾子，这里指制作茶叶时的工具，用它可以把茶叶轧平轧细。香尘细：指清香扑鼻的茶叶被轧得纤细如尘。　②瓯：即瓯子，是专门盛茶或酒的器皿。白雪飞：指沏茶时随着蒸腾的水气在瓯中涌起白雪般的茶潮。　③扫醒：指茶可以消困倦，提精神。破闷：指茶可解除烦恼，打破孤寂。和脾胃：指茶可以助消化、健脾胃。　④希夷：古人称听之不闻为希，视之不见为夷，"希夷"连起来是形容一种虚寂微妙的境界。

【赏析】

这组曲子原作共十首，此曲是第二首，夸赞茶的功效，描写茶的风韵。

开头两句"黄金碾畔香尘细，碧玉瓯中白雪飞"，是一组合璧对，"黄金碾"对"碧玉瓯"，描写碾茶和饮茶的器具，"黄金"和"碧玉"主要是强调该茶肆的制茶精细、茶器考究;"香尘细"对"白雪飞",描写清香扑鼻的茶叶被轧得纤细如尘,沏茶时随着蒸腾的水气在瓯中涌起白雪般的茶潮,白雪与碧玉掩映生辉,令人未饮即陶醉。"扫醒破闷和脾胃"以下三句,夸赞茶的功能,茶可以解倦提精神,解除烦恼,打破孤寂,也可以助消化、健脾胃。作者仅仅七个字就高度概括了茶的功效和实用价值,实际上是茶肆主人为了招揽来更多的饮客。最后"风韵美,唤醒睡希夷"两句,从茶的审美价值,进一步对茶提出超俗的评价。茶的风韵美,只有嗜茶如命、爱茶如友的人才会发现,是一种更高层次的精神享受。也就是说,茶的翩翩风韵,可以补脑提神。

〔中吕〕阳春曲

赠茶肆(十首之十)

李德载

金芽嫩采枝头露①,雪乳香浮塞上酥②,我③家奇品世间无。君听取,声价彻皇都。

【注释】

①金芽嫩采枝头露:指清晨采摘茶树的嫩芽,连露珠一起采下。 ②雪乳香浮塞上酥:形容茶香。塞上酥,塞外少数民族饮的奶茶。 ③我:指这个"茶肆"。

【赏析】

这首曲子侧重描述茶的稀有名贵以及诱人的味道,主要是向人们介绍和盛赞茶的功用与价值。

首句"金芽嫩采枝头露"生动而形象地描绘了采茶时的情景:破晓时分,晨曦方降,枝头的露珠尚存,茶叶的芽很嫩,色泽金黄诱人。茶叶以和露采下的嫩尖最为名贵,作者在渲染物美和景美之中,表现出茶叶的品级档次极高。紧接着第二句"雪乳香浮塞上酥",抒写了茶香。烹茶时,茶面上堆起的泡沫,像晶莹洁白的雪乳,香味浮动诱人馋涎。作者以塞外少数民族引用的奶茶作为比喻,唤起读者的联想,既突出了它的香气,又调动起人强烈的品茶欲望,符合元代的时代特色。"我家奇品世间无"一句,意思是说,如此珍贵的名茶世上也只有我一家,旨在吸引茶客们快来饮茶。"君听取,声价彻皇都"是对前句的补充,意思是说,你如能听取我的邀请,踏进茶肆尝一尝这稀世珍品的茶,便知道它响彻京都的盛名不掺半点儿虚假。作者用语夸张,口气夸大,字里行间充满了溢美之词。

这首曲子语言流畅,通俗生动,言简意赅,色彩搭配运用,给人一种清新活泼的印象。

〔正宫〕醉太平

程景初

恨绵绵深宫怨女,情默默梦断羊车①。冷清清长门②寂寞长青芜,日迟迟春风院宇。泪漫漫介破琅玕③玉,闷淹淹散心出户闲凝伫④。昏惨惨晚烟妆点雪模糊,渐零零洒梨花暮雨。

【注释】

①情默默:充满失意之情的样子。羊车:本指古代官中用车,或用人牵引,或用羊驾拉,在这里是借用了汉武帝的一桩旧事:武帝有很多宠妃,他每天都不知自己该到哪个妃子宫里去才好,于是,他就常常乘坐羊车,在宫院里任意而行,由羊在哪个宫前停止不前来决定。因此,当时各宫的嫔妃常取竹叶插于宫门,用盐汁洒浇宫门前的地面以吸引为武帝拉车的羊。 ②长门:引用汉武帝陈皇后故事,陈皇后名阿娇,是武帝姑母之女,初甚得武帝宠爱,失宠后,幽居长门宫,因使人奉黄金百斤,令司马相如为作《长门赋》一篇,以悟武帝,陈皇后果又得宠幸;后人因称该赋为"长门怨"。这里的"长门",应泛指失宠后的嫔妃所居之处,当然也包含着幽居时的怨和恨。 ③泪漫漫:形容眼泪常流,像断了线的珍珠。介:这里作断裂讲,是从"隔绝"这个意思引申而出的。琅玕:美石也,亦指火齐珠,玉中之极坚硬者。 ④凝:凝目。伫:远望。

【赏析】

这是一首用散曲写成的宫词,描写一位深宫女子的寂寞和怨仇,曲调凄凉悲怆。

全曲一共八句。开头一句"恨绵绵深宫怨女",抒写了这一深宫女子情怨深重,绵绵连连无尽期。这不禁引发读者的好奇,她到底在恨什么、怨什么呢?第二句"情默默梦断羊车"揭示出了女子怨恨的因由,原来她在盼望重新得到君王的宠爱,然而令她失望的是,即使在梦中也没再看见车驾的到来。"情默默"三个字生动、传神地表现出女主人公黯然神伤失意的样子。作者用"羊车"的典故,点明女主人公的身份是个失宠的妃子,她失去了君王的宠幸,长年幽居深宫,自然是恨绵绵无绝期了。

接下来六句通过写景以抒发幽怨之情。"冷清清长门寂寞长青芜,日迟迟春风院宇"两句,描写了深宫里一片冷落凄凉的景象,没有半点春的气息,没有欢声笑语,只有满地无人修整的青草;而此时春日和舒、春风徐徐的美好佳景,更加衬托出女主人公内心的凄凉。"泪漫漫介破琅玕玉,闷淹淹散心出户闲凝伫"两句,描绘了深宫怨女的泪容和内心的苦闷,主人公留下的眼泪能把美玉滴穿,作者采用夸张的手法,表现出人物深层的心理活动。为了排遣内心的烦闷,女主人公走出房门凝目远望。"昏惨惨晚烟妆点雪模糊,渐零零洒梨花暮雨",映入主人公眼帘的是,在暮雨晚烟的笼罩下,飒飒轻风无情地扑打着离枝的梨花,天地间一片迷离模糊,这一景象更让人觉得凄惨悲苦。作者移情入景,使景中含情。

这首曲子最显著的艺术特色是，作者成功地运用了叠音式词语，"恨绵绵"、"情默默"、"日迟迟"、"泪漫漫"、"闷淹淹"、"昏惨惨"、"渐零零"，并把它们都安排在句首，不仅格式整齐，而且也更增强了曲调吟唱时的音节性与节奏感，一气呵成，一贯到底，把宫女内心郁积的苦闷愁思和居住环境的荒凉孤寂刻画出来，给人以荡气回肠之感。

〔正宫〕端正好

集杂剧名咏情

孙季昌

鸳鸯被①半床闲，胡蝶梦②孤帏静。常则是哭香囊③两泪盈盈，若是这姻缘簿④上合该定，有一日双驾车⑤把香肩并。

〔滚绣球〕常记的曲江池⑥丽日晴，正对着春风细柳营⑦。初相逢在丽春园⑧遣兴，便和他谒浆的崔护⑨留情。曾和他在万花堂⑩讲志诚，锦香亭⑪设誓盟，谁承望下场头半星儿不应。央及杀调风月燕燕⑫莺莺，则被这西厢待月张君瑞⑬，送了这花月东墙董秀英⑭。盼杀君卿。

〔倘秀才〕玩江楼⑮山围着画屏，见一只采莲舟⑯斜弯在蓼汀。待和他竹叶传情⑰诉咱闷萦，并头莲⑱分做两下，鸳鸯会⑲不完成。知他是怎生。

〔滚绣球〕付能的潇湘夜雨⑳晴，早闪出乌林皓月㉑明。正孤雁汉宫秋㉒静，知他是甚情怀月夜闻筝㉓。那时节理残妆对玉镜台㉔，推烧香到拜月亭㉕，则被这㑇梅香㉖紧将咱随定，不能够写相思红叶题情㉗。指望似多情双渐怜苏小㉘，到做了薄倖王魁负桂英㉙。撇得我冷冷清清。

〔倘秀才〕金凤钗㉚斜簪在鬓影，抱妆盒㉛寒侵倦整。想踏雪寻梅㉜路怎行，弄黄昏梅梢月㉝，香正满酷寒亭㉞。伤情对景。

〔叨叨令〕当日被破连环说啜赚得再成交颈㉟，谁承望错立身㊱的子弟无音信。闪得我似离魂倩女㊲相思病，将一个魔合罗㊳脸儿消磨尽。径不着也么哥㊴，如今这谎郎君一个个传槽病㊵。

〔脱布衫〕我便似蓝桥驿㊶实志真诚，他便似竹林寺㊷有影无形,受寂寞似越娘背灯㊸,恨别离如乐昌分镜㊹。

〔小梁州〕他便似柳毅传书㊺住洞庭,千里独行㊻,吹箫㊼伴侣冷清清。我待学孟姜女㊽般真诚性,我则怕啼哭倒了长城。

〔幺〕京娘怨㊾杀成孤另,怨你个画眉的张敞㊿杂情,揣着窃玉心,偷香㊿¹性。我则学举案齐眉㊿²,贤孝牌㊿³上立个清名。

〔尾〕金钗剪烛㊿⁴人初静,彩扇题诗㊿⁵句未成。后庭花㊿⁶歌残玉树声,琵琶怨㊿⁷凄凉不忍听。比题桥的相如㊿⁸忒寡情,戏妻秋胡㊿⁹不老成。想则想关山㉖⁰远路程,恨则恨衣锦还乡㉖¹不见影。则不如一纸刘公书谨㉖²缄定,寄与你个三负心㉖³的歘才自思省。

【注释】

①《鸳鸯被》:杂剧,无名氏作。 ②《胡蝶梦》:杂剧,关汉卿作。 ③《哭香囊》:杂剧,关汉卿作。 ④《姻缘簿》:杂剧,关汉卿作。 ⑤《双驾车》:杂剧,关汉卿作。 ⑥《曲江池》:石君宝作。 ⑦《细柳营》:王廷秀作。 ⑧《丽春园》:高文秀作。 ⑨谒浆的崔护:白朴作有《崔护谒浆》。崔护,剧中男主角。 ⑩《万花堂》:关汉卿作。 ⑪《锦香亭》:王仲文作。 ⑫调风月:关汉卿作有《诈妮子调风月》。燕燕,剧中女主角。 ⑬西厢待月:指王实甫作的《西厢记》。张君瑞,剧中男主角。 ⑭花月东墙董秀英:指白朴的《董秀英花月东墙记》。董秀英,杂剧中女主角。 ⑮《玩江楼》:戴善甫作。 ⑯《采莲舟》:郑光祖作。 ⑰《竹叶传情》:无名氏作。 ⑱《并头莲》:高文秀作。 ⑲《鸳鸯会》:无名氏作。 ⑳《潇湘夜雨》:杨显之作。㉑乌林皓月:无名氏作。 ㉒《汉宫秋》:马致远作。 ㉓《夜闻筝》:郑光祖作。 ㉔《玉镜台》:关汉卿作。 ㉕《拜月亭》:关汉卿作。 ㉖《㑳梅香》:郑光祖作。 ㉗红叶题情:指白朴的《流红叶》。 ㉘双渐怜苏小:指王晔与朱凯合写的《双渐小问答》。 ㉙《王魁负桂英》:尚仲贤作。 ㉚《金凤钗》:郑廷玉作。 ㉛《抱妆盒》:无名氏作。 ㉜《踏雪寻梅》:马致远作。 ㉝《梅稍月》:无名氏作。 ㉞《酷寒亭》:杨显之作。 ㉟《破连环》:即郑光祖的《破连环》。啜赚:哄骗的意思。成交颈:据说鸳鸯雌雄相恋情深,昼则同戏水面,夜则交颈而眠,故以"成交颈"喻夫妻之情。 ㊱《错立身》:李直夫、赵文敬皆有此剧。 ㊲离魂倩女:即赵公辅的《倩女离魂》。 ㊳《魔合罗》:张鼎作。魔合罗,宋元人称呼七夕时供的小泥人,有着一副俊俏、娇好、逗人怜爱的面庞。 ㊴径不着也么哥:衬垫句,起一组语气词的作用,没什么具体含意。 ㊵谎郎君:指李直夫的《谎郎君败坏尽风光好》。传槽病:本指马的传染病,这里将人比畜是诅咒人的话。 ㊶蓝桥驿:指李直夫的《尾生期女淹蓝桥》。 ㊷《竹林寺》:无名氏作。 ㊸越娘背灯:即尚仲贤的《凤凰坡越娘背灯》。 ㊹《乐昌分镜》:沈和作。 ㊺柳毅传书:即尚仲贤的《洞庭湖柳毅传书》。 ㊻《千里独行》:无名氏作。 ㊼吹箫:指郑廷玉的《吹箫女悔教凤凰儿》。 ㊽孟姜女:指郑廷玉的《孟姜女万里送寒衣》。 ㊾京娘怨:指彭伯成的《夜月京娘怨》。 ㊿画眉的张敞:指高文秀的《张敞画眉》。 ㊿¹偷香:指李子中的《韩寿偷香》。 ㊿²《举案齐眉》:无名氏作。 ㊿³《贤孝牌》:无名氏作。 ㊿⁴《金钗剪烛》:赵天锡作。 ㊿⁵《彩扇题诗》:无名氏作。 ㊿⁶后庭花:指郑德辉的《玉树后庭花》。 ㊿⁷《琵琶怨》:庾天锡作。 ㊿⁸题桥的相如:指关汉卿的《升仙桥相如题柱》。

㉙戏妻秋胡：指石君宝的《秋胡戏妻》。　㉠关山：指武汉臣的《关山怨》。　㉑衣锦还乡：指张国宾的《薛仁贵衣锦还乡》。　㉒刘公书谨：指贾仲明的《刘建中梦出手字记》。
㉓三负心：指关汉卿的《风月状元三负心》。

【赏析】

这篇套曲名为《集杂剧名咏情》，共有十支曲子组成，作者巧妙地运用元杂剧题目，抒发了男女的怨别之情。

第一曲〔端正好〕总共五句，每句都嵌入一杂剧名，除《鸳鸯被》的作者已失传外，其他《胡蝶梦》、《哭香囊》、《姻缘簿》、《双驾车》四出杂剧，均出自元杂剧大家关汉卿的手笔。作者巧妙地串联起这五个杂剧名，抒发了女主人公的闺怨之情。而且这些剧名不仅在内容上契合，而且对仗工巧，显示了作者高超的写作技巧。

第二曲〔滚绣球〕，串联了石君宝的《曲江池》、王廷秀的《细柳营》、高文秀的《丽春园》、白朴的《崔护谒浆》、关汉卿的《万花堂》、王仲文的《锦香亭》、关汉卿的《诈妮子调风月》、王实甫的《西厢记》和白朴的《董秀英花月东墙记》等剧，回忆了往日聚会时的欢乐，叙述了今朝分离后的冷清，在今昔对比中突出了怨恨之情。

第三曲〔倘秀才〕，嵌入了戴善甫的《玩江楼》、郑光祖的《采莲舟》和高文秀的《并头莲》，写女主人公本想与心上人传书表情，但又想到过去的欢愉也一去不返，开始不确定心上人的心意。

第四曲〔滚绣球〕，依次排出了杨显之的《潇湘夜雨》、马致远的《汉宫秋》、郑光祖的《夜闻筝》、关汉卿的《玉镜台》与《拜月亭》、郑光祖的《梅香》、白朴的《流红叶》、王晔与朱凯合写的《双渐小问答》，以及尚仲贤的《海王庙王魁负桂英》等九出杂剧，写女主人公在静幽的深夜里思念薄情的心上人。

第五曲〔倘秀才〕，嵌入了郑廷玉的《金凤钗》、无名氏杂剧《抱妆盒》、马致远的《踏雪寻梅》以及杨显之的《酷寒亭》，抒发女主人公内心的孤寂与斩不断的柔情。作者表达得十分委婉，含蓄地表明女主人公与心上人重归于好的心愿。

第六曲〔叨叨令〕，引用了郑光祖的《破连环》、李直夫的《错立身》、赵公辅的《倩女离魂》、张鼎的《魔合罗》以及李直夫的《谎郎君败坏尽风光好》，回忆了往事，充满了悔和恨。

第七曲〔脱布衫〕篇幅短小，总共四句，每句都有一杂剧名，即李直夫的《尾生期女淹蓝桥》、无名氏的《竹林寺》、尚仲贤的《凤凰坡越娘背灯》以及沈和的《乐昌分镜》，作者全用比喻，诉说了自己的一往情深，充满着哀怨与自怜。

第八曲〔小梁州〕，出现了尚仲贤的《洞庭湖柳毅传书》、郑廷玉的《吹箫女悔教凤凰儿》与《孟姜女万里送寒衣》等剧，描写了女主人公与心上人相隔千里，难以相见。

第九曲〔么〕，引用了彭伯成的《夜月京娘怨》、高文秀的《张敞画眉》、李子中的《韩寿偷香》、无名氏的《举案齐眉》与《贤孝牌》等剧，写自己痴心一片，而男子薄情寡性，表达了女主人公的怨恨之情。

最后一曲〔尾〕，共有十句，每句都嵌有一个杂剧名：赵天锡的《金钗剪烛》、无名氏的《彩扇题诗》、郑德辉的《玉树后庭花》、庾天锡的《琵琶怨》、关汉卿的《升仙桥相如题柱》、石君宝的《秋胡戏妻》、武汉臣的《关山怨》、张国宾的《薛仁贵衣锦还乡》、贾仲明的《刘建中梦出手字记》、关汉卿的《风月状元三负心》，写主人公无法排遣她的彻夜相思，只好写书以寄恨，渲染了一种幽怨的氛围。

　　这篇套数可以看作是有关元杂剧名目的重要文献，全套收录元杂剧名共五十多部，至今有作者可考者二十多人。有些杂剧名目，其他文献没有记载，只能从这首套曲中略知简名而已，而如今却成为杂剧剧目弥足珍贵的重要文献，这是连作者也没有预料到的。这篇套曲在当时可能是游戏之作，但是组织得浑然天成，表明作者高超地驾驭语言的技巧。

〔仙吕〕点绛唇

集赤壁赋①

孙季昌

　　万里长江，半空烟浪，惊涛响，东去茫茫，远水天一样。
　　〔混江龙〕壬戌②秋七月既望③，泛舟属客乐何方？过黄泥之坂，游赤壁之傍。银汉无声秋气爽，水波不动晚风凉。诵明月之句，歌窈窕之章④。少焉间月出东山上，紫微贯斗，白露横江。
　　〔油葫芦〕四顾山光接水光，天一方，山川相缪郁苍苍。浪淘尽风流千古人凋丧，天连接崔嵬，一带山雄壮。西望见夏口，东望见武昌，我则见沿江杀气三千丈，此非是曹孟德困周郎⑤？
　　〔天下乐〕隐隐云间见汉阳，荆襄，几战场？下江陵顺流金鼓响。旌旗一片遮，舳舻千里长，则落的渔樵每⑥做话讲。
　　〔那吒令〕见横槊赋诗是皇家栋梁，见临江酾酒是将军虎狼，见修文偃武是朝廷纪纲，如今安在哉？做一世英雄将，空留下水国鱼邦。
　　〔鹊踏枝〕我则见水茫茫，树苍苍，大火⑦西流，乌鹊南翔。浩浩乎不知所往，飘飘乎似觉飞扬。
　　〔寄生草〕渺苍海之一粟，哀吾生之几场。举匏樽痛饮偏惆怅，挟飞仙羽化偏舒畅，泝流光长叹偏悒怏，当年不为小乔羞⑧，只今惟有长江浪。
　　〔尾声〕谩把洞箫吹，再把词章唱。苏子正襟坐掀髯鼓掌，洗盏重新更举觞。眼纵横醉倚篷窗，怕疏狂错乱了宫商。肴核盘空夜未央，酒入在醉乡。枕藉乎舟上，不觉的朗然红日出东方。

【注释】

①《赤壁赋》：有《前赤壁赋》和《后赤壁赋》，是一代文豪苏轼的著名文赋。②壬戌：宋神宗元丰五年。③既望：每月的农历十六。④窈窕之章：指《诗经·周南》里《关雎》篇第一章"窈窕淑女，君子好逑。"又一说指《诗经·陈风》里《月出》篇中"舒窈纠兮"那一章。窈纠（jiǎo）与窈窕音近，故云。⑤曹孟德：即三国魏主曹操。周郎：即周瑜，吴主孙权手下大将，是当时吴蜀联军大战曹操于赤壁的主帅，因年轻故人称周郎。⑥每：在此作表人称多数的"们"。⑦大火：即大火星，天上心宿星座。⑧当年不为小乔羞：从杜牧《赤壁》诗的"东风不与周郎便，铜雀春深锁二乔"句子点化而成的。二乔，指大、小乔姐妹俩，东吴美女，分别嫁给了吴主孙策与周瑜。

【赏析】

这篇套数共有八支曲子组成，是隐括化用苏轼的《赤壁赋》和《后赤壁赋》的句子或句意而成。

首曲〔点绛唇〕，短短几句，就绘出了长江巍巍的气势。"万里"，言其长；半空里烟雾和着滔天白浪，发出雷鸣般的轰响，声势浩大；江水东去，苍茫一片，远处天水相连，辽阔无边。

第二曲〔混江龙〕，描写苏东坡与客人泛舟出游的时间、地点、景物和情趣。壬戌年秋天，七月十六日的晚上，苏东坡与客人在船上畅饮，船行驶过黄泥坂下的赤壁旁。秋高气爽，天上银河寂寥无声，晚风清凉徐徐吹来、水波不兴。他们吟咏着《诗经》中"窈窕淑女"的句子，一会儿，月亮从东山上冉冉升起，只见夜空中紫微星座遮蔽了斗星，星空下白茫茫的雾气笼罩着整个长江。

第三曲〔油葫芦〕开始见景抒情。放眼望去，到处是水光山色，所怀之人在遥远的天边，山川缭绕郁郁苍苍。长江奔流不息，巨浪淘洗尽了千载英雄豪杰，而与青天相衔的高山，永远是那么巍峨雄壮。向西望是夏口，向东望是武昌。作者苏东坡由赤壁联想到当年曹操被周瑜困于赤壁，想到那个硝烟弥漫的战场，抒发了怀古之情。

第四曲〔天下乐〕和第五曲〔那吒令〕，都是进一步怀古，深深嗟叹一代枭雄曹操当年的盖世功勋和豪气，现在都已成了过往，寄寓了作者深深的感慨。当年曹操大破荆州，直抵江陵，旌旗遮天蔽日，战船衔接千里，使得刘备震恐，孙权惊心，豪气不可一世。而今全化为乌有，成为渔民樵夫们闲话的一段往事。第五曲写曹操当年在战船上横端着长矛朗诵诗篇，俨然是汉王室的栋梁，手执美酒奠洒长江，分明是汉皇帝的左膀右臂；看他修明文教停息武备，确实是治理朝廷的良相。而如今都淹没在了历史的尘埃之中。

第六曲〔鹊踏枝〕，借景抒情，基调飘逸超脱。江水茫茫，绿树苍苍，天上星宿慢慢西移，已是黄昏时刻，归巢的乌鹊结队向南飞去。一任小舟在碧波上自由飘荡，多么轻逸啊，似乎正凌驾轻风腾空飞翔。东坡文笔豪气盖世，具有强烈的艺术感染力。

第七曲〔寄生草〕，集中抒发了感慨。人生在天地间就像是沧海一粟，生命短暂。即使周郎当年在赤壁围困曹操，到如今也是物是人非，只留下那滔滔滚滚奔流不息的长江水。这里有景有情，借怀古抒发了苏东坡政治失意后的精神上的抑郁和苦闷，然而仍不失豁达与豪气。

第八曲〔尾声〕是全篇的结尾，集中描写了游舟之乐。吹箫，唱词，言笑晏晏。和着声调乐章，举杯痛快畅饮。茶肴果品已经吃光，只剩下空空盘子夜还长。东坡与客醉醺醺地纵横相枕靠着睡在船上，不知不觉太阳已经在东方升起。曲子活泼流畅，清新自然。

这篇套数采用和融化了《赤壁赋》的句意较多，而对《后赤壁赋》采撷较少，作者独具匠心，但也有着苏词超然洒脱、乐观旷达的人生态度。

〔双调〕行香子

知 足

秦竹村

壮岁①乡间，养志闲居，二十年窗下工夫。高探月窟，平步云衢②。一张琴，三尺剑，五车书③。

〔庆宣和〕引个奚童跨蹇驴，竟至皇都，只道功名掌中物。笑取，笑取。

〔锦上花〕高引茅庐，无人枉顾，不遇知音，难求荐举。慷慨悲歌，空敲唾壶④。落魄无成，新丰⑥逆旅。

〔幺〕古今千百年，际会几人遇。试把前贤，从头细数：应聘文王，渭滨渔夫⑦；梦感高宗，商岩版筑⑧。

〔清江引〕蹭蹬几年无用处，枉被儒冠误。改业簿书丛，倒得官人做。元龙近来豪气无⑨。

〔碧玉箫〕今我何如。对镜嗟吁，岁月催促，霜染半头颅，老矣夫，终焉计尚疏，南山敝庐，收拾园圃，安排隐居，效靖节先生⑩归去。

〔鸳鸯歇指煞〕前程只有前程路，儿孙自有儿孙福，没来由谩苦。千丈剑门关，一线连云栈，万里凌霄渡，争一阶官职高，攒几贯家私富，手搭在心头窨附：二顷负郭田，对山三架屋，绕院千竿竹，充饥煮蕨薇，遇冷添绅絮，便是我生平所欲。世事尽无休，人生要知足。

【注释】

①壮岁：古人以三十岁为壮年。　②高探月窟，平步云衢：月窟，指月亮里；云衢，指云路。作者以"探月窟"、"步云衢"代指进入仕途、当上大官。　③五车书：借言书之多，喻文人之博学。　④空敲唾壶：引用东晋名臣王敦的故事，典出晋裴启《语林》：

王大将军（敦）每酒后，辄咏魏武帝《乐府歌》"老骥伏枥，志在千里；烈士暮年，壮心不已"，以铁如意击唾壶为节，壶尽缺。　⑥新丰：县名，故地在今陕西临潼县东北，以产美酒著称。"新丰逆旅"，在此泛指一般客店。　⑦应聘文王，渭滨渔夫：指姜太公吕尚，曾是渭水边上的钓叟，被周文王聘迎为大臣，后辅佐武王伐纣，终建周代基业。　⑧梦感高宗，商岩版筑：傅岩曾为人筑墙，被殷高宗武丁梦中赏识，请到朝中为相。　⑨元龙近来豪气无：借用典以自嘲的句子，《三国志·魏书·陈登传》记载：陈登，字元龙，志向高迈，有威名。国中名士许汜去看他，元龙十分傲慢，自己高卧在大床上，让许汜屈睡下床。汜尝谓人曰："陈元龙湖海之士，豪气不除。"　⑩靖节先生：晋代大诗人陶潜，字元亮，"靖节"是他死后的私谥。陶潜少怀济世之志，曾任江州祭酒、建威参军、彭泽县令等职，既因不能施展自己的抱负，又厌倦官场逢迎，不愿随俗浮沉，终于在四十一岁那年弃官归隐，过着躬耕田陇的隐居生活，见他的《归去来辞》。

【赏析】

这篇散套题为《知足》，由七支曲子组成，主旨落在篇尾两句"世事尽无休，人生要知足"上，劝诫人们知足常乐。

首曲〔行香子〕，展现了主人公在未出茅庐之前，胸怀大志，想要一展宏图的精神面貌和意图，但曲中暗含着一种淡淡的忧伤。已经进入壮年，依然在家乡闲居，终日作伴的只有琴、剑、书。经过了二十年寒窗苦读，满怀经邦济世的豪气，有着平步青云的自信。作者用词文雅生动，不仅传神地刻画出主人公的形象，还能透着一种优闲、自信而轻松的风度。

第二曲〔庆宣和〕，描写了上京赶考的情景。主人公骑着一头驽钝的驴子，带着一个书童，不急不慢来到了京城，自以为功名富贵是囊中之物，谈笑间就可以拿到。全曲写得悠游自如，十分轻松，志得意满。同时也为情节的起伏埋下了伏笔。

第三曲〔锦上花〕，表面上写失意，暗指其落榜。"高引茅庐"四句点名了落榜的原因，是因为无人赏识，没有遇到伯乐。"慷慨悲歌"四句，则写尽落榜之后的悲愤失意之情与无可奈何之态。主人公愤慨至极，只能诉之悲歌，自己敲击痰盂为节奏；一副失魂落魄的样子，困居在旅店里。

第四曲〔么〕，将考试落第归之于人生的际遇。自古以来，有几个人能碰到好运气呢？作者历史上钓鱼的姜太公和为人筑墙的傅岩，抒发了"千里马常有，而伯乐不常有"的感慨。

第五曲〔清江引〕，写主人公的壮志被消磨掉了，为了生计只好改儒从吏。最后一句"元龙近来豪气无"，作者借用陈元龙的典故以自嘲，表明自己如今豪气全无，透着深深的悲哀与叹息。第六曲〔碧玉箫〕，主人公自叹年老，表示自己应效法陶渊明归隐田园，隐隐透露出对官场奉迎生活的厌倦。

最后一曲〔鸳鸯歇指煞〕紧扣题目《知足》，点明主旨，抒发自己对人生追求的见解。未来自有未来的发展道路，儿孙们也自有儿孙自己的福分，没有必要为这些不可预料的东西白白担心受苦，要懂得顺其自然，随遇而安。最后两句"世事尽无休，人生要知足"是全篇的主旨句，意思是说，尽管世间万事万物无止无休，但人的一生只要知足就能常乐忘忧。

这篇套数夹叙夹议，层次分明。语言雅俗共赏，格调明快自然。

〔中吕〕迎仙客

暮 春

李致远

吹落红①,楝花风②,深院垂杨轻雾中。小窗闲,停绣工。帘幕重重,不锁相思梦。

【注释】

①落红:落花。 ②楝花风:宋人陈元靓《岁时广记》卷一引《东皋杂录》"楝花风"条云:"江南自初春至初夏,五日一番风候,谓之花信风。梅花风最先,楝花风最后,凡二十四番,以为寒绝也。"

【赏析】

这首小令写一女子暮春时节的相思,着力渲染出一幅暮春的图画,抓住暮春时的典型景物,移情于物,在轻描淡写中透出一缕淡淡的相思之情。

小令开篇,"吹落红,楝花风,深院垂杨轻雾中"三句,作者就浓墨重彩地勾勒出一幅暮春时节特有的诗情画意的意境。楝花风吹来,把最后开放的春花也吹落了,只有深院中的垂柳,笼罩在轻雾之中摇曳生姿。作者选取了暮春时节特有的意象——"落红"、"楝花风"、"垂杨轻雾",不仅铺衬了环境,还具有相当的暗示性。落红已尽,暗示着青春易逝,红颜易老;杨柳依依,暗示着离人未归。曲子含蓄委婉,意蕴丰富。

小令的后半部分,由环境描写转向人物心态的描写。暮春的景致最易触发人的伤春和相思之情。以上所描写的"落红"、"垂杨"等景致,就已经透露出闺中思妇对离人的思念。"小窗闲,停绣工。帘幕重重,不锁相思梦",女主人公在伤怀自己红颜易老时,相思之情也晕展开来,所以无所寄托,连做女工的心情也没有了,就在"小窗"之下闲得无所事事,也听不到人语应答,只有孤单一人陷入沉思之中。作者捕捉到了女主人公"停绣工"的细节,细腻生动出闺中女子的一只纤手正在绣绣停停,另一只纤手托腮沉思的情状。最后一句:"帘幕重重,不锁相思梦",意境深远,余味无穷。重重的帘幕遮不断梦魂萦牵,昼思夜想,只是不见良人归来。最后曲尽而意未尽,达到了良好的艺术效果。

〔中吕〕朝天子

秋夜吟

李致远

梵宫①,晚钟,落日蝉声送。半规凉月半帘风,骚客②情尤重。何处楼台,笛声悲动。二毛③斑,秋夜永。楚峰④,几重,遮不断相思梦。

【注释】

①梵宫:即佛寺。在古诗词中有时也称作"梵刹"或"梵宇"。 ②骚客:即作者。 ③二毛:原意是指老年人头发斑白。但元人以此入曲,多指因愁苦而早生华发。 ④楚峰:泛指江南山峰。

【赏析】

这首小令写作者在秋夜中的孤寂悲凉之感,哀叹人生已老、情思不尽的烦恼与苦闷。

开篇三句"梵宫,晚钟,落日蝉声送",着眼于两种景物——梵宫和落日。山寺佛门,从来就是清修幽静之地,悠悠晚钟在夕阳落照的空谷间回荡,那沉重的声音仿佛在撞击羁旅骚客的心灵,使他在茫然之中顿生"日暮途穷"之感。同时寒蝉也正在为羁客吟送着别离的悲歌。作者以景寄情,每个意象蕴含丰富。选择佛寺,衬托着作者的无聊;又听晚钟,衬托着作者的无味;以蝉鸣送夕阳,点出了暮秋时节。而萧瑟的晚钟与凄切的蝉鸣,在梵宫、落日等具体的景物之外,营造出一种清冷肃杀的氛围,衬托出作者落寞孤苦的情思。

接下来"半规凉月半帘风,骚客情尤重"两句,描写骚客投宿山寺的情景。作者用了两个"半"字,前者"半规凉月"衬托了羁客未归之情;后者"半帘风",烘托了客身孤单无限的萧瑟意境。由前句的凄凉之情,衬托出了"骚客情尤重"。"何处楼台,笛声悲动。"而此情此景,远处传来袅袅凄婉的笛声,如泣如诉,更加牵动着骚客相思之情。

下面"二毛斑,秋夜永"两句,是说秋夜的相思之苦容易使人衰老。又是委婉地道出作者的相思情重。结尾"楚峰,几重,遮不断相思梦",意思是说,所思之人此时正在江南,有重重楚山阻隔而难以相见,但相思魂梦却萦系千里。

这首小令,无论是环境描写还是心理刻画,都深刻地烙上了凄凄惨惨戚戚的痕迹,让人产生无可奈何之感。

〔中吕〕红绣鞋

晚 春

李致远

杨柳深深小院,夕阳淡淡啼鹃。巷陌东风卖饧天①。才社日停针线,又寒食戏秋千②。一春幽恨远。

【注释】

①卖饧天:指巷陌间有卖饧人吹箫卖饧的声音,这正是春日出游的季节。饧,即麦芽糖。古时卖饧者吹箫以招揽生意。 ②"才社日"两句:社日,立春、立秋后的第五个戊日为社日,祭祀土神。立春后社日为春社。寒食,为清明前一日,今已合为一日。据记载,在这些日子里,妇女们可以放下活计,出得大门,到外面与亲人或好友随意地游逛、玩乐。

【赏析】

这首曲子抒写了一位少妇春日里独守空闺的离愁别绪。

曲子开篇两句"杨柳深深小院,夕阳淡淡啼鹃",描绘了一幅寂寥荒凉的晚春风景图。曲子真切可感,令读者可以从中感受到在一个"庭院深深深几许"的空闺里,一位"望帝春心托杜鹃"的思妇的形象。这两句表面上写景,实际上寓情于景,意蕴丰富。在古代文学作品中,柳向来被人们看成是多情的"风流线",崔道融在《柳枝词》写道:"雾捻烟搓一索春,年年长似染来新。应须唤作风流线,系得东西南北人。""柳"这一意象,自古就蕴含了无尽的情愫。而在这里植于深院中的杨柳,与栽在"长安道上"、"灞陵桥边",为离人折取送别的杨柳又有所不同,前者表现的是伤春怀远,逢春难耐的情境;后者表现的是眼前离愁,执手凝噎的情境。

接下来,作者又匠心独运,选取了几个独特的意象来抒发离情别绪。"巷陌东风卖饧天",作者深怀感情地描绘了街巷的一幕小景。这正是春日出游的季节,卖饧者的箫声穿过街巷,传到独守空闺的人耳中,自然会让她想起往昔相偕春游的美好记忆。接连"才社日停针线,又寒食戏秋千"两句,作者选取了"社日"和"寒食"这两个闺中少妇最喜欢的春日里的热闹节日。本来是少妇们最期盼的节日,而如今心上人远离,自己独守空房,相思情重,于是无心与女伴们一起游乐,于是只能在帘儿下面"听人笑语"了。相思之苦无人诉说、无处排解,真是白白浪费了这大好的春光,只能深深地哀叹一句"一春幽恨远"了,伤春与离恨交织在一起,情深意切,更增加了思妇悲愤失望的情绪。

〔中吕〕红绣鞋

春闺情

李致远

红日①嫩风摇翠柳,绿窗深烟②暖香篝。怪来③朝雨妒风流。二分春色去,一半杏花休。归期何太久。

【注释】

①红日:指夕阳。张舜民《卖花声·题岳阳楼》:"回首夕阳红尽处。" ②深烟:这里暗喻虚幻绸缪的相思梦境。 ③怪来:满含怨尤之情。

【赏析】

这首小令在花红柳绿的春景中表现了一女子思念远人的心境,将其闺思离怨表现得十分深婉动人。

小令开头两句"红日嫩风摇翠柳,绿窗深烟暖香篝",描写了环境和景物,点名了时间和地点。作者先由春日的黄昏之景写起,然后转向碧纱掩映的小窗之内,写人写情。"红日"和"翠柳",在古典诗词中往往带有感伤的意味。在落日余晖中,微微的暖风轻轻摇曳着依依的翠柳。绿窗下的思妇看到这种景象,不禁引起对往昔的追忆。不知不觉,夜幕垂下,宁静而寂寞的闺阁绣户中,香烟袅袅,闺中人正沉浸于暖意融融的睡梦里。前两句写景从高到低,由远及近,由景及人,层层有序。

接下来,作者笔锋一转,"怪来朝雨妒风流"一句,写闺中人被朝雨惊醒后的心理状态。本来好端端的一场相思之梦却被"朝雨"惊断,她甚至猜疑起朝雨对梦中的相逢莫非也有嫉妒之意?于是心中饱含幽怨。紧接着"二分春色去,一半杏花休"两句,点明伤春的题旨。春色是美好的,然而美好的事物总是短暂的。闺中人深知春光易逝,青春难留,而世事又难以圆满,人生会有多少遗憾的事!末句"归期何太久",闺中人真情流露,脱口而出:情郎啊,为什么到了应该归来的时候还不见你归来呢?闺中人的期盼之切,既含有责问,又带有嗔怒,其深闺思春、哀愁无奈的情状跃然纸上。

这首小令虽只有短短六句,写景自然流畅,抒情轻柔婉转,不失为一篇佳作。

〔中吕〕红绣鞋

晚　秋

李致远

梦断陈王罗袜①,情伤学士琵琶②。又见西风③换年华。数杯添泪酒,几点送秋花④。行人天一涯⑤。

【注释】

①陈王罗袜:出自陈留王曹植《洛神赋》,《洛神赋》中讲了这样一个故事:魏文帝黄初三年曹植自京师洛阳回封地雍丘,途经洛水,恍惚之间洛水之上出现了一位丽人,她就是洛水之神宓妃。宓妃行于水上,"凌波微步,罗袜生尘",步履轻盈,体态娇美。两人虽然脉脉有情,但遗憾的是人神殊途,不能接语。最后洛神偕众女神归去,陈思王曹植徘徊在洛水之畔,惆怅盘桓不忍离去。　②学士琵琶:出自江州司马白居易《琵琶行》。唐宪宗元和十年白居易被降职为九江郡司马。明年秋送客于浔阳江头,闻舟中夜弹琵琶,问其人,本长安倡女,因年长色衰,委身为贾人妇。白居易遂以这个倡女的身世及请她弹琵琶为线索,演为《琵琶行》这首长诗,名动当时,流播后世。　③西风:指秋风。④秋花:指菊花。　⑤行人天一涯:化用古诗《行行重行行》"相去万余里,各在天一涯"的句意。

【赏析】

这是一首写在晚秋时节思乡念家的小令。

开头两句"梦断陈王罗袜,情伤学士琵琶",以曹植的《洛神赋》和白居易的《琵琶行》为例,暗喻曲中主人公的离愁别恨。作者巧妙地用"陈王罗袜"与"学士琵琶",高度概括了《洛神赋》和《琵琶行》这两个典故,将其融为一体,精炼准确地表达出作者想要表达的情感内容,显示了作者高超的驾驭语言的能力。

接下来"又见西风换年华"一句,融情入景。秋风萧瑟,顿生苍凉之感,春光早逝,秋色亦尽。"数杯添泪酒,几点送秋花",这里的"酒"原意并不是为了解愁,而是为了"送秋"。可是面对重阳佳节的几朵黄花,端起面前的酒杯时,不觉数行相思的眼泪早已"添"在这杯酒里了。数朵送别秋天的残花,寂寞开放。这三句中西风、酒、秋花的意象组合,寓有深意,别有韵致。最后一笔"行人天一涯",更使情韵深远,抒发了离别伤感之情,为读者提供了广阔的想象空间。

〔中吕〕喜春来

秋夜（二首）

李致远

断云含雨①峰千朵，钓艇披烟玉一蓑②，藕花香气小亭多。凉意可，开宴款姮娥③。

月将花影移帘幕，风怒松声卷翠涛，呼童涤④器煮茶苗。惊睡鹤，长啸仰天高。

【注释】

①断云含雨：比喻云雾带雨。 ②玉一蓑：意为蓑衣上沾满水珠。 ③款姮娥：意思是招待嫦娥。姮娥，即嫦娥，因避汉文帝刘恒名讳，遂改称嫦娥，此指美女如仙。④涤：洗。

【赏析】

这是两首写闲适生活情趣的小令。

第一首写在一个秋天的傍晚雨后泛湖，宴请一个美如天仙的女子的情景。开头一句"断云含雨峰千朵"，既是写景，又使人联想到"巫山云雨"的情人相会。傍晚雨过云断，群峰之上云气缭绕，仿佛还含着雨意。"钓艇披烟玉一蓑"，这雨后的美景勾起了主人公的泛湖的兴致，他乘着钓艇披上蓑衣，荡到湖心深处。"玉一蓑"乍看似乎是用"玉"来描写钓蓑的精美，这里的"玉蓑"却是写钓蓑披着雨后的水气，使人觉得它更加润莹可爱。"藕花香气小亭多"，当一叶钓舟荡到藕花深处的小亭之旁时，浓郁的荷香，简直令人陶醉。"藕花香气"，既是写实景，又使人联想到美女如莲花，凌波而来，香气袭人。"凉意可，开宴款姮娥"，微风习习吹来，清凉可人，正好就在这小亭之上"开宴款姮娥"，对着刚刚升起的一轮明月开怀畅饮。面对良辰美景、赏心乐事，才会引发人诗情画意的美妙想象。

第二首承接第一曲设宴而来，写作者秋夜待客，在月下松涛品茗。开头一句"月将花影移帘幕"，也是从写景入手，在月光的照映下，花影移上帘幕，生动的动景描写，使人有如临其境之感。第二句"风怒松声卷翠涛"，松风谡谡，一股凉意随声而至，此时此刻风中的一片翠松，仿佛幻化成了层层碧波，令人神往。如此佳景，若是再品上一盏香茗，岂不是更是妙哉？于是主人"呼童涤器煮茶苗"，呼唤童仆洗杯盏，烹新茶，招呼客人。通过这些动作描写，细致地表现出主人公品茗的雅兴。"惊睡鹤，长啸仰天高"，正在松下栖息的白鹤,突然被洗盏、烹茶的声响惊醒了,于是引颈向天,一声长啸,划破了秋夜的寂静,凌空飞去。这一声鹤唳,不但没有搅扰这眼前的清幽,反而更加延展了深幽的意境,月夜下的花影、松涛、人,浑然一体,引人入胜。

这两首小令,语言平淡,境界浑然天成;环境如画,充满诗情画意,人物形象呼之欲出。

〔越调〕小桃红

新　柳

李致远

柔条不奈①晓风梳,乱织新丝绿。瘦倚春寒灞陵②路,影扶疏③。梨花未肯飘香玉。黄金④半吐,翠烟⑤微妒。相伴月儿孤。

【注释】

①奈:承受。　②灞陵:"柳"与"灞陵"都可以象征离别。李白《忆秦娥》:"年年柳色,灞陵伤别。"这句词就是合用柳与灞陵这两个意象来写离别的感伤。《雍录》载:"汉世凡东出函、潼,必自灞陵始。故赠行者于此折柳相送。"可见自汉代以来,灞陵和柳就结为一体了。　③扶疏:稀疏。　④黄金:嫩黄色的柳芽。　⑤翠烟:指笼罩着新柳的轻烟。

【赏析】

这首小令以拟人的手法,描绘了新柳的情态,托物寄情,写得清新飘逸。

开头一句"柔条不奈晓风梳",描写了柳之柔条。拂晓时,柔细的柳丝在晨风中飘舞。"不奈"二字用得极为巧妙,这并非是因为风势太猛,倒是因为新柳的柔枝太软,其柔弱之姿不胜微风。第二句"乱织新丝绿",写出了嫩绿的柳丝细而且长,在微微的晓风中往来飘拂有如交织之感。这两句是描写柳之形。

接下来,"瘦倚春寒灞陵路,影扶疏"两句,以拟人的手法,描写了新柳之态,绘出了春寒料峭中的新柳立在灞陵路边,枝条扶疏,终日倚立在送别之地灞陵的路畔,她若有所思又若有所待的情态。

"梨花未肯飘香玉"一句为过渡,虽然不是写新柳的正文,却为下文埋下了伏笔。"黄金半吐,翠烟微妒。相伴月儿孤"三句,嫩黄色的柳芽欲展未展,笼罩着新柳的轻烟本来使人看着已觉翠色可掬;但是和金黄色的柳芽比起来,翠烟未免有些嫉妒。因柳条先天下而报春。可是此时如雪似玉的梨花还未飘香,月儿不能去陪伴溶溶月下的梨花,只能凄凉孤单地和新柳做伴。在晓风、孤月中,使人清晰地领略到新柳的风神。因此,小令最后,写的正是新柳之"神"。

这首小令字字写新柳，形神兼备，使形、态、神三个要素能高度凝聚；然而又句句含人情，新柳高洁孤独之态，不言而喻。所以这首小令托物寄情，既是咏柳歌，又是抒情曲。

〔越调〕天净沙

离　愁

李致远

敲风修竹珊珊①，润花小雨斑斑②，有恨心情懒懒。一声长叹，临鸾不画眉山③。

【注释】

①珊珊：拟声词，这里指的是轻柔徐缓的雨声。　②斑斑：形容词，意思如同点点，形容雨点稀疏。　③鸾：指鸾镜，古代妇女所用铜镜的背面常铸有鸾凤纹样的图案，故称鸾镜。不画眉山：指梳洗之后再没心情用眉黛画眉。眉山，指女子秀眉，是唐五代词常用的词语。

【赏析】

这首小令题作《离愁》，采用以小见大的手法，主题明了，情韵悠远。

第一句"敲风修竹珊珊"，写春夜里，风吹之下，竹子互相敲击，时时发出清脆悦耳的声音，让人难以入睡。下面一句"润花小雨斑斑"，由春夜闻风听雨的听觉形象过渡到春朝见雨的视觉形象上，稀疏的小雨滋润着大地，使春花竞相开放。这样的雨声应是带着些令人神往的美感，无奈在离人的心上唤起的却是一片春愁与惆怅。风吹打竹叶与细雨绵绵的响声交织在一起，使主人公夜不能眠，心中燃起无限的烦愁，而且又看到这春雨、春花的美景，想到与亲人不能相见的愁思，怎么能不"有恨心情懒懒"？正是由于春光明媚而人远千里，才使这位满怀离愁的思妇，怕听春雨，怕见春花，心情懒懒地感到百无聊赖。春色不能给她带来慰藉，却只能给她增添离愁。结尾两句"一声长叹，临鸾不画眉山"改为白描手法，从外部动作表现出主人公内心的情感。离愁使思妇无心梳洗打扮，而相思之人不在身边，眉就是画得再好看也无人欣赏，"一声长叹"正表现了主人公愁怨苦闷的心情。

这首小令由听觉写到视觉，写得声情并茂，含蓄委婉，细致传神，不失为元曲中的一篇佳作。

〔越调〕斗鹌鹑

闺 情

沙正卿

挑绣也无心,茶饭不应口。付能打撅①起伤春,谁承望睚不过暮秋。暗想情怀,心儿里自羞。两件儿,出尽丑:脸淡似残花,腰纤如细柳。

〔紫花儿〕愁的是针拈着玉笋。怕的是灯点上银釭,恨的是帘控着金钩。赤紧②的爷娘又不解,语话也难投。休休。怏及煞③眉儿八字愁,靠谁成就。凤只鸾孤,几时能够、燕侣莺俦。

〔幺〕想杀我也枕头儿上恩爱。盼杀我也怀抱儿里多情。害杀我也被窝儿里风流。浑身上四肢沉困,迅指间一命淹留。休休。方信道相思是歹证候,害的来不明不久。是做的沾粘,到如今泼水难收。

〔尾〕实丕丕罪犯④先招受,直到折倒了庞儿⑤罢收。若不成就美满好姻缘,则索学文君驾车走。

【注释】

①付能:又作"甫能",意指方才。打撅:又作"打叠",意即收拾、整理,似唐宋以来民间口语。 ②赤紧:宋元口语,在这句里当作"无奈"解。 ③怏及煞:亦作殃及、央及,带累之意。 ④实丕丕:实实在在的意思。罪犯:女子对爱极之人的骂称。 ⑤庞儿:指俊俏的女子。

【赏析】

这篇套数以代言体的形式,写一位女子盼嫁的急切心情和对爱情坚定果敢的自由选择。

首曲〔斗鹌鹑〕,描写了这个怀春少女茶饭不思,无心挑绣,从春到秋一心想着她私下里结识的情人。表面上故作静淑,心里却想着男女的私情,自己也觉害羞。因此脸儿消瘦了,腰肢减损了,这两件事是瞒不过人的。女主人公哀怨自己盼嫁无望,身心受到极严重的折磨之苦。

第二曲〔紫花儿〕通过少女的内心独白,刻画因相思而生的百无聊赖的情绪和对异性的渴求。开头三句,采用了排比倒装的句法,集中描写了人物愁、怕、恨的心理。尽管少女满怀心事,但"赤紧的爷娘又不解,语话也难投"。女主人公继而埋怨爹娘不懂女儿的心事,话不投机,要说明又难以开口,处在无可奈何的境地。"怏及煞眉儿八字愁,靠谁成就。"除了愁眉深锁,实在一筹莫展。最后,连用两句"凤只鸾孤"与"燕侣莺俦"两相对比,字里行间充溢着盼嫁无期的哀愁。下一曲〔么〕写少女思春,诉说相思的苦衷,语言明快,直抒胸臆。这种大胆泼辣的想象,却不使人感到媟亵轻薄。

最后一曲〔尾〕声,"实丕丕罪犯先招受,直到折倒了庞儿罢收",先是埋怨情人的招惹,不把我折腾到死去活来他是不肯罢手的。但接下来语气却一转:"若不成就美满好姻缘,则索学文君驾车走。"经过一番思想斗争,女主人公终于从闺愁哀怨走向了勇敢反叛之路,要学习卓文君和司马相如私奔。这表明了女主人公青春的觉醒,与封建家长制和封建婚姻制度实行决裂,曲调慷慨激昂。

〔南吕〕一枝花

秋 蝶

吕天用

数声孤雁哀,几点昏鸦噪。桂花随雨落,梧叶带霜凋。园苑萧条。零落了芙蓉萼①,见一个玉蝴蝶体态娇。描不成雅淡风流,画不就轻盈瘦小。

〔梁州〕难趁逐莺期月夜,怎追随燕约②花朝。栖香觅意谁知道,春光错过,媚景轻抛。虚辜艳杏,忍负夭桃。梦魂杳不在花梢,精神懒岂解争高。喜孜孜翠袖兜笼,娇滴滴玉纤捻搭③,笑吟吟罗扇招摇。替他,窨约④:秋深何处生芳草,残菊边且胡闹⑤。不似姚黄魏紫⑥好,忍负良宵。

〔隔尾〕金风不念香须少,玉露那怜粉翅娇。风露催残冷来到,艳阳时过了,暮秋天怎熬。将一捻儿香肌断送了。

【注释】

①萼:花叶。 ②莺期燕约:指青年男女之间情意缠绵的幽会。 ③捻搭:宋元时代的俗语,纤美之意。 ④窨约:宋元时代的俗语,是思量、忖度的意思。 ⑤胡闹:这里指宽慰对方不要对事太认真,姑且得过且过。 ⑥姚黄、魏紫:名贵的牡丹品种,这里喻蝶。

【赏析】

这篇套数咏蝶，共有三支曲子，描写蝶的风流和情态，而曲子处处又流露出对人生和社会的思考，大有庄周梦蝶之感。

首曲〔一枝花〕，开篇两句"数声孤雁哀，几点昏鸦噪"，点明了暮秋之景，渲染出秋日黄昏时悲凉的环境氛围。小园里，桂花被雨点稀稀打落，在一片萧条的景象中，飞来一只娇小可爱的玉蝴蝶，在已经凋落的芙蓉花间孤独地徘徊。"描不成雅淡风流，画不就轻盈瘦小"，赞美了秋蝶的风流淡雅、轻盈瘦小。

第二曲〔梁州〕，借物喻人，借这玉蝴蝶的遭遇比喻一少女的不幸身世。"难趁逐莺期月夜，怎追随燕约花朝"两句，巧妙地运用流水对和错位的修辞手法，"莺期"、"燕约"这两个词语都具有男女情爱的意蕴，使曲子显得新颖别致。"栖香觅意谁知道，春光错过，媚景轻抛。虚辜艳杏，忍负夭桃"，描写的是：月夜花朝、柔情蜜意的时期已经成为过去，少女当时沉浸在"栖香觅意"的恋人怀抱中，觉得他值得自己托付终身，会幸福一生一世。她芳心暗许，然而负心郎一去便没了消息，使"春光错过，媚景轻抛。虚辜艳杏，忍负夭桃。"于是在花前月下，少女心中倍增惆怅。"喜孜孜翠袖兜笼，娇滴滴玉纤捻搭，笑吟吟罗扇招摇"，意思是说，少女同情爱怜这只玉蝴蝶，想用她的翠袖来笼罩它，用她那"捻搭的玉指来轻轻呵护，笑吟吟地用她手中的罗扇来招引，表现了曲中女主人公对秋蝶的同病相怜。"替他，謷约：秋深何处生芳草，残菊边且胡闹。不似姚黄魏紫好，忍负良宵"，写少女为秋蝶寻找安身之处，并多方劝说慰藉，解除秋蝶的痛苦，其实这里是少女的自我宽慰。

末曲〔隔尾〕，写秋蝶的香消玉殒，在晚秋中消逝了，也是暗喻少女。"金风不念香须少，玉露那怜粉翅娇"，本来好不容易得到了瞬间喘息的机会，可是残酷的现实步步紧逼。作者饱含痛惜之情，以蝶比喻倍受欺凌的少女，以秋风寒露比喻周围险恶的人们。"风露催残冷来到，艳阳时过了，暮秋天怎熬。将一捻儿香肌断送了"，字字含血带泪，为这不幸的少女离开这令人寒栗的人间而痛惜。

这篇《秋蝶》套数融抒情于叙事之中，将秋蝶的遭遇写得哀婉动人，感人肺腑。

〔中吕〕粉蝶儿

寄情人

王　氏

江景萧疏，那堪①楚天秋暮。战西风②柳败荷枯。立夕阳，空凝伫③，江乡古渡。水接天隅④，眼弥漫晚山烟树。

〔醉春风〕寂寞日偏长，别离人最苦。把一封正家书改做诈⑤休书。冯魁不睹是将我来娶,娶。知他是身跳龙门,首登虎榜,想这故人何处?

〔红绣鞋〕往常时冬里卧芙蓉裯褥,夏里铺藤蓆纱巾厨。但出门换套儿好衣服。不应冯魁茶员外,茶员外钞姨夫⑥。我则想俏双生为伴侣。

〔迎仙客〕见一座古寺宇,盖造得非常俗。见一个僧人念经掐着数珠。待道是小阇梨,却原来是老院主。俺是个檀越门徒,问长老何方去?

〔石榴花〕看了那可人江景壁间图,妆点费工夫。比及江天暮雪见寒儒,盼平沙趁宿,落雁无书。空随得远浦帆归去。渔村落照船归住,烟寺晚钟夕阳暮,洞庭秋月照人孤。

〔斗鹌鹑〕愁多似山市晴岚,泣多似潇湘夜雨。少一个心上才郎,多一个脚头丈夫。每天价茶不茶饭不饭百无是处,教我那里告诉?最高的离恨天堂,最低的相思地狱!

〔普天乐〕腹中愁,诗中句。问甚么失题落韵,跨彪骑驴。想着那得意时,着情处,笔尖题到伤心处,不由人短叹长吁。嘱付你僧人记取,苏卿休与,知他双渐何如。

〔上小楼〕怕不待开些肺腑,都向诗中分付⑦。我这里行想行思,行写行读,雨泪如珠。都是些道不出,写不出,忧愁思虑。了不罢声啼哭。

〔幺〕他争知我嫁人,我知他应过举。翻做了鱼沉雁杳,瓶坠簪折,信断音疏。咫只地半载余,一字无,双郎何处?我则索随他泛茶船去。

〔十二月〕无福效同侪并侣,有分受枕剩衾余。想起来相思最苦,空教人好梦全无。擗飞了清歌妙舞,受了些寂寞消疏。

〔尧民歌〕闪得人凤凰台⑧上月儿孤,趁帆风势下东吴。我这里安桅举棹泛江湖,到不如沉醉罗帏倩人扶。踌躇,踌躇。无边雁儿遥,枉把佳期误。

〔耍孩儿〕这厮不通今古通商贾,是贩卖俺愁人的客旅。守着这厮愁闷怎消除,真乃是牛马而襟裾。斗筲之器成何用?粪土之墙不可圬。想俺爱钱娘乔为做,不分些好歹,不辨贤愚。

〔三煞〕娘呵你好下得好下得,忒狠毒忒狠毒。全没些子母情肠肚!则好教三千场失火遭天震,一万处疔疮生背疽。怎不教我心中怒!你在钱堆受用,撇我在水面上遭徒。

〔二〕我上船时如上木驴,下舱时如下地府,靠桅杆似靠着将军柱。一个随风倒柁船牢狱,趁浪逐波乘槛车。伴着这魈人物,便似冤魂般相缠,日影般相逐。

〔一〕他正是冯魁酒正浓,苏卿愁起初。下船来行到无人处。我比娥皇女哭舜添斑竹,比曹娥女泣江少一套孝服。则怕他睃破俺情绪,推眼疾偷掩痛泪,伴呵欠带几声长吁。

〔尾〕比我这泪珠儿何日干?愁眉甚日舒?将普天下烦恼收拾聚,也似不得苏卿半日苦。

【注释】

①那堪:怎么能承受。那,怎么。堪,承受。 ②西风:秋风。 ③凝:凝目。伫:远望。 ④天隅:天边。隅,原意为角落。 ⑤诈:欺骗。 ⑥姨夫:当时的市语,是两男共狎一妓之称。 ⑦分付:诉诸于,寄托。 ⑧凤凰台:古台名。据刘向《列仙传》载:秦穆公有女弄玉,嫁萧史,萧善吹箫作凤鸣,凤凰来止其屋;穆公为筑凤凰台使夫妇居之。后人或以"凤凰台"喻夫妻之和谐美满。

【赏析】

　　王氏是当时大都的一名歌妓。这篇〔粉蝶儿·寄情人〕套数,是她存世的惟一作品,全曲由十六支曲子组成,通过王氏自己的口吻,饱蘸着满腔血泪,倾吐了自己强烈的相思之情,提出自己的爱情观,批判了封建社会对妇女的压抑和封建社会买卖婚姻的不合理。

　　这篇套曲从内容上大致可分为四个部分。从序曲到〔红绣鞋〕三曲可以看作是第一部分。首曲,作者以十分简括的笔触,勾画了一幅秋江古渡晚眺图,枯荷败柳、江乡古渡、晚山烟树,渲染了一种惆怅、凄凉的气氛,不仅为描写主人公内心的不幸埋下伏笔,也为全曲确定了悲凄的感情基调。〔醉春风〕和〔红绣鞋〕两支曲子,叙述了女主人与情人离散后被骗娶的经过,写得很简略。这里,作者是借用民间流传的庐州名妓苏小卿与书生双渐的爱情故事,向情人诉说自己的不幸。由此可以推测,作者很可能与苏卿有着相似的遭遇。庐州名妓苏小卿与书生双渐相爱。因双生外出求取功名,茶商冯魁乘机强买苏氏回家。苏氏无奈从之,在路过金山寺时,题诗金山寺壁上。双生得官后赴豫章县令途中恰好看见,即追赶茶船,夺回小卿,后两人结为夫妇。从全篇所表现的内容来看,双渐是指作者所爱的人,冯魁指骗娶她的茶商,而下文出现的苏卿即王氏自称。

　　从〔迎仙客〕到〔尧民歌〕八支曲子为全曲的第二部分。深刻展示了作者痛苦的内心世界,情感真实感人。〔迎仙客〕一曲写女主人到达古寺,交代了场景的转换,在结构上起到由叙述到抒情的过渡作用。接着,作者一连用了七支曲子,和着血泪倾诉了她的相思之苦,同时也流露了对"双生"的疑虑之情。她效仿当年题诗金山寺壁的苏小卿,把肺腑之言"都向诗中分付",然而,相思之苦、离别之恨,千言万语,怎能用寥寥数语全部道出?她想乘着茶船去寻找心上人,然而那人一去竟"信断音疏",如今既不知"双郎何处",也不知"双渐何如",这怎不叫人"忧愁思虑"?她失去了希望,陷入了苦难的深渊。〔石榴花〕和〔斗鹌鹑〕两曲,作者巧妙地将潇湘八景融入到曲子中,分别是:山市晴岚、远浦帆归、平沙落雁、潇湘夜雨、烟寺晚钟、渔村夕照、江天暮雪和洞庭秋月。王氏把这八景集中融在两支曲子里,而且用得贴切自然,不着痕迹,与曲文浑然一体,也显示了王氏驾驭语言的深厚功力。

接下来〔耍孩儿〕和〔三煞〕两曲,为全曲的第三部分。在用较大篇幅表现相思之苦后,作者笔锋一转,满怀愤怒向鸨母和以鸨母为代表的恶势力发出了大胆的诅咒,言辞激烈,生动体现了女主人公勇敢的反叛精神,尤其是〔三煞〕一曲,感情激烈迸发,将全曲的抒情推向高潮。

最后〔二〕、〔一〕、〔尾〕三支曲子为全曲的第四部分,作者对自身苦难遭遇进行了血和泪的控诉。〔二〕、〔一〕两曲,王氏以苏卿自比,表现出她较之苏卿更苦的遭遇,写得深切惨痛,声泪俱下。〔尾〕曲采用了夸张的手法,极写作者愁苦之深、之重,很有力度,令人感同身受。

〔中吕〕普天乐

愁　怀

张鸣善

雨儿飘,风儿飏,风吹回好梦,雨滴损柔肠。风萧萧梧叶中,雨点点芭蕉上。风雨相留添悲怆,雨和风卷起凄凉。风雨儿怎当①,雨风儿定当②,风雨儿难当③。

【注释】

①怎当:怎能忍受。　②定当:"定害",意为打扰。　③难当:戏耍嘲弄。

【赏析】

这首小令,作者抓住了秋风秋雨的凄凉的特征,抒发了哀愁的情怀。

小令开篇"雨儿飘,风儿飏,风吹回好梦,雨滴损柔肠"四句,即从风雨着笔,写风雨带给人的烦恼与哀愁。人生际遇不顺,再添以风雨的搅扰,不禁更令人愁思绵绵,柔肠寸断。接下来"风萧萧梧叶中,雨点点芭蕉上"两句,以风吹梧桐、雨打芭蕉象征着自己内心的忧愁苦闷,渲染了一种凄凉、萧索、清冷、孤寂的意境。这两句景中寓情,生动地表现出作者内心的愁怀。紧接着的"风雨相留添悲怆,雨和风卷起凄凉"两句,是从正面直接抒发作者的感受。人生漫长,有甜也有苦,有喜也有悲,而作者此时只感到"风雨相留"、"雨和风卷",人世间的风雨,更加增添了他内心的凄凉与悲怆。结尾三句,"风雨儿怎当,雨风儿定当,风雨儿难当",进一步借风雨的无情写出愁怀的难遣。作者由"怎当"到"定当",又由"定当"到"难当",先设问,继而肯定,最后否定,一波三折,描写出作者内心的愁绪,突出表现了作者的无可奈何。愁怀本无形,化作风雨,可感可触。

这首小令语言通俗，全曲句句嵌入"风"和"雨"，反反复复只写了一个"愁"字，不仅有力地表现了忧愁之重，也给读者留有广阔的想象空间，使曲子的内蕴更加丰厚。

〔中吕〕普天乐

嘲西席①

张鸣善

讲诗书，习功课：爷娘行②孝顺，兄弟行谦和，为臣要尽忠，与朋友休言过③，养性终朝④端然坐，免教人笑俺⑤风魔。先生道学生琢磨⑥，学生道先生絮聒⑦，馆东⑧道不识字由他。

【注释】

①西席：古时宾主相见，以西为尊，主东而宾西，因称塾师或幕友为西宾或西席。②行：这边，那边。　③休言过：不说别人的过错。　④养性：修心养性。终朝：整日。⑤俺：此谓俺们，咱们。　⑥琢磨：思索，体会。　⑦絮聒：唠叨，啰嗦。　⑧馆东：主人，家长。馆，学馆，私塾。东，东家，主人。

【赏析】

这首小令题为《嘲西席》，嘲笑的是封建社会私塾馆里的教书先生。

小令的前八句是写私塾先生对学生的谆谆训导。"讲诗书，习功课"，是要学习四书五经，以下都是诗书里的教条规范："爷娘行孝顺"，是指要孝顺父母；"兄弟行谦和"，是指兄弟之间要谦和友爱；"为臣要尽忠"，是指要对君主忠心；"与朋友休言过"，就是不要谈论朋友的过错。这四者概括起来就是忠、孝、仁、义，可以说是封建道德和传统教育的核心内容。先生不管三七二十一，把这堆做人的大道理一股脑儿端了出来，结果还嫌不够，"养性终朝端然坐，免教人笑俺风魔"，还要加上修身养性，规规矩矩，免遭人嘲笑。这些都是迂腐的教室规范，也是束缚学生的教条。

然而这些规范教条的效果如何呢？曲子的最后三句"先生道学生琢磨，学生道先生絮聒，馆东道不识字由他"，通过教师、学生和家长的不同看法，对教师的不识时务和顽固守旧提出了调侃和讽刺。结尾巧妙地点醒全篇，扣住主题，褒贬之情尽在不言中，耐人咀嚼。

〔双调〕水仙子

讥 时

张鸣善

铺眉苫眼早三公①,裸袖揎拳享万钟②,胡言乱语成时用③。大纲来都是烘④,说英雄谁是英雄?五眼鸡岐山鸣凤⑤,两头蛇南阳卧龙⑥,三脚猫渭水飞熊⑦。

【注释】

①铺眉苫眼:挤眉弄眼、不正经的样子。三公:古代掌握军政大权的三种高官,各代具体名目不同,此指居高位、当大官。 ②裸袖揎拳:粗野的样子。享万钟:享受万钟粟的俸禄,也指当大官。 ③成时用:受到重用。 ④大纲来:总之。烘:似应为"哄",起哄。 ⑤五眼鸡岐山鸣凤:意思是五眼鸡硬充岐山鸣凤。"五眼鸡"和下面的"两头蛇"、"三脚猫",均指上面"铺眉苫眼"的那些人。岐山鸣凤,指周公旦,周公是武王之弟,扶助成王建有大功,他的封地在岐山(今陕西岐山县境内)之阳。相传周时有凤鸣于岐山,古人常以鸣凤比喻人中之杰。 ⑥南阳卧龙:指诸葛亮。 ⑦渭水飞熊:指姜太公。

【赏析】

这首〔水仙子〕是元散曲中激烈抨击现实的名作之一,尖锐地讽刺了元代统治阶级那些达官贵人小人得志当道的黑暗现实。

曲子题为《讥时》,作者开头连用三句"铺眉苫眼早三公,裸袖揎拳享万钟,胡言乱语成时用",排比整齐,对仗工整,形象地刻画出了那些昏庸统治者专施欺压、欺瞒、恐吓的可笑伎俩。他们"铺眉苫眼",装腔作势,借以恫吓他人;卷起袖子,伸出拳头,借以吓人,不可一世;"胡言乱语",颠倒是非,混淆视听,借以达到于中取利的目的。这些都是他们步步高升的看家法宝,也是欺上瞒下的拿手好戏。但是群众的眼睛都是雪亮的,在这个三句鼎足对的后面,作者以轻蔑的口气,用"大纲来都是烘"一句来束住,总结了这些家伙的丑恶行径不过是骗人的勾当罢了,给了这些坑蒙拐骗者有力的一击。

"说英雄谁是英雄"呢?最后"五眼鸡岐山鸣凤,两头蛇南阳卧龙,三脚猫渭水飞熊"给出了令人啼笑皆非的答案。这些所谓的"英雄",都是假的,他们表面上好像是才高八斗的鸣凤,本质上却只是一心斗来斗去、想吃掉别人的五眼鸡;他们表面上虚张声势,像是要为国为民做一出番大事业的卧龙诸葛亮,本质上却是狠毒的两头蛇;他们东抓一把、西抓一把好像什么都能,其实是成事不足而败事有余的三脚猫之流的败类而已。作者运用了大量的民间俗语将要讽刺的对象丑化,从而使读者对他们的丑恶本质一目了然。结尾三句也是鼎足对,对偶整齐而精炼,工丽而饱满。

所谓"曲如赋",曲子的特点就是铺陈排比。这首曲子篇幅极为短小,但多是排比对偶句,真乃纳千里于尺幅之中,揭露深刻,以少胜多,而且语言雅俗结合,泼辣生动,具有鲜明的艺术特色。

〔双调〕水仙子

题 情

张鸣善

嘱香醪①一醉再休醒,半霎里②千般俏万种情。孟郊寒贾岛瘦相如病③,刚滴留④得老性命。偏今宵梦境难成,做甚么月儿昏昏瞪瞪,阿的⑤般人儿孤孤另另,些娘⑥大房儿冷冷清清。

【注释】

①香醪:好酒。 ②半霎里:一时间。 ③孟郊寒贾岛瘦相如病:孟郊、贾岛是我国唐代两位著名诗人,相如即汉代辞赋家司马相如。"寒"、"瘦"二字本用以指孟郊、贾岛二人的诗歌风格,险峭瘦硬,好作苦语,故世有"郊寒岛瘦"之说。而司马相如病弱多才,此喻多愁多病。 ④滴留:担心。 ⑤阿的:指示代词,这。 ⑥些娘:些儿,一点儿。

【赏析】

这首小令描写了在作者酒醉后的情态,展现了作者痛苦凄楚的内心世界。

小令前四句描写了作者的醉态。开头两句"嘱香醪一醉再休醒,半霎里千般俏万种情",以拟人的手法,嘱咐香醪,喝下它就长醉不醒,只有在未醒的时候才能体会到片刻的欢情。作者希望长醉不醒,逃避现实,所以才到醉乡寻求解脱。只有沉醉,才能使他暂时忘却忧愁,抛掉烦恼,感到轻松自如。"一醉"、"半霎里"、"千般"、"万种",数量词的搭配恰到好处,形象地画出了作者醉酒后的情态。接下来"孟郊寒贾岛瘦相如病"一句,作者引用了孟郊、贾岛二人"寒"、"瘦"的诗歌风格和司马相如多病的体质,直取其义,说明自身的穷困潦倒,多愁多病。"刚滴留得老性命"一句,生动地描绘出作者醉后眩晕,不能自主的情态。

第五句"偏今宵梦境难成",一个"偏"字,笔锋一转,写作者醒来后的情形。接下来,"做甚么月儿昏昏瞪瞪,阿的般人儿孤孤另另,些娘大房儿冷冷清清"三句,是作者内心痛苦的独白,作者本想一醉不醒,却只是单纯的幻想。醒来后还是要继续面对残酷的现实，于是受伤的心灵愈加感到痛苦难耐。

这首小令较多地使用了宋元口语，读来活泼自然，不失浑朴本色；"昏昏瞪瞪"等十二个叠字的运用，形象且富于感情色彩，表现了元曲俗中见雅、和作者"诨中奇语"的风格。

失宫调牌名

咏 雪

张鸣善

漫天坠，扑地飞。白占许多田地。冻杀吴民①都是你！难道是国家祥瑞②？

【注释】

①吴民：指江苏一带的百姓。 ②祥瑞：指好事情的兆头或征象。

【赏析】

这首《咏雪》与苏彦文的〔越调〕斗鹌鹑 冬景和唐毅夫的〔南吕〕一枝花 怨雪的主题思想一样，都是写雪给人们带来的危害。此曲的来历据《尧山堂外纪》记载："张士诚据吴时，其弟士德攘夺民田以广园囿，鸣善作此曲讥之。"

开头两句"漫天坠，扑地飞"，直接叙事，寒冬时节，鹅毛大雪铺天盖地而来。接着"白占许多田地"一句，构思精巧，一语双关地道出了曲子的主题，对仗势欺人，强行霸占广大民田的张士德进行了无情的抨击。"白占"二字，妙语双关，这场大雪漫天盖野，世界完全变成一片银白，这是指现实中"雪"，是表层意义；而张士德依仗其兄势力，为了自己的享受，强夺民田无数，白白地占据民田，这是作者借"白占"所要表明的真实含义。作者写至此，不禁感情激发，怒火中烧，巧妙地借怨雪之际，发出了"冻杀吴民都是你"这一发自肺腑的愤激之词。张士德强夺了大量民田，农民以种地为生，夺去了田地，就夺去了他们的衣食之源。本来就在饥寒线上挣扎的穷苦人民，现在岂不是要冻死，饿死！尽管如此，作者还不满足，以"难道是国家祥瑞"一句反诘。民间有"瑞雪兆丰年"的说法，但这对于那些已经失去了土地的农民来说，这种祥瑞又有什么用呢？作者强烈地暗示道：像张士德这样强占民地的恶霸，简直是国家和百姓的灾星。

本曲用赋体直陈其事，言简意赅，观点鲜明，而且语言明白浅显，通过反讽的语句，妙语双关的手法，直率深刻地揭露了主题，慷慨激愤，容易引起读者的共鸣。

〔正宫〕塞鸿秋

题 情

赵 莹

玉人①不见徒劳望,相思两地音书旷②。挥毫难写断肠文,枕几惟添愁旅况③。只为美人情,空取时人谤④,何时再得相亲傍⑤?

【注释】

①玉人:对女性的美称,言女子肌肤润洁如玉。 ②音书旷:指音信久绝。 ③愁旅况:指羁旅之愁。 ④谤:诽谤,嘲讽。 ⑤傍:陪伴,相守。

【赏析】

全曲写相思之苦,描写了作者在客居他乡时对妻子的深切思念和期盼早日团聚的心情。

曲子开篇"玉人不见徒劳望,相思两地音书旷"两句,就描绘了这样一幅场景:作者飘泊在外,旅居他乡,由于思念远方的妻子,忍不住一次次地依楼朝着家乡的方向深切凝望。然而两人相隔千山万水,即使望穿秋水也是徒劳。明知望不见却又偏要望,传神地表现出作者无法抑制的相思之情。想见又不能见,如果此时能收到对方的家书,也能聊慰自己的思念之情,然而紧接着"相思两地音书旷"一句,说不仅"玉人不见",而且自从离别后,就"一春鱼雁无消息",一个"旷"字,表明了二人相隔之远和相别之久,更见相思情重。

接下来"挥毫难写断肠文,枕几惟添愁旅况"两句,紧承"音书旷",以行动描写交代出作者的相思心理。想到与妻子音书久绝,写信的念头又涌上心头。然而,今日挥笔蘸墨却又难以下笔。自己的千言万语,千缕柔肠,万般情爱,如何能在这短短的一纸家书中诉尽?作者形单影只,在客舍之中,枕被的凄凉映衬着心头的凄凉,更添羁旅之愁,相思之苦。这两种愁苦交织在一起,让人说不出,道不尽。

"只为美人情,空取时人谤"两句,作者笔锋轻轻一转,从侧面诉说相思之苦。因为相思情深,竟招来时人的讥谤。对于作者的深情,人们不但不给予同情和安慰,反而冷嘲热讽,讥笑他英雄气短、儿女情长。从旁观者的角度,我们也可以看出作者对妻子的爱的热烈和深切。对于旁人的讥笑,作者并不以为然,他既不辩白,也不反驳,继续表达自己的心曲:"何时再得相亲傍?"作者最关心的是,什么时候才能结束这游子生涯,和妻子厮守在一起?这清楚明了地表达出作者对于"时人谤"的态度,那坚定、炽热、真挚的感情,令人侧目。

在这首小令中,作者以其亲身经历、真实感受,表达了对爱情执着,不假雕饰,直接坦率,朴实无华,感人肺腑。

〔双调〕寿阳曲

思旧(三首)

邦 哲

初相见,意思①浓,两下爱衾②枕和同。销金帐春色溶溶,云雨③期真叠叠重重。

谁知道,天④不容,两三年间抛鸾拆凤。苦多情朝思夜梦,害相思沉沉病重。

尔⑤在东,我在西,阳台⑥梦隔断山溪。孤雁唳夜半月凄凄,再相逢此生莫期。

【注释】

①意思:指情意。 ②衾:被褥。 ③云雨:指男女欢合。典出宋玉《高唐赋》:"妾在巫山之阳,高丘之阻,旦为朝云,暮为行雨,朝朝暮暮,阳台之下。" ④天:这里指封建家长和封建婚姻制度。 ⑤尔:人称代词,你。 ⑥阳台:与"云雨"同出一典,指男女欢合之处。

【赏析】

邦哲的〔双调〕寿阳曲 思旧,一共有三首,写作者与心上人相识、相恋、别离以及相思的过程,表达了对往昔生活的深切眷恋以及与情人分离后的无限苦楚。

首曲写作者与心上人相见时的欢乐。开头两句"初相见,意思浓",从回忆作者与心上人的初识写起,在过去的日子里,两人郎情妾意,恩恩爱爱,共同渡过了一段美好的爱恋时光。以下"两下爱衾枕和同,销金帐春色溶溶,云雨期真叠叠重重"三句,炽热大胆地绘出了两人在一起的幸福时光,令人浮想联翩。作者用词精雕细琢,俗中见雅。对于作者来说,过去的那一段时光是最珍贵的,难以忘怀。作者连用这三个句子表露昔日两人之间的欢合之情,紧扣"思旧"的主题,美好的记忆也为下文的离别之苦作好铺垫。

作者于美好的回忆中突然停笔,第二曲转向描写与心上人别离的痛苦。"谁知道,天不容,两三年间抛鸾拆凤",谁曾想,好景不长,"天不容"一句,犹如晴天霹雳,活生生无情地拆散了一对相爱的男女。这里,作者虽然没有明确点明离散的原因,但从"天不容"一句来看，应该二人的自由结合违背了封建家长和封建婚姻制度所致。"苦多情朝思夜梦，害相思沉沉病重"，往昔相处得那样欢洽，却被"拆鸳鸯于两下里"，从"春色溶溶"到"沉沉病重"，感情由喜而悲，急转直下，任谁能承受得住这样的打击？

　　第三曲进一步诉说与心上人分离，哀叹了今生今世重逢无期的苦闷。开头两句"尔在东，我在西"，以"尔"和"我"相称，表现了二人关系的亲密，而如今一个在东，一个在西，由现在的处境回想曾经的甜蜜，更是愁上加愁。中间"阳台梦隔断山溪"一句，"阳台"与"云雨"同出一典，也是写曾经的欢爱已经被无情地破坏。作者用典不露痕迹，前后呼应，表现出深厚的语言功力。最后"孤雁唳夜半月凄凄，再相逢此生莫期"二句，过去的一切都只成了美好的回忆，如今失去爱侣的人就像在夜空里悲鸣的一只孤雁，承受着无边的凄苦。而作者与心上人一朝生离竟成永久的死别，今生今世再也无缘相见了。作者以"孤雁"自喻，生动贴切，形象感极强。结尾一句更是表达了作者的绝望之情，感人肺腑，催人泪下。

　　这三组《思旧》小令，先是追忆旧情，表现旧情之难忘，然后写昔日"抛鸾拆凤"之苦，最后又由"相逢莫期"转为绝望，先昔后今，先乐后悲，跌宕起伏，层次分明，将"思旧"这一主题表现得淋漓尽致，深刻感人。

〔双调〕殿前欢

省悟（七首）

李伯瞻

　　去来兮①，黄花烂熳满东篱②。田园成趣知闲贵，今是前非，失迷途尚可追③。回头易，好整理闲活计。团栾灯花，稚子山妻。

　　去来兮，黄鸡啄黍正秋肥。寻常老瓦盆边醉，不记东西，教山童替说知。权休罪，老弟兄行都申意④："今朝溷扰，来日回席。"

　　去来兮，青山邀我怪来迟。从他傀儡棚中戏，举目扬眉，欠排场⑤占几回。痴儿辈，参不透其中意。止不过张公吃酒，李老如泥⑥。

　　到闲中，闲中何必问穷通⑦。杜鹃啼破南柯梦⑧，往事成空。对青山酒一钟,琴三弄,此乐和谁共。清风伴我,我伴清风。

驾扁舟,云帆百尺洞庭秋。黄柑万颗霜初透,绿蚁⑨香浮,闲来饮数瓯⑩。醉梦醒时候,月色明如昼。白苹渡口,红蓼滩头。

好闲居,百年先过四旬余。浮生待足何时足,早赋归欤,莫逞逞盼仕途。忙回步,休直待年华暮。功名未了,了后何如?

醉醺醺,无何乡⑪里好潜身。闲愁心上消磨尽,烂熳天真。贤愚有几人,君休问,曾亲见渔樵论。风流伯伦⑫,憔悴灵均⑬。

【注释】

①去来兮:陶渊明《归去来兮辞》的缩写。 ②黄花烂熳满东篱:引用陶渊明的诗意,陶潜特别爱赏菊花,不仅在《归去来兮辞》中有"三径就荒,松菊犹存"的叙述,而且在他写的著名诗篇《饮酒二十首·其五》中还写过"采菊东篱下,悠然见南山"这一流传千古的名句。 ③"今是前非"两句:隐括陶《辞》"悟已往之不谏,知来者之可追。""实迷途其未远,觉今是而昨非"的句意。 ④申意:抒发胸臆。 ⑤欠排场:"欠",即"要",至今仍说"要排场",讲阔气。 ⑥张公吃酒,李老如泥:张公,张易之兄弟;李老,李氏王室。本为唐代谚语,言唐武则天时,张易之兄弟当权,李氏王室大权旁落。后用以比喻由于误会代人受过,又喻一方取得实益,一方徒负虚名。此曲指人生如戏,替他人受罪。 ⑦穷通:贫困和显达。 ⑧南柯梦:典出唐代李公佐《南柯太守传》。传说游侠之士淳于棼,所居宅南有大槐树一株,有一天酒醉后突然应邀入"槐安国",被国王招为驸马,出任南柯太守,荣华富贵,显赫一时。孰料盛极而衰,乐极生悲,先是战事失利,不久公主又病死。他遭到国王疑惮,被软禁起来,随后就被遣返故乡。此时他猛然从梦中醒来,始知前所经历的荣耀蹉跌悉为一梦。梦中所谓"槐安国"者,不过是大槐树穴中的一个大蚁穴;所领的"南柯郡",则是槐树南枝上的一个小蚁穴而已。 ⑨绿蚁:酒上浮起的绿色泡沫,指酒。 ⑩瓯:盛酒的器皿。 ⑪无何乡:即无何有之乡,指空虚乌有的境界。见《庄子·逍遥游》。 ⑫伯伦:晋代刘伶之字,竹林七贤之一。 ⑬灵均:屈原之字。

【赏析】

李伯瞻的〔双调·殿前欢〕由七首小令组成,总标题为《省悟》,每一首都反映了作者对仕途不可走的感悟以及共享天伦、躬耕田园、赏游山水的乐趣。

这组小令的第一、二、三首都以"去来兮"发端,显然是受了陶潜《归去来兮辞》的影响,在意境、遣辞、思想等方面效仿《归去来兮辞》,流露出归隐的思想和对归隐生活的向往，容易引起世人的共鸣。

第一首主要写对田园隐居生活总体的赞美。"黄花烂熳满东篱"一句，引用了陶渊明著名的诗篇《饮酒二十首·其五》中的"采菊东篱下，悠然见南山"诗意，选取了陶潜特别喜爱的菊花，描写了最具典型意义的隐居生活。东篱的菊花开得如此灿烂夺目，仿佛是在召唤误入尘网的人们归来享受这田园的闲趣。下面"今是前非，失迷途尚可追"，概括了陶渊明《归去来兮辞》中"悟已往之不谏，知来者之可追。实迷途其未远，觉今是而昨非"的句意，察觉到迷途未远，今是昨非，宣告自己将退出官场归隐田园，流露出对官场的厌倦情绪。"好整理闲活计"，意思是说从此以后要好好安排一下闲适的隐居生活。结尾"团栾灯花，稚子山妻"两句，作者将山水之乐与天伦之乐与高官厚禄、却享受不到真正生活乐趣的仕宦生活作对比，指出真正的生活乐趣在于享受人生的天伦之乐，一家人和乐融融，灯前围坐，妻儿老少笑语频频，这样乐趣岂是尔虞我诈、争权夺势的宦海生涯所能享受到的呢？本曲用典平淡而文雅，体现了元曲本色当行的特色。

第二首写作者归隐田园后，与兄弟亲友把酒言欢，乐在其中，表现了田园亲友间的真挚情谊。"黄鸡啄黍正秋肥"一句，点明了时间正是秋天。以下"寻常老瓦盆边醉，不记东西，教山童替说知"，意思是说，村里自酿的酒刚刚酿好，虽是田家风味，却可开怀畅饮，与官场的应酬周旋全然不同。饮酒致醉，已经不辨东西南北，连回家的路都不记得了，还要让山童指路。"权休罪，老弟兄行都申意：'今朝湎扰，来日回席'"，可以看出作者饮酒赋诗的才气。这几个饮酒的场景渲染了一种真实纯朴的气氛，和虚迎奉承的官形成鲜明的对比，褒贬之情自喻其中。

第三首着重表现了对官场的厌恶态度，除"青山邀我怪来迟"一句外，其他都是对官场现实的鞭挞和批判。"青山"一句抒发了归隐恨晚之意，然后就把官场的丑恶合盘托出，"从他傀儡棚中戏，举目扬眉，欠排场占几回"，作者把现实社会中那些装腔作势的官僚，比做傀儡戏棚中举目扬眉的傀儡，被人操控着登台表演，表面上神气活现。可是戏演完了也就被弃置一旁，再也摆不了大排场。作者紧接着说道："痴儿辈，参不透其中意。"然而，世上总有一班痴人参不透这其中的道理，不理解做官为宦只不过是虚幻一场，只不过是"张公吃酒，李老如泥"。作者最后引用唐代这一谚语，指出人生如戏，人在官场如被操控的傀儡，徒有虚名，表明了作者的厌恶之情。

这组小令的第四、五、六、七四首，描写了隐居生活的各种闲趣，这是热衷功名利禄的痴人所不能理解的，具有劝世自警的意味。第四首描写了归隐闲居的乐趣。"到闲中，闲中何必问穷通"，闲中自有闲中趣，所以没有必要互问贫富。接下来，作者笔锋一转，"杜鹃啼破南柯梦，往事成空"两句，是说曾经出仕时也有着济世经国的理想，然而人生如梦，好梦易碎。"对青山酒一钟，琴三弄，此乐和谁共"三句，又转而写隐居的乐趣，饮酒弹琴，怡然自得。最后两句"清风伴我，我伴清风"，顶真回环，得大自然之乐趣，底蕴深厚。

第五首写作者驾着小船游赏洞庭湖的秋色，表现了隐居的山水之乐。曲中"黄柑"之"黄"，"霜初透"之"霜"，"绿蚁"之"绿"，"白苹"之"白"，"红蓼"之"红"，五彩缤纷，构成了一幅色彩斑斓的洞庭秋色图，表现了作者醉心于大自然的陶然之趣。这里没有为蜗角虚名蝇头微利的争斗，可以自由地享受大自然那赏心悦目的美景，可以尽情品味经霜的黄柑、新熟的美酒，痛快畅饮，无所顾忌，自由自在。在这样的湖光美景中，令读者也得到了美的享受，看到了作者的可爱之处。

第六首写作者年过不惑之况，对人生仕途提出看法。人生百年转瞬即逝，若现在还不从宦海抽身回头，什么时候才是个头啊？有的人穷尽一生，都是在盼登功名和追求财富，可是功名如海，仕途如海，还是赶紧回头是岸吧！所以作者提出的"百年先过四旬余，浮生待足何时足"、"功名未了，了后何如"等这些自我反省的话语，都是作者轻视功名、厌恶仕途的醒悟之词。这对整日甚至终生为追求官禄和功名的人来说，犹如当头棒喝，发人深省，使人觉悟。

第七首抨击了当时社会是非颠倒，贤愚不分的黑暗现实。小令开头"醉醺醺，无何乡里好潜身。闲愁心上消磨尽，烂熳天真"四句，看起来是写隐居的饮酒之趣，整日开怀畅饮，喝得酩酊大醉，乐以忘忧，一幅天真烂漫的样子。而实际上作者是借酒消愁，来逃避贤愚不分、忠奸不辨的黑暗现实。"贤愚有几人，君休问，曾亲见渔樵论"，说明千秋功过，自有百姓和后人评说，寓意深厚。"风流伯伦，憔悴灵均"，你看那身处晋代乱世的刘伶，风流倜傥，纵酒放达，他曾乘鹿车，携一壶酒，使人荷锸相随，说："死便埋我。"爱国诗人屈原，虽然洁身自好，到头来还是落得个行吟憔悴，自沉而死的下场。古人已矣，他们即使有高尚的人格，也只不过做了渔父樵夫谈古论今的话柄。作者用"无何乡"、"风流伯伦"、"憔悴灵均"这三个典故，批判了社会不分和贤愚不辨的黑暗现实，表现出对世风日下的愤激和不满。

〔中吕〕阳春曲

闺思（二首）

杨朝英

浮云薄处瞳胧①日，白鸟明边隐约山②。妆楼倚遍泪空弹。凝望眼，君去几时还？

沈腰易瘦衣宽褪，潘鬓新皤镜怕看③。月明千里报平安④。音信悭，归梦绕巫山⑤！

【注释】

①瞳胧：本义是指月光不明，这里借来写日暮斜晖。　②白鸟明边隐约山：出自杜甫《雨四首》其一："紫崖奔处黑，白鸟去边明。"但这两句诗原是写雨后日落之景：雨后絮云未散，被落日返照而呈紫色；大块的云团像峥嵘的山崖一样在慢慢地移动；这时天色已渐渐地黑下来了，故曰"紫崖奔处黑"。　③"沈腰"两句：是说沈约腰围瘦损、潘岳鬓发斑白，多用以感叹时光流逝、身心渐衰而功业未成。它们有二重含意，一层指才士，一层指早衰。　④月明千里报平安：也与杜诗有关。杜甫《月夜》："今夜鄜州月，闺中应

独看。"和《月圆》："故园松桂发，万里共清辉。" ⑤巫山：暗示男女幽会的典故。但这里用"巫山"，表现的是年轻夫妻之间的亲昵之情。

【赏析】

这两首小令题为《闺思》，描写的是夫妻两地的相思。

第一首以妻子的口吻，写其思念远方的丈夫。女主人公天天登楼远眺，望眼欲穿，只见"浮云薄处朦胧日，白鸟明边隐约山"，天空明暗交替之际，日暮的斜晖在天边的浮云中显得朦胧，只有那向天边飞去的白鸟，以其自身的白色独得落日的余晖，似乎在天空的明暗之间划了一条白线，霍霍闪闪向远方飞去了。"白鸟明边隐约山"一句，凝练工丽，真实可感，深刻有力，不仅写出了日落之前瞬息万变的生动景象，而且营造了一种情味深厚的意境。"妆楼倚遍泪空弹"，接着上句渲染出的意境，描绘了一幅女主人公倚楼远望，泪眼滂沱的场景。思妇在楼上在暮色中远望，视线随着白鸟飞去的方向，极目日尽处隔着一座青山，她还在盼望着良人此时此刻从远方不期而至。最后"凝望眼，君去几时还"两句，直接抒情，流露出盼人不见的失望。

第二首首从丈夫的角度，写其思念异地的妻子。作者将场景转移到了月下。"沈腰易瘦衣宽褪，潘鬓新幡镜怕看"，作者引用了沈约、潘岳的典故，感叹自己为了求取功名而离开故乡和家人，而时光流逝，自己身心渐衰而功业未成，意味深长。接下来"月明千里报平安"一句，凝练有力，两人分隔两地，但是"千里共婵娟"；相思情切，然而只要抬头看见月亮，就仿佛看到了故乡和亲人。将相思之情寄于明月，从侧面表现出男主人公离家日久又消息难通。所以接着最后两句"音信悭，归梦绕巫山"，就是写很久没有收到家书，所以频惹归梦。作者引用"巫山"的典故，表明是想念妻子，表现了作者对妻子的深厚感情。

这两首小令分别以妻子和丈夫的口吻来写对彼此的相思之情，表现了夫妻之间的深厚感情。

〔双调〕得胜令

杨朝英

日日醉红楼，归来五更头。问着诸般讳①，揪捽②不害羞。敲头，敢设个牙疼咒。揪揪，揪得来不待揪。

【注释】

①讳：讳言，闪烁其词。 ②揪捽：拉扯，宋元口语。

【赏析】

杨朝英的小令〔双调〕得胜令原作共七首，这是其中一首，全曲采用口语体，摹拟里巷间妇人的口吻，对丈夫放荡不羁、夜不归宿的行为十分恼火，于是夫妻之间发生了一场小波澜。这是曲子所写虽是市井生活中的小事，但是诙谐有趣，极富生活气息，让人忍俊不禁，开怀一笑。

在封建社会都是讲究三从四德，出嫁从夫，女性压根没有地位可言。男子可以在外寻花探柳，而妻子只能自怨自艾，不敢怒形于色。但是这首小令中所描写的妇女，却率直泼辣，敢于反抗丈夫不忠的行为。开篇两句"日日醉红楼，归来五更头"，便直接抒发自己的不满。她对丈夫每晚流连风月场所的行为早已不满，今天又是"五更"才回家，着实令人恼火。接下来"问着诸般讳"一句，妻子开头只是质问丈夫，他却百般糊弄，闪烁其词，不说实话。这下激怒了妻子，拉扯着他，让他从实招来。从这之中表现出夫妻双方的神情，如闻其声，如见其人，虽是白描，却极为生动。但是丈夫还是恬不知耻，依然嬉皮笑脸的。妻子气恼不过，于是"敲头"，而感觉自己下手狠了，还心疼地"敢设个牙疼咒"。这短短的一句，只写了一个人，却表现出了两个人的动作和表情：妻子狠狠敲丈夫的头，把他敲疼了，于是不得已赌个不疼不痒的"牙疼咒"。这一细节安排，惟妙惟肖地写出了夫妻之间打情骂俏的趣事，生动传神。最后两句"揪揪，揪得来不待揪"，写就这么揪来揪去，最后妻子也没有力气了，只好罢手。

作者在表现这样一个简单的生活情节时，布局精巧合理，情节发展层层深入，引人入胜。生活化的语言和口语，表现了元曲强大的生命力和表现力。

〔双调〕清江引

杨朝英

秋深最好是枫树叶，染透猩猩血①。风酿楚天②秋，霜浸吴江月。明日落红多去也！

【注释】

①猩猩血：指红色，诗词曲中常用以比喻红花的颜色。 ②楚天：泛指江南一带的天空。

【赏析】

秋天总给人以萧瑟之感，秋风吹红了枫叶，秋霜浸染了江月，引起了多少文人雅士的伤秋怀秋之感，而这首曲子抒发的却是一种别样的情感。

开头两句"秋深最好是枫树叶，染透猩猩血"，作者抓住了秋天最典型的意象，渲染了深秋的浓重氛围。深秋时节，树叶枯黄飘零，而枫叶却红通耀眼，就像在猩血中染过一样。这里作者用了比喻的手法，生动贴切。一个"透"字，极言枫叶色彩的浓艳，使整个秋天显得格外动人。这是对枫叶的赞叹，也是对秋天的赞美。

接下来"风酿楚天秋，霜浸吴江月"两句，由枫叶扩展到整个秋天。楚天万里，寂寥苍茫，阵阵寒风酝酿出楚地无边的秋色，令人心醉；皓月当空，吴江如练，层层秋霜浸染得江月分外皎洁。作者用白描的手法，以简洁的笔墨，工稳的对仗句式，营造出一个十分阔大而又美妙的艺术境界。置身于这样广阔的天地中，让人顿觉心胸开阔，发出由衷的赞叹。作者把透熟的秋天说成是秋风酿成的，皎洁的明月是秋霜浸白的，"酿"和"浸"这两个动词的使用，精雕细琢，下笔不凡，足见作者的功力。

结尾"明日落红多去也"一句，承接上两句，经过一夜的霜打风吹，明早一定会有更多的红叶离开枝头。花开叶落，本来就是大自然的客观规律，无须叹息，更用不着哀伤，显现出作者的平静淡泊之情。

这首曲子虽然篇幅短小，但是很好地抓住了秋天的特征，表现了秋天的特色，遣词造句工致精巧，又亲切自然，清秀隽永。

〔双调〕水仙子

杨朝英

闲时高卧醉时歌，守己安贫好快活。杏花村①里随缘过，胜尧夫②安乐窝。任贤愚后代如何。失名利痴呆汉，得清闲谁似我？一任他门外风波③。

【注释】

①杏花村：代指酒乡，或以为在贵池县城西，杜牧《清明》诗中有"借问酒家何处有，牧童遥指杏花村"之句。　②尧夫：宋代邵雍的表字，邵雍自号安乐先生，称其宅为安乐窝。　③风波：指人世的忧患与纷争。

【赏析】

这首小令描写了作者清闲自在、与世无争的生活，表现了作者安贫乐道的思想。

小令的开头两句"闲时高卧醉时歌，守己安贫好快活"，就表现出一种狂放的思想和淡泊的态度。闲时高卧，醉后狂歌，安贫守己，不问世事，只图自己快活，完全是一副隐者情怀。封建社会，许多有志的知识分子因不满黑暗的官场现实而遁迹山林，表明自己远离现实、与世无争的态度，"守己安贫"四个字就鲜明地表明了作者的立场。

接下来"杏花村里随缘过，胜尧夫安乐窝"两句，紧承上句的"好快活"之意，意思是说，作者在自己的安乐窝里过着隐居的生活，自娱自乐，难得安乐清闲。以下"任贤愚后代如何。失名利痴呆汉，得清闲谁似我"三句，进一步表现了作者看破世事、与世无争的思想。自己安乐快活就好，哪管后代贤愚如何呢？自己名利尽失，又愚傻呆笨，可是有谁像我这般清闲呢？从曲中可以看出，作者不指望自己的后代成为经时济世之才，"痴呆汉"是其自嘲，表明他对现实的冷漠和失望，也是不满于现实的曲折反映。

结尾"一任他门外风波"一句，收挽有力，既体现了作者对现实的超脱思想，也表明了对世俗的蔑视态度。虚名微利，作者都不放在眼里，只想远离丑恶的现实，不问世事，又何惧门外有什么风波？这首小令一气呵成，字里行间充溢着隐逸的思想。

〔双调〕水仙子

杨朝英

雪晴天地一冰壶,竟往西湖探老逋①。骑驴踏雪溪桥路②,笑王维③作画图。拣梅花多处提壶④。对酒看花笑,无钱当剑沽,醉倒在西湖。

【注释】

①老逋:北宋诗人林逋,隐居西湖孤山,种梅养鹤以自娱,终身不娶,以梅为妻、以鹤为子,因此有"梅妻鹤子"的美名。这里的"老逋",代指梅花。 ②骑驴踏雪:骑驴踏雪寻梅,是唐代诗人孟浩然当年的风雅举动,后世诗人效仿,遂成风气。溪桥路:由西泠桥去孤山的必经之路,即寻梅之路。 ③王维:唐代大诗人,山水画家,据说曾画有《孟浩然雪中骑驴图》。 ④提壶:倒酒。

【赏析】

这首小令写作者雪晴后到孤山踏雪寻梅,对酒看花,反映了作者高雅的怀抱和审美情趣。

"雪晴天地一冰壶",大雪方晴,湖山莹澈,宛如一只玲珑剔透的"冰壶"。这一想象新颖奇特,在这样清寒的境界中,作者此时立刻想到的是到西湖寻梅,"竟往西湖探老逋",一个"竟"字就简洁地概括了作者的急切心情,既表现了作者的雅兴,又可见其意趣和怀抱。雪后的西湖自然是美不胜收,这里的梅花最盛,而且是宋代处士林逋曾经隐居过的地方。这里以"老逋"代指梅花,加上个"老"字,是表示感情的亲密和亲切。同时也暗示了作者寻梅,意在寻求林逋式的情调和意境。

接下来"骑驴踏雪溪桥路"一句,具体写作者寻梅的情景。骑驴踏雪寻梅,真是诗意十足。这一路的雪后风光真是令人目不暇接,仅以"笑王维作画图"一笔带过。作者陶醉于大自然的美景和寻梅的雅兴,觉得此情此景,远非画笔所能形容,因此笑王维当初为什么没有悟出此番道理,而去作什么"骑驴踏雪"的图画。作者并非是笑王维无能,而是以此来反衬湖山雪景之美和踏雪寻梅之趣难以形容。

至此,作者已经为"探梅"作了种种铺垫,"拣梅花多处提壶"一句,说明作者已来到孤山梅林。梅林之中自然还有"梅花多处"。一个"拣"字不但写出眼前疏密相间的一片梅林,而且特意点出"梅花多处"那盛开的梅花,从而生动地呈现出了一幅令人拍案叫绝的雪梅图。拣一处梅花灿烂之处饮酒,该是何等的惬意!最后三句"对酒看花笑,无钱当剑沽,醉倒在西湖",一气呵成,一片豪爽之气扑面而来。句中"花笑"写梅花怒放,梅花笑,人也在笑,在作者心目中,梅花俨然已经成了知己,有一种心灵的慰藉和寄托。如果壶里带来的酒饮尽了,还可以把剑当掉买酒,今天一定要欢快畅饮,直到醉倒在西湖。抒发了作者一发不可收拾的激情和豪气。

这首小令写作者去西湖寻梅,景语不多,但渲染地恰到好处;作者踏雪寻梅,醉倒在西湖,表达了作者对美的追求;曲子直抒怀抱,情韵率真。

〔双调〕水仙子

东湖所见

杨朝英

东风深处有娇娃①,杏脸桃腮鬓似鸦。见人羞行入花阴下,笑吟吟回顾咱。惹诗人纵步随他。见软地儿把金莲印,唐土儿将绣底儿踏,恨不得双手忙拿。

【注释】

①娇娃:对漂亮女子的称呼。

【赏析】

这首曲子写的是作者在春日游东湖时与一少女相遇的美好往事,表达了作者对少女的无限爱慕之情。曲子的内容与《诗经·郑风·野有蔓草》相似。《诗》中的内容是这样的:"野有蔓草,零露漙兮。有美一人,清扬婉兮。邂逅相遇,适我愿兮。……"

这首曲子的前四句首先描述了少女的花容月貌,重在形态的描摹,借其形而传其神。"东风深处有娇娃,杏脸桃腮鬓似鸦",在一个春色烂漫的日子,作者与一名少女邂逅,少女那美丽的容貌立刻引起了作者的注意。圆圆的杏脸,粉红的桃腮,乌黑的鬓发,都说明那女子正值青春年华。"见人羞行入花阴下,笑吟吟回顾咱",然而,那少女看见作者不禁含羞起来,快步隐入了花丛中,尔后又回眸莞尔一笑,更令作者心花荡漾。

接下来"惹诗人纵步随他"一句过渡,巧妙地把"跑"和"追"两个镜头粘合在一起,从而构成一组衔接紧密、生趣盎然的动感镜头。后三句接着写作者对少女的大胆追求。作者既担心粗鲁的举动冒犯了少女,又不甘心让这样美妙的少女轻易跑掉,"唐土儿将绣底儿踏"一句,很能体现作者当时不忍冲撞却又顾不得许多的慌乱心情。两人一前一后,一跑一追,颇带有几分喜剧色彩。结尾"恨不得双手忙拿"一句,是说恨不得一步赶上去捉住奔跑的少女,然而事实却并没有。这里作者是着力表现他对那位少女深深的爱慕以及对美好事物热烈而又大胆的追求,再次突出了东湖所见少女之美。

这首曲子虽然内容上与《诗经·郑风·野有蔓草》篇十分接近,,但是形象描写更加具体、真切,格调活泼轻快,清新自然。

〔仙吕〕一半儿

宋方壶

别时容易见时难①,玉减香消衣带宽②。夜深绣户犹未拴,待他还,一半儿微开一半儿关。

【注释】

①别时容易见时难:出自曹丕《燕歌行》:"别日何易会日难,山川悠远路漫漫。"
②玉减香消衣带宽:化用柳永〔凤栖梧〕"衣带渐宽终不悔,为伊消得人憔悴"之句。

【赏析】

这首曲子表现的是一位妇女盼望情人的急切心情。思妇题材在古典诗词中很常见,而这首曲子却表现得十分新颖别致,把抒情主人公的思绪心态以及形容状貌都限定在一个具体的规定情境之中,不仅能使人看到人物在特定环境中的容貌姿态以及环境的具体情景,而且透过这画面可以十分真切地窥见人物的内心世界。这首曲子的规定情境集中表现于"夜深绣户犹未拴"一语,其余各句均围绕这一中心点展开。

开头两句写主人公思念情人,变得消瘦憔悴,衣带渐宽。"别时容易见时难"一句引用曹丕《燕歌行》:"别日何易会日难,山川悠远路漫漫"的诗意,描写主人公在规定情境中的情绪。"别时容易"一语更加反衬出了"见时难",突出表现了了旷日持久的相思之苦。第二句"玉减香消衣带宽",化用柳永〔凤栖梧〕"衣带渐宽终不悔,为伊消得人憔悴"的诗句,描写主人公在规定情境中的容态。主人公饱受相思别离之苦,于是玉肌瘦损,而衣带渐宽;心情索寞而懒施粉黛。作者化用前人诗句不露痕迹,而且十分贴切,包含了许多潜台词般的蕴意,给读者留下了广阔的想象空间。

第三句"夜深绣户犹未拴"是规定情境的图画的展现。作者匠心独运,将情境后置,使情节跌宕起伏,夜已深了,但闺房绣户还迟迟未关,这是为什么呢?于是就自然引出了后面两句:"待他还,一半儿微开一半儿关。""待他还"一句画龙点睛,自然传达出了主人公久久等待意中人归来而终未归还的急切、无望的微妙情态。最后一句"一半儿微开,一半儿关",是对规定情境的进一步渲染,使曲子更加浅显具体,形象生动。

〔中吕〕红绣鞋

客　况

宋方壶

雨潇潇一帘风劲，昏惨惨半点灯明。地炉①无火拨残星。薄设设衾剩②铁，孤另另枕如冰。我却是怎支吾③今夜冷？

【注释】

①地炉：挖地为坑的火炉，坑中熏火以取暖。　②剩：剩余。　③支吾：也作"枝梧"，本义为抵据，引申为应付、挨过。

【赏析】

这首曲子以《客况》为题，描写作者行旅中客居时的境况和感受。

曲子前三句"雨潇潇一帘风劲，昏惨惨半点灯明。地炉无火拨残星"，描绘了旅店的境况：窗外暮雨潇潇，凄风强劲，一阵阵寒气透过门帘袭人肌骨。舍馆内，一盏半明半暗的油灯忽明忽灭地闪着昏惨惨的光。地炉也熄灭了，诗人只能拨着余烬中一星半点的残火，聊以取得一丝温暖。这几句属于客观描绘，也渗透着作者的主观感受。潇潇的夜雨使人愁闷；透帘的劲风愈加使人寒冷；"昏惨惨"不仅是对灯光的描绘，也是对主人公心境的刻画，暗淡的灯光使人感到昏沉寂寞和凄凉；无火的地炉，余烬的残星，使人无法取暖，更觉寒气逼人。字里行间情景交融。

后三句"薄设设衾剩铁，孤另另枕如冰。我却是怎支吾今夜冷"，承上启下，直接描述主人公的感受与心境。举目环顾室内，床头只有一张薄薄的被子，而且又脏又硬、僵黑似铁。那孤另另的一个枕头，在这凄风苦雨的寒夜，也益发显得清冷如冰。这种凄凉寒冷的境况汇聚到一点，我怎么能挨过今夜的寒冷寂寞呢？旅店的凄寒苦楚、孤单寂寞，简直使人不可忍受。

这首曲子描述客旅途中的寂寞孤独，浸透着游子思乡、思亲的情怀，景中含情，情景交融。

〔中吕〕山坡羊

道情（二首之二）

宋方壶

青山相待，白云相爱，梦不到紫罗袍共黄金带①。一茅斋②，野花开，管甚谁家兴废谁成败，陋巷箪瓢亦乐哉③！贫，气不改；达，志不改④。

【注释】

①紫罗袍，黄金带：古代高级官员的服饰，指做大官。 ②茅斋：指作者所居陋室。 ③陋巷箪瓢亦乐哉：用的是《论语·雍也》中的典故。语曰："一箪食，一瓢饮，在陋巷，人不堪其忧，回也不改其乐。" ④"贫，气不改"四句：高度概括了《论语·学而》："贫而无谄，富而无骄"、《论语·子罕》："三军可夺帅也，匹夫不可夺志也"及《孟子·滕文公下》："富贵不能淫，贫贱不能移，威武不能屈，此之谓大丈夫"等儒家经典著作中所包含的丰富内容。

【赏析】

这首曲子写作者与青山白云相亲相爱，不求富贵、淡泊明志，贫贱不移、富贵不淫的高尚情操。

"青山相待，白云相爱，梦不到紫罗袍共黄金带"，以工整的四言对偶句开端，节奏平稳轻快。"青山"、"白云"两个意象，色彩柔和，形象鲜明，激起人们的联想，头脑中立刻浮现出了一片优美的山林风光。在"青山"、"白云"之后，分别缀以"相待"、"相爱"，不仅把"青山"与"白云"巧妙地人格化了，两个"相"字连用，更展现了山林风光的魅力和作者在大自然中陶醉之态。青山与作者互相期待着，白云与作者相互爱恋着，在作者眼里，大自然的一切也都和自己一样，是富有生命、具有感情的，体现了作者对大自然的美趣的发现与再现，以及在这美趣背后的寄托与意蕴，都能得以完满的显现。第三句紧承前一二句而来，补足其乐于隐居山林之意，酣畅饱满。"紫罗袍"与"黄金带"指做大官，而在前面衬以"梦不到"三字，作者厌恶官场、弃绝功名富贵的态度便跃然纸上了。

接下来"一茅斋，野花开，管甚谁家兴废谁成败，陋巷箪瓢亦乐哉"四句与前三句比照，结构一样，同样是先写景后抒情，但在意境上又有新的开拓，在节奏上有着新的变换。前三句抒的是由当前现实所产生的厌恶官场之情，而这四句所抒的是对朝代更替和历史人物成败所产生的概叹。虽然所居之处是一陋室，但由前三句可知，一定是在白云缭绕的青山之间，其清幽可以想见。野花在四周烂漫地开放着，充满了生机和野趣。在这样的环境下，"谁家兴废谁成败"，就由它去吧！在前面加上"管甚"二字，表现了作者与世无争的态度。"陋巷箪瓢亦乐哉"，作者以古代贤人颜回自况，进一步表现了安贫乐道的志趣，说明他的"管甚谁家兴废谁成败"，并非真正的忘世，而是守道而已。

最后的排比句"贫，气不改；达，志不改"，斩钉截铁，器宇轩昂，收煞全篇，掷地有声，将《论语·学而》："贫而无谄，富而无骄"、《论语·子罕》："三军可夺帅也，匹夫不可夺志也"及《孟子·滕文公下》："富贵不能淫，贫贱不能移，威武不能屈，此之谓大丈夫"等儒家经典著作中所包含的丰富内容加以高度概括，将思想的高度和情感的强度有力地向前推进了一层，表现出作者崇高的气节。

〔双调〕清江引

托咏[1]

宋方壶

剔秃圞[2]一轮天外月，拜了低低说：是必常团圆，休着些儿缺[3]。愿天下有情底都似你者[4]。

【注释】

[1]托咏：托物怀咏。　[2]剔秃圞：元曲里较为常见的词汇，用作圆的形容词。剔，语助词，有音无义。秃圞，团的分读。　[3]休着些儿缺：意思是永远不要让月亮有一点儿缺损。着，有"使"、"让"的意思。　[4]者：语助词。

【赏析】

这首小令题为《托咏》，即借拜月而咏情怀。自古以来，我国民间就有拜月的风俗习惯，据《燕京岁时记》载："京师之八月节者即中秋也……至十五月圆时，陈瓜果于庭以供月，并祀以毛豆、鸡冠花。是时也，皓魄当空，彩云初散，传杯洗盏，儿女喧哗……惟供月时男子多不叩拜，故京师谚曰：男不拜月，女不祭灶。"《中华全国风俗志》记广州之中秋节时亦说："中秋之夜，相传为月生日，拜月之风，非独粤省为然，月姐人称之为女神，故拜月之义务多属妇人或女子。行礼之时，必以夜半。细语人不闻，北风吹裙带，至今思之，粤俗犹有古风也"。从这些记载里我们可以约略想见当时拜月的情景。这首小令以一个拜月女郎的口吻，写出对月的祈祷和对普天下有情人都能像中秋的月亮一样团圆的美好祝愿。

第一句，用了当时民间的口语词，新颖别致地描写出中秋之夜一轮圆月高悬碧空的壮丽景色。明月已升到中天，在这样的环境下，拜月方可"细语人不闻"。紧接着第二句"拜了低低说"，颇有情致，表现力极强，从这寥寥的五个字的背后，我们仿佛可以看见一位妇女虔诚拜月的神态,听见她默默祝祷的声音。她的娴静、温柔和善良,似乎都可以从这寥寥数字中感受到。

接下来三句"是必常团圆,休着些儿缺。愿天下有情底都似你者",是女主人公拜月时的祝祷之辞,也是她内心深处最深藏、隐秘、强烈的声音。"是必常团圆,休着些儿缺"语义双关,即是眼前月亮形象的写照,也是她对理想愿望的形象的表达。祝愿月亮常圆,却用了"是必"二字,语气似乎由祈求变成了命令,其实不然,作者只是想表现主人公专一的要求和追切的心情。永远不让月亮有一点儿缺损,显然不符合实际情况,但是这不情之请,也表现了主人公发自内心的美好愿望。最后一句"愿天下有情底都似你者",收束全篇,很有力量,它已经超出了自我的狭隘圈子,推己及人,在情感的深厚之外寓含了博大的内涵。

这首小令篇幅虽短小,但颇具艺术感染力。语言生动活泼、口语化,充分显示了元曲的"本色"。

〔双调〕水仙子

居庸关①中秋对月

宋方壶

一天蟾影映婆娑②,万古谁将此镜磨③?年年到今宵不缺些儿个。广寒宫④好快活,碧天遥难问姮娥⑤。我独对清光⑥坐,闲将白雪⑦歌。月儿你团圆我却如何?

【注释】

①居庸关:地处幽燕,是万里长城要隘之所在。 ②蟾影:即月影。相传月中有蟾蜍,故以"蟾"为"月"的代称。婆娑:指月中桂树树影舞动的风致。 ③此镜磨:以新磨之镜比明月。李白《渡荆门送别》诗有"月下飞天镜"之句,后来就以"飞镜"代月。 ④广寒宫:传说中月中仙宫之名。 ⑤姮娥:即嫦娥,传说中的月宫仙女。 ⑥清光:指月光。 ⑦白雪:古代高雅的歌曲名。

【赏析】

这首小令题为《居庸关中秋对月》,居庸关,地处幽燕,是万里长城要隘之所在,宋方壶为华亭人(今上海松江),乃是从千里之外漂泊来此的。恰逢中秋佳节,作者登居庸雄关,面对皓月晴空,不禁心潮起伏,浮想联翩,于是写下这首小令

开篇三句描绘了中秋明月的形态美。第一句"一天蟾影映婆娑",写月影的婆娑,描绘出一个天无纤尘,月光皎洁的,月影摇曳的中秋之夜的独特境界,引人入胜。第二句

"万古谁将此镜磨",写明月的晶亮。作者驰骋想象,对月产生联想,忽然由眼前思及"万古",把时间推向了无限遥远,诱人深思。以新磨之镜比明月,古已有之,但以设问语气,将大自然人格化,仿佛冥冥之中有一双磨镜的巨手,方使明月如此皎洁,想象大胆、合理,又十分新颖。第三句"年年到今宵不缺些儿个",写月亮之圆,憨直真挚,更显出一番自然天成之美。

第四句"广寒宫好快活",转向即景抒情,作者展开想象的翅膀,驰想广寒宫今夜快活的情景,然而究竟如何快活,羡慕之情,溢于言表。接下来"碧天遥难问姮娥"一句,引出了广寒宫与嫦娥的故事,委婉道出无限的遗憾,妙趣横生。所欲问的是什么内容,作者没有具体说明,给读者留下了广阔的想象空间,抒发自己的情怀。

最后三句,作者引入自身,与前面的写景加以比照。"我独对清光坐",突出了一个孤独者的自我形象,与在广寒宫中过快活生活的仙女们形成鲜明的对照。"闲将白雪歌",一个"闲"字,道出了内心的寂寞。歌唱《白雪》,是"闲"得无聊的表现。孤独地对着清冷的月光吟唱一支和者盖寡的歌,其寂寞凄怆的情怀可以想见。面对团圆月,诗人情不自禁地发出"月儿你团圆我却如何"的感叹。最后一句怨气冲天,响亮传神,集中抒发了作者漂泊江湖,孤独寂寞的不满情绪。

这首小令清通流畅,雅俗皆宜,情感淋漓酣畅。

〔双调〕雁儿落过得胜令

闲 居

宋方壶

功名梦不成,富贵心勾罢。青山绿水间,茅舍疏篱下。广种邵平瓜①,细焙玉川茶②。遍插渊明柳③,多栽潘令花④。清佳,寻方外⑤清幽话;欢洽,与亲朋闲戏耍。

【注释】

①邵平瓜:《史记·萧相国世家》写秦东陵侯邵平,在秦亡之后,隐居长安城东门种瓜,瓜美味甜,时人称之"东陵瓜"。这里指贫穷。 ②玉川茶:唐代诗人卢仝,自号玉川子,隐居在少室山,喜饮茶。 ③渊明柳:陶渊明《五柳先生传》:"宅边有五柳树,因以为号焉。"此指安贫乐道,不慕荣利。 ④潘令花:此指种花。《白孔六帖》卷七十七:"潘岳为河阳令,树桃李花,人号曰'河阳一县花'。"后人往往以"河阳花"(或"潘岳花")比喻县宰的政绩或比喻桃李花盛开。 ⑤方外:指僧道出家人,超然于世俗礼教之外。

【赏析】

这首小令反映元代当时的知识分子普遍的心理，一方面表现了对功名富贵的绝望，一方面表现了对隐逸生活的向往，其实这是一种在失意中维持心态平衡的方式。

小令开篇四句"功名梦不成，富贵心勾罢。青山绿水间，茅舍疏篱下"，开门见山，以双双对偶的句式直接道出作者这种心态的两个侧面。由于"功名梦不成"，才将"富贵心勾罢"。作者并不是自己不想功名富贵，而是追求不成而不得不作罢。第三、四句"青山绿水间，茅舍疏篱下"，勾勒出了一幅美妙的大自然风景画。我们仿佛看到了一幅青山绿水中点缀着数间竹篱茅舍的清新淡雅的山水田园图，作者在这青山绿水间快乐逍遥。

接下来"广种邵平瓜，细焙玉川茶。遍插渊明柳，多栽潘令花"四句，作者运用一连串历史典故，言简意赅地写出作者在"疏篱茅舍下"隐居的充实惬意的生活：学邵平贫而种瓜，卢仝焙制新茶，陶渊明弃官植柳，潘岳广种桃李，逍遥自在。作者以这四个典故形象概括了他所向往的理想世界，同时也表现出对世俗礼教的厌恶和对官场黑暗的不满。

最后四句"清佳，寻方外清幽话；欢洽，与亲朋闲戏耍"，又是一对对应句式，结构新颖，短促的节拍造成音节上的跳荡，表现出作者的欢快心情。后一个生活画面正好是前一个情绪的集中准确的表现，大有超脱世俗的意味，表现出作者清幽的心境。

本曲语言自然质朴，意蕴丰富深邃，妙不可言。

〔南吕〕一枝花

蚊 虫

宋方壶

妖娆①体态轻，薄劣②腰肢细，窝巢居柳陌，活计傍花溪。相趁相随。聚朋党成群队，逞轻狂撒蒂嬾③。爱黄昏月下星前，怕青宵④风吹日炙。

〔梁州〕每日穿楼台兰堂画图，透帘栊绣幕罗帏，帐嗡嗡乔⑤声气，不禁拍抚⑥，怎受禁持⑦？厮鸣厮哑，相抱相偎，损伤人玉体冰肌，殢人⑧娇并枕同席。瘦伶仃腿似蛛丝。薄支剌翅如苇煤，快稜憎嘴似钢锥。透人，骨髓，满口儿认下胭脂记⑨，想着痒懒懒那些滋味，有你后甚是何曾到眼底，到强如蝶使蜂媒。

〔尾〕闲时节不离了花香柳影清阴里睡，闷时节则就日暖风和叶底下依,不想瘦躯老人根前逞精细⑩,且休说香罗袖里,桃花扇底,则怕露冷天寒恁时节悔。

【注释】

①妖娆:本是赞美妍媚之词,这里含有卖弄妖娆的贬义。 ②薄劣:指其性情轻薄顽劣。 ③撒蒂婡:放肆、撒赖的意思。 ④青宵:疑作"青霄"之误,苍空、碧空。 ⑤帐:这里作动词用,意思是对蚊子的嗡嗡声不痛快。乔:元曲中常用的贬义词,这里可作狡猾、习滑解。 ⑥不禁:不耐的意思。拍抚:指蚊子对人体的接触。 ⑦禁持:纠缠、折磨的意思。 ⑧媂人:情妇。 ⑨认下:记下。胭脂记:指人的血迹。 ⑩根:即"跟"。精细:聪明的意思。

【赏析】

宋方壶的这篇套数,托物言志,以通俗的语言、诙谐的笔调、拟人化的手法,表面写成群结队、嗡嗡成阵的蚊子,实则讽刺了寻花问柳的无行文人。

首曲〔一枝花〕,主要表现蚊子的形体特征和生活习性。"妖娆体态轻,薄劣腰肢细"两句,从总体上描绘"蚊虫"体态轻盈,妖娆多姿。第三四句"窝巢居柳陌,活计傍花溪",说蚊虫巢居于柳陌花野之中,活动于花丛水溪之上。接下来"相趁相随。聚朋党成群队",写蚊子互相追逐、互相跟随,成群结队的习性。以下数句,讲蚊子喜欢在昏暗中轻狂放肆的嗜好以及对风吹日晒的畏惧。

〔梁州〕一曲,将"蚊虫"对人的侵扰和人对蚊子的怨恨作了更加细腻入微的描写。作者对蚊虫叮人的体察细致入微,对蚊子的腿、翅、嘴极尽夸张之能事,使之形象生动,呼之欲出。"每日穿楼台兰堂画阁,透帘栊绣幕罗帏"二句,说蚊子飞入人们居室为所欲为的情况。一个"透"字,表现出了蚊子无法阻挡、无孔不入的形象。"不禁拍抚,怎受禁持"可谓全曲的"曲眼",它表面是说蚊虫难拍,怎能将它管住,实际是嘲骂淫棍们的无法无天,他们的禽兽行径不受法律的禁止,又不准人们去反抗,因此他们才会这般肆无忌惮地拥抱着、依偎着人而叮之,损伤人身体,扰人清梦。"瘦伶仃腿似蛛丝"以下数句,围绕着蚊子的叮人,再写其"腿"、"翅"、"嘴"等形体状貌,简直达到惟妙惟肖的境地。"透人,骨髓",极言"蚊虫"噬人的狠毒。接下来几句写人被叮之后其痒难当,不能入睡的情态。

最后〔尾〕一曲,主要表现蚊子吸饱人血后,在白天的状况以及作者对它的嘲笑。"闲时节不离了花香柳影清阴里睡,闷时节则就日暖风和叶底下依"两句,"闲"和"闷",展现了蚊子吃饱喝足后的心态;"花香柳影清阴里睡"、"日暖风和叶底下依",描绘了蚊子志得意满的情态,与首曲中"窝巢居柳陌"、"活计傍花溪"的意蕴相呼应。最后三句"且休说香罗袖里,桃花扇底,则怕露冷天寒恁时节悔",如同一声丧钟,敲响了害人"蚊虫"覆灭的命运:及至冷露天寒的季节到来,这些作恶多端的害虫也便悔之晚矣!

这篇套数柔中有刚,寓意深刻。与元曲中其他以物喻人的散曲相比,这首《蚊虫》别具一格。

〔双调〕落梅风

雪中十事（之十）

寒江钓叟

陈德和

　　寒江暮，独钓归，玉蓑披满身祥瑞①。他道纵②如图画里，则不如销金帐③暖烘烘地。

【注释】

　　①祥瑞：本为吉祥符瑞之意，这里用"满身祥瑞"来形容一场应时的好雪，或许预示了吉祥如意的前景。　②纵：纵使，纵然。　③销金帐：用金饰或金线装饰的帷帐，古典诗词中常常用"销金帐"来指代王公贵戚的豪华富丽生活。

【赏析】

　　陈德和的重头小令《雪中十事》原作十首，这是其中最后一首。曲题《寒江钓叟》化用了柳宗元《江雪》的"孤舟蓑笠翁，独钓寒江雪"的句意，然而在格调上与柳诗迥然不同，主要是表现了渔翁寒江独钓归来后的感触，寄寓了作者别样的情怀。

　　小令开头三句"寒江暮，独钓归，玉蓑披满身祥瑞"，即是从柳宗元《江雪》诗的最后一句"独钓寒江雪"生发出来的：寒江边上，夜幕即将降临；一位冒雪独钓的渔翁，收拾起渔具，离开江上的孤舟，准备归家。"玉蓑披满身祥瑞"一句，继承运用了《江雪》诗中的人物形象，描绘了这位渔翁的装束。垂钓了一天，雪花落满了他的蓑衣，如同用碧玉制作的一般，所以称之为"玉蓑"。而用"满身祥瑞"来形容这一场应时的好雪，预示了吉祥如意的前景，而且渔翁身上飘落了满满一层晶莹的雪花，在雪花纷飞的江边走着，渲染出一种不用丹彩却充满诗情画意的意境，极富艺术感染力。

　　曲子的后半部分，作者笔锋陡然一转："他道纵如图画里，则不如销金帐暖烘烘地。""他"说道：纵然寒江独钓别有一番乐趣，犹如身处在一幅神奇美丽的画卷中，也不如坐在销金帐里免受严寒风雪的侵袭来的温暖舒适。这里的"他"指的谁呢？是作者？渔翁？还是别人？这句话是以渔翁的口吻羡慕那些整日养尊处优的人，表现自己生活的艰辛；还是用反语来讽刺那些整日无所事事、贪图享乐的富贵公子？这就为读者留下了广阔的想象空间。

　　这首小令化用前人的诗句，但是又独辟蹊径，寓意深刻，耐人寻味。

〔中吕〕普天乐

秋夜感怀

丘士元

月空圆,人何在?寒蛩切切①,塞雁哀哀②。菊渐衰,荷残败,叶落西风雕阑③外,断人肠如此安排。秋云万里,满天离恨,伴我愁怀。

【注释】

①寒蛩切切:指蟋蟀悲切的叫声。蛩,蟋蟀。 ②塞雁哀哀:意思是,深秋季节,大雁结队从塞北向江南飞去,万里长空中不时地传来雁群哀伤的鸣叫。 ③阑:阑干。

【赏析】

这是一首在秋夜怀念远人的小令。全曲可分为三层。

开头两句为第一层,"月空圆,人何在",以深沉的问句开头,直接抒情,开门见山地点明了怀人的主旨。在深秋的夜晚,花好月圆,诗人独自漫步在花园的亭台、楼阁、池塘之间,想起去年此时此地,与欢聚一堂,饮酒赋诗,而今年又是皓月当空,而物是人非,心中便产生无限的惆怅。

接下来,"寒蛩切切,塞雁哀哀。菊渐衰,荷残败,叶落西风雕阑外,断人肠如此安排"五句为第二层,描写作者所见秋景,烘托出了哀怨凄切的环境氛围。"寒蛩"、"塞雁",是从听觉的角度着笔,寄托自己的哀怨。"衰菊"、"残荷"、"落叶",是从视觉角度着笔,抓住了富有深秋特征的景观突出秋夜的萧瑟凄凉,衬托人物内心悲凉的心情。菊花渐渐凋谢,荷花也已衰败,寒冷的西风飒飒吹来,落叶纷纷,预示着严冬的到来,使气氛更加悲凉凝重。"断人肠如此安排"一句,将前面所作的描写都归于主人公的心境中,直接抒发了作者的感伤和怨恨。"断肠"二字,突出了主人公的离恨之深。

最后三句"秋云万里,满天离恨,伴我愁怀",紧承上几句而来,直抒胸臆,再次渲染了主人公离恨的绵绵不绝。作者仰望长天,发出了深沉的感叹,使感情达到了全曲的高潮。前面寒蛩的叫声,塞雁的哀鸣,衰菊、败荷、落叶、西风等都不足以表达作者的别愁、离恨,那无边无际的秋云,满天的离恨,突出了作者离恨的深沉辽远,境界阔大。

这首小令语言典雅,感情饱满,借秋景抒其离愁,写景层次分明,寓情于景,感情层层深入,情与景水乳交融。

〔双调〕折桂令

相 思

丘士元

枉虚度岁月光阴，满腹离愁，一片忧心。斜月穿窗，寒风透户，夜永更深。空落得忘餐废寝，怎能够并枕同衾①。院落沉沉，无限相思，付②与瑶琴。

【注释】

①衾：被子。 ②付：交给，寄托之意。

【赏析】

这是一首描写一位女子相思怀人的小令，在凄美的意境中表现了主人公凄冷的心情。

开头三句"枉虚度岁月光阴，满腹离愁，一片忧心"，直抒胸臆，说离愁满怀，忧心忡忡。女主人公正当青春年华，往日夫妻恩爱、和谐甜蜜的生活，留下了美好的回忆。而今丈夫离家外出，杳无音讯，使这位少妇感到生活乏味，百无聊赖，于是感叹韶华流逝，光阴虚度。"满腹离愁"道出了她对丈夫的相思之切；"一片忧心"反衬出她对丈夫的关切之深。作者观察入微，细腻地刻画出了人物的心理活动。

接下来"斜月穿窗，寒风透户，夜永更深"三句，转向周围的环境描写，烘托出凄冷的环境氛围，使少妇的离愁忧心更加深沉凝重。皓月当空，皎洁的月光透过窗户斜照进屋内，寒冷的秋风透过门缝里钻进来。夜深了，少妇苦苦地思念着丈夫，于是更加感到冷清孤独，寂寞忧伤。她躺在床上辗转反侧，久久不能入睡。这从侧面表现了主人公的相思之苦。下面"空落得忘餐废寝，怎能够并枕共衾"两句，进一步刻画出少妇的相思之苦。少妇苦苦思念着丈夫，废寝忘食，而丈夫却音讯全无，这让她情何以堪？一个"空"字，道出了少妇无限悲切感伤的情怀。什么时候才能够与丈夫再同衾共枕，过上幸福甜蜜的夫妻生活呢？这几句表现了少妇对正常夫妻生活的向往，语言虽然平常，但却一往情深。

最后"院落沉沉，无限相思，付与瑶琴"三句，情景交融。夜深人静，万籁俱寂，月光暗淡，庭院更加显得幽深冷寂，在这昏暗深沉的环境里，少妇相思之情更加浓烈、无处排解，于是她披衣下床，将满腹的相思都寄予了瑶琴，用琴声来倾诉自己的情思，颇具艺术感染力。可见这是一个多才多艺、纯洁美好的女子，她对爱情的执着与向往，如同她的琴声一样，动人心弦。

这首小令语言平淡，在舒缓的旋律里，透出一种咫尺天涯的相思苦衷。

〔南吕〕金字经

春日湖上

王举之

山色涂青黛①,波光漾画舸②。小小仙鬟金缕歌③。他,宝钗轻翠娥,花阴过。暖香吹绮罗。

【注释】

①青黛:青黑色,古时女子用黛画眉,此处形容山色青翠。 ②画舸:一种绘有彩色图案的轻巧游船。 ③仙鬟:貌美。金缕歌:唐代乐府歌曲有《金缕曲》,杜秋娘有词云:"劝君莫惜金缕衣,劝君惜取少年时。有花堪折君须折,莫待花残空折枝。"这里形容少女嗓音的美妙动听。

【赏析】

这是一首写景小令,描写了春游西湖的乐趣。

开头两句"山色涂青黛,波光漾画舸",描绘了一幅青山绿水的画卷,彩船在湖面飘荡。在万物复苏、生机勃勃的春日,远处的青山如黛,湖面波光粼粼。在这样美好的时节里,作者只抓住了湖中的"画舸"来写,着一"漾"字,轻轻点染,就为这水墨丹青上增添了令人心摇神荡的一笔。作者写景由远及近,先写远处的山,从大处落笔,然后近处的水,水中的画舸,从小处着眼;前后动静结合,风光之美,尽收眼底,渲染出一个十分和谐动人的意境。

第三句"小小仙鬟金缕歌"紧承上句而来,画面出现了一个美貌如仙的姑娘,云鬟高耸,飘飘欲仙,那甜美动人的歌声,更增添了她的妩媚和可爱,也越发增添了绿水青山的情致。接下来"他,宝钗轻翠娥,花阴过。暖香吹绮罗",曲中用了一个"他"字单独成句,特别突出了所描写的形象。随着歌声,船上少女的倩影也越来越清晰。她头簪宝钗,淡扫娥眉,身穿绮罗,从花阴中走来,飘来一阵可人的清香。我们仿佛从作者简单的描述中看见少女那亭亭的身姿,楚楚动人的情态,意味深长。

〔中吕〕红绣鞋

秋日湖上

王举之

红叶荒林酒兴，黄花①老圃诗情。柳塘新雁②两三声。湖光扶不定，山色画难成，六桥③风露冷。

【注释】

①黄花：指菊花。 ②新雁：秋季大雁始南飞，所以说是"新雁"。 ③六桥：西湖的象征。

【赏析】

这首曲子描写了秋游西湖的情趣。

开头两句"红叶荒林酒兴，黄花老圃诗情"，描绘了一幅幽静的山林之景。"红叶"与"黄花"，作者首先强调了一种色彩美。其中体现出作者的一种极其闲淡的心情，幽美的环境与作者恬雅的情趣融为一体，充满了诗情画意。

第三句"柳塘新雁两三声"，作者把视野移向茫茫的湖面和寥廓的天空，写柳塘和新雁。透过岸柳眺望湖面，水清柳绿；而水中倒映出秋季南飞的大雁。作者匠心独运，通过水中的倒影写大雁的南翔，而那"两三声"鸣叫传达给读者的，不仅仅是一幅秀美的画卷，而且还有萦绕在耳际的雁鸣，渲染了秋天的氛围，也使画面呈现出一种动态美。

最后"湖光扶不定，山色画难成，六桥风露冷"三句，紧承"柳塘"二字来写，与"红叶荒林"相呼应。湖水安静地躺在那里，秋风徐来，水波荡漾。阳光照在粼粼的湖面上，金光闪耀。夕阳西下，六桥静卧于湖山交接之处，犹如飞虹。"六桥风露冷"，作者在西湖六桥上突然感到了一丝的"冷"意，意识到了秋天的到来。作者用了触觉、视觉和感觉，活画出了西湖的湖光山色。

这首小令，写秋色而无半点萧瑟气象，作者写枫叶，写菊花，写新雁声，写湖光山色，写六桥，用烘云托月之法描绘了西湖之美。

〔中吕〕醉高歌过红绣鞋

寄金莺儿①

贾 固

乐心儿比目连枝②,肯意儿③新婚燕尔。画船开抛闪的人独自,遥望关西④店儿。

黄河水流不尽心事,中条山隔不断相思。当记得夜深沉人静悄自来时。来时节三两句话,去时节一篇诗。记在人心窝儿里直到死。

【注释】

①金莺儿:山东的一个名妓。 ②比目连枝:比目鱼、连理枝,象征夫妻恩爱。 ③肯意儿:允诺,许诺。 ④关西:即函谷关以西之地。元代于江南及陕西,特设行御史台。贾固"除西台御史",所要上任的官署,或即陕西行御史台。曲中所谓的"关西店儿",当是就贾氏赴任旅途中所休息的客店而言的。

【赏析】

这是一首带过曲,是贾固对山东名妓金莺儿的所寄之曲。

第一曲〔醉高歌〕,开头两句"乐心儿比目连枝,肯意儿新婚燕尔",采用倒装句式,正常语序应是"比目连枝心儿乐,新婚燕尔意儿肯",作者用比目鱼、连理枝两个美好的意象,象征他们的美好爱情,描写当初他与金莺儿两情相悦,难分难舍的情意。花前月下,耳鬓厮磨,互相允诺了要缔结良缘。但是,"画船开抛闪的人独自,遥望关西店儿",迫于现实的无奈,作者不得不与心上人分别,到外地做官,船开走了,人远离了。"抛闪的"三个字,包含了无限的伤心,凸显了分离的无可奈何和悲苦。"遥望关西店儿",是作者设身处地的替对方着想,他想象着自己走后,心上人如何"独自遥望着"这望不见的"关西店儿",满怀悲苦!作者匠心独运,不说自己思人,而言对方思己,更加显现出了自己对心上人刻骨铭心的思念。

第二曲〔红绣鞋〕,笔锋一转,从眼前的景物中生发开去,使意境更加开阔。"黄河水流不尽心事,中条山隔不断相思",船在行进,心上人却越来越远。黄河水滚滚不息,中条山雄伟巍峨,都隔不断作者的一腔相思和怨恨。"当记得夜深沉人静悄自来时",由眼前又想到过去,回忆他们初次见面时的情景。"来时节三两句话,去时节一篇诗","三两句",并不是当时没有话可说,而是心中有千言万语,心情激动,不知从何说起,于是总只有那么三两句。这样的深情厚意,只好在临去时,凝聚在一篇诗里,留给对方。这

"一篇"，传达出了太多的内容。作者表示，要把它"记在人心窝儿里直到死。"作者的情深意重，可见一斑。

这首曲子采用倒叙和插叙的方法，先是回忆过去甜蜜，然后写到眼前的愁恨，又从眼前的愁恨，再转到回忆当初幽会的情景上来，感情委婉真挚，动人心弦。

〔正宫〕塞鸿秋

浔阳①即景（二首）

周德清

长江万里白如练，淮山数点青如淀②。江帆几片疾如箭，山泉千尺飞如电。晚云都变露，新月初学扇③，塞鸿一字来如线。

灞桥雪拥驴难跨④，剡溪冰冻船难驾⑤。秦楼⑥美酝添高价，陶家⑦风味都闲话。羊羔饮兴佳，金帐⑧歌声罢，醉魂不到蓝关⑨下。

【注释】

①浔阳：即今九江市。长江流经此地一段又名浔阳江。 ②淀：通"靛"，是一种深蓝色的染料。这里形容山色的深黝。 ③新月初学扇：初升的新月，虽未团，却也有欲圆之势。因为团扇是圆的，用它来形容待圆之月，故曰"初学扇"。 ④灞桥雪拥驴难跨：反用郑綮的"诗思在灞桥风雪中驴子背上"的典故，以言其寻诗无分。 ⑤剡溪冰冻船难驾：反用王子猷雪夜乘舟造访戴逵的故事，说明自己访友不成。 ⑥秦楼：指妓女的居所。 ⑦陶家：指他的乡邻陶渊明，门植五柳，清贫度日，性嗜酒，而家贫不能恒得。 ⑧金帐：华美的帷帐，指贵家池馆。 ⑨蓝关：蓝田关，即秦之山尧关，在陕西蓝田县境，为兵家要冲。唐代著名文学家韩愈因谏宪宗迎佛骨被贬潮州，路过蓝关时写了《左迁至蓝关示侄孙湘》一诗，其中有"雪拥蓝关马不前"之句。

【赏析】

这两首写景小令，一写山水天空的景象，一写冬景，工丽典雅，韵律和谐，极富情致。

第一首写作者伫立浔阳江头所见的壮丽景色。全曲一共七句，句句皆用比喻。"长江万里白如练，淮山数点青如淀。江帆几片疾如箭，山泉千尺飞如电"，开篇四句连用四个工整的排比句，铺叙江天的景色，设喻精当形象，可感性强。万里长江静静地向东流去，在月光的映照下，反射出银色的光泽，宛如一条白色的绸带；远处的青山肃穆地矗立在江边，苍茫的夜色把它映衬得更加翠绿。几叶征帆像箭一样向东疾驰，一泓山泉像闪电一样直泻千里，极其壮观。"晚云都变露，新月初学扇"两句也是采用了排比对偶句式，转写天际的秋色，同样充满了诗情画意。晚霞尽收，露水开始凝重，新月也有欲圆之势。最后"塞鸿一字来如线"一句，作者徜徉水际，目送征帆，回首北顾，只见一行塞雁隐现天际，它们飞得那样高、那样远，看上去宛如悬在云端的一缕细线。此曲句式规则整齐，用词考究，风格清丽俊雅，可感性强。

第二首小令风格与前一首迥然不同，抒写作者的所感。它一改前一首直笔白描的写法，大量引用典故。开头四个对偶句，句句用典。"灞桥雪拥驴难跨"，反用郑綮的"诗思在灞桥风雪中驴子背上"的典故，说自己想作诗而没有灵感。第二句"剡溪冰冻船难驾"，反用王子猷雪夜乘舟造访戴逵的故事，说明自己访友不成。"秦楼美酝添高价"，是说风月场所的美酒价高，也不能尽狭邪之游兴。"陶家风味都闲话"，是说自己也忍受不了陶渊明这种隐居的清苦生活。诗人当不成，名士作不得，妓馆玩不起，隐士当不了。这四样都做不成，走向了放浪形骸的歌酒生活。"羊羔饮兴佳，金帐歌声罢"，喝够了羊羔美酒，听罢了金帐歌声，陶陶一醉，以遣浮生。最后一句"醉魂不到蓝关下"，引用韩愈被贬潮州，路过蓝关时所写下的"雪拥蓝关马不前"的诗句，表现了作者鄙弃功名利禄的思想。这首曲子格调清高，音律和谐，极有情致，不失为元曲中的佳作。

〔中吕〕朝天子

秋夜客怀

周德清

月光，桂香，趁着风飘荡。砧声①催动一天霜。过雁声嘹亮，叫起离情，敲残愁况。梦家山、身异乡。夜凉，枕凉，不许愁人强。

【注释】

①砧声：捣衣声。

【赏析】

这是一首游子思乡的小令。作者通过秋夜的月光，桂香，砧声，雁声，渲染了一种悲凉的气氛和清幽的意境，表达了游子思念家乡的悲愁心情。

开篇"月光，桂香，趁着风飘荡"三句，描写了秋夜的月色。作者先写月，表明是在夜晚；然后写桂香，点出秋天的季节。常言道："八月十五桂花香"，月圆之夜，桂花飘香，秋意正浓，游子的心绪仿佛也随桂香飘向了遥远的故乡。这里，作者首先营造了一个秋夜客怀的清幽静寂而又情意绵绵的环境。接下来"砧声催动一天霜"一句,描写月夜砧声的凄凉。"砧声",点明游子未归。夜深人静时,砧声动人心。作者独具匠心,将满天的寒霜说成是由声声砧声催动而凝成的。在如此明月当空,寒霜满天之时,砧声随风送入耳中,倍添游子思乡的愁苦。这一句融情于景,感人肺腑。

下面"过雁声嘹亮,叫起离情,敲残愁况"三句,描写游子的离情愁况。秋意凝重,大雁南飞。南飞的大雁嘹亮的鸣声唤起游子的离情,犹如一把重锤,敲在游子的心上,把游子的心儿都敲碎了。"敲残"二字,极言游子内心的愁苦,凄然深重。这一个"敲"字,确有千万斤的感情力量。"梦家山、身异乡"两句,描写游子对家乡的思念,点出秋夜客怀的主题。一个"梦"字,点明游子思家的情切。

最后"夜凉,枕凉,不许愁人强"三句,描写游子内心的凄凉。"夜凉",说明夜已很深,寒气袭人;"枕凉",一是因为"夜凉",但更是人夜不能眠所造成的。游子思乡心切,愁苦欲绝,辗转难眠,致使床空枕凉,同时也映衬了游子内心的凄凉。末句"不许愁人强",一个"不许",是从外界环境对游子内心感情的压制来说的,但是更加表现出了游子秋夜客怀的不由自主,很有分量。

这首小令借景抒情,写游子在外的离情愁况,调动了视觉、味觉、听觉和触觉,写出了游子思家的急切心情。

〔中吕〕满庭芳

看岳王传①

周德清

披文握武。建中兴庙宇②,载青史图书③。功成却被权臣④妒。正落奸谋。闪杀人望旌节中原士夫,误杀人弃丘陵南渡銮舆。钱塘路,愁风怨雨,长是洒西湖。

【注释】

①《看岳王传》:即看岳飞的传记。 ②建中兴庙宇:指岳飞率领爱国将士,浴血奋战,屡破金兵,收复了中原的大片失地,使得敌人闻风丧胆,萎靡不振的南宋小朝廷因此才有了一点复兴的气象。 ③载青史图书:指岳飞的功绩名垂青史。 ④权臣:指奸臣秦桧。

【赏析】

这是一首歌咏岳飞的小令。

开头三句"披文握武。建中兴庙宇,载青史图书",对岳飞作了总括性的评价和介绍,气势非常雄壮。"披文握武"四字,称赞岳飞文武双全,塑造了一个气宇轩昂的英雄形象。接着两个对句,高度赞扬了岳飞的不朽功勋:"建中兴庙宇,载青史图书。"岳飞率领爱国将士,浴血奋战,屡破金兵,收复了中原的大片失地,有再造赵宋王朝宗庙社稷之功,足以名垂青史,永垂不朽。

接下来两句"功成却被权臣妒。正落奸谋",以"功成"承接前三句内容,以"却"字为反跌,写岳飞悲剧性的结局。曲子概括地写出了秦桧与畏敌如虎的宋高宗赵构,互相勾结,狼狈为奸,一日降十二道金牌,把他从抗敌的最前线召了回来,最后以莫须有的罪名在风波亭害死了岳飞。句中着一"妒"字,十分生动地刻画出了奸贼秦桧妒贤害能的丑恶嘴脸。

"闪杀人望旌节中原士夫,误杀人弃丘陵南渡銮舆"两句,抒发了作者的悲愤,指责南宋王朝误杀忠良,招致严重后果。作者饱含感情,用"闪杀人"和"误杀人"两个极其通俗而又生动的词语,表达了自己胸中如波浪翻滚、难以抑制的悲愤。结尾"钱塘路,愁风怨雨,长是洒西湖"三句,把对岳飞的深切缅怀和对投降派的愤怒谴责,寓之于形象的画面之中,使愁怨显得更加深广绵邈。

这首曲子前部分以叙事为主,赞美之词热情洋溢;后部分将叙事与抒情融为一体,爱憎分明。两个部分,层次分明,又一气呵成。

〔中吕〕红绣鞋

郊行(三首之二)

周德清

穿云响一乘山箰①,见风消数盏村醪②,十里松声画难描。枫林霜叶舞,荞麦雪花飘,又一年秋事了。

【注释】

①箰:大管名,《尔雅·释条》:"大管谓之。"注曰:长尺围寸,并漆有底。又《集韵》一曰田器。 ②醪:本指汁滓混合的酒,即酒酿,后引申为浊酒。

【赏析】

这是一首描写作者秋天游山所见、所感的小令。

开头三句"穿云响一乘山箰,见风消数盏村醪",写作者在游山途中饮得村人自酿的酒,又听到了山间的管乐。作者开篇先声夺人,塑造了一个在深山旷野之中迎风酒醒的微醺的游者的形象。接下来"十里松声画难描"一句,写作者酒醒后,忽闻阵阵松涛声,忽见绿郁郁一片松林的喜悦。"画难描"三字,虚括一笔,渲染了山野的一切声响和一切美景,引发读者美妙的联想。

下面"枫林霜叶舞,荞麦雪花飘"两句,描写周围的环境。经霜的枫叶似火,荞麦的小花如白雪，随风飘舞像大片大片的红色的火海，白色的雪浪。这个对偶句，色彩鲜艳，显得生机勃勃。"又一年秋事了"一句，紧承着"荞麦雪花飘"，很自然地想到农家的"秋事"，别具情趣。秋天的农作物大都已经耕作好，不久即将收获，一年的耕作，又要结束了。这一"又"字，微微透露作者为生活奔波的艰辛。

全曲通过郊行描写作者所见的景色，抒发了作者欣赏山水田园的情趣，最后也透露出一丝生活上的悲凉。作者写景很有独到之处，善于抓住色彩鲜艳的景物，让人赏心悦目。而且将动景与静景有机结合，给人一种生机勃勃的流动感。

〔中吕〕阳春曲

秋 思

周德清

千山落叶岩岩瘦，百结柔肠寸寸愁。有人独倚晚妆①楼。楼外柳，眉叶不禁②秋。

【注释】

①晚妆：女子的梳妆有早晚之分。 ②禁：承受。

【赏析】

这首小令描写的是秋天的愁思。

开头一句"千山落叶岩岩瘦"，写愁人眼中的景色，以山之瘦比喻人的情绪不佳，神态毕现，让人有无限伤心之感。以"千山"二字写愁，囊括了整个世界，满目荒凉凄然，令人伤心销魂。第二句"百结柔肠寸寸愁"，紧承上句景物描写，点明人的内心世界，愁肠百结，无处排解，萧瑟凛冽的秋色，更增添了主人公的那份无可诉说的悲伤情意。

接下来"有人独倚晚妆楼"一句，承上启下，是全曲的关键，写女子登楼的所见和所感，表现出女主人公的失魂落魄。女子思念丈夫，然而盼归无望，于是凄苦满怀。最后两句"楼外柳，眉叶不禁秋"，托物喻意。柳的意象，往往带有绵绵的情思。女子以"不禁秋"的楼外之柳自喻，字里行间充溢着内心的愁苦。而女主人公看到楼外柳，侧面写其远望的情态，极其婉约。

全曲采用倒叙的手法，先写所见之景及人物的心情，然后才点出主人公所在的地点，最后两句轻轻点染，丰富了曲子的意蕴。

〔中吕〕阳春曲

别 情

周德清

月儿初上鹅黄①柳,燕子先归翡翠楼②。梅魂休暖凤香篝③。人去后,鸳被冷堆愁④。

【注释】

①鹅黄:像幼鹅毛色的嫩黄颜色。 ②翡翠楼:漆以翡翠宝石颜色的楼,指青楼,古为女子所居。 ③凤香篝:闺中用来熏香取暖的凤形熏笼。 ④鸳被冷堆愁:意思是说,绣着鸳鸯的被子冰冰凉,化不开日积月累的愁苦。

【赏析】

这首曲子构思幽婉,写别后闺中情思,笔法纡曲。

开头一句"月儿初上鹅黄柳",交代时间是在初春之夜。月儿初上,说明才刚入夜;柳色鹅黄,暗示是早春之景。其实,柳色的鹅黄在月光下是看不出来的,而作者特意点出"鹅黄"二字,却恰恰真实地描绘出了夜色渐渐降临,天色由明徐徐转暗的情景,这时最易引起人们的缱绻情思。第二句"燕子先归翡翠楼",用归燕把我们的视线转向了闺阁,不着痕迹地点明了地点。"翡翠楼"交待了主人公的身份。燕子冬去春来,应节而归,而离人却天各一方。春愁难耐,别有一种的销魂的滋味。

第三句"梅魂休暖凤香篝",承接"翡翠楼"三字,转入写室内。凤形熏笼里散发出来的香味,幽幽如梅花的暗香,那袅袅的香烟,在女子的眼里,犹如飘缈如梦的梅花的灵魂,勾起女子的愁思。所以,诗人用了"休暖"两个充满了感情色彩的字眼,来表现女子愁思难排,不愿意想却又不能不想的复杂内心世界。这一句通过对屋内景物的描写,进一步刻画女子相思的痛苦。全曲的感情,至此已达到了高潮。紧接着"人去后",暗示出离别的意味,点明之所以产生如此凄然愁绪的根本原因,把感情再向前推进一步。最后"鸳被冷堆愁"一句,从被子下笔,生动地表现了煎熬人的相思愁苦。

这首曲子前面三句着重于"景"的描写,最后两句点明题旨。感情层层递进,风格清隽,颇具特色。

〔双调〕蟾宫曲

周德清

倚篷窗无语嗟呀①:七件儿②全无,做甚么人家!柴似灵芝,油如甘露,米若丹砂;酱瓮儿恰才梦撒③,盐瓶儿又告消乏④。茶也无多,醋也无多。七件事尚且艰难,怎生教我折柳攀花⑤!

【注释】

①嗟呀:叹息。 ②七件儿:指日常生活中七种必需用品:柴、米、油、盐、酱、醋、茶。 ③瓮:瓦罐,这里指装酱的容器。梦撒:无,有"空"的意思。 ④消乏:消耗完了。 ⑤折柳攀花:寻花问柳,指狎妓。

【赏析】

这首曲子写贫士的生活,反映了当时生活资料的昂贵,自己生活境况的拮据以及自己心情的沉重,从中看出元代读书人低下的社会地位,其窘迫状况与乞丐相去不远,具有一定的史料价值。

开头一句"倚篷窗无语嗟呀",就勾勒出一个在小茅屋窗边为生活发愁的读书人形象:他倚靠着窗,愁眉苦脸,无可奈何地凝望着远处,只是无语地叹息。"无语"二字表现出心情的烦重,配合"嗟呀"二字渲染了一种凝重的氛围,为下文作了铺垫。有什么烦心事让他如此忧郁烦恼?接下来"七件儿全无,做甚么人家"两句,交待了"无语嗟呀"的原因。这日常生活中的七种必需用品,全都没有,还怎样维持生活?"做甚么人家!"这发自内心的独白,是对现实社会提出的质问和控诉。

"柴似灵芝,油如甘露,米若丹砂"三句,分别用灵芝、甘露、丹砂为喻,构成排比句,真实地反映了物价昂贵这一现实。物价的飞涨,造成了生活的困顿。"酱瓮儿恰才梦撒,盐瓶儿又告消乏。茶也无多,醋也无多",酱瓮里刚刚没有了酱,盐瓶里也接着没有了盐,再看看茶也剩下没有多少了,醋也剩下那么一点点,窘迫越来越严酷地逼来。灵芝、甘露、丹砂是有钱人吃了延年益寿、企图长生不老的,而酱、盐、茶、醋等是穷人用来维持最低消费的,通过如此鲜明的对比,穷不聊生的境况跃然纸上。最后"七件事尚且艰难,怎生教我折柳攀花"两句,富于个性的语言流露出作者的愤怒。连生活都维持不下去了,哪里还会奢想其他的事!

本曲以通俗的口语和浅显的比喻,描述了读书人贫苦的生活。最后用戏谑的语言收篇,在诙谐中饱含愤懑。

〔南吕〕一枝花

秋夜闻筝

班惟志

透疏帘风摇杨柳阴,泻长空月转梧桐影。冷雕盘香销金兽①火,咽铜龙②漏滴玉壶冰。何处银筝,声嘹呖云霄应。逐轻风过短棂。耳才闻天上仙韶③,身疑在人间胜境。

〔梁州〕恰便似溅石窟寒泉乱涌,集瑶台鸾凤和鸣。走金盘乱撒骊珠④迸,嘶风骏偃,潜沼鱼惊。天边雁落,树梢云停。早则是字样分明,更那堪音律关情。凄凉比汉昭君塞上琵琶⑤,清韵如王子乔风前玉笙⑥,悠扬似张君瑞月下琴声⑦。再听,愈惊,叮咛一曲阳关令⑧。感离愁,动别兴,万事萦怀百样增。一洗尘清。

〔尾〕他那里轻笼纤指冰弦应,俺这里谩写花笺锦字迎。越感起文园⑨少年病。是谁家玉卿,只恁般可憎⑩。唤的人一枕蝴蝶梦儿醒⑪。

【注释】

①金兽:金属做的兽形小手炉。李清照词中有"瑞脑销金兽"之句,即此曲中"香销金兽火"的出处。古人在手炉中加添瑞脑之类的香料,使室内生香。 ②铜龙:古人以铜壶滴漏计时,壶嘴滴水处饰以龙首,故曰:"铜龙"。 ③韶:虞舜时乐曲名。《尚书·益稷》:"箫韶九成,凤皇来仪。" ④骊珠:珍贵的珠。 ⑤汉昭君塞上琵琶:西汉王嫱,字昭君。元帝时被选入宫中,为和亲,出塞远嫁匈奴,于马上弹奏琵琶。 ⑥王子乔风前玉笙:王子乔,神话人物,相传为周灵王太子,喜吹笙作凤凰鸣声,为浮丘公引往嵩山修炼,三十余年后在缑氏山顶上向世人挥手告别,升天而去。事见《列仙传》。 ⑦张君瑞月下琴声:张君瑞,名珙。王实甫《西厢记》中人物。于月下弹琴,为莺莺窃听。后二人终成美眷。 ⑧阳关令:即《阳关三叠》。 ⑨文园:指西汉司马相如,曾做过孝文园令。 ⑩恁:这,这样,如此。可憎:即可爱可疼也。 ⑪唤的人一枕蝴蝶梦儿醒:化用了庄周梦蝶的典故。

【赏析】

这篇套数别出心裁,以崭新的手法描绘出了秋夜谛听筝音的感觉形象,令读者体会到了筝音如画的审美享受。

首曲〔一枝花〕描绘了作者听古筝弹奏时的环境气氛以及筝音传来时的微妙感受。开头二句"透疏帘风摇杨柳阴，泻长空月转梧桐影"，渲染了一幅秋夜的氛围和闻筝的规定情境：风摇杨柳，绰影晃动，透过疏帘的空隙映入作者的眼瞳；这时作者仰望长空，一轮明月高悬天际，梧桐树影随着月华的运转徐徐移动。这二句对仗工巧，用自然凝练的语言营造了一种明郎而蕴藉的意境。特别是"透"、"摇"、"泻"、"转"四个动词连用，使秋风的凄清寥落与秋月的皎洁高朗跃然纸上，渲染出了窗外风清月白的氛围。接下来第三四句"冷雕盘香销金兽火，咽铜龙漏滴玉壶冰"，视角转向室内，用手炉火灭，香味销泯，那承放手炉的雕花盘变冷几个意象，烘托出了周围环境的冷寂。"何处银筝"四个字突如其来，将读者带入了银筝鸣奏的世界。"逐轻风过短棂"一句，传神地将筝声随风传来的空灵境界一语道出，使抽象的声音变得具体可感。后两句"耳才闻天上仙韶，身疑在人间胜境"，则用夸张的手法，以仙乐衬托筝音的美妙。

第二曲〔梁州〕具体形容和描绘了远远传来的筝声。作者首先连用了三个比喻句，形容筝声像石窟中涌出的寒泉喷珠溅玉；像飞集于瑶台的凤凰双喙齐鸣；像撒落在金盘的珍珠旋转进跳，比喻瑰丽而贴切，形象生动地渲染出了筝音的美妙。接下来，作者又用夸张的手法，极写筝声的迷人。它使嘶风的骏马止息了啸鸣奔腾；把潜隐的游鱼惊出水面侧鳍倾听；使飞翔的大雁从天边落到地面；使飘逸游荡的云朵在树梢驻足留停，令人浮想联翩。下面，作者又引用历史典故，进一步细致地描写筝声的音律及其中所包含的丰富情感：它凄凉如昭君出塞时弹奏的琵琶曲；清韵如王子乔吹笙时所作的凤凰声；悠扬如张君瑞在西厢月下为莺莺所弹的琴音，从时间和空间上更进一步拓宽了人们想象和联想的天地，引人入胜。最后，作者返璞归真，运用质朴的白描，点出这筝曲中蕴含着丰富的意蕴，令人在享受到美的同时心弦拨动，百感交集。

最后一曲〔尾〕为前两曲营造的境界蒙上了一层令人销魂的戏剧性的纱幕。作者想象这筝曲的弹奏者一定是一位纤指轻拢冰弦的美人，于是他在花笺上笔走龙蛇，以锦书谩写心曲，指望与她邂逅相逢，想象美好，引人遐想。

〔正宫〕醉太平

钟嗣成

风流贫最好，村沙富①难交。拾灰泥补砌了旧砖窑②，开一个教乞儿市学③。裹一顶半新不旧乌纱帽④，穿一领半长不短黄麻罩⑤，系一条半联不断皂环绦⑥，做一个穷风月训导⑦。

【注释】

①村沙富：指粗俗的有钱有势者。村沙，愚劣，粗俗。 ②旧砖窑：破旧的砖砌窑洞，为穷人的栖身之所。 ③乞儿市学：穷孩子们读书的公学。 ④乌纱帽：并非后世

（明清以来）官帽的代称，而是当时穷书生的一种普通打扮。　⑤黄麻罩：用麻布缝制的短褂。　⑥皂环绦：灰黑色的绦带。　⑦穷风月：即"穷风流"、"穷开心"之意。训导：本是州县学政的教官，这里借指教书先生。

【赏析】

钟嗣成的这首〔醉太平〕，原作总共三首，这是第三首。本曲以戏谑、自嘲的口吻描写了教书先生的生活，是作者自身处境的真实写照。

开头一句"风流贫最好"，作者带有自我解嘲的口吻，说：贫而风流岂不最好。作者在仕途遭受打击之下，明白了清贫有着不受名缰利锁羁绊的自由，这是封建识分子难得的豁达的处世态度。紧接着"村沙富难交"一句，说明和那些粗俗的有钱有势者是难打交道的。作者在清贫的生活中，不仅发现了清贫有自由的一面，也发现清贫有人性的一面：只有贫穷的普通老百姓才保持着纯朴、善良的灵魂，只有和他们才能真诚相处。于是作者才不嫌"拾灰泥补砌了旧砖窑"的简陋与寒伧，"开一个教乞儿市学"。他甘愿做一个教贫穷孩子们的教书先生，让那些上不起学的穷苦百姓的后代读书识字。

下面三句"裹一顶半新不旧乌纱帽，穿一领半长不短黄麻罩，系一条半联不断皂环绦"，作者运用一组形象鲜明、对仗工稳而且基调活泼洒脱的鼎足对，表现出自己心甘情愿、乐此不疲的积极的教书态度。曲中"乌纱帽"与"黄麻罩"、"皂环绦"相并列，极言穿着的寒伧；而"半新不旧"、"半长不短"、"半联不断"，用词准确流利，对仗的工巧自然，音韵铿锵和谐，更加渲染出作者装束的寒酸与褴褛。从这一"裹"、一"穿"、一"系"中，一个兴致勃勃、麻利迅速的教书先生形象跃然纸上，令读者也能体会到作者那种教书育人的高尚情怀。最后一句"做一个穷风月训导"，进一步以自嘲的口吻点明作者当这种穷学官的畅快而又略带悲凉的心情，表面上旷达洒脱，却难掩内心的辛酸悲凉。

〔南吕〕骂玉郎过感皇恩采茶歌

四时佳兴（之一）

春

钟嗣成

梅花漏泄阳和①信，才残腊又新春。东风北岸冰消尽。元夜②过，社日③临，中和④近。

天气氤氲⑤，花柳精神。驾香轮⑥，驰玉勒⑦，醉游人。清明过了，飞絮纷纷。隔孤村，闻杜宇⑧，怨东君⑨。

叹芳辰，已三分，二分流水一分尘⑩。寂寂落花伤暮景，萋萋芳草怕黄昏。

【注释】

①漏泄：指梅花最早泄漏了春天的信息，既是斗寒的勇士又是报春的使者。阳和：春天。　②元夜：指的是元宵之夜。　③社日：指的是春社，即三春后的第五个戊日，为古代农民祭祀土神的日子。　④中和：即农历二月初一，此日为中和节。　⑤氤氲：烟云弥漫。《易》云："天地氤氲，万物化淳。"　⑥香轮：指美人的车子。　⑦玉勒：镶玉的马笼头，代指华贵的坐骑。　⑧杜宇：即"杜鹃"之别称。　⑨东君：春神的代名。　⑩"叹芳辰"三句：化用了苏轼《水龙吟·次韵章质夫杨花词》"春色三分，二分尘土，一分流水"句意。芳辰，指春。

【赏析】

这首曲子是组曲《四时佳兴》之一，之后还有《夏》、《秋》、《冬》三篇。此曲形象、完整地描述了从早春到暮春的全过程，借景抒情、托物言志，体现了作者敏锐的观察力和深刻的感受力。

开头一句"梅花漏泄阳和信"，点明时令。梅花开放，带来了春天即将到来的消息。次句"才残腊又新春"紧承上句，不知不觉腊月将尽，又到新春。一个"才"和一个"又"字，透露出春天不可阻挡的脚步。"东风北岸冰消尽"一句，形象地写出春风日暖、冰化雪消的情景。"元夜过，社日临，中和近"，这三个跳跃句式表现时光更替的迅疾。元宵之夜、春社、中和节，作者按时间顺序铺排三个典型的节日，表现春到人间的匆匆步伐，承上启下，笼括从元宵节到中和节间的自然变化，又与以下"天气氤氲"的描写衔接呼应。

"天气氤氲"以下数句，铺写了春日的良辰美景以及赏心乐事。天气转暖，是万物孳生的大好时节，花木争荣。"花柳精神"的"精神"二字用得极妙，以少胜多，表现出春天生机勃勃的景象。"驾香轮，驰玉勒，醉游人"三句，写仕女游春之乐。景色醉人，驾车驰马游赏春色，心情格外畅快。

"清明过了"以下是全曲的重点，写春归的寂寞和惜春的叹息。清明过后已近暮春。此时绿柳飘绵，飞絮纷扬，隔着孤村传来杜鹃的声声啼鸣，仿佛是怨叹春神远去的无情。"叹芳辰"三句借用前人的诗意，慨叹春光已随尘土飞扬，随流水飘逝，流露出浓重的伤春的情绪。最后"寂寂落花伤暮景，萋萋芳草怕黄昏"两句，黄昏风雨摧残着芳草，令人黯然神伤，一种无可奈何的惆怅和哀怨迷惘的情绪，洋溢在字里行间。

作者按照时令的顺序，层次分明地写出了从早春到暮春的景象，不着痕迹地化用前人的诗句，可以称得上是一首脍炙人口的佳作。

〔南吕〕骂玉郎过感皇恩采茶歌

四景(之二)

花

钟嗣成

千红万紫都争放,要占断早春光。一枝分付娇相向。晓露浓,昼日长,和风荡。

院粉宫黄①,国色天香。逞娇柔,增秀媚,竞芬芳。只愁暮晚,风雨相妨。爱芳姿,付密意,动情肠。

向回廊,傍华堂,高烧银烛照红妆②。遇景逢时随意赏,也胜潘岳在河阳③。

【注释】

①院粉宫黄:指牡丹。 ②高烧银烛照红妆:借苏轼《海棠》诗中的名句:"只恐夜深花睡去,故烧高烛照红妆。" ③也胜潘岳在河阳:暗写桃李花,也泛指种花。潘岳,西晋文学家,字安仁,荥阳中牟(今属河南)人,曾任河阳令时种花,人称"河阳一县花"。

【赏析】

这是钟嗣成组曲《四景》原作有四首,分别是《风》、《花》、《雪》、《月》,此首列第二位。这首曲子写,冬天梅花,春天牡丹、桃李花,夏天莲花,秋天海棠,从各花的特色写起,写尽其风采和神韵。

开头一句"千红万紫都争放",采用总括的笔法,简洁明快地写出春光烂漫时百花争芳斗艳的盛况:"千红万紫"点出春花色彩绚丽;"都争放"写出百花竞放的妍态。"要占断早春光",暗中点明写梅花,梅花一向是报春的使者,而且"凌寒独自开"。所以"一枝分付娇相向"以下六句,都是描写梅花的美丽姿态,在时间的变化中捕捉到了梅花的动态美。"院粉宫黄"以下七句写牡丹,"国色天香"概括出了牡丹的特征。"逞娇柔"以下五句用拟人的手法描写牡丹的情态:她仿佛是一位妙龄少女,吐露着娇柔、秀媚和馥郁的芬芳。"爱芳姿"以下三句,写作者对花的感情,实际暗写莲花。古人"莲"者"怜"也,怜者爱也。以花为直接描写对象,感情意蕴都隐含其中。接下来"向回廊,傍花堂,高烧银烛照红妆"三句,写海棠。作者这里借用了苏轼《海棠》诗中的名句,写得有情有境,生动活泼,将海棠的美表现得极为梦幻。最后两句"遇景逢时随意赏,也胜潘岳在河阳",化用了河阳县令潘岳的典故,暗写桃李花,也泛指种花,总括了对花的热爱。

这首曲子选取了四时中最具代表性的花,极尽特色。用典或明或暗,不露斧凿之痕。

〔南吕〕骂玉郎过感皇恩采茶歌

四情（之二）

欢

钟嗣成

春风①尽日闲庭院，人美丽正芳年。时常笑显桃花面②，翠袖揎③，玉笋④呈，金杯劝。

月殿婵娟，洛浦神仙⑤，脸霞鲜，眉月偃，鬓云偏。同携素手，并倚香肩，舞风前，歌月底，醉花边。

好姻缘，喜团圆，绮罗丛里笑声喧。百岁光阴能有几？四时欢乐不论钱。

【注释】

①春风：比喻欢乐的气氛。　②时常笑显桃花面：暗用唐代诗人崔护《题都城南庄》"去年今日此门中，人面桃花相映红"的诗意。　③揎：挽起。　④玉笋：指美人手指。　⑤洛浦神仙：比喻貌美如洛神宓妃。见曹植《洛神赋》。

【赏析】

这是钟嗣成组曲《四情》的第二首，另三首为《悲》、《离》、《合》。此曲选取了良辰美景中赏心悦目的典型场面，采取层层递进的手法，逐渐把欢情推向高潮。

曲子可以分为三部分。第一部分写在春风庭院中与一位妙龄美人邂逅的情景。开头"春风尽日闲庭院"一句，交代了时间地点，概括地描写出欢情所发生的环境美。在这样一个和煦的春风轻拂着幽闲的庭院里，美人面如桃花出场了。"翠袖揎"三句，写美人殷勤劝酒的动作，她把翠绿的长袖轻轻挽起，双手捧着金杯，递来满溢的玉液琼浆，令人怦然心动。

曲子的第二部分写与美人在花前月下载歌载舞的情景。"月殿婵娟，洛浦神仙"，作者先用"嫦娥"与"洛神"两个比喻，承接上一部分，对美人体貌的美作进一步描绘。接下来"脸霞鲜，眉月偃，鬓云偏"三句，富有较强的视觉效果：红红的脸颊象朝霞般艳丽，弯弯的眉毛如新月般纤细，乌云般的鬓发微微偏在一边，短短三句九字就真切地描画出了美人的情态。"舞风前"三句与上面"翠袖揎"三句相呼应，是欢情的进一步发展，表明与美人的欢情更深一层。

第三部分写与美人缔结良缘，喜庆团圆的结局。"绮罗丛里笑声喧"一语，暗寓二人在锦帐鸳衾中的甜蜜温存，但写得含而不露，激发读者想象。最后两句"百岁光阴能有几？四时欢乐不论钱"，总括全曲，感慨人生短暂，光阴易逝，只有欢乐时不论钱，在调侃中富有哲理。

〔南吕〕骂玉郎过感皇恩采茶歌

四别（之一）

叙　别

钟嗣成

从来别恨曾经惯①，都不似这今番。汪洋闷海无边岸，痛感伤，谩②哽咽，空嗟叹。

倦听阳关③，懒上征鞍，口慵开，心似醉，泪难干。千般懊恼，万种愁烦。这番别，明日去，甚时还？

晚风闲，暮云残，鸾笺欲寄雁惊寒。坐处忧愁行处懒，别时容易见时难④。

【注释】

①惯：习惯。　②谩：同"漫"，此处意思是空、枉然、徒然。　③阳关：指《阳关三叠》，其唱词为王维著名的《送元二使安西》诗。　④别时容易见时难：化用李商隐《无题》："相见时难别亦难"和直接引用李煜的《浪淘沙》："独自莫凭阑，无限江山，别时容易见时难。"

【赏析】

这是钟嗣成《四别》组曲之一，原作有《叙别》、《恨别》、《寄别》、《忆别》四首，此曲原列第一，真切细腻地叙述与心上人离别时的愁怀。

全曲可以分为三部分。第一至第六句〔骂玉郎〕曲为第一部分，概述离别时的伤痛情怀。开头两句"从来别恨曾经惯，都不似这今番"，直抒胸臆，运用反衬手法写出"今番"分手的深刻感受。接下来"汪洋闷海无边岸"一句，比喻新颖贴切，描述心中的痛苦像大海一样无边无际。紧接着"痛感伤，谩哽咽，空嗟叹"三句排比，加深了这种郁闷的心情。

"倦听阳关"以下五句是〔感皇恩〕曲，为全曲的第二部分，绘声绘色地描写离别带来的种种情态。第一句中的"倦"字与"懒上征鞍"之"懒"字相连接，衬托出主人公在离愁别绪困扰下心神憔悴的神态。"口慵开，心似醉，泪难干"三个排比，更加形象地写出离别时的凄怆情态，无声无息地衬托出一种深沉的、刻骨铭心的离情别意。"千般懊恼，万种愁烦"，以夸张的手法展现了主人公在此情此境中的内心活动。最后"这番别，明日去，甚时还？"表现出主人公强烈的留恋之情。

"晚风闲"以下五句是〔采茶歌〕曲，为全曲的第三部分，写主人公刚与意中人分别后的心情。晚风轻吹，残阳映照，暮云低垂，这种苍凉晚景勾起作者深切的思念。他刚刚离开就想给她写信，无奈大雁为深秋的寒气所惊而飞鸣远逝，只得打消他寄书信的念头。于是他只能百无聊赖地"坐处忧愁行处懒"，使人的脑海中浮现出一个他乡游子失魂落魄，坐立不宁的形态。最后一句"别时容易见时难"，化用前人诗句，天衣无缝。

〔南吕〕骂玉郎过感皇恩采茶歌

四别（之三）

寄别

钟嗣成

长江有尽愁无尽，空目断楚天云。人来得纸真实信，亲手开，在意读，从头认。

织锦回文①，带草连真，意诚实，心想念，话殷勤。佳期未准，愁黛常颦②，怨青春，捱白昼，怕黄昏。

叙寒温，问原因，断肠人寄断肠人。锦字香沾新泪粉，彩笺红渍旧啼痕。

【注释】

①织锦回文：出自《晋书·窦滔妻苏氏传》，晋代才女苏蕙用五色丝织锦为回文璇图诗以赠其夫窦滔，宛转循环以读之，其词凄惋，凡八百四十字。　②黛：指女子眉毛。颦：指女子姿态。

【赏析】

这是钟嗣成《四别》组曲之三，其他为《叙别》、《恨别》、《忆别》。此曲写游子读家乡情人寄来的情信，通过信中的内容和主人公读信时的想象情人对游子的思念，真切地表现出飘泊他乡的羁旅游子对远方情人的思念。

开头二句"长江有尽愁无尽，空目断楚天云"，开门见山，用比喻的手法写远离家乡的游子对家乡情人的思念，并且用夸张的手法更有力地表现了作者离愁别绪的无边无垠。"空目断楚天云"点出被思念者的所在地是南方。"人来得纸真实信"以下三句，叙述了游子读家书的情景。他小心翼翼地拆开信封，目不转睛地凝神阅读，读完一遍又一遍。作者以简练的语言含蓄、丰富地刻画了游子接到盼望已久的家书时的心情、神态和微妙细腻的心理活动。

"织锦回文"以下五句，概括地描写了家书缠绵的情意和娟秀的字迹。作者引用"织锦回文"的典故，表现心上人才思敏慧以及书信言词凄惋。"带草连真"则形容其笔迹潇洒,行文流利,真草相间,亦喻其才情过人。"佳期未准"以下五句具体描绘了"心想念,话殷勤"的内容。作者在情人书信的字里行间体会到这样一种深情,推己及人,而作者的思念之深、之苦读者是完全可以想见的了。

"叙寒温,问原因"两句,继续写情人书信中的内容。心上人的信中不仅有思有念有盼有怨,而且嘘寒问暖、关切备至,足见其情意绵长、心灵敏慧、思虑周密。"断肠人寄断肠人"一句至关重要,可谓本曲的曲眼,极尽相隔万里的一对恋人的相思之苦。最后二句"锦字香沾新泪粉,彩笺红渍旧啼痕",紧扣"寄别"的主题,落笔于信的描写,造语工丽。将情人的美丽、悲愁、才思以及作者对这一切的感同身受都凝结于此,形象地概括了寄别的全部意蕴。

〔双调〕清江引(十首选二)

钟嗣成

秀才饱学一肚皮,要占登科记①。假饶七步才②,未到三公③位,早寻个稳便处闲坐④地。

凤凰燕雀一处飞,玉石俱同类⑤。分甚⑥高共低,辨甚真和伪,早寻个稳便处闲坐地。

【注释】

①登科记:科举后把考中的进士按名次登记在册上,即所谓的"登科记"。 ②假饶:即使。七步才:借用曹植七步成诗的典故。 ③三公:指高官。 ④稳便处:安稳、清闲的地方。闲坐:休息。 ⑤"凤凰"两句:比喻贤愚混杂,好坏不分。 ⑥甚:什么。

【赏析】

钟嗣成的〔清江引〕组曲原作有十首,是在当时高压政治下发出的怨愤之声,表达了对丑恶现实的不满和对残暴政治的反抗。

第一首对当时知识分子前途渺茫、做官无门的黑暗现实作了揭露。秀才读了一肚皮的书,应当满腹经纶,深明大义,理应能够考取科举,让名字出现在"登科记"上,经世治国,惠济苍生。但现实并非如想象般美好。元代统治者有很长一段时取消了科举考试,恢复科举后,对汉人考生又采取了种种不公平的政策,所以汉人想通过科举来当官几乎难于登天。因而作者慨叹即使是曹植复生也未必能当上高官,这的确是当时社会的真实写照。幸而作者的胸襟还算开阔,既然当官无望,还不如趁早找个安静清闲的地方了此一生更好,这首曲子表达了对元代科举制度的不满,是元代知识分子普遍心理的写照。

第二首与上一首用的是同一个结尾,不过与上曲对科举表达不满略有不同,它要表达的是对社会价值观的不满,是对整个元代黑暗现实的一个高度形象的概括。"凤凰燕雀一处飞,玉石俱同类"是两组极为巧妙的比拟,把智愚贤不肖混淆不分的昏暗社会状况揭露无遗。在当时人的眼中,凤凰与燕雀、美玉与顽石并无任何区别,可以说是到了是非不分的地步了。"分甚高共低,辨甚真和伪",这是诗人无可奈何的愤世疾俗之辞。在这样一个世界里,知识分子的最佳出路也就是"早寻个稳便处闲坐地"了。

在这两首曲子中,我们除了能看到社会的不公外,不难发现,作者对文人的命运作了深刻的思考。

〔双调〕凌波仙

钟嗣成

菊栽栗里晋渊明①,瓜种青门汉邵平②,爱月香水影林和靖③,忆莼鲈张季鹰④,占清高总是虚名。光禄酒⑤扶头醉,大官羊带尾撑⑥,他也过平生。

【注释】

①菊栽栗里晋渊明:指晋代诗人陶渊明曾居江西九江陶村西的栗里,"采菊东篱下,悠然见南山",写的就是他当时辞官(彭泽令)归去来后,寓居于此的情景。 ②瓜种青门汉邵平:指汉初的时候,故秦东陵侯邵平隐居乡里,于长安城东青门种瓜,瓜味甚美,世称"东陵瓜"。 ③爱月香水影林和靖:指北宋诗人林逋(卒谥和靖先生)隐居西湖孤山,赏梅养鹤,终身不仕,亦不婚娶,后人称其"梅妻鹤子"。他的杰作《山园小梅》中有传诵古今的名句:"疏影横斜水清浅,暗香浮动月黄昏。"本曲"月香水影"即是这一名句的概括。 ④忆莼鲈张季鹰:指西晋文学家张翰,字季鹰,齐王司马洞执政,任为大司马东曹掾。知洞时败,又因秋风起,思念故乡菰菜,莼羹,鲈鱼脍,遂辞官回乡(江苏苏州)。 ⑤光禄酒:疑为御酒,据考:南朝梁置光禄卿,北齐以后称光禄寺卿,主要掌管皇室的膳食,唐改为司宰寺卿,后又复旧称,专掌酒醴膳馐之事,历代沿置。 ⑥大官羊带尾撑:疑为蒙古族的一种传统游戏娱乐活动。

【赏析】

古往今来,讴歌隐逸生活否定现实的文学作品不计其数,而钟嗣成的这首曲子却是通过对隐逸的否定,对放浪诗酒的生活的赞美,达到否定现实的目的。

开头四句"菊栽栗里晋渊明,瓜种青门汉邵平,爱月香水影林和靖,忆莼鲈张季鹰",作者一连列举历史上舍弃功名利禄,一心归返田园的四位隐者,简练地概括了他们各自的生活特征。晋代诗人陶渊明弃官归隐,"采菊东篱下,悠然见南山";汉初东陵侯邵平隐居乡里,在长安城东青门种瓜;北宋诗人林逋隐居西湖孤山,赏梅养鹤,终身不仕,亦不婚娶;西晋文学家张翰,因秋风思念故乡,遂辞官回乡。作者列举了以上四位名传青史的隐者，字里行间洋溢着对他们的崇敬和羡慕。

在抒写溢美之词的同时，作者突然笔锋一转"占清高总是虚名"，即说明他们虽然品格高洁，但只是在后世留个虚名而已。作者在对这四位隐士无可奈何的遭际表示理解和同情的同时，也给予了否定，体现了作者略带历史虚无主义的消极思想：功名富贵是短暂的，隐逸遁世也是虚空的，那么要人们如何做选择呢？在下面"光禄酒扶头醉"二句中，作者给出了答案：整日饮着御赐的光禄美酒、浑浑噩噩虚度岁月，沉迷在娱乐游戏里的人们，也活得极其逍遥自在，这两句暗指元代统治者骄奢淫逸的生活。作者实际是用反语，表面的肯定中蕴藏着彻底的否定和抨击。

此曲作者别处心裁，在肯定和同情中否定，在肯定中隐含着彻底的否定，令人玩味无穷。

〔双调〕凌波仙

钟嗣成

灯前抚剑听鸡声①，月下吹箫引凤鸣②。功名两字原无命，学神仙又不成，叹吴侬③何处归耕？日月闲中过，风波梦里惊，造物无情。

【注释】

①灯前抚剑听鸡声：化用了"闻鸡起舞"的典故。《晋书·祖逖传》载：刘琨和祖逖常常相互勉励振作，力图恢复中原。所以听到鸡鸣即起而舞剑，后人以闻鸡起舞比喻志士及时奋发建功立业。　②月下吹箫引凤鸣：化用了萧史、弄玉的典故：萧史善吹箫，能以箫作鸾凤之音，秦穆公之女弄玉也善吹箫，穆公就将她嫁给萧史，并筑凤台给他们居住，数年后，萧史乘龙、弄玉乘凤一同升天而去（见《列仙传》）。　③吴侬：是自我的称谓。据《通俗编·称谓》云"吴侬自称我侬，指他人亦曰渠侬、他侬、个侬。"因此吴侬为吴人代称。嗣成久居苏杭，故以吴侬自称。

【赏析】

这首曲子是这种对自身遭际命运的慨叹，同时也是元代知识分子有志难伸、怀才不遇的痛苦内心的真实写照。

曲子前四句"灯前抚剑听鸡声，月下吹箫引凤鸣。功名两字原无命，学神仙又不成"，连用两个典故和对举相关的手法，淋漓尽致地表述了作者的理想、抱负、希望以及企求的毁灭。其中第一和第三句对举，第二和第四句对举，即一、三两句相关，二、四两句相连。第一句用了"闻鸡起舞"的典故；第二句用的是萧史、弄玉的典故。意思是说，作者曾经也像刘琨、祖逖一样踌躇满志，闻鸡舞剑，发愤以求报效国家，然而却功名未立一事无成；也曾效仿萧史月下吹箫，期望携着弄玉般的女子羽化登仙，然而，想要如神仙般自由逍遥只不过是一场空虚的梦。

既然报国无门,学仙不成,那就归耕田园吧。然而接下来"叹吴侬何处归耕"一句,以一个问句将作者的感情推向了高潮。奈何连个归隐的处所也无地可寻。"日月闲中过,风波梦里惊,造物无情"。归耕无处,无计可施,百般无奈之下只好在悠闲中打发日子,但是还得时时提防突然人生中的风波,以致常常从梦中惊醒。"日月闲中过,风波梦里惊"在这一"闲"、一"惊"这种的对比反差中,使人倍觉"闲"的可怕和"惊"的可怖。最后"造物无情"一句,戛然作结,点明"造物主"对百姓是何等的残酷无情,表达了作者对残暴的统治者的愤恨。

〔南吕〕一枝花

自序丑斋

钟嗣成

生居天地间,禀受①阴阳气,既为②男子身,须入世俗机③。所事④堪宜,件件可咱家意⑤。子为评跋上惹是非⑥。折莫⑦旧友新知,才见了着人笑起。

〔梁州〕子为外貌儿不中抬举⑧,因此内才儿不得便宜⑨。半生未得文章力,空自胸藏锦绣⑩,口唾珠玑⑪。争奈灰容土貌⑫,缺齿重颏⑬,更兼着细眼单眉⑭,人中⑮短髭鬓稀稀。那里取陈平般冠玉精神⑯,何晏般风流面皮⑰,那里取潘安般俊巧容仪⑱。自知,就里⑲,清晨倦把青鸾⑳对,恨杀爷娘不争气,有一日黄榜㉑招收丑陋的,准拟夺魁㉒。

〔隔尾〕有时节软乌纱抓劄起钻天髻㉓,乾皂靴出落着虀地衣㉔,向晚乘闲后门立,猛可地㉕笑起,似一个甚的?恰便似现世钟馗㉖唬不杀鬼。

〔牧羊关〕冠不正相知罪㉗,貌不扬怨恨谁,那里也尊瞻视㉘貌重招威!枕上寻思,心头怒起,空长三十岁、暗想九千回,恰便似木上节难镑刨㉙,胎中疾没药医。

〔贺新郎〕世间能走的不能飞,饶你㉚千件千宜,百伶百俐。闲中解尽其中意,暗地里自恁解释。倦闲游出塞临池,临池鱼恐坠,出塞雁惊飞,入园林俗鸟应回避㉛。生前难入画,死后不留题㉜。

〔隔尾〕写神的要得丹青意㉝,子怕你巧笔难传造化机㉞,

不打草两般儿㉟可同类：法刀鞘依着格式㊱，妆鬼的添上嘴鼻㊲，眼巧何须样子比。

〔哭皇天〕饶你有拿雾艺冲天计㊳，诛龙局段打凤机㊴，近来论世态，世态有高低，有钱的高贵，无钱的低微。那里问风流子弟？折末颜如灌口㊵，貌赛神仙，洞宾㊶出世，宋玉㊷重生，设答了馒的㊸，梦撒了寮丁㊹，他采你也不见得㊺。枉自论黄数黑㊻，谈说是非。

〔乌夜啼〕一个斩蛟龙秀士为高第㊼，升堂室㊽今古谁及；一个射金钱武士为夫婿㊾，韬略无敌㊿，武艺深知。丑和好自有是和非，文和武便是傍州例㉛。有鉴识，无嗔讳，自花白寸心不昧，若说谎上帝应知。

〔收尾〕常记得半窗夜雨灯初昧㉜，一枕秋风梦未回。见一人，请相会，道咱家，必高贵。既通儒，又通吏，既通疏，更精细。一时间，失商议，既成形，悔不及。子教你，请俸给，子孙多，夫妇宜，货财充，仓廪实，福禄增，寿算齐。我特来，告你知，暂相别，恕情罪。叹息了几声，懊悔了一会。觉来时记得，记得他是谁？原来是不做美当年的捏胎鬼。

【注释】

①禀受：承受。旧指受于自然的体性或气质。 ②即为：既做了。 ③须入世俗讥：应当迎合庸俗社会的心理。俗机，世俗的机巧。 ④所事：凡事，事事。 ⑤可咱家意：合我的意。可，符合。 ⑥"子为"句：只为在评论世事上招致了麻烦。子，在元曲中作"只"讲。评跋，评论，品评。 ⑦折莫：尽管。 ⑧不中抬举：不适合于夸奖、提拔。 ⑨"内才儿"句：内心的才华讨不到好处。 ⑩锦绣：喻文思优美、词藻华丽。 ⑪口唾珠玑：即出口成章。《晋书·夏侯湛传》："咳唾成珠玉，挥袂出风云。" ⑫灰容土貌：形容憔悴，面色不红润。 ⑬重颏：下巴过于肥大，显出两层折叠起来的皮肉。 ⑭细眼单眉：眼睛小，眉毛稀。 ⑮人中：上唇正中的凹痕。 ⑯"陈平"句：汉丞相陈平，样子很漂亮。《史记·陈丞相世家》："平长大美色。" ⑰"何晏"句：何晏的姿色很美，像敷了粉似的。《世说新语·容止》："（晏）面至白，魏明帝疑其傅粉。" ⑱"潘安"句：潘岳，字安仁，至美。《晋书·潘岳传》："（岳）少时常挟弹出洛阳道。妇人遇之者，皆连手萦绕，投之以果，遂满载以归。" ⑲就里：内情，内幕，底细。 ⑳青鸾：指镜。 ㉑黄榜：朝廷用黄纸书写的告示。 ㉒准拟夺魁：定能夺取第一名。 ㉓钻天髻：高髻。 ㉔出落：显得，呈现。 ㉕地衣：拖到地面上的长衣。 ㉕猛可地：忽然，蓦地。 ㉖钟馗：相传钟馗道长得很丑，能够捉鬼。把他的像挂在门首，可以避邪。 ㉗冠不正相知罪：帽子没有戴端正，相礼的知道责备他。 ㉘瞻视：仪容，仪表《论语·尧曰》："君子正其衣冠，尊其瞻视，俨然人望而畏之。"貌重招威：容貌很庄重，就能招致威望。《论语·学而》："君子不重则不威。" ㉙镑刨：刮削使平。 ㉚饶你：任凭你，

尽管你。 ㉛“临池鱼恐坠”三句：《庄子·齐物论》：“毛嫱、丽姬，人之所美也，鱼见之深入，鸟见之高飞，麋鹿见之决骤。”庄子用以说明等是非、齐美恶，这里用以自嘲丑恶到了极点。 ㉜“生前难入画”二句：活着，无人把他绘入画中；死了，无人把他写进题咏。 ㉝“写神的”句：古人论画，重在“神似”，而轻视“形似”。苏轼《书鄢陵王主簿所为折枝》诗：“论画以形似，见与儿童邻。”这里所说的“写神”，就是要写出客观事物的真精神。 ㉞“巧笔”句：生花的妙笔，也难写出自然的奥秘。这里指天生的丑态。作者自嘲，其中另有深意。 ㉟不打草：不打草稿。两般儿：指钟馗的像与他自己的像。 ㊱法刀：降神伏鬼的法师所用的刀。鞘：刀剑的套子。格式：画钟馗像的一定的格局和形式。 ㊲“妆鬼的”句：钟馗是捉鬼的，故他的画像上同时也画了鬼。钟嗣成自谓丑似钟馗，在其画像上也可以画个妆鬼的。 ㊳“拿雾艺”句：喻技巧高明，才知卓越越。 ㊴“诛龙局段”句：喻非常的才能。诛龙局段，即屠龙的身手。《庄子·列御寇》：“朱评漫学屠龙于支离益，殚千金之家，三年技成，而无所用其技。”打凤机，打凤凰的机谋。也是喻出类拔萃的才华。 ㊵颜如灌口：颜色像都江堰灌口的二郎神。朱熹《朱子语类》“蜀中灌口二郎庙，当时是李冰因开离堆有功立庙……乃是他第二儿子，人称李二郎。” ㊶洞宾：吕岩，字洞宾，号纯阳，传说中的“八仙”之一。曾经在终南山修道。 ㊷宋玉：战国时楚的文学家。 ㊸设答：“设”疑“没”之误，没答，无（钱）以应酬。镘的：指钱。 ㊹梦撒：丧失。寮丁：指钱。 ㊺“他采你”句：这是倒装句，即“他也不见得采（睬）你。” ㊻论黄数黑：犹言谈是说非，说长道短。 ㊼“斩蛟龙”：疑指周处斩蛟的故事。《晋书·周处传》：周处少时横行乡里，当地人把他同南山白额虎、长桥下蛟龙并称为三害。周处得知，即射虎杀蛟，从陆机、陆云兄弟学，后来官至御史中丞。《世说新语·自新》也有类似的记载。秀士：泛指读书人。高第：吏治优良，成绩卓异。 ㊽升堂室：即升堂入室，意即造诣较深。《论语·先进》：“由也，升堂矣，未入于室也。” ㊾“射金钱”句：元杂剧家杨显之有《丑驸马射金钱》杂剧，疑即指的这个故事。 ㊿韬略无敌：言军事上的谋略没有敌手。 (51)文和武：指上文的“秀士”和“武士”。傍州例：榜样，样子。 (52)灯初昧：灯刚熄灭。昧，黑。

【赏析】

“丑斋”是钟嗣成的号，“自序”即所谓的自叙。钟嗣成以“丑斋”自称，以戏谑疏狂的语调，叙写了自己“现世钟馗”的丑貌，辛辣地讽刺了“有钱的高贵，无钱的低微”，重形貌轻才能的鄙陋的世风，抒发了自己空有“通儒”、“通吏”之才而不得施展的满腔愤懑，既是自嘲，更是讽世。

首曲〔一枝花〕统摄全篇，从整体上勾勒出人物的思想形象。曲中提到，既为男子，就应该通达世故，迎合世俗，才能“所事堪宜，件件可咱家意”，而作者因不能如此，因为评论世事招惹是非，所以受人讥笑。曲子一开篇，作者就自怨自艾，在自嘲中表达了一种对庸俗世态的愤激情绪。“子为评跋上惹是非”一句可谓是点睛之笔。作者到处受到讥笑和非议，并不是因为形貌丑陋，而是有着深刻的社会原因，因为自己的精神、思想与品德与社会不能相容。

由此看来，钟丑斋并不是真的丑陋不堪，而是戏谑之笔。接下来，作者用了大量的笔墨描绘其丑陋的肖像，又从侧面用各种艺术手段加以烘托、渲染。“那里取陈平般冠玉精神，何晏般风流面皮，那里取潘安般俊巧容仪”，作者用了鲜明的对比；“恰便似现世钟馗唬不杀鬼",用生动的比喻;"恰便似木上节难镑刨,胎中疾没药医",给以极度夸张的形容;"倦闲游出塞临池,临池鱼恐坠,出塞雁惊飞,入园林俗鸟应回避","有一日黄榜招收丑陋的,准拟夺魁"等等,极度渲染出一个丑陋无比的形象。作者以夸张的奇丑,更加表现他对黑暗现实的愤激情绪和势不两立的决心,痛快淋漓。

最后〔收尾〕一曲,多以三字句,斩钉截铁,掷地有声,将感情推向高潮。作者驰骋想象,引出了一个"捏胎鬼"来打趣的,表明了作者对现实的清醒认识和决绝态度。最后一句"不做美当年的捏胎鬼",态度坚决,进一步让人感受了现实的残酷无情,显示了作者抨击现实的强大力量。

全曲写得诙谐滑稽,比喻机巧多趣,造语粗俗本色,自有一番豪迈洒脱疏放不羁的特色。

〔双调〕湘妃曲

赠钟继先

邵元长

高山流水少人知,几拟黄金铸子期①。继先贤既解其中意,恨相逢何太迟!示佳编古怪新奇②。想达士③无他事,录名公半是鬼。叹人生不死何归。

【注释】

①"高山流水少人知"两句:化用俞伯牙弹琴、钟子期能从琴音中辨识其情志所在的典故。 ②佳编:即《录鬼簿》;"古怪新奇"的评语说明它不同凡俗,独树一帜,是文苑的一株奇葩。 ③达士:"达士",和下面的"名公",指《录鬼簿》收采的戏曲作家。达士为"显宦",即公卿大夫之类的人;"名公"是政治地位较低、但名声颇大的文学才人。

【赏析】

这首小令是邵元长为钟嗣成的《录鬼簿》所作的序言。《录鬼簿》是元末钟嗣成(字继先)写成的一本戏曲史著作,书中记录了元一代戏剧作家的生平事迹和剧作目录,并给已故的部分作家写了吊词。在这首曲子中,邵元长把钟嗣成引为知己,对他的《录鬼簿》作了很高的评价,并且抒发了深沉的人生感慨。

曲子开头两句"高山流水少人知,几拟黄金铸子期",作者用"高山流水"引出俞伯牙和钟子期的典故,盛赞钟嗣成是自己的知音;并且又用黄金铸钟子期肖像为喻,抒发知音难觅、一旦发现就要珍惜的深挚情感。接下来"继先贤既解其中意,恨相逢何太迟"两句,紧接开头的典故,进一步抒发了与钟嗣成心意相通、相见恨晚的深情和欣喜。下面

"示佳编古怪新奇"一句，是作者对《录鬼簿》的评价。"佳编"指的即是《录鬼簿》；"古怪新奇"是对《录鬼簿》的评价，意思是说它超凡脱俗，独树一帜，字里行间洋溢着对该书的极度赞扬。作者对《录鬼簿》以及钟嗣成的赏识，也体现了二人互为知音的惺惺相惜。而钟嗣成也是独具慧眼，收录了元代戏剧作家的生平事迹和剧作目录，为后世留下了宝贵的财富。接下来两句中的"达士"、"名公"，指《录鬼簿》收录的戏曲作家。既有公卿大夫，又有布衣才子。钟氏编写《录鬼簿》，就是为了追思他们，希望他们的作品流芳百世。可见其精神的伟大。

最后一句"叹人生不死何归"，抒发了作者对钟氏编书一事的感慨。古往今来，人到最后都是要步入鬼途啊！这一句表面浅显，实则内蕴丰富，表明人难免一死，要想不朽便只有立德、立功、立言了。于是这又照应了钟氏"录鬼"一事，回归到主题上来。

〔双调〕蟾宫曲

题《录鬼簿》

周 浩

想贞元①朝士无多，满目江山，日月如梭。上苑②繁华，西湖③富贵，总付高歌。麒麟冢衣冠④坎坷，凤凰台⑤人物蹉跎。生待如何，死待如何？纸上清名，万古难磨。

【注释】

①贞元：唐德宗年号（785年—804年），这里指前一个朝代。　②上苑：即上林苑。本秦时旧苑，汉武帝增广之，为帝王游猎场所。司马相如有《上林赋》。这里指元朝京城大都。　③西湖：代指杭州。元杂剧（包括散曲）后期的创作中心，已由北而南移向杭州。"西湖富贵"，是因为"至南宋建都，则游人仕女，画舫笙歌，日费万金，盛之至矣。时人目为销金锅，相传到今"（明郎瑛《七修类稿》）。　④麒麟冢：指王侯贵族的坟墓。衣冠：指世族士绅。　⑤凤凰台：在今南京，指王公贵族的所居之地。

【赏析】

《录鬼簿》是元末钟嗣成（字继先）写成的一本戏曲史著作，书中记录了元一代戏剧作家的生平事迹和剧作目录，并给已故的部分作家写了吊词。本曲作者周浩生平不详，从这首小令看，应是钟嗣成志同道合的朋友。

曲子开篇"想贞元朝士无多，满目江山，日月如梭"，开门见山，直接抒怀。江山长在，而岁月如梭，一去不复返，一些有真才实学的作家写下名篇佳句，如今也已"无多"了！《录鬼簿》记载了元代知名戏剧家（杂剧和散曲）的生平事迹和剧作目录，包括作家一百五十二人，剧作名目四百余种。作者用慨叹和满怀同情的笔调，抒发对他们的哀悼和仰慕。接下来三句"上苑繁华,西湖富贵,总付高歌",抒发了对"高才博艺"的戏剧家的歌颂。作者认为,钟氏收录的元一代杂剧、散曲作家的的作品,反映了不同时期的社会现实,触及到各个方面各个阶层的人民生活,值得赞扬。

接下来"麒麟冢衣冠坎坷,凤凰台人物蹉跎",意思是说杂剧散曲诸家一生曲折,死后也是坎坷;而王侯贵族生前虚度时光,死后却是墓冢显赫。"生待如何,死待如何"两句,一语双关,前者杂剧散曲诸家,后者衣冠人物。对于前者,他们"纸上留名,万古难磨",虽死犹生;而对于后者,则虽生犹死。钟嗣成著《录鬼簿》是要"使已死之鬼,作不死之鬼,得以传远"。曲子的最后,揭示了作者想要表达的主题,也符合钟嗣成写《录鬼簿》的初衷,可敬可赞。

〔双调〕蟾宫曲

题《录鬼簿》

郑 经

可人千古风骚。如意珊瑚,苍水鲸鳌。纸上功名,曲中情思,话里渔樵。叹雾阁云窗梦窅①,想风魂月魄谁招?裹骊珠泪冷鲛绡②,续冰弦指冻鸾胶③,传芳名玉兔挥毫④,谱遗音彩凤衔箫⑤。

【注释】

①雾阁云窗:云雾笼罩的亭阁和楼窗,指文人的居处。梦窅:即人生好梦飞逝,指长离人间。 ②裹骊珠泪冷鲛绡:用裹藏骊龙之珠比喻钟氏珍爱和存录的前辈名家的作品。"泪冷鲛绡"是由"骊珠"联想出来的:据《博物志》载,鲛人住在水底,善织绡,所泣之泪即为珍珠。此因"鲛泪"与"骊珠"同为龙眼的别名,因而由骊珠想到鲛泪和鲛绡。 ③续冰弦:指演奏筝瑟。指冻:比喻鸾胶粘着手指,形容奏乐时手不离弦。 ④玉兔挥毫:指用玉兔毛所制的彩笔。 ⑤谱遗音彩凤衔箫:指钟嗣成记下了一个个作家的美名,并谱写了若干首〔凌波曲〕,吊挽相知的作家。

【赏析】

这首小令是为《录鬼簿》一书所作的题辞。《录鬼簿》是元末钟嗣成(字继先)写成的一本戏曲史著作,书中记录了元一代戏剧作家的生平事迹和剧作目录,并给已故的部分作家写了吊词。曲子对钟嗣成的才华、遭际、写书的目的,以及书的基本内容等,都作了生动全面的介绍。

开篇第一句"可人千古风骚",就盛赞钟嗣成独领风骚,其著作也必然会流芳百世。

一开篇塑造了钟氏的高大形象,令人肃然起敬。接下来"如意珊瑚,苍水鲸鳌"两句,作者用连用两个典故和比喻,钟氏的风格豪放,好比石崇用铁如意击碎珊瑚玉树;气势磅礴,如同长鲸巨鳌在沧海里鼓浪沫。以下再用三个排比句,概括了钟氏的成就、情志和追求。他原本想建立功业,但处处碰壁,于是只能致力于笔耕,抒发情志。"纸上功名"一句,对应着钟氏所作的〔醉太平〕,里面写一个沦为乞丐的落魄文人形象,实际上是倾吐自己的不平;"曲中情思"一句,对应着〔清江引〕中抒发世事茫茫,知音难觅的人生感慨;"话里渔樵",对应着所写的"早寻个稳便处闲坐地"。钟氏羡慕渔樵生活的闲适,想过"日月闲中过"的生活。短短三句,概括了钟嗣成的生平。

曲子的后半部分转入描述《录鬼簿》的情况。"叹雾阁云窗梦窈,想风魂月魄谁招?"这两句写钟嗣成缅怀、哀悼死者的感情。文人死后,无人凭吊,无人追怀,实在是凄凉!钟氏为他们作传,记述他们的才艺和创作,就是为了让后人凭吊,流芳百世。接下来,作者用四个排比句,概括了《录鬼簿》的内容。"裹骊珠泪冷鲛绡"一句,用了裹藏骊龙之珠比喻钟氏珍爱和存录的前辈名家的作品。"续冰弦指冻鸾胶"一句,用"续冰弦"比作钟氏将前辈与同时戏曲作家的事业发扬光大。"传芳名玉兔挥毫,谱遗音彩凤衔箫"二句,是说钟氏挥动玉兔毛所制的彩笔,记下了一个个作家的美名,并谱写了若干首〔凌波曲〕,凭吊相知的作家。作者构思精巧,层层递进,对钟氏所做的事业推崇备至。

作者善用典故和比喻,鲜明生动地塑造出了书中的形象,具有浓郁的艺术氛围,耐人寻味。

〔正宫〕醉太平

警世(二十首之二)

汪元亨

憎苍蝇竞血,恶黑蚁争穴。急流中勇退①是豪杰,不因循苟且。叹乌衣②一旦非王谢,怕青山两岸分吴越③,厌红尘万丈混龙蛇④。老先生去也。

【注释】

①急流中勇退:旧时比喻做官的人在得意时,为了避祸而抽身隐退。 ②乌衣:指乌衣巷,在今南京市。本是东晋王朝世袭贵族王、谢两家在建康的住地。 ③吴越:春秋时的两个毗邻的诸侯国,因愁怨而常相攻伐。这里借指社会上勾心斗角、争权夺利的矛盾双方。 ④混龙蛇:即鱼龙混杂,指社会上好恶不辨,是非不分。

【赏析】

汪元亨的〔正宫〕醉太平 警世原作有二十首,这是其中的第二首,运用对偶、排比和生动的比喻，揭露当时社会争权夺利、是非不分、善恶不辨的丑恶现实，表现了作者愤世嫉俗的情绪和不肯同流合污的处世态度，但在其中的"急流中勇退是豪杰"中，也流露出明哲保身的消极避世思想。

开头两句"憎苍蝇竞血，恶黑蚁争穴"，作者用苍蝇竞逐脓血和黑蚁争夺巢穴，比喻世人对功名利禄、权势荣耀的营求追逐。比喻生动形象，一针见血，不仅十分形象地揭示出争名逐利之徒的丑恶本质，也生动地表达了作者对黑暗官场的失望与不屑。"急流中勇退是豪杰，不因循苟且"，便是表达了作者的看法。正因为作者看透了风起云涌的官场的残酷，于是大彻大悟，劝人们急流勇退，不要再留恋官场，以免贻误终身。然后又进一步劝还徘徊在官场的人当机立断地辞官归隐，这才是明智的选择。

接下来，"叹乌衣一旦非王谢，怕青山两岸分吴越，厌红尘万丈混龙蛇"三句排比，运用历史上的典故，说明富贵和权势都不过是浮云，最后都会淹没在历史的尘埃之中，不能恒久远。作者以历史上的富贵、功业的短暂，从侧面给执迷不悟的人们敲响警钟。如果还不退隐，后果无疑是悲惨的。小令的最后以"老先生去也"作为结句，是说自己为求自保而隐居避世。作者落笔干脆俐落，掷地有声，表明了作者同浑浊的官场决绝的果断态度，也是再一次地警醒世人。

这首小令化用前人诗句或典故，妥贴凝练，不着痕迹。而且感情色彩分明，一气呵成，突出了主题。

〔双调〕雁儿落过得胜令

归隐（二十首选二）

汪元亨

闲来无妄想，静里多情况。物情螳捕蝉，世态蛇吞象①。直志定行藏②，屈指数兴亡。湖海襟怀阔，山林兴味长。壶觞③，夜月松花酿④。轩窗，秋风桂子香。

趋炎真面惭，附势实心澹。志同车有辄，身比舟无缆。随地结茅庵，归梦谢朝参。事业居天上，声名播斗南。风潭，百顷青铜鉴⑤。云岩，千寻碧玉簪。

【注释】

①蛇吞象：比喻贪婪无比、欲壑难填的世态人情。 ②行藏：指做官和归隐。 ③壶觞：酒具。 ④松花酿：松花酒。 ⑤青铜鉴：比喻波平如镜的湖水。

【赏析】

汪元亨的《归隐》原作共有二十首，这里是其中的第二和第二十首。这两首都是写摆脱杀机四伏、趋炎附势、污浊黑暗的俗世和官场,甘愿退隐山林,淡泊明志。这两首曲子结构大体一致,前四句都写作者对世态人情的认识和态度,第五句以下转写过隐居生活的决心与乐趣,抒发了作者对现实的厌恶以及对自在闲适生活的追求,情蕴深厚。

这一首写归隐,表达了作者摆脱了丑恶凶险的物情世象,过上隐逸生活的欣慰之情。开头两句"闲来无妄想,静里多情况",意思是说,等到闲静下来,仔细思忖世上的万般情况,不外乎争名夺利,勾心斗角,令人伤心失望,于是不对尘俗世界抱有任何幻想。接下来,第三、四两句"物情螳捕蝉,世态蛇吞象",作者用比喻的手法,以螳螂捕蝉、黄雀在后,比喻人世间的互相残杀,以小蛇竟欲吞食大象比喻世人的贪得无厌。对这样的现实极度失望后,曲子的后半部分写归隐的决心以及归隐生活的乐趣。"直志"四句,意思是说,刚直不阿的性格决定了归隐者的处世态度,他们宁愿隐居,恣意指点江山,激扬文字;宁愿在湖海山林里逍遥快活。远离危机四伏的官场,过得清心舒畅,令人艳羡不已。

第二首表达的意思与第一首类似。开头"趋炎真面惭,附势实心澹",意思是说现实社会极其黑暗,若要生存,唯有趋炎附势。而作者对这种情形自是极其鄙视的。接下来第三、四两句"志同车有輗,身比舟无缆",用比喻的手法,以车有车輗喻守信不渝,以舟船脱缆、随波漂泛喻行踪不定的放旷。曲子的后部分的前四句也是写归隐的决心,下面写隐居之乐。"随地"四句,意思是说辞别上朝参拜、战战兢兢的官宦生涯,选择一个僻静的住处,远离红尘琐事,过着快活逍遥的日子。随后,和上一曲一样,也是用美好的生活图景表现归隐生活的乐趣,强化了归隐的主题。在优美的月夜饮酒赋诗;在秋高气爽、桂花飘香的时节,偃仰于轩窗之下,尽享悠闲自在之乐;在碧波如镜的百顷湖面泛舟,四周之景赏心悦目;在云缠雾绕、一如玉簪耸翠的千丈高山前欣赏大自然的奇秀之美,这是何等地快意与洒脱!

这两首小令都是用对比的方法,以世俗丑态反衬出隐居生活的优美,突出归隐的原因。比喻形象新奇,意蕴丰富,颇具表现力。

〔越调〕天净沙

十二月乐词(九月)

孟昉

鸡鸣晓①色珑璁,鸦啼金井梧桐,月坠茎寒露涌。广寒②霜重,方池冷悴芙蓉③。

【注释】

①晓:指黎明、拂晓。 ②广寒:传说中的月宫名为广寒宫。 ③芙蓉:荷花的别名。

【赏析】

孟昉（生卒年不详），本西域人，寓居大都（今北京），元末散曲作家。元顺帝至正十二年为翰林待制，官至江南行台监察御史。入明后不知所终。本曲是他《十二月乐词》中描写九月景色的一首。这首小令选取了深秋九月几种典型事物，寄情于景，借景抒情，表达了他对金秋将逝的叹惋和对美好事物的怜惜之情，从而衬托出作者闲适淡泊的情怀。

第一句"鸡鸣晓色珑璁"，点明作者所描绘的景物季节在深秋，时间在黎明。第二句"鸦啼金井梧桐"，视线从天色转向了井边的梧桐。这一句可谓是全曲的点睛之笔，点明作者沉郁的心境。乌鸦往往是不吉利的象征；秋天的梧桐也常常给人秋风萧瑟的悲凉之感。而此时，乌鸦在梧桐树上啼鸣，更能衬出一种悲凉的气氛，传达作者悲凉的心境。接下来"月坠茎寒露涌"一句，又从月亮写到了草茎露珠。作者炼字造句精雕细琢，别出心裁。在一个清冷的早晨，露"涌"的一个"涌"字，在一派静景中产生了动感，使人眼前浮现出露水的多以及急，并且能够从露水的晶莹透亮中感到秋晨的明净寒冷。下面"广寒霜重"承接上一句的"月"和"露"，"霜重"二字将深秋的凌寒渲染得更进一步。最后一句"方池冷悴芙蓉"，把视线聚集于池中的芙蓉。作者在"芙蓉"前施一"悴"字，含蓄蕴藉，耐人寻味。"悴"常常与"憔"联用，用以形容人之瘦损，而作者在此用于芙蓉，将它人格化了，容易使人想到夏日里丰姿绰约的芙蓉仙子在寒秋胁迫下由荣变枯的情形，用语奇特。凄冷的月光，憔悴的芙蓉，在作者的眼里，都成为一种凄凉的物象，映衬出作者对金秋易逝、好景不长的感叹和怜惜。

这首小令篇幅不长，但是作者精确地选择深秋典型的物象，并且融为一个有机的整体，描绘一幅美妙的深秋图景。风格清峻脱俗，浑然天成。

〔双调〕沉醉东风

一分儿

红叶落火龙褪甲，青松枯怪蟒张牙。可咏题，堪①描画，喜觥筹席上交杂②。答剌苏频斟入礼厮麻③，不醉呵休扶上马。

【注释】

①堪：可以。　②喜觥筹席上交杂："觥"，即酒杯；"筹"是古代酒席上赌胜输时用来投壶的竹箭；"觥筹交杂"是借众多的酒具来表现饮酒者热烈的情绪。　③答剌苏、礼厮麻：元代俗语，意即酒和酒杯。

【赏析】

"一分儿"是元末京城里的一位艺妓，本姓王，艺名一分儿。其人聪慧无比，擅长歌舞，所作散曲仅存这一首。

这是一首在酒宴上即席所作的劝酒小令。夏庭芝在《青楼集》里记载了一分儿作此曲时的情景："一日，丁指挥会才人刘士昌、程继善等于江乡园小饮，王氏佐樽，时有小姬歌菊花会南吕曲云：'红叶落火龙褪甲，青松枯怪蟒张牙。'丁曰：'此沉醉东风首句也，王氏可足成之。'王应声而成，一座叹赏。"由此可知，这首小令在内容上是首劝酒歌，在体制上是联句体。一般来说，联句体要求作者才思敏捷，出口成章，诗句要达到语意连贯，音韵合谐，形象完整。由于难度较大，成功之作不多，像这样能够得到"一座叹赏"的作品就更罕见。

全曲一共有七句，可以分为三层。前两句为第一层，描写饮酒时宴席周围的自然景物。"红叶落火龙褪甲，青松枯怪蟒张牙"，表明这是一次露天酒会，时值北国深秋，西风萧瑟，一片片红叶像传说中的火龙蜕下的鳞甲一样，在随风飘零；落叶松经过秋风的洗礼，也变得枯黄，宛如一条条张牙舞抓的蟒蛇，在寒风中抖瑟。作者善于抓住景物的特征，使用暗喻的手法，以动喻静，形象生动，具有很强的吸引力。而且作者选取了"红"、"青"这样鲜明的色彩，将灰暗的秋天景象渲染得生气勃勃，为下文热闹的饮酒场面营造出一种和谐的气氛。接下来"可咏题，堪描画，喜觥筹席上交杂"三句，为全曲的第二层，描写热烈的酒席场面。这样美好的秋景可以供诗人题诗，可以让画家入画，更能够激发起人们的酒兴。在酒席上，人们觥筹交错，举杯痛饮，热闹极了！最后"答剌苏频斟入礼厮麻，不醉呵休扶上马"两句，是全曲的第三层，是劝酒令。作者使用当时的俗语，既符合韵律上的要求，同时又增添了宴席上的生动活泼的气氛，进一步起到助兴的作用。

这首极其生动地描写了一次酒会的自然环境、热烈场面以及人们的心理，结构严谨，层次分明，具有浓厚的生活气息。

〔双调〕清江引

刘婆惜

青青子儿枝上结，引惹人攀折。其中全子仁①，就里滋味别②，只为你酸留意儿③难弃舍。

【注释】

①其中全子仁：指青梅里也有完整的梅核和核仁。 ②别：特别，不同。 ③酸留意儿：指青梅的滋味酸涩。

【赏析】

这是一首咏物小令，通过咏梅而抒写作者的恋情。第一句的作者是全普庵撒里，后四句的作者才是刘婆惜。全普庵撒里，字子仁，元末高昌人，曾任礼部尚书，官终赣州路达鲁花赤。他平日守官清廉，惟耽于花酒，公余与士大夫酬歌赋诗，帽上常喜簪花，否则或果或叶，亦簪一枝，所作散曲仅存"青青子儿枝上结"一句。刘婆惜，元末江右人，初为乐人李四之妻，颇通文墨，擅长表演滑稽歌舞，所作散曲仅存"引惹人攀折"等四句。刘婆惜因联了这支曲子，而被全子仁收为侧室。《青楼集》记载："刘婆惜先与抚州常推官之子三舍者交好，苦其夫间阻，偕宵通。事觉，决杖。刘负愧，将之广海居焉。道经赣州，谒全公，全曰：'刑余之妇，无足与也'。刘谓阍者曰：'妾欲之广海，誓不复返，久闻尚书誉，获一见而逝，死无憾也。'全哀其志而与进焉。时宾朋满座，全帽上簪青梅一枝行酒，口占〔清江引〕曲云：'青青子儿枝上结'，令宾朋续之，众未有对者，刘敛衽进前曰："能容妾一辞乎？"全曰：'可'。刘应声曰'青青子儿枝上结，引惹人攀折'云云。全大称赏，由是顾宠无间，纳为侧室。"刘婆惜才思敏捷，构思精巧，借咏物以寄情，并且咏物，形神俱似；抒情，贴切自然，具有很强的艺术感染力。

开头两句"青青子儿枝上结，引惹人攀折"，描写青梅的娇小和美好。第一句从正面描写青梅的颜色和形状，"儿"字的运用流露出作者对青梅的喜爱。刘婆惜所联的第二句是从侧面描写，承接上一句的情和景，反衬青梅的美好。接下来"其中全子仁，就里滋味别"两句，写青梅的核仁和滋味。小小的青梅里也有完整的梅核和核仁，而且味道很特别。这两句语义双关，这里的"全子仁"指全普庵撒里，"滋味别"，是说全子仁的风度与众不同，寄托了刘婆惜对全的倾慕之情。最后一句"只为你酸留意儿难弃舍"，紧承上一句，具体写青梅的滋味。这句依然运用双关的写法：句中的"你"既指青梅，又指全子仁；"酸留意儿"既写出了青梅的滋味，又表现了全子仁"耽于花酒"的个性；"难弃舍"既写出了刘婆惜对青梅的喜爱，更寄托了自己对全子仁的留恋，诚挚而贴切。最后一句也是全曲的点睛之笔，字字写梅，又字字写人，既是咏物，也是自喻，最后打动了全子仁，被他收为侧室。

〔双调〕夜行船

秋 怀

萧德润

一夜秋声入井梧，碧纱幮枕剩珊瑚。秦凤①东归，楚云②西去，旧欢娱等闲辜负。

〔风入松〕翠屏灯影照人孤，花外响啼蛄③。丁宁似把闲愁诉，凄凉待怎支吾。泪珠伴檐花簌簌，梦魂惊城角呜呜。

〔庆宣和〕犹忆樽前得见初，浅淡妆梳。附耳佳期在朝暮。间阻，间阻。

〔乔牌儿〕相思病、忒狠毒，风流债、久担误。波涛隔断蓝桥④路，柱子把鹊声占龟卦卜。

〔甜水令〕到如今镜破青铜，钗分金凤，箫闲碧玉。无语自踌躇。果若命分合该，于飞终效，姻缘当遇，甘心儿为你嗟吁⑤。

〔鸳鸯煞〕锦回文织⑥就别离谱,碧云笺写遍伤心句。旧物空存,薄情何处?畅道往事千端,柔肠九曲。软玉温香⑦,作念着何曾住。人问我秋到也较何如?怕的是战碎芭蕉画阑雨。

【注释】

①秦凤:化用《列仙传》中萧史故事,以喻远去的情人。 ②楚云:用宋玉《高唐赋》里巫山神女事,指代独留的自己。 ③啼蛄:指蝼蛄的啼叫。 ④蓝桥:在陕西蓝田县东南蓝溪之上。唐裴铏的传奇《裴航》,描写书生裴航与云翘樊夫人同舟,樊夫人赠诗暗示裴航,在蓝桥会得佳偶。后来,裴航果在蓝桥遇到云英,二人结为夫妻。这里反用其事,比喻同情人阻隔两地,无法相见。 ⑤嗟吁:叹息。 ⑥锦回文织:据《晋书·窦滔妻苏氏传》记载,东晋才女苏若兰嫁夫窦滔,十分和谐美满,但窦滔后来又另有新欢,长期不归;若兰悔恨悲伤,因织五彩锦作《回文璇玑图诗》赠之,计八百余言,纵横反复、颠倒上下皆成诗句,文词凄惋,窦滔为之感动,遂又和好如初。 ⑦软玉温香:一般指代女性,这里反用它作情人的昵称。

【赏析】

这是以篇描写一位妇女怀念远人的套曲。

开篇"一夜秋声入井梧,碧纱巾厨枕剩珊瑚"两句,暗示了妇女秋夜不眠。风吹桐叶的飒飒声一夜不绝于耳,旁敲侧击地暗示了主人公终宵未眠。至于是什么原因,从第二句"碧纱巾厨枕剩珊瑚"中可以稍稍参出其中奥秘。碧纱帐中还闲置着一个枕头,寓意着那个曾经伴她度过许多良宵的人儿不在身边,于是她孤枕难眠,辗转反侧。这一句由枕及人,写出和情人分离后的思念,写得极为委婉。接下来,作者引用两个典故,追忆过去那些令人陶醉的乐事,而现如今如此境况,于是倍感凄凉。

接着,作者用五支曲细致地描绘了女主人公的思念与愁苦。〔风入松〕一曲写女主人公与情人分离后秋夜孤寂的况味。作者用孤灯照影和蝼蛄的悲鸣渲染了秋夜凄凉的气氛,烘托出主人公的痛苦心境。〔庆宣和〕一曲,由主人公的苦楚心境勾起过去甜蜜爱情生活的回忆。主人公对他们邂逅时的情景记得清清楚楚,可见回忆的刻骨铭心。然而转向今时今日,不觉悲痛万分,最后竟至于连连呼叫"间阻,间阻",可见其思念之切和忧伤之痛。紧接着,〔乔牌儿〕一曲继写相思不相见的苦楚。作者运用口语化的语言和典故,细腻传神地表现了主人公那急切的望归心情。〔甜水令〕一曲刻画了一个钟情的女子形象。通过细致入微的心理描写,栩栩如生地刻画出一个忠于爱情的妇女形象。最后一支曲〔鸳鸯煞〕写主人公对未来的隐忧。主人公无时无刻都不曾中止对情人的思念之情。最后两句"人问我秋到也较何如?怕的是战碎芭蕉画阑雨",是全篇的点睛之笔。作者先是设问:有人问我秋天到了,你的心情与过去相比怎么样呢?接着又宕开一笔回答:最怕雨打芭蕉的声音。在秋天这个惨淡季节,只会教人更不堪其苦。看似答非所问,然而却含蓄而深刻地道出主人公担忧二人前途命运的心情。

这篇套数结构严谨,层层深入,作者从多角度、多层次进行铺排,淋漓尽致表现出了思妇的离怀。

〔双调〕夜行船

吴宫吊古

杨维桢

霸业艰危，叹吴王端为、苎罗西子①。倾城处，妆出捧心娇媚。奢侈，玉液金茎，宝凤雕龙，银鱼丝；游戏，沉溺在翠红乡，忘却卧薪滋味②。

〔前腔〕乘机，勾践雄图，聚干戈要雪、会稽羞耻。怀奸计，越赂私通伯嚭。谁知，忠谏不听，剑赐属镂③，灵胥④空死。狼狈，不想道请行成⑤，北面称臣不许。

〔斗蛤蟆〕堪悲，身国俱亡，把烟花山水，等闲无主。叹高台⑥百尺，顿遭烈炬。休觑，珠翠总劫灰，繁华只废基。恼人意，时耐范蠡扁舟，一片太湖烟水。

〔前腔〕听启，槜李⑦亭荒，更夫椒⑧树老，浣花池废。问铜沟⑨明月，美人何处？春去，杨柳水殿欹，芙蓉池馆⑩摧。恼人意，只见绿树黄鹂，寂寂怨谁无语。

〔锦衣香〕馆娃宫⑪，荆榛蔽；响屟廊⑫，莓苔翳。可惜剩水残山，断崖高寺，百花深处一僧归。空遗旧迹，走狗斗鸡。想当年僭祭。望郊台凄凉云树，香水⑬鸳鸯去。酒城倾坠，茫茫练渎，无边秋水。

〔浆水令〕采莲泾⑭红芳尽死，越来溪⑮吴歌惨凄。宫中鹿走草萋萋，黍离故墟⑯，过客⑰伤悲。离宫⑱废，谁避暑，琼姬⑲墓冷苍烟蔽。空园滴、空园滴，梧桐秋雨⑳。台城㉑上、台城上，夜乌啼。

〔尾声〕越王百计吞吴地，归去层台高起，只今亦是鹧鸪飞处㉒。

【注释】

①苎罗西子：指西施，其为浙江苎罗人。　②忘却卧薪滋味："卧薪尝胆"本是越王勾践的事，这里借指吴王夫差。吴王夫差的父亲阖闾曾出兵伐越，为越王勾践所败，伤病

而死，临终时属咐夫差，叫他不要忘了勾践杀父之仇。夫差继位后，刻苦自励，振吴败越，报了父仇。但他胜利后忘记了过去的艰苦日子，贪图享乐，最后反败死在越王勾践手里。所谓"忘却卧薪滋味"即指此，其中包含了深刻的历史教训。③属镂：宝剑名。④灵胥：即伍子胥，相传其死后为神，故称。⑤请行成：要求罢战议和。⑥高台：即姑苏台，吴王夫差耗费大量人力物力，用三年时间筑成，横亘五里。旧址在今苏州市西南姑苏山上。⑦槜李：在浙江省嘉兴县西南七十里，是勾践击败吴王阖闾处。⑧夫椒：在江苏省吴县西南太湖中，是夫差击败越王勾践处。⑨铜沟：宫殿屋檐下的天沟，用铜制成。⑩水殿、池馆：指建筑在水边的宫殿和亭馆，借指吴宫苑。⑪馆娃宫：吴王夫差为西施建造的宫室，故址在今苏州市西南灵岩山上。⑫响屧廊：吴王宫中的廊名，相传以梓板铺地，让西施穿屧走过发出响声，故名。⑬香水：即香水溪，在吴宫中，相传是西施洗浴的地方。⑭采莲泾：即若耶溪，在今浙江，相传为西施采莲处。⑮越来溪：在江苏省吴县西南，相传越兵由此溪入吴。⑯黍离故墟：即指亡国之旧址。⑰过客：明指东周大夫，实则暗喻作者自己。⑱离宫：即行宫，这里指馆娃宫。⑲琼姬：即美姬，泛指吴王的姬妾。⑳梧桐秋雨：化用白居易《长恨歌》的诗意："春风桃李花开日，秋雨梧桐叶落时，西宫南苑多秋草，宫叶满阶红不扫"，形容吴宫旧址的景色。㉑台城：指王宫。㉒只今亦是鹧鸪飞处：化用李白诗意，李白《越中览古》："越王勾践破吴归，战士还家尽锦衣。宫女如花满春殿，只今惟有鹧鸪飞。"

【赏析】

这一篇散套是作者在苏州一带的登临览古之作。套曲的前半部分重在追述及评说历史往事；后半部分则是对吴国遗迹的凭吊，全曲贯穿着伤今怀古的沉痛心情。

春秋时期，吴越两国争霸，几经反复，最后以越王勾践灭吴宣告结束，成败兴亡，可感可叹。千百年来，多少文人墨客都把这段富有戏剧性的历史作为创作题材，写出了各种生动精采的文学作品。杨维桢这套散曲便是写吴王夫差在胜利之时，忘却霸业艰危，骄奢淫逸，最终导致身死国灭的悲惨结局。作者面对吴宫遗迹，抒怀古之情，发兴亡之叹，感慨之中寄寓了发人深思的历史教训。

全套曲六调加以尾声，序曲写吴王夫差沉迷于西施的美色，整日过着骄奢淫逸的生活，完全忘记了过去的艰难困苦。次曲写越国勾践乘机恢复，用计贿通吴国奸臣伯嚭为内应。吴王不听忠谏，赐死忠臣伍子胥，最后落得兵败，欲求和北面称臣而不得，堪悲堪叹，教训尤深。〔斗蛤蟆〕写作者对这段历史的感慨。夫差国破家亡，昔日繁华变为一片废墟，令人不忍卒睹；而越国功臣范蠡，也怕"狡兔死，走狗烹"的下场，荡舟在西湖的烟水之中，这都令人不胜感慨。

由〔斗蛤蟆〕中的悲叹引出了套曲的下半部分，下半部分是全套曲的重点，作者紧扣"吴宫吊古"题意，采用虚实结合的写法，抒发了凭吊遗迹时的悲凉心情。曲中列举了姑苏台、夫椒、浣花池、馆娃宫、响屧廊、灵岩寺、郊台、香水溪（在吴宫中，相传是西施洗浴的地方）、酒城、练渎、采莲泾、越来溪、琼姬墓等与吴越兴亡有关的历史地名。这些历史遗迹现在已是亭荒树老，殿倾池废，野草萋萋，荆蔽苔翳，一片荒凉景象。作者笔下所展现的自然景物也都是"剩水残山"、"凄凉云树"、"无边秋水"、"梧桐秋雨"、"夜乌啼"，呈现出一幅幅凄凉悲切的画面，深沉地表达了人事变化，盛衰无常的兴亡感慨。

〔尾声〕采用跳开去的写法,由吴的灭亡又写到越的灭亡,以越的灭亡来反衬吴的灭亡。作者化用李白诗意,不仅深化了全曲的思想,而且引起读者进一步的思考,十分有力。这套散曲是以吴越兴亡的历史为题材的,用情景相生、虚实结合的写法塑造的意境,具有一定的艺术感染力。

〔黄钟〕人月圆

倪瓒

伤心莫问前朝①事,重上越王台②。鹧鸪啼处,东风草绿,残照花开。

怅然孤啸,青山故国,乔木苍苔。当时明月,依依素影③,何处飞来?

【注释】

①前朝:即诗人的故国元朝。 ②越王台:在今浙江绍兴府山南麓。公元前494年,越王勾践为吴所败,为重建国家,灭吴复仇,遂定都会稽,并使大夫范蠡筑城立都。范蠡筑小城;故又称勾践小城或山阴城。据《越绝书》载,越王台在勾践小城内,周六百二十步,柱长二丈五尺三寸,溜高丈六尺,宫有百户,高丈二尺五寸。越王勾践在此"十年生聚,十年教训",终于一举破吴。 ③素影:指白色的月光。

【赏析】

这是一首吊古抒情之作,写作者重登绍兴越王台所引起的怀念故国、追忆往事的惆怅心情。

开篇一二两句写登临吊古和因之引起的"伤心"感情。"伤心莫问前朝事",一下笔,就导入怀念故国的正题。"重上越王台",破败的历史遗迹,更使作者的心绪不能平静。前两句深挚地表现了作者的忧愤之情。接下来"鹧鸪啼处,东风草绿,残照花开"三句,写作者登台所见的自然之景,意在抒发惆怅之情。"东风"、"草绿"、"花开",表明节令是春天,"残照"暗示时间在黄昏。眼前的花鸟草木充满勃勃生机,然而由于心情的黯淡、悲伤,作者眼前的景物都染上了一层清冷感伤的色彩,只听见鹧鸪的悲啼声。放眼望去,全是揪心的悲凉之色。

"怅然孤啸,青山故国,乔木苍苔",作者寻求解脱不成,反倒被更深地卷入了那难解难分的怀念故国的丝缕之中而不能自拔。"孤啸",表现了作者激烈的情绪。曲子的情绪在悲怅中显示出激昂。作者看到故国青山,而今盈满了乔木、苍苔,所以情绪更加强烈了。然而,世移时易,满目沧桑,尽管日夜追忆,苦苦思恋,毕竟大势已去,只手难擎青天,除了"怅然孤啸",空自倾吐胸中的无限感慨还能做什么呢?不觉月已西楼,明月当空,月光如水,普照大地。就在为世事面目全非,故国无处可寻而忧思难解之时,抬眼仰望，忽然看到了昔日也曾光照自己故国的月亮，如遇故知，不禁轻声发问："当时明月，依依素影，何处飞来？"江山已经易主，当时的明月又从何处飞来？这一问，把作者追念故国山川人物的感情迸发出来了。结尾收束突出有力，作者那绵绵忧思将随着月光飘得更远。

全曲自始至终贯穿着作者浓郁的情感，感情真挚，表露自然，意蕴深厚。

〔越调〕小桃红

倪瓒

陆庄①风景又萧条，堪叹还堪笑，世事茫茫更谁料？访渔樵，《后庭玉树》当时调②。可怜商女，不知亡国，吹向紫鸾箫③。

【注释】

①陆庄：位于今江苏无锡市西北，依横山、傍太湖，风景怡然。这是诗人晚年避乱于五湖三泖（注见〔黄钟·人月圆·其二〕）时期经常来往的一个风景秀丽的地方。 ②《后庭玉树》：即曲名《玉树后庭花》，是南朝荒淫无耻的陈后主所制反映宫廷靡烂生活的乐曲。当时：指的是元帝国兴盛时期。 ③"可怜商女"三句：化用了唐代著名诗人杜牧《泊秦淮》中的"商女不知亡国恨，隔江犹唱后庭花"二句。商女，即妓女。紫鸾箫，是古代的一种吹奏乐器。

【赏析】

倪瓒的〔小桃红〕原作共有三首，此为第一首。此曲感叹世事兴衰，缅怀故国，批判现实，抒发了深沉的忧思之情。

开头两句"陆庄风景又萧条，堪叹还堪笑"，陆庄本是个有山有水，有芳草有花鸟的风景优美的地方，而此处用"又萧条"三个字，不仅道出了这里年复一年四季更替，自然景色的不断变化，同时又由这三个字透露出触动作者的悲凉情绪。下句中的"叹"与"笑"，引发了读者强烈的好奇心。作者虽由写景入笔，但意却不在风景，眼前的景物只是作者抒发情志的铺陈。接下来"世事茫茫更谁料"一句，让人茅塞顿开。作者看到了眼前的萧条之景，以及景色变幻，联想到历史兴衰、世事难料，想到了分崩离析的故国。读到这里，我们才明白了上句中的"叹"是对历史无情、故国衰亡、自己又漂泊避乱无处安身的悲叹；"笑"，是作者要置世事生死于度外、超越红尘，追求旷达、置沧桑之变于不顾的轻蔑的一笑，同时又是对残酷现实无力改变的无可奈何的苦笑。作者构思缜密，使得曲文上下紧密关联，情景交融，前后融会贯通。

"访渔樵"以下几句，作者由对历史的慨叹转入对现实的批判。"《后庭玉树》当时调"，即是"访渔樵"的结果，又是"访渔樵"的原因。作者化用前人批判唐代后期不顾国家安危、贪图享乐的统治阶级的诗意，感情由哀叹转入愤怒。"可怜"二字，不仅仅是对耽于享乐的妓女以及那些不觉悟、不清醒的人们的痛心的指责，而且是对在国家危急存亡之秋，只知贪图享乐的达官贵人、统治阶层的无情鞭挞。正是当权统治者的荒淫无度，才使国家沦落到如今衰亡颓败的地步，然而这些无耻之徒至今仍执迷不悟，过着醉生梦死的生活。这"可怜"二字，字字千钧，痛快淋漓地倾泻了作者胸中的一腔激愤。

这首曲子直抒胸臆，褒贬分明，酣畅淋漓。

〔越调〕小桃红

倪 瓒

一江秋水澹寒烟①，水影明如练②，眼底③离愁数行雁。雪晴天④，绿蘋红蓼参差见。吴歌荡桨⑤，一声哀怨，惊起白鸥眠。

【注释】

①澹：水起伏摇动的样子。寒烟：水面淡淡的水雾。 ②练：白色的丝绢，比喻江水的颜色。 ③眼底：即视线之内。 ④雪晴天：指明朗的晴天。雪，雪白，形容词。 ⑤吴歌：苏州一带的民歌。荡桨：指划船。

【赏析】

倪瓒的〔小桃红〕原作共有三首，此为第一首。此曲感叹世事兴衰，缅怀故国，批判现实，抒发了深沉的忧思之情。倪瓒是元代著名画家，《录鬼簿续编》中记载他"喜写山水小景，自成家，名重海内。"这是一首写景小令，作者用画家的眼、诗人的笔描绘了一幅美丽的秋江雪霁图。

开头一句"一江秋水澹寒烟"，点明描写对象和时令。一江秋水澄澈碧透，水面上泛起淡淡的水雾，似乎还带有一丝寒意。首句轻描淡写，为这幅秋江图奠定了清远明静又略带迷离的神秘色调。第二句"水影明如练"，继续具体集中地描画"江"的形象特征。"明"，抓住了秋天江水水量充沛、水流清澈徐缓的特点。"练"字形容一江秋水像一条白练似的向远方伸展，动态可感，生动地展现出了江水优美的神韵。接下来"眼底离愁数行雁"一句，作者把视线转向了天空中的秋雁。征雁南飞，不禁勾起了作者的离愁别恨，使他感慨万千。作者放眼望去，"雪晴天，绿蘋红蓼参差见"。水边的绿蘋、红蓼参差错落有致，把这幅秋江雪霁图点缀得更加素雅，更富有情趣。然而"吴歌荡桨"一句，远处传来凄清哀怨的吴歌声又使这明丽的画面蒙上了一层淡淡的怅惘色彩。最后，"一声哀怨，惊起白鸥眠"，一叶小舟荡桨而出，歌声、桨声惊起了滩头休息的白鸥，簌簌地向远方飞去，生动传神。

这首小令，作者笔触优美，诗中有画，画中有诗，融成了幽远的意境。

〔越调〕小桃红

倪瓒

五湖烟水未归身，天地双蓬鬓。白酒新篘①会邻近，主酬宾，百年世事兴亡运。青山数家，渔舟一叶，聊且避风尘。

【注释】

①篘：是古代滤酒的器具，也指滤酒。

【赏析】

倪瓒的〔小桃红〕原作共有三首，这是第三首。倪瓒是一位元代遗民，这首小令描写的就是在元明交替的战乱时期作者弃家避乱时的生活。

开头两句"五湖烟水未归身，天地双蓬鬓"，交待了作者流落的地点、周围的景色以及自己的身世处境。由于身逢乱世，作者有家难归，四处漂泊。颠沛流离的生活，国破家亡的痛苦，让他身心憔悴、鬓发斑白。在"未归身"与"双蓬鬓"中，饱含了作者无尽的辛酸与痛苦。这两句勾勒出了一位四处飘零、饱受艰辛的文人形象，表现了作者落魄流落生活的无限感叹。"白酒"以下三句，描绘了作者漂泊避乱时的一个生活场景。作者此时流浪在外，与一些同样的无家可归者凑在一起，对着新酿出的美酒相互酬和、自由自在地谈论着人世间的沧桑之变，悠然自得。"百年世事兴亡运"就是喝酒时的话题。其间表现出了流落文人对现实旷达洒脱的态度。最后"青山数家，渔舟一叶，聊且避风尘"三句，是对眼前生活的描写，也是对以后生活的打算。尽管生活飘忽不定，前途未卜，但作者却对此表现出了乐观自适、轻松自在的态度，仿佛跳脱出了红尘之外。

倪瓒虽是元代遗民，深受颠沛流离之苦，然而在这首小令中却表现出了少有的闲适与豁达。元代末期，政治腐败、社会动荡、战乱纷起，使一些本来就不关心现实的文人更加心灰意冷。虽然作者在刻意追求所谓的旷达，但还是掩饰不了他对身世的哀叹和内心深处的痛楚，否则他就不会对漂泊生涯产生无限的感慨了。

〔双调〕殿前欢

倪瓒

搵啼红①，杏花消息雨声中②。十年一觉扬州梦，春水如空③。雁波寒写去踪，离愁重，南浦行云送④。冰弦玉柱⑤，弹怨东风。

【注释】

①揾啼红：即拭红泪。 ②杏花消息雨声中：移用了南宋诗人、江西诗派代表作家之一陈与义《怀天经智老因访之》中"客子光阴诗卷里，杏花消息雨声中"的一句。杏花消息，指春天的消息。 ③"十年一觉扬州梦"两句：这里借用了唐代著名诗人杜牧《遣怀》"十年一觉扬州梦，赢得青楼薄倖名"中的一句。 ④"雁波寒写去踪"三句：化用了江淹《别赋》中"春草碧色，春水绿波，送君南浦，伤如之何？" ⑤冰弦玉柱：指代琴。

【赏析】

据《录鬼簿续编》记载，倪瓒不仅是诗人、画家，而且还"喜琴操，精音律"。这首〔殿前欢〕就是一首描写琴声的出色的作品。曲中多引用前人诗句，借助各种形象，含蓄、传神地表现出了琴声中传达出的各种不同的细腻的情感，显示出作者超凡的艺术才能。

全曲可以分为三个层次。开头两句为第一层。开篇"揾啼红"一句，抓住拭泪这一典型动作，勾勒出一位伤痛哀怨的女子形象，抓住了读者的同情心和好奇心，不禁探究其原因。紧接着"杏花消息雨声中"一句，便交代了"揾啼红"的原因。绵绵细雨中，盛开的杏花预示着又一个春天的到来，然而这春的使者能停留多久呢？很快又要落红纷乱了。这句与"揾啼红"联系起来，很容易体会到作者伤春、惜春的伤感。作者移用前人的诗意，感叹时光易逝、岁月蹉跎。

接下来"十年一觉扬州梦，春水如空"两句，为全曲的第二层。"十年"与"一觉"形成了强烈的时间对照，表现了作者对十年漫长生活的突然觉醒。"春水如空"，是作者大梦初醒后的猛然觉悟，也是对逝去岁月的深切的感伤与痛苦的感悟。光阴荏苒，蓦然回首，原来不过是一场空，悔恨、自责、哀叹一齐袭来。"空"与"梦"前后呼应，既是回顾十年生活产生的惋惜与失落，也是对曲子上一层伤春情绪的进一步延伸。

以下为全曲的第三层。"雁波寒写去踪，离愁重，南浦行云送"三句，也是化用了前人的诗意，表达了缠绵悱恻的伤离怨别的情绪。鸿雁、寒波、高天行云组成的意象渲染了暮秋季节冷风呼呼吹、木叶萧萧下的凄清悲凉的氛围，映衬着作者凄冷伤痛的心境，情景交融。读到最后两句"冰弦玉柱，弹怨东风"时，才令我们恍然大悟：原来这种种难以名状的情感，全是由琴弦上弹奏出来的，令人惊叹不已。

本曲抓住典型的形象，将抽象的琴声表现得具体可感，形象鲜明，表情达意十分传神，具有较强的艺术感染力。

〔中吕〕朝天子

赠王玉英

夏庭芝

玉英,玉英,樵树西风①净。蓝田日暖②巧妆成,如琢如磨③性。异锺奇范④,精神光莹⑤,价高如十座城。试听,几声,白雪阳春令。

【注释】

①樵树:本是任人砍伐、烧饭的柴木,这里比喻出身贫寒的王玉英。西风:秋风,这里比喻王玉英凄苦的处境。 ②蓝田日暖:暗含一个"玉"字,唐代戴叔伦评论诗中美景:"如蓝田日暖,良玉生烟。"唐末李商隐在《锦瑟》诗中表现他向往的美人:"蓝田日暖玉生烟。"作者借用此语以描绘玉英在艺坛崭露头角,仍照应了"樵树"之喻,写她正像蓝田山中土埋草盖的美玉,暖日照耀便熠然生辉。 ③如琢如磨:一语出自《诗经·卫风·淇奥》,诗人以治玉器比喻"君子"怎样进修品德,一块玉石要用刻刀"琢",要用粗物"磨",王玉英就具有这种刻苦磨练、不辞辛劳的顽强进取精神。 ④锺:古代乐器,音声绝妙,悦耳惬心。范:模范。 ⑤精神光莹:形容王玉英演出的丰神秀韵,照应"蓝田日暖"一语,写她娟秀的神态、玲珑的情采,似璧玉一般灵光莹洁。

【赏析】

这是一首赠人的小令。王玉英是当时的一位女演员,出身贫寒,才艺双全。作者满怀钦佩之情,表现王玉英雅洁的人格、惊人的毅力、出类拔萃的才艺和优美绝伦的声技,抒发了作者的颂赞之情。

开头两句"玉英,玉英",直呼其名,亲切的口吻表现出作者的喜爱之情,感情真挚炽热。接下来"樵树西风净"一句,以精炼形象的比喻,描写王玉英像樵树一样生在卑微人家,身处凄苦之境,却傲然独立、保持着雅净高洁的可贵品质,极尽赞美之情,一个"净"字,从"樵树西风"中勃然而出,突出其迎风而立、凌寒直上、潇洒坚强的风姿和净雅高洁的品格。接下来"蓝田日暖巧妆成,如琢如磨性"二句,紧承上句营造出的氛围,借用名诗佳句,描绘玉英在艺坛崭露头角,像蓝田山中土埋草盖的美玉,暖日照耀便熠然生辉;然而她并不满足于天生丽质,而是刻苦砥砺,精益求精,终于在艺坛上大放异采。这两句表现王玉英刻苦磨练、不辞辛劳的顽强进取精神。"异锺奇范,精神光莹,价高如十座城"三句,以夸张、精巧的比喻,热情地赞颂了王玉英空古绝今、蜚声艺坛的表演成就。作者从王玉英的歌艺、风韵、情采等方面夸张地赞颂其"价高如十座城",表达了作者崇高的赞美。接下来"试听,几声,白雪阳春令"三句,作者陶醉在王玉英的歌声之中，按捺不住内心的惊喜，忘情地把读者当听众，听其歌声中是否有阳春白雪的高雅悠扬韵味。曲子以热情洋溢的口吻收尾，极具感染力。

　　小令以诚恳庄敬的态度、饱含热情的笔调，赞美了一位出身卑微的女演员。作者构思严谨，层层递进，一气呵成；化用古诗佳句，贴切自然，不着痕迹；比喻形象剔透，精炼传神；造字典雅娟秀、热情洋溢。

〔双调〕折桂令

忆别（十二首选三）

刘庭信

　　想人生最苦离别。三个字细细分开，凄凄凉凉无了无歇。别字儿半晌痴呆，离字儿一时拆散，苦字儿两下里堆叠。他那里鞍儿马儿身子儿劣怯①，我这里眉儿眼儿脸脑儿乜斜②。侧着头叫一声"行者"③，阁着泪说一句"听者"④：得官时先报期程，丢丢抹抹⑤远远的迎接。

　　想人生最苦离别。唱到阳关，休唱三叠⑥。急煎煎抹泪揉眵⑦，意迟迟揉腮撅耳⑧，呆答孩⑨闭口藏舌。"情儿分儿你心里记者，病儿痛儿我身上添些，家儿活儿既是抛撒，书儿信儿是必休绝，花儿草儿⑩打听的风声，车儿马儿我亲自来也！"

　　想人生最苦离别。恰才燕侣莺俦⑪，早水远山叠⑫。孤雁儿无情，喜蛛儿不准，灵鹊儿干髭⑬。存的你身子儿在，问甚么贫也富也。这些儿信音稀⑭，有也无也；独言独语，不断不绝；自跌自堆，无休无歇。叫一声负德冤家，送了人当甚么豪杰！

【注释】

①劣怯：形容脚站不稳，脚步踉跄，身体倾斜。　②乜斜：歪斜，形容痛苦失态的神情。　③行者：即"走了"。者，在诗词曲语中常作语助词，置于动词之后表示动作结束或正在进行。　④听者：即"听着"。　⑤丢丢抹抹：妆扮，打扮。　⑥阳关：指《阳关曲》，据王维《渭城曲》谱成，为唐宋时流行的送别歌曲，演唱时末句"西出阳关无故人"重复三遍，故称"阳关三叠"。　⑦急煎煎：焦急的样子。揉眵：揉眼睛。眵，俗称眼屎。　⑧意迟迟：动作缓慢迟钝。揉腮撅耳：搔腮挖耳，形容心乱如麻，举止失措的模

样。 ⑨呆答孩：呆呆地。 ⑩花儿草儿：指男子的沾花惹草，另结新欢。 ⑪燕侣莺俦：比喻女子与情人的相聚相偎。 ⑫水远山叠：形容女子与情人分离之远。 ⑬灵鹊儿干噪：白来一趟的意思。 ⑭信音稀：指杳无音信。

【赏析】

《忆别》是一组组曲，共十二首以一位女子的口吻，追述她与情人离别时的痛苦心情，每一首都是以"想人生最苦离别"领句，写得情真意切，感人肺腑。

这里所选的第一首曲子是原作中的第二首。首句"想人生最苦离别"，概括了整组组曲的题旨，然后再从不同角度分别抒写。曲子最大的特色是将首句"苦离别"三个字拆字来叙述，在字形上发挥想象力，表现离别的无限凄凉。所谓"三个字细细分开"，就是把"别离苦"三个字分拆开来。"别"字由"另"和立"刀"组成，若把"别"字分割两半，则痛苦如刀割，"另"字的外形似"呆"而非"呆"，是为"痴呆"，指神情恍惚；"离"字的繁体为"離"，可以分成两个字，也可合为一个字，有分有合，表明离别是暂时的；"苦"字的结构，由"艹"与"古"两下里堆叠而成，"艹"本为双佳，"古"往昔的意思又可作亡故解，岂不是要长期痛苦。之中用三句鼎足对从字形上把离别苦的心态细细剖析出来。接下来具体描写一对男女临别时的神情。"他那里鞍儿马儿身子儿劣怯，我这里眉儿眼儿脸脑儿乜斜"，送别时，男的牵着马儿，拖着沉重的脚步；女的愁眉苦脸，目光斜滞，双方都不忍分离，无精打采的。作者抓住二人的动作，便把二人相思之深表现出来。然而作者似乎意犹未足，再进一步描绘男女主人公话别时的情态：他"侧着头叫一声'行者'"，她"阁着泪说一句'听者'：得官时先报期程，丢丢抹抹远远的迎接。"临行前的千言万语，只能拣重要的说。她此刻最大的心愿便是盼他早日回来。最后一句"丢丢抹抹远远的迎接"，表达了她盼望团圆的殷切，以及不忍情人离别的心情，栩栩如生地展示出了二人依依惜别的情景。

第二首为十二首中的第三首，同样写话别，更侧重展露人物内心复杂的感情。开头三句从送别写起："唱到阳关，休唱三叠"。唱到唐宋时流行的送别歌《阳关曲》，歌声幽怨哀伤，不忍听下去。接着，"急煎煎抹泪揉腮，意迟迟揉腮撅耳，呆答孩闭口藏舌"，这三个鼎足对仗句，运用当时的方言口语，形象地描绘了女子离别时的哀伤模样。急煎煎，焦急的样子；意迟迟，动作缓慢迟钝；呆答孩，痴呆发愣；抹泪揉腮，抹拭眼泪；揉腮撅耳，抓耳挠腮；闭口藏舌，张口结舌。这些，都是离别时无意识的动作，恰好表现了她百感交集、肝肠痛绝的心情。她临别叮咛嘱咐："你心里千万要记着咱俩的情分，你这一去，我在家承受着相思之苦；家中的一切你都可以丢下不必操心了，但书信万万不能断绝；你在外千万不能拈花惹草，移情别恋，我若得到消息，一定坐着车马亲自找你算账！"这番嘱托，显露了她对情人的缱绻深情，同时也表现了内心的焦虑和不安。她最放心不下的是怕他别后不归，在言辞间表现了她泼辣大胆的性格，塑造了一个个性刚烈的女子形象。

和前两首写话别有所不同，第三首写别后的相思。曲子开始"恰才燕侣莺俦，早水远山叠"两句，先是追叙了离别时的情景，不久前还相爱得难舍难分，如今却山重水远，各在一方了。作者在这极大变化中，插入"恰才"与"早"二词，准确地展现出这一剧变，引起读者心灵的震动，造成强烈的艺术效果。与情人山高水远，自引发闺中少妇的相思。接下来"孤雁儿无情，喜蛛儿不准，灵鹊儿干噪"三句鼎足对，从三个意象出发，表现出少妇由希望到失望的心情。多少次蜘蛛报喜，灵鹊欢唱，情人却没有归来，女子不禁对远行不归的情人产生了埋怨:"我只希望你身体安康,从来没想过你是贫是富?可是你这一去,杳无音信,让我每日翘首盼望,独个儿自言自语,自嗟自怨,没个断绝,没个休歇。冤家呀,你这样将人家作弄,简直要把人家的性命送掉,这算得上什么英雄豪杰!"这段曲词表面上是少妇的怨恨,实际上反映了她对情人刻骨的相思,深沉的爱意。作者多用对仗以及鼎足对,将少妇的相思心情表现得淋漓尽致,艺术手法高超,令人叹为观止。

〔双调〕转调淘金令

思情(四首之一)

李邦祐

花衢柳陌①,恨他去胡沾惹。秦楼谢馆②,怪他去闲游冶。独立在帘儿下,眼巴巴则见风透纱窗,月上葡萄架。朝朝等待他,夜夜盼望他,盼不见如何价③。

【注释】

①花衢柳陌:旧指妓院聚集之处。 ②秦楼谢馆:泛称歌舞娱乐场所。 ③价:在此作助词用,表示停顿,并加强语气。

【赏析】

这首曲子,名为"思情",实则写"闺怨"。作者牢牢地抓住思妇的心理特征,把爱与恨、希望与怅惘揉合在一起,准确而生动地展现了思妇复杂的内心世界,取得了较好的艺术效果。

全曲可分为三层,按照思妇的所思——所见——所感,逐一展开。作者首先从披露负心汉寻欢作乐的行为入手,揭示思妇的悲凉境遇。曲子开篇便直陈丈夫的薄情:"花衢柳陌,恨他去胡沾惹。秦楼谢馆,怪他去闲游冶。"这四句唱词为第一层,写思妇所思,披露出丈夫的浪荡行径,对仗工整,用词贴切。一个"恨"字,一个"怪"字,不同程度地传达出女主人公难以抑制的怨怼之情。

接下来三句写思妇所见,为全曲的第二层。作者简笔勾勒出一幅疏疏淡淡的画面,间接交代出思妇活动的时间、地点及氛围,融情入景,有声有色,细致传神,把思妇失望后的痛苦与无所适从表现得恰到好处。"独立在帘儿下"一句,着力摹写思妇苦苦等待丈夫暮归的情景。"独"字突出了她孤独、凄惶的处境。"眼巴巴"三个字,极言她既焦灼不安又无限酸楚的心情。"风透纱窗"以动写静,增强了画面的立体感。"月上葡萄架"不仅交代出时间,而且仿佛使画面在这一瞬间定格了,给人留下广阔的想象空间。

最后三句"朝朝等待他,夜夜盼望他,盼不见如何价",为第三层,写思妇的所感。

思妇的殷殷盼望至此终于破灭了,心里只留下苦涩和惆怅,于是一种深深的悲哀油然而生。全曲到此戛然而止,将感情的波澜一下子推向高潮,唤起读者对思妇的深切同情和对负心汉的极端愤慨。曲中的女主人公是封建社会不觉悟妇女的典型写照,她既怨恨丈夫的薄情,又不能坚决地与他分手,这一形象在封建社会具有普遍的悲剧意义。

全曲平铺直叙,表达有虚有实,语言通俗平淡,却见精致新奇,不失为一首佳作。

〔越调〕凭阑人

题曹云西翁赠妓小画

邵亨贞

谁写江南一段秋,妆点钱塘苏小楼①。楼中多少楼,楚山②无断头。

【注释】

①钱塘苏小楼:引用了名妓苏小小之典。六朝时南齐有位著名歌妓名叫苏小小,宋代也有一位著名歌妓叫苏小小,都曾家住钱塘,这里当指前者,因为六朝苏小小的影响更大些。作者借用苏小小的典故,婉转曲折地表现了青楼女子的悲惨命运,以及她们愁怨痛苦的内心世界。 ②楚山:江南在春秋时属吴国,后来吴为楚所灭,江南遂为楚地,所以称为"楚山"。

【赏析】

元末文人邵亨贞文辞富瞻,颇有可观。从题中可知,曹云西为妓作画,作者为之提跋,这首〔越调〕凭阑人由画意入曲,悲凉凄苦;文辞幽婉,内涵丰富,表现了妓女生活的凄怨愁苦,表达了作者对她们不幸命运的同情。

首句"谁写江南一段秋",表露出作者由衷的赞叹之情,既赞曹云西的丹青手法,又扣"小画"题意,指出画的内容是江南秋景。是哪位画家有这样不平凡的身手,以他的神笔画出了江南如此美丽的秋色?接着第二句"妆点钱塘苏小楼"紧承首句,由画及人,由"妆点"扣住"赠妓"题目。这里作者十分自然地用了苏小小之典,婉转曲折地表现了青楼女子的悲惨命运和她们愁怨痛苦的内心世界,直接表现了上述主题。最后两句继此直诉衷情,"楼中多少愁,楚山无断头"。作者巧妙地将人画合一,用楚山望不断来比喻青楼女子的愁怨绵绵,使她们的愁绪与山的无断头有机结合,形象生动,意味深长,深化了主题,引发读者的同情。曲文前后融为一体,一气呵成。

全曲情调高雅不俗,主题高出画意,用典贴切自然,语言委婉清新,表情含蓄蕴藉,是元曲题画诗中的佳作。

〔黄钟〕人月圆

春 夜

梁 寅

三春①月胜三秋月,花下惜清阴。锦围绣阵,香生革履,光动兰襟。

棠梨枝颤,乍惊栖鹊,夜久寒侵。明朝风雨,休孤②此夕,一刻千金③。

【注释】

①三春:泛指"春天"。 ②孤:"负"的意思。 ③一刻千金:化用了苏轼《春夜》诗中"春宵一刻值千金,花有清香月有阴"的意境。

【赏析】

这首曲子,作者以生动细腻的笔触描绘了一幅月夜赏春图,抒发了自己对于大好春天的珍惜和赞美。

曲子首句"三春月胜三秋月",直截了当地道出作者对春夜月色的赞美之情和所要描绘的特定景象。俗话说:"月是中秋明",人们常常赞美的都是秋天的月亮,而作者却认为春天的月亮胜过秋天的月亮。作者首句点题,交待了曲辞所要描写的时令、环境。第二句"花下惜清阴"点破主题,由衷地表达作者对皎洁纯静的明月的怜爱之情。一个"惜"字,恰到好处地表现了作者的感情。"清阴"是对月的赞颂,写出了月的宁静与皎洁。在清亮的月光下,作者尽情地享受着夜色中的春光。这一句既赞颂了明月,也披露了作者的内心世界,统领全曲。

接下来作者细腻描绘了月光下春夜的美妙景色,有物有人,情景交融,动静相宜。"锦围绣阵",指在夜幕的笼罩下花团锦簇,作者被簇拥其中;"香生革履",指随着作者的脚步,百花散发出沁人心脾的清香;"光动兰襟",指的是透过花阴,在作者的身上撒下了斑驳的身影。作者从不同方面写出了令人沉醉的夜晚,细腻准确,生动传神,生成了一个绝妙的境界。"棠梨枝颤,乍惊栖鹊,夜久寒侵",突然间,一阵清风吹颤了棠梨枝条,骤然惊起了栖息在枝头的喜鹊,划破了万籁俱寂的夜空,惊醒了赏月醉花人,使他感到一阵轻轻的寒意,意识到已是夜深人静时了。于是最后,作者无限感慨:"明朝风雨,休孤此夕,一刻千金",充分表达了爱春惜时的心怀。

这首小令首尾呼应,转接自然,动静结合,描写细腻,将作者的心理和春夜的月色描绘得栩栩如生,传神入画,把人领入到了一个美好的境界。

〔中吕〕朝天子

舒頔

学骏①，妆痴，谁解其中意。子规②叫道不如归，劝不醒当朝贵③，闲④是非，子心无愧，尽教他争甚底。不如他瞌睡，不如咱沉醉，都不管天和地。

【注释】

①骏：呆，愚。 ②子规：即杜鹃鸟。相传古代蜀国国君号曰望帝，让位于凿巫山的丞相开明，然后归隐山林。时适二月，子鹃鸟鸣，蜀人怀念望帝，于是呼子规为杜鹃。作者在这里用此典表达自己希望归隐的心曲。 ③当朝贵：当朝的权贵。 ④闲：这里是"防闲"的意思。《三国志·魏志·邢颙传》："颙防闲以礼，无所屈挠。"

【赏析】

这首小令写不愿"妆痴"进而提出归隐山林，并且劝导权贵们远离争逐的名利场。元代是中国历史上封建专制统治极其严酷的时代，末期民族矛盾和阶级矛盾激化，社会现状极端黑暗，人民生活在水深火热之中，尤其是处于社会底层的知识分子。因此，元代的作家大都对政治消极，对封建统治者采取不合作的态度。此曲就反映了作者的艰难处境和苦衷，表达了对黑暗社会的不满情绪和对险恶官场生活的厌弃心理，表达了作者希望离开世俗是非，归隐山林的心声。

小令开篇"学骏，妆痴，谁解其中意"，直抒胸臆，一语道出了社会、人情的险恶，表明作者处境的艰难和心中无限的辛酸。在凶险的现实中，做人只能装呆、学痴、装疯卖傻，战战兢兢，小心翼翼，以免惹祸上身。所以，作者才会悲愤地喊出："谁解其中意。"与其这样违背自己的本性，扭曲地生活在尘世间、官场中，还不如归隐山林。因此，紧接着"子规叫道不如归"一句，借用典故，表达自己希望归隐的心曲。"劝不醒当朝贵，闲是非，子心无愧，尽教他争甚底"，这几句是劝导当朝的权贵们，社会如此黑暗，官场如此险恶，可还是不能让当朝为官的权贵们醒悟。他们为了功名利禄，还是不愿抽身引退，防闲是非，离开这虎窟龙潭之地。下面两句"子心无愧，尽教他争甚底"，作者宽慰自己道：你不需要愧疚，既然那些热衷功名利禄之徒执迷不悟，那就不用管他们如何争名逐利了。最后"不如他瞌睡，不如咱沉醉，都不管天和地"，紧承以上几句，以揶揄的口吻表示：既然如此，那就各循本性，让权贵们在名利场中执迷不悟，让我酩酊大醉，管他什么天地变化。

曲中揶揄嘲讽的口吻，加深了作品愤世嫉俗的感情色彩。语言通俗易懂，自然率真，增强了散曲自然浑朴的艺术风格。

〔中吕〕粉蝶儿

题 情

季子安

这些时意懒心慵①，闷恹恹②似痴如梦。想当初倚翠偎红③。我风流，他俊雅，恩深情重。他生的别透玲珑④，语融和言谈出众。

〔醉春风〕他生的粉脸似秋莲，春纤⑤如玉葱，鞋弓⑥袜小步轻盈。能歌善咏。咏。雁柱⑦轻移，冰弦⑧款拨，便是那铁石人也情动。

〔红绣鞋〕指望待要巫山⑨畔乘鸾跨凤⑩，谁承望阳台上云雨无踪⑪。则我这口中言都当做耳边风。冷落了蜂媒蝶使⑫，稀疏了燕侣莺朋⑬。多应⑭是搅闲人⑮将话儿哄。

〔剔银灯〕俏冤家⑯风流万种。他也待学七擒七纵⑰，把我似勤儿⑱般推磨相调弄。我这里假妆痴件件依从，又则怕伤了和气，皱了美容。假和真你心里自懂。

〔蔓菁菜〕你常好是不知轻重，动不动皱了眉峰，冰霜般面容。若是个村纣的⑲和你两个乍相逢，他把你那半世里清名送。

〔柳青娘〕这些时稀疏了诗宾和这酒朋。闷来时与谁同。一任教花红和这柳浓，有何心恋芳丛。则这诗书礼乐不待攻⑳，端溪砚尘埋墨朦㉑，紫霜毫㉒干燥了尖峰。赤紧㉓的缺了鸾笺㉔无了香翰，无香翰怎题红㉕。

〔道合〕离恨匆匆，离恨匆匆，天涯咫尺不相逢。觅鳞鸿㉖，杳无踪。濛濛的雾锁桃源洞㉗，漫漫的水淹蓝桥㉘涌。雪浪泊涛洪，祅庙火㉙飞红。翠琴堂听琴人闹冗㉚，玉清庵错把鸳衾送㉛。藕丝微银瓶㉜重，比目鱼和冰冻㉝。小卿倒把双郎送㉞，莺莺远却离张珙㉟，柳毅错把家书奉㊱，张生煮海金钱梦㊲。愁蹙眉峰，愁积心中，愁恨无穷。何时得玉环合，金钗镂㊳，金钗镂对对对上青铜㊴。

【注释】

①意懒心慵：即心慵意懒。情思倦怠，精神萎靡。 ②冈恢恢：精神萎靡貌。亦以形容病态。 ③倚翠偎红：形容同女性亲热昵爱。 ④剔透玲珑：形容灵巧可爱。此比喻人的聪明伶俐。 ⑤春纤：指女子的手指。 ⑥鞋弓：弓鞋。旧时缠足的妇女所穿的鞋子。 ⑦雁柱：古筝的弦柱斜列，如飞雁，故称"雁柱"。 ⑧冰弦：琴弦的美称。传说中有用冰蚕丝所作的琴弦，故称。 ⑨巫山：此用战国宋玉《高唐赋》"巫山神女"之典。巫山，指男女欢会之所。 ⑩乘鸾跨凤：此用汉代刘向《列传》"萧史弄玉"之典。比喻结成美好的姻缘。 ⑪谁承望阳台上云雨无踪：有谁料到相见无望。承望，料及，料到。阳台，此用"巫山神女"之典，指男女欢会之所。云雨，亦用"巫山神女"之典，指神女，此指情人。 ⑫蜂媒蝶使：花间飞舞的蜂蝶。比喻为男女双方居间撮合或传递书信的人。 ⑬燕侣莺朋：形容男女欢爱如燕莺般谐和相伴。 ⑭多应：大概，多半是。 ⑮搅闲人：犹言搅家精。 ⑯俏冤家：对所爱者、情人的昵称。 ⑰七擒七纵：此用《三国志·蜀志·诸葛亮传》"七擒孟获"之典。比喻善于运用策略，使对方心服。 ⑱勤儿：浪子，嫖客。 ⑲村纣的：粗俗之人。村纣，粗俗，粗野。 ⑳诗书礼乐不待攻：谓不努力读书。诗书礼乐，泛指书卷。 ㉑端溪砚尘埋墨朦：指尘埋砚墨。谓长时间不写字。端溪砚，即端砚，为砚中上品。端溪，溪名，亦为砚的代称。 ㉒紫霜毫：紫色兔毛制成的笔，笔中上品。 ㉓赤紧：亦作"吃紧"、"尺紧"，实在。 ㉔鸾笺：彩笺。 ㉕题红：在红叶上题诗。此用"红叶题诗"之典，比喻题写爱情诗篇。 ㉖鳞鸿：鱼与雁。旧谓鱼腹藏书，雁足系书，因此用鱼与雁作传递书信的使者或书信。 ㉗桃源洞：据《太平广记天台二女》载，天台人刘晨、阮肇入天台山采药，误入桃源洞，遇二仙女。 ㉘蓝桥：在陕西蓝田县东南兰溪上。据唐代《传奇》载，秀才裴航落第路经蓝桥，遇仙女云英，并结为夫妇。 ㉙祆庙火：据《渊鉴类函》卷五十八引《蜀志》载，蜀帝公主与乳母陈氏公子相爱，约定在此庙相会。公主入庙，见陈生熟睡，遂解佩玉附陈生怀中即去。陈生醒不见公主，怨气化火，身与庙俱毁。后为姻缘不遂之典。 ㉚闹冗：激动，烦躁。 ㉛玉清庵错把鸳衾送：全句化用《鸳鸯被》的故事。元杂剧《玉清庵错送鸳鸯被》第二折写李玉英受骗在玉清庵与刘员外成亲，因刘误时，庵中小道姑将前来投宿的张瑞卿当作刘员外，使张、李二人成为夫妻。李赠鸳鸯被作信物给张。 ㉜银瓶：此用《裴少俊墙头马上》的故事。元代白朴《裴少俊墙头马上》第三折写工部尚书裴行俭为赶走随子少俊私奔而来的李千金，一是用石上磨玉簪而不折、二是用游丝银壶瓶到金井内汲水而不断刁难。 ㉝比目鱼和冰冻：比目鱼被冻住，比喻婚姻受阻。比目鱼，比喻感情好的夫妻或情人。 ㉞小卿倒把双郎送：用苏小卿和双渐的故事，比喻别离。 ㉟莺莺远却离张珙：用《西厢记》的故事，比喻远离。 ㊱柳毅错把家书奉：用书生柳毅替洞庭龙君小女送信、娶龙女为妻的故事，反衬自己姻缘不遂。 ㊲张生煮海金钱梦：用张生煮海的故事，写自己不能像张羽那样成为乘龙快婿。 ㊳金钗辏：比喻婚配。 ㊴上青铜：夫妻共同照镜子，比喻夫妻和合，婚姻美满。青铜，指镜。

【赏析】

季子安生平不详，《全元散曲》只收录了他这一个套数，抒写的是相思之情。

套曲一开篇，作者从目前的精神状态写起，刻画出一副"意懒心慵"、"似痴如梦"

的病态形象。〔醉春风〕一曲，紧接序曲的回忆，描写男子在病态的相思中回忆往日情人的才华和容貌。"粉脸似秋莲，春纤如玉葱，鞋弓袜小步轻盈"，由脸面写到纤手，再写到脚步，自上而下，细致生动地勾勒出一个轻柔调试、拨动古筝的歌女形象，盈盈含笑，秀外慧中，令人禁不住怦然心动。接着〔红绣鞋〕一曲又回到现实的境遇，叙写眼前的思绪情欲，直露大胆。〔剔银灯〕和〔蔓菁菜〕两曲，是全篇中最精采的描述，作者又回忆往日两人的交往，二人情爱受到间阻，愿望难以实现，所以回忆中带着深深的遗憾和惋惜。从"七擒七纵"、"件件依从"中，也可以体会到二人热恋时的甜蜜和温暖。接着〔柳青娘〕一曲，又从往事的回忆跳回到"这些时"，进一步写写眼前的离愁别绪，表现作者意懒心慵、似痴如梦的情态。由于某种原因，两人的交往"冷落"、"稀疏"了，这种无法仿效"红叶题诗"那样一述衷情，深深体会到人事间隔、离别难逢的内心痛苦。最后一曲〔道合〕，作者抚今追昔，直接发出"离恨匆匆，离恨匆匆，天涯咫尺不相逢"的慨叹，将全篇的感情推向高潮，又把许多传奇人物、戏曲故事融入曲中，表述愁恨哀伤。

　　散曲反复交替地忆旧伤今，并因情置景、借景生情，同时运用众多的典故、排比、俗语来写人、叙事、达意，从而使一个忠于爱情、追求美满生活的男子形象呼之欲出，不愧为一篇题情的佳作。

〔商调〕金络索挂梧桐

咏　别

高　明

　　一杯别酒阑，三唱《阳关》①罢，万里云山两下相牵挂。念奴半点情与伊家②，分付③些儿莫记差。不如收拾闲风月④，再休惹朱雀桥边野草花⑤。无人把，萋萋芳草⑥随君到天涯。准备着夜雨梧桐⑦，和泪点常飘洒。

【注释】

　　①《阳关》：指《阳关曲》，送别曲。　②念奴：唐代天宝年间著名歌女，此指女子本人。伊：彼、你、他、她。家：语助词，无义。　③分付：嘱咐。　④收拾：这里作"摆脱"、"搁起"讲。闲风月：指男女之间逢场做戏，吟风弄月之事。　⑤"再休惹"句：出自唐刘禹锡《乌衣巷》首句，而意思却完全不同了。原诗通过秦淮河上朱雀桥边杂乱生长着的野草花，衬托乌衣巷的冷落，"朱雀桥"、"野草花"均实指。这里的"朱雀桥"是泛指，"野草花"已经拟人化。朱雀桥所在秦淮河横贯金陵古城，沿河两岸酒家林立，乐妓充彻，用"野草花"喻风月女子，言不要招蜂惹蝶，问柳寻花。　⑥萋萋芳草：

淮南王刘安《招隐士》："王孙游兮不归，春草生兮萋萋。"萋萋，草茂盛的样子。 ⑦夜雨梧桐：化用温庭筠《更漏子》词意，"梧桐树，三更雨，不道离情正苦。一叶叶，一声声，空阶滴到明。"

【赏析】

高明是元代重要的戏曲作家，字则诚，号菜根道人。东海赵访称其"学博而深，才高而赡"，顾德辉称他"才长硕学，为时名流"，所著《琵琶记》为南戏之祖。《全元散曲》录有其小令两首，套曲一套，〔商调·金络索挂梧桐·咏别〕即为他的代表作之一。

这首小令描写了一位女子与情人离别时的情境。曲子开篇写临行前的祝酒和唱曲。"一杯别酒阑，三唱《阳关》罢，万里云山两下相牵挂"，写情人即将远行，离别在即，女主人公无以为遣，只好一边唱着《阳关三叠》的送别之词，一边以酒相祝：从此以后，天各一方，不知何日才能相会，只有在万里之遥，云海茫茫之中，相互思念，相互牵挂了。在这销魂断肠的送别歌声中，小令也蒙上了一丝浓厚的悲凉气氛。接下来"念奴"四句，写女子的叮咛与嘱托。虽然女子与情人是在风月场中相识的，但感情真挚深切，在临别之际，她仍满怀深情地叮嘱他，千万要记住，不要再踏入风月场中，也不要再和其他女子发生"风月"之事。这里既体现出了女子的深情，又表现出女子泼辣的性格。接下来，"无人把"两句，由离别的嘱托转向描写离情的伤感。她一想到自己所钟爱的男子独自远游而无人陪伴，就感到无限的伤心。芳草本来迷人，然而因为旅人的寂寞凄凉的心境也会变得萋清萧瑟。最后，"准备着夜雨梧桐，和泪点常飘洒"二句，女子联想到，从今别后，等待自己的将是那绵绵无尽的长夜，相思的泪水也会绵绵不绝。

全曲运用短小的对仗、贴切的拟人、形象的比喻等修辞手法，并化用前人的诗句，紧紧抓住一个"情"字，刻画了一个痴情女子在与情人离别之际的复杂的心理状态，自然、贴切，不失为一首咏别佳作。

〔仙吕〕点绛唇

慢 马

杨舜臣

四只粗蹄，一条乌尾，骖①在地。搭上鞍骑，二三百棍行三四里。

〔混江龙〕怎做的追风骏骥，再生不敢到潭溪②？几曾见卷毛赤兔③，凹面乌骓④？美良涧怎敌胡敬德⑤？虎牢关难战莽张飞⑥！能食水草，不会奔驰。倦嘶喊，懒骕骦⑦，曾几见西湖沽酒楼前系？怎消得绣毡蒙雨，锦帐遮泥！

〔后庭花煞〕叹梁园⑧芳草萋，怕蓝关⑨瑞雪飞。为爱背山咏，任教杜宇啼。空吃得似水牛肥。你可甚日行千里，报主人恩，何日把缰垂⑩？

【注释】

①骔：同"鬃"。　②"怎做的追风骏骥，再生不敢到潭溪"：用的是刘备策马跃潭溪的典故，据《三国志》裴注引《九州春秋》，刘备为追兵逼至潭溪水中，溺不得出，谁料坐骑一踊三丈，遂得过，化险为夷！骏，良马。骥，千里马。　③赤兔：吕布的坐骑，谚云："人中有吕布，马中有赤兔"言其为马中之俊杰。　④乌骓：项羽的战马，垓下之围项羽别虞姬时曾歌曰："力拔山兮气盖世，时不利兮骓不逝，骓不逝兮可奈何？虞兮虞兮奈若何！""骓"即指乌骓。　⑤美良洞：即美良川，在今山西闻喜县南。胡敬德：唐将尉迟恭的字。他投唐前曾在美良川与唐将秦琼作战。　⑥虎牢关难战莽张飞：指民间流传的虎牢关三英战吕布的故事，其时吕布力敌刘备、关羽、张飞三人，此句意为：如果吕布骑着这样的慢马，他怎能迎战莽勇的张飞。　⑦骃骤：奔驰。骃，马行。　⑧梁园：即"菟园"，汉代梁孝王刘武所造，也叫"梁苑"，故址在今河南商丘东。梁孝王好宾客，司马相如、枚乘等辞赋家皆曾延居园中，因而有名。　⑨蓝关：在今陕西蓝田县，唐代著名文学家韩愈因谏宪宗迎佛骨被贬潮州，路过蓝关时写了《左迁至蓝关示侄孙湘》一诗，其中有"雪拥蓝关马不前"之句。　⑩缰垂：即垂缰。此用苻坚马垂鞍救落入深溪主人以脱险之典故，谓知恩要图报。

【赏析】

杨舜臣，生平事迹不详。《全元散曲》录有其套数一套。这是一首有所寄托的咏物诗，诗人借对慢马的吟诵，表达出一种言外之意。

首曲用白描的手法，简练地勾勒出慢马的总体特征："粗蹄"，"乌尾"，"骔"长长地拖曳"在地"，这三个细节的描写极具代表性。"搭上鞍骑"二句从动作上表现出慢马行走的迟缓。第二曲〔混江龙〕作者大量引用历史典故：刘备策马跃潭溪、赤兔、乌骓、虎牢关三英战吕布等等，描写了名驹快马，与慢马形成鲜明的对比，慨叹其难以建功立业。"能食水草"以下数句仍是用白描手法刻画慢马的习性特征，大有恨铁不成钢之意。尾曲咏物的言外之意稍显豁达，但还是写慢马的总体意象。作者仍然引用了一连串的历史典故，形容"慢马"终日无所事事，无所作为。最后三句是诗人对慢马的希冀，期望它能摆脱缠绕的羁绊，日行千里，纵横驰骋，以此来报答主人的恩情。

这篇套数通过题咏慢马的特征、慢马的功业无成、对慢马的希翼来寄托作者的感情。作者对慢马、良马的神态摹写生动逼真，对典故运用得得心应手，而借咏慢马的寄托与寓意又给人留下十分广阔的思考空间，令人回味无穷。

〔南吕〕一枝花

旅中自遣

汤 式

　　锦囊宽闲凤琴，宝匣冷藏龙剑。篆香①消闲翠鼎，书卷广乱牙签②。郁闷恹恹。青琐论无心念，紫霜毫③不待拈。尪羸似老文园病渴的相如④，寂寞如居海岛伤怀的子瞻⑤。

　　〔梁州〕看白云闲出岫⑥频移净几，爱青山正当窗不卷疏帘。客房儿冷落似邯郸店，心滴碎铜壶青漏⑦，耳愁闻铁马虚檐⑧。肠欲断阶前夜雨，梦初回屋角秋蟾⑨。一片心远功名无甚沾粘，两只脚信行藏⑩有甚拘钤。经了些摧舟楫走蛟鼍鲸窟⑪波翻，行了些坏车轮被虎豹⑫羊肠路险，过了些连云梯绝猿猴鸟道峰尖⑬。静中，自检。事无成志不遂人情欠。休施呈且妆俭。但得个小小生涯足养廉，甘分鳞潜。

　　〔尾声〕能文章会谈论才高反被时人厌，守清贫乐清闲运拙频遭俗子嫌。有一日际会风云⑭得凭验，那时节威仪可瞻，经纶得兼，正笏垂绅⑮远佞谄。

【注释】

①篆香：熏香。　②牙签：象牙制的书签。　③紫霜毫：紫兔毫制成的毛笔。　④尪羸：颓废瘦弱。相如：即汉武帝时的司马相如，曾为文园令，娶卓文君为妻，后患病，身体瘦弱不堪而死。　⑤子瞻：即宋代的苏轼，晚年被贬谪至海南岛，孤独无伴。　⑥岫：山洞。　⑦铜壶青漏：古时，用铜制的漏壶滴水来计测时刻。　⑧铁马虚檐：悬于屋檐上的铁片，风吹相击而鸣。　⑨秋蟾：指秋月。　⑩信行藏：指自由自在地行动、休息。　⑪走：游动。蛟鼍：蛟龙、鳄鱼之类的海中巨兽。鲸窟：鲸鱼的藏身之窟，指海。　⑫被虎豹：遭遇虎豹。　⑬连云梯：与天相连的栈道。绝猿猴：猿猴绝迹。鸟道峰尖：只有飞鸟可以度越的崎岖山路和高尖山峰。　⑭际会风云：在古代诗词中特指明君贤臣相遇。　⑮正笏垂绅：以为为官清正。

【赏析】

　　汤式的这篇散套是羁旅抒怀之作。作者在寄寓他乡无聊的日子里，回顾自己的一生，抒发怀才不遇、郁郁不得志的情怀，揭示封建社会官场中的黑暗、腐败和险恶，寄托了有朝一日能施展才能、飞黄腾达、铲除奸佞的理想和抱负。

全套曲由三支曲子组成，描写的侧重点不尽相同。

第一支曲子概括描绘了流寓的生活，重在表现作者寂寞闲散、百无聊赖的心情，并且引用一些典故借以自况。全曲九句，中心句是"郁闷恹恹"，直抒胸臆，点明了题旨。其中"锦囊"、"凤琴"、"宝匣"、"龙剑"、"篆香"、"翠鼎"、"牙签"，都是夸张修饰的套语，用来表现读书人的身份和幽雅的书斋环境。然而在这样的环境中，"青琐论"那样的书也无心念，"紫霜毫"也懒得动，作者抑郁苦闷的心态跃然纸上。最后两句，作者引用两位历史人物的不幸遭遇来比附自己的境况西汉大辞赋家司马相如，学问渊博，然而后患病，身体瘦弱不堪而死；宋代大文学家苏轼，因陷于党争，晚年被贬谪至海南岛，也是一生坎坷。

第二支曲进一步具体描绘客中生活，回顾自己走过的人生旅程，从社会状况和自身性格两方面寻找不得志的原因，并为以后的日子作了一番打算。前两句紧承前曲，"看白云"、"爱青山"，看起来似乎很闲适恬淡，实际上不能掩盖作者激烈的心理。"客房儿冷落似邯郸店，心滴碎铜壶青漏，耳愁闻铁马虚檐。肠欲断阶前夜雨，梦初回屋角秋蟾"五句，选择典型的环境和细节，运用排比、夸张的手法，通过人的种种感受，渲染烘托出诗人晚上旅愁的繁多与深沉。作者针对自己的心灵和行为的矛盾进行了反省：如果真的想远离功名，人的行动可以无所拘束，人的精神也就自由了。以下几句便进一步用自己的生活体验来说明这个道理。"经了些摧舟楫走蛟鼍鲸窟波翻，行了些坏车轮被虎豹羊肠路险，过了些连云梯绝猿猴鸟道峰尖"几句，就生动形象地暗喻了他一生中所经历的种种险恶情事，表明了官场的黑暗。回顾往事，他烦躁的心情渐渐平静下来，转入了对失败教训的寻求。"静中，自检"，他扪心自问，觉得教训很多，但最重要的是因为自己不随流俗，不去逢迎巴结权贵，因而得不到权贵们的庇护。"事无成志不遂人情欠"，言简意赅，沉痛而发人深省。于是作者为自己摆脱困境找到一条立身之路，自我排遣："一片心远功名无甚沾粘，两只脚信行藏有甚拘铃"，"休施呈且妆俭，但得个小小生涯足养廉，甘分鳞潜。"意思是说：自己既然不会曲意逢迎，那就干脆远远地离开求取功名的是非之地，听从命运的摆布吧，但愿有一份微薄的俸禄足以全身养命，保持廉洁的操守，像鱼儿潜游在水中那样过着默默无闻、平平稳稳的生活吧。作者深谙"达则兼济天下，穷则独善其身"的处世哲学。

最后一曲仍然紧扣题目，并以言志收尾。"能文章会谈论才高反被时人厌"承上，补叙"事无成志不遂人情欠"的深层原因；"守清贫乐清闲运拙频遭俗子嫌"，写由于隐退而产生的新的旅愁。这两句有力地说明当时知识分子的实际遭遇和社会心理，借以表达作者的不满。因此，作者希望能有机会，做一个威风凛凛、扶植正气，疏远佞谄的贤臣。作者在激愤中充满了抗争，语言铿锵有力。

纵观全曲，抑扬顿挫中呈现出悲壮豪放的风格。语言俚俗清新，质朴明快，整饬而不失拘谨，读来有声有色，亲切动人。

〔双调〕湘妃引

旅舍秋怀

汤式

半窗风雨夜潇飀①，四壁啼螀秋闹炒②，一篝③残蜡人寂寥。海天长归梦杳，最关情行李④萧萧。丰城剑消磨了龙气⑤，中山笔干枯了兔毫⑥，峄阳琴解脱了鸾胶⑦。

【注释】

①潇飀：风雨声，亦可指风急雨骤。 ②炒：同"吵"。 ③篝：指灯笼。 ④行李：指使臣，《左传·僖公三十年》有："若舍郑以为东道主，行李之往来，共其乏困，君亦无所害。" ⑤丰城剑消磨了龙气：传说西晋初年，天空中北斗、金牛二星座之间经常出现紫气。豫章人雷焕精通星象之学，说这紫气是豫章丰城的宝剑之精，上彻于天。于是尚书令张华即补雷焕为丰城县令，密令他寻找此剑。雷焕到县以后，从县狱的房基中挖出两把剑，一曰"龙泉"，一曰"太阿"。当天晚上，斗、牛二星之间的紫气就不再出现了。紫气，即祥瑞的光气，多附会为帝王、圣贤或宝物出现的先兆，所以也称龙气。"丰城剑消磨了龙气"，则表示宝物失去了光辉。 ⑥中山笔干枯了兔毫：典出韩愈《毛颖传》："毛颖者，中山人也。"这里的毛颖指毛笔。古代的毛笔以兔毫制成，有锋颖，因此借作姓名称"毛颖"。中山是战国时的国名，后为赵国所灭，在今河北省定县。据《艺文类聚》："汉诸郡献兔毫，书鸿都门（洛阳城门）匾额，惟赵国毫中用，故谓毛颖中山人也。"总之，中山笔是以久负盛名的中山兔毫制做而成的优质毛笔。而"中山笔干枯了兔毫"，指毛笔已坏，不堪书写。 ⑦峄阳琴解脱了鸾胶：峄阳，指峄山的南坡。《书·禹贡》云："峄阳孤桐"。孤是独特的意思。峄山的南坡，特产优质的桐木，这种桐木可制出音色悦耳的琴瑟，因此后来人们便以峄阳琴指优质的琴，或以峄阳作琴的别名。鸾胶，传说海上有凤麟洲，多仙人，以凤喙麟角合煎作膏，名续弦胶，能续弓弩断弦，后亦名鸾胶。

【赏析】

这首小令仍是一首羁旅抒怀之作，表现了作者在秋夜旅途中寂寞愁闷的复杂情感。

全曲大致可以分为三层。开头三句"半窗风雨夜潇，四壁啼螀秋闹炒，一篝残蜡人寂寥"，为第一层，描绘了作者所宿之地的环境。窗外雨骤风急，四周虫鸣吵闹，作者形单影只，伴着灯笼残烛，愈感孤独和寂寞。这三句排比，通过一系列景物的描写，营造了孤寂、凄冷的典型环境，抒发了作者抑郁苦闷的心情。接下来"海天长归梦杳，最关情行李萧萧"两句,为全曲的第二层。作者远走天涯,殷切思念自己的故乡。可是山高水远,千里迢迢,甚至连睡梦中也觉得家乡是那样的遥远。然而,最令人难以忍受的,是旅途生活的寂寞和凄冷。这一层进一步点明了作者的思乡之切和羁旅生活的忧闷愁苦,具有极其浓烈和深沉的感情色彩。最后三句"丰城剑消磨了龙气,中山笔干枯了兔毫,峄阳琴解脱了鸾胶",为第三层,作者又用三句排比,而且连用三个典故,表现了心中郁郁不得志的感慨。"丰城剑消磨了龙气",用"龙泉"和"太阿"两把宝剑的典故,言宝物失去了光辉,实指自己的才气得不到重视;"中山笔干枯了兔毫",借毛颖笔的典故,言毛笔已坏、不堪书写,暗喻自己已快到暮年,不能再一展宏图;"峄阳琴解脱了鸾胶",以峄阳琴和鸾胶的典故,比喻自己的才能得不到发挥。字里行间,充溢着作者怀才不遇的愤激之情。

这首小令情景交融,用典贴切自然,比喻精当,寓意含蓄,具有很强的艺术感染力量,读后令人低徊叹惋。

〔中吕〕满庭芳

武林感旧二首(之一)

汤 式

钱塘故址①,东吴霸业②,南渡京师③。其间四百八十寺④,不似当时。山空濛湖潋滟随处写坡仙旧诗⑤;水清浅月黄昏何人吊逋老荒祠⑥。伤情思。西湖若此,何似比西施⑦!

【注释】

①钱塘故址:指杭州,在秦代、唐代曾置钱塘县。 ②东吴霸业:秦代曾置钱塘县,东汉时为吴郡郡治。东汉末年,群雄纷争,孙策于此击败严白虎而自领会稽太守,也以此为基础成就东吴的霸业。 ③南渡京师:指南宋。北宋亡后,宋室南迁,建都临安,即今天的杭州。 ④其间四百八十寺:语出杜牧诗《江南春》:"千里莺啼绿映红,水村山郭酒旗风。南朝四百八十寺,多少楼台烟雨中。" ⑤"山空濛湖潋滟"一句:指苏轼的《饮湖上初晴雨后》:"水光潋滟晴方好,山色空濛雨亦奇。欲把西湖比西子,淡妆浓抹总相宜。" ⑥"水清浅月黄昏"一句:林逋的《山园小梅》之一:"众芳摇落独暄妍,占尽风情向小园。疏影横斜水清浅,暗香浮动月黄昏。霜禽欲下先偷眼,粉蝶如知合断魂。幸有微吟可相狎,不须檀板共金樽。"林逋是宋人,他当年隐居孤山,种梅养鹤,不婚不仕,人称"梅妻鹤子"。 ⑦西湖若此,何似比西施:借用苏东坡"欲把西湖比西子"诗意。

【赏析】

汤式,字舜民,号菊社,浙江象山人,生活在元末明初社会大变动时期。社会的动乱使他的宏愿化为泡影，以至"事无成，人半老"，落魄在江湖间，漫迹东南。他来到杭州，目睹名胜残破，西湖凋零，写下了二首伤今怀古之作，此为其一。杭州西部诸山，统称为武林山，故杭州又称武林。《武林感旧》即"杭州感旧"之意。这首小令反映的就是杭州饱受战火摧残的实况。

曲子开头三句"钱塘故址，东吴霸业，南渡京师"，作者从大处着手，写出了杭州当时的繁华。既是东吴的根据地，又是五代钱氏的旧址，还是南宋的京师，这里在历朝历代统治者的苦心经营下，曾繁华冠四海。作者极写当年的盛况，也就衬托出今日杭州的衰败。元蒙入主，古老的文明倍遭摧残。接下来，作者从不同的诗人诗句入手，抒发今非昔比的感慨。杜牧的《江南春》极写当年江南山水之美、文物之盛和物产之富，"其间四百八十寺"之后，笔锋急转直下，当年烟笼雨润的"四百八十寺"，晨钟暮鼓、香火兴旺，盛极一时，而今已"不似当时"。下一句"山空濛湖潋滟"隐括苏轼的诗，形容杭州当年的山水之美，同样在后面笔锋一转，"随处写坡仙旧诗"，如今苏轼笔下的湖光山色再也无处可见了。接着一句"水清浅月黄昏"则是从人文精神方面写杭州的今不如昔，昔日有林逋这样高洁的隐士，而如今"何人吊逋老荒祠"。这三个句子从人文景观、自然景观和人文精神这三个方面来突出描写杭州今日的衰败。小令的最后，"伤情思"一句直抒胸臆；"西湖若此，何似比西施"，作者化用苏轼的诗意，用反问的手法，在前面的论述上作进一步总结，把"不似当时"的议论更为形象地表现出来。

这首小令将对比这一手法的作用发挥得淋漓尽致，先用三句来写昔日之盛，再用四句来写今日之衰，对比强烈鲜明，再加以古诗的点染，获得了良好的艺术效果。

〔双调〕沉醉东风

悼伶女四首

汤式

讣音①至伤心万端，挽歌成离恨千般。蝶愁花事空，凤泣箫声断，丽春园长夜漫漫。懊恨阎罗量不宽，偏怎教可意娇娥命短。

铅华树②春风甚早，蒺藜花暮雨难熬。楼空燕子飞，巷静鸡儿叫，问香魂何处飘飘？恨杀阎罗不忖度③，偏怎教可意人儿命夭。

檀板歌声沉鹧鸪，翠盘空香冷氍毹④。娇莺唤不醒，杜宇催将去,锦排场等闲分付⑤。多管是无常紧趁逐,都不由东君做主。

宝镜缺青鸾⑥影孤,锦筝闲银雁行疏。拜辞了白面郎,抛闪下黑心母,一灵儿带将春去。从此阳台梦也无,更想甚朝云暮雨⑦。

【注释】

①讣音:指噩耗。 ②铅华树:形容女子面如敷粉,亭亭玉立。 ③忖度:指思量,度量。 ④氍毹:本指一种毛毯,后来逐渐演变为对舞台的习称。 ⑤等闲分付:指轻易抛弃。 ⑥青鸾:古代传说,有一鸾鸟不肯鸣叫,从镜中看到自己的身影就叫唤起来,因以"青鸾"称镜子。 ⑦"从此阳台梦"两句:借用楚襄王阳台会巫山神女的典故,抒发自己对女伶生死不渝的情爱。

【赏析】

这四首《悼伶女》写作者对身为女伶的恋人沉痛哀悼,四首曲子内容紧密相连,每一首又可独立成篇,四首蝉联而下,共同表达了同一主题:通过对不幸夭亡的恋人的沉痛悼念,表现了作者对她的纯真爱情,刻骨铭心的思念和生死契阔的遗恨。

第一首写惊闻噩耗之后如五雷轰顶的悲哀。"讣音至伤心万端,挽歌成离恨千般",作者从惊闻"可意娇娥"的讣音写起,听到这一噩耗,作者"伤心万端",但自己又能为她做点什么呢?只能写一篇"挽歌"而已,一纸挽歌又勾起了作者的"离恨千般"。作者先总说自己无以复加的悲痛,接着"蝶愁花事空,凤泣箫声断,丽春园长夜漫漫",再用蝶、凤与花、箫关作比喻,说长夜漫漫,已了无生趣,作者是言自己生活已失去意义。最后两句"懊恨阎罗量不宽,偏怎教可意娇娥命短",从哀叹女伶夭亡的角度写悲痛,叹她"红颜薄命",恨阎王无情,这便是自己千般万端伤心的原因。

从第一首曲中,并不能看出汤式悼念的女伶究竟是谁,但我们可以从曲文的只言片语中大致地了解到她的身世遭际。第二首委婉地交代了女伶的身世际遇,以及所处的环境,由"铅华树"可以看出,女伶肤如凝脂,亭亭玉立;由"春风甚早"、"蒺藜花暮雨难熬"可知,她小小年纪便沦落风尘,不堪无休止的凌辱,又无法脱离苦海,实是苦不堪言。"蒺藜花"既表现出她的美貌,又表现出她不甘凌辱的刚烈性格。最后"恨杀阎罗不忖度,偏怎教可意人儿命夭"两句,还是感叹她"红颜薄命",恨阎王无情,抒发作者内心强烈的悲痛。

在三首曲词中,作者怀着沉痛的心情写女子的才艺和专情,寄寓了作者深切的悼念。开头两句"檀板歇声沉鹧鸪,翠盘空香冷氍毹",写女子离开后,再也没有打动飞禽的歌声,舞台也没了以前热闹的景象。从"檀板"可知,女伶色艺双绝。"娇莺唤不醒,杜宇催将去,锦排场等闲分付",写女子遇到作者之后,远离了"锦排场",过起了孤烛涟涟的索居生活,任莺莺燕燕们如何召唤。这种专情,对于风月场里的女子,是难能可贵的。然而世事无常,最后"多管是无常紧趁逐,都不由东君做主"两句,还是抒发了作者失去挚爱的沉痛之情。

在第四首曲子中，作者比较清晰地交代了他与女伶的相爱以及女伶的悲惨遭遇。女伶碰到汤式，找到了人生知己，双方陷入了爱情里面。她以汤式为"白面郎"，汤式以她为"可意娇娥"，他们相亲相爱，相敬如宾，以锦筝诉衷情。然后后来，汤式因故远行，她抱定从一而终的决心，过起了"丽春园长夜漫漫"、"锦排场"孤烛涟涟的索居生活，苦苦盼着汤式归来，然而汤式却历久不归，甚至音讯全无。而黑心的鸨母怎能容她闭门谢客，断了自己的财源，于是苦苦相逼。在无止境的等待中，她愁绕梦魂，终于绝望了，以至一病恹恹，于是殉情而死。汤式觉得她的死，自己负有责任。想到这一点，他就追悔莫及，由于自己"辞"别，"银雁行疏"，使她成了一只孤鸾，岂不正是自己始爱终弃，促成了她的夭亡。人虽死了，但诗人旧情难忘，他茫然地发问"问香魂何处飘飘"，"从此阳台梦也无，更想甚朝云暮雨"，"可意人"的死，将诗人的爱和幸福"一灵儿带将春去"。这里借用楚襄王阳台会巫山神女的典故，抒发自己对女伶生死不渝的情爱。他决计用久久的怀念和坚贞专一来弥补自己的过失。

汤式在女伶之死上抒发了深深的哀叹：一叹她的夭亡是受尽园中黑心鸨母残酷的折磨，而自己无力救她出火炕，悲痛在深深的内疚和无穷的悔恨；二反复悲悼，似泣似诉，令人断肠。

〔越调〕柳营曲

听筝

汤 式

酒乍醒，月初明，谁家小楼调玉筝。指拨轻清，音律和平，一字字诉衷情。恰流莺花底叮咛①，又孤鸿云外悲鸣；滴碎金砌雨，敲碎玉壶冰。听，尽是断肠声！

【注释】

①恰流莺花底叮咛：化用白居易《琵琶行》诗："间关莺语花底滑。"流莺，即黄莺鸟。流，指其鸣声圆转。

【赏析】

这首小令描写了月夜听筝的情景，通过对如泣如诉的筝声的描绘，表达了自己心中的伤感与哀愁。

开头三句，写初闻筝声的情形。首句"酒乍醒"，点明人物的情态，作者因愁思在心，故借酒消愁，此时沉醉初醒；"月初明"，点明时间是月色初明的夜晚；作者望着窗外朦胧的月光，传来了弹筝声，立刻引起了他的注意，心中暗自发问："谁家小楼调玉筝？"这样引发读者的想象，把一个情思绵邈的女子情影栩栩如生地推到了读者面前。

"指拨轻清,音律和平,一字字诉衷情",她纤指轻拨,一声声,如怨如慕、如泣如诉,似倾吐衷肠。作者虽然没有见到弹筝之人,然而从筝声中,听出了她的心声。作者用了通感和联想手法,由唯耳可闻的"音律和平",联想到只有目睹方可见到的"指拨轻清",将听觉和视觉相通,将无形的声音变成有形的指法动作,表现弹筝人的思想情绪,意蕴丰富。

接下来,作者又连用四个贴切形象的比喻,表现筝曲的感人。"恰流莺花底叮咛,又孤鸿云外悲鸣",意为恰似黄莺在花丛叶底流啭的轻啼,又如孤鸿旷远凄厉的悲鸣;"滴碎金砌雨,敲碎玉壶冰",筝声如纷乱细碎的雨声;又如玉碎珠裂,这两句抓住了筝声清脆的特征,以变幻的形象启发读者驰骋想象。尽管筝声时高时低,时缓时急,但皆离不开伤感哀婉的主旋律。最后,"听,尽是断肠声",为全曲的点睛之笔,闻筝者的"断肠"与上文弹筝人的"诉衷情"相呼应,使曲文首尾语意贯通,结构也更为紧凑。

曲子全篇虽没有言及作者自己的心情,然而通过对筝声的描绘,十分形象地传达出来,蕴藉有味。

〔中吕〕谒金门

落花二令

汤 式

落花,落花,红雨①似纷纷下。东风吹傍小窗纱,撒满秋千架。忙唤梅香②,休教践踏,步苍苔选瓣儿③拿。爱他,爱他,擎托在鲛绡帕④。

落红,落红,点点胭脂重。不因啼鸟不因风,自是春搬弄⑤。乱撒楼台,低扑帘栊,一片西一片东。雨雨,风风,怎发付孤栖凤⑥。

【注释】

①红雨:比喻落花。 ②梅香:古时常给婢女取名"梅香",所以,"梅香"就成了元曲中对婢女的代称。 ③步苍苔:踏着苔藓。选瓣儿:拣花瓣儿。 ④擎托:双手捧举着。鲛绡帕:用传说中的海中鲛人织成的手帕。鲛绡,传说中鲛人所织的绡。《述异记》卷上:"南海出鲛绡纱,泉室(即鲛人)潜织,一名龙纱。其价百余金,以为服,入水不濡。"亦泛指薄纱。 ⑤搬弄:拨弄,摆布。 ⑥发付:打发,安排。孤栖凤:孤单的女子。

【赏析】

这两首曲子,描写暮春花落的情景。前一首描绘了一个青春女子同女伴惜春爱花、收集花瓣儿的场景，画面生动，饶有情趣。后一首写女子见落红点点而触景伤春。这两首都透过落花这一自然景物，真切地描摹出闺中少女惜春、伤春的内在情绪的变化，都写得纤巧细腻，清新活泼。

  第一首曲子写少女惜春。曲子开篇，"落花，落花，红雨似纷纷下"，直接描绘出落花一片接一片随风飘落的情景。"落花"重叠出现，使曲调在开头就显得急促、轻快；"纷纷"二字表现出落花之多，落花之迅。接下来"东风吹傍小窗纱，撒满秋千架"两句，描写落花在东风的吹拂下，傍在了窗纱上，或是撒满了秋千架的情景。一个"傍"字，摹写出落花不肯坠落而又无可奈何的情态。"忙唤梅香，休教践踏，步苍苔选瓣儿拿"，闺中少女站在窗前看到"落花"的情景，心生爱恋，于是急忙招呼婢女梅香，千万不要踩踏糟践了它，顺着长满苔藓的台阶，捡起完好的花瓣。女子见落花而生恋意，一个"忙"字，写其爱花之心切；一个"休"字，写其惜花之情浓。这种急切的嘱咐，生动传神地表现出少女惜花爱花的神态。最后"爱他，爱他，擎托在鲛绡帕"，"爱他"二字重叠出现，既写出女子在拣到花瓣时激动难捺的心情，又写出她的天真、纯洁。少女用"鲛绡帕"把它们包起来，以见惜春之心。曲子始终笼罩着一种活泼、明快的气氛。

  第二首写少女伤春。与前一首欢快的情调不同，这首小令流露出一种淡淡的哀愁。曲子开头，仍然是"落红"二字的重叠出现，使曲调急促，紧接着"点点胭脂重"一句，将落红的颜色形象化。此时落红的胭脂色在这里却显得有点"重"了，失去了初开时的那种明艳清丽的色调。这是为什么？接下来"不因啼鸟不因风，自是春搬弄"两句，表明这既不是因为百鸟的啼鸣，也不是因为春风的吹拂，而是春天的拨弄。"搬弄"二字颇为传神，把春天写活了，字里行间流露出少女对春天的哀怨之情。下面"乱撒楼台，低扑帘栊，一片西一片东"三句，写落花的狼藉，落花东一片西一片地飘落，使少女变得心烦意乱，引起无限的惆怅。最后"雨雨，风风，怎发付孤栖凤"，少女由落花的飘零联想到自己如同落花一样没有归宿，不禁愁绪满怀。"雨雨"、"风风"以重叠形式出现，渲染了愁苦寂寞的气氛。女子以"孤栖凤"自比，表白自己觅求知音的渴望。在寂寞难耐的春夜，雨打芭蕉，风摇梧桐，少女一人独守闺房，如何排遣内心的忧愁与苦闷？

  这两首曲子描写的是同一种意象，却塑造了两个迥然不同的少女形象，表达了不同人物在同一情景下所产生的不同心境，一个见景生兴，一个触景伤情，形象鲜明。曲中多运用叠字、叠词，有助于细致入微地刻画人物的心理，收到了很好的艺术效果。

〔中吕〕谒金门

长亭道中

汤 式

  起初，看书，只想学干禄①。误随流水到天隅②，迷却长亭③路。古灶苍烟，荒村红树。问田文④何处居？老夫，满腹，都是《登楼赋》⑤。

【注释】

①干禄：即求得俸禄，也就是做官之意。　②天隅：指天边的一角，喻极遥远的地方。　③长亭：古时路旁供来往行人休息的亭舍。　④田文：战国时齐国田婴之子，曾相齐，号孟尝君。他招贤纳士，网罗食客达数千人，名闻诸侯。　⑤《登楼赋》："建安七子"之一的王粲在荆州依刘表时登当阳县城楼所作。其中有云："遭纷浊而迁逝兮，漫逾纪以迄今。情眷眷而怀归兮，孰忧思之可任？""悲旧乡之雍隔兮，岂穷达而异心？"反映了王粲因政治上的失意而产生的浓烈的恋乡之情。

【赏析】

"谒金门"是唐玄宗时教坊曲名，后用为词调和曲调，按敦煌曲辞《谒金门》中有"得谒金门朝帝廷"等语。这首小令作于作者被免官之后返乡的途中，表现了他对仕途的幻灭和对家乡的眷恋。

作者在返乡途中，望着沿途的景色，不禁感慨万千。"起初，看书，只想学干禄"，作者回顾了自己的一生，感慨自己以前读书的时候，心里想的只是如何踏上仕途，去谋求一官半职。可是自从踏入这条路后，就身不由己了，随着流水一样的官场漂泊在天涯海角。"误随流水到天隅，迷却长亭路"两句，就表明作者的这种心情。他把官场比作变幻不定的"流水"，自己不由自主地随着"流水"飘到了远离家乡的地方。一个"误"字，写出了作者的极度后悔。"迷却长亭路"一句则进一步写出了作者对于官场虽然已经看透，但却又找不到出路的迷惘心情。

紧接着，写作者在迷惘中沿途所见到的景色："古灶苍烟，荒村红树"，远处，古老的炉灶升起几缕袅袅的炊烟，在黄昏的暮色中呈青黑色；稀稀落落的村庄显得荒凉，枫叶被霜染红了，愈感秋意浓重。所有这一切，又使作者更加思绪万千，想到了古人的种种往事。"问田文何处居"一句，表明了作者对当时社会的失望。意思是说，在自己所处的时代，已经找不到像田文这样知贤任能的人了。由此可以看出，作者之所以对官场失望，主要是由于自己怀才不遇，不被当权者所重用有关。"老夫，满腹，都是《登楼赋》"，既然名相贤士不可求，如今只有苦吟《登楼赋》以抒发满腹的不平和对故乡的思念了。最后几句结语，将作者厌倦仕途，思恋家乡的感情毫不掩饰地抒发出来。

这首小令写得自然流畅，初看起来似乎很平淡，细细品来，却蕴藉丰富。用典妥贴自然；中间两句，对仗工整，写景真切，而且叙议结合，平淡中见曲折，具有极大的表现力。

〔正宫〕醉太平

约游春友不至（二首之一）

汤 式

芳尘①滚滚，香雾氤氲②。东风何地不精神？流莺③也唤人。柳屯云护城闉两岸黄金嫩④；杏酣春映山村万树胭脂喷⑤；草铺茵绕湖滨一片绿绒新。不闲游是蠢！

【注释】

①芳尘：对浮尘的美称。 ②氤氲：盛貌。 ③流莺：黄莺。流，形容鸣声圆转。 ④柳屯云：形容柳荫浓密如云。城闉：城门。黄金嫩：形容柳色。 ⑤胭脂喷：形容红杏盛开。

【赏析】

汤式的《约游春友不至》，原作有两首，或题作《嘲友人游春不至》。作者约友人春游，友人失约不来，他就写这两首曲与朋友开开玩笑。这两首曲是步张鸣善原韵而写，属即景遣兴的唱和之作。

曲中极力渲染了西湖春景的可爱。我国古代有踏青赏春的习俗，这首曲就记叙了这一活动，为我们描绘出一幅优美的春光旖旎图。开头三句"芳尘滚滚，香雾氤氲。东风何地不精神"，描绘了东风送暖，春回大地，气象更新，一派生机勃勃的景象。"滚滚"二字以少总多，传达出一幅游人络绎不绝的热闹的游春场面；"精神"二字抓住了春天的特色，生动传神。一阵春风拂面，花香氤氲袭人，"流莺也唤人"，连黄莺也放开流啭圆润的歌喉尽情鸣叫，似乎在呼唤人们，及时游赏，千万莫辜负了大好春光。作者用了拟人的手法，借黄莺之口召唤人们出游，别出心裁。接下来，"柳屯云"三句，运用了鼎足对，具体描写"何地不精神"的景象，铺陈春意之浓，春色之美，写得有声有色。其中"嫩"、"喷"、"新"三个字用得贴切自然，极富表现力。最后一句"不闲游是蠢"，既衬托出了景色的无穷魅力，又传达出了作者对大自然的热爱，同时还流露出对友人戏谑的意味，照应了题中"友不至"，语言诙谐幽默，令人会心一笑。

这首小令是步张鸣善原韵而写，如"柳屯云"一句中，屯、云、嫩等，句中用韵，三句鼎足对都是如此，形式上别具一格。全曲采用白描的写法，极力铺陈无边春景，写得淋漓酣畅，雅俗共赏。

〔双调〕庆东原

京口①夜泊

汤 式

故国一千里,孤帆数日程,倚篷窗②自叹漂泊命。城头鼓声,江心浪声,山顶钟声。一夜梦难成,三处愁相并③。

【注释】

①京口:今江苏镇江。 ②篷窗:篷船上的小窗。 ③三处愁相并:即上文所说的"鼓声"、"浪声"、"钟声"所引起的愁思一起涌上心头。

【赏析】

旅夜愁怀是传统的文学题裁,这是一首思乡之作。

"故国一千里,孤帆数日程",小令开篇便点明羁旅生涯,直写故乡的遥远和行旅的孤寂。作者是浙江象山人,从镇江到象山,相距迢遥,故以"一千里"形容;而孤舟往还,得好几天才能到达,故曰"数日程"。此时,作者远离家乡,行至京口,家乡关山远隔之后,紧接一句"倚篷窗自叹漂泊命",突出了羁旅形象,照应题目"夜泊"。作者独倚船窗,发出了深沉的喟叹,表达了作者无可奈何的凄苦心情。"城头鼓声,江心浪声,山顶钟声"三句,表面上全是写景,然而一片孤寂烦闷之情,全寓于在这"鼓声"、"浪声"、"钟声"之中。在万籁俱寂的夜里,作者听到种种声音,有京口城头的鼓声,江心波涛相拍的浪声,山顶佛寺的钟声,它们相继应和,勾起作者无限的愁思,扰得他一夜难眠。这是一种以动写静的手法,作者孤身一人在船上,又是在夜深的江上,这鼓声、浪声、钟声此起彼伏地传来,勾起了这种一层深似一层的愁思。作者再也按耐不住这一腔的思乡之情与羁旅之愁,便冲口而出:"一夜梦难成,三处愁相并。"三愁相并,不仅把长夜的孤寂渲染得非常充分,而且更加深了漂泊生涯的慨叹。

全篇寓情于景,以景衬情,善于描写音响,通过声音渲染寂寞悲凉的环境,表现失意惆怅之怀和思乡之情,形象而新颖。作者对三种声音的描摹,构成了一部情调悲凉的交响乐章,引人遐思。另外,小令语言朴实凝练,工整而富有节奏感。

〔越调〕天净沙

小 景

汤 式

翠岩峣天近山椒①,绿蒙茸雨涨溪毛②,白叆叇云埋树腰③。山翁④一笑,胜桃源⑤堪避征徭。

【注释】

①峣:高峻、高耸的意思。山椒:山陵,亦指山顶,所以"天近山椒"是形容山之高耸,直插云霄,山顶离青天之遥咫尺。 ②蒙茸:犹蓬松,杂乱的意思。溪毛:为溪中水藻。 ③叆叇:形容云气遮住了阳光。云埋树腰:形容树木的高大,连白云也只能遮住它们的半腰。 ④山翁:山中隐居的老翁。 ⑤桃源:即桃花源,陶渊明《桃花源记》中所描绘的理想世界。

【赏析】

这是一首写景小令,描绘了一处迢远幽静的山林小景,同时也是写脱离官场压迫后归隐的好处。

开头三句重在写景,勾勒出一幅幽远、奇特的美景。首句"翠岩峣天近山椒",描绘了山色的苍翠,山势的高耸峻拔,与青天近在咫尺。"绿蒙茸雨涨溪毛"一句,描写草木茂盛,阵阵小雨过后,溪流涨满;溪中浮藻重生,一派碧绿清新、生机勃勃的景象。"白叆叇云埋树腰"一句,描绘山林中云雾飘渺,树木参天,郁郁葱葱,林间云气缭绕在树腰,遮住了阳光,景色有些阴暗,恍若与世隔绝,像一处迷离飘渺的世外仙境。这里,作者撷取了山林中翠峦、绿草、浮藻、白云、大树等几种有特色的景物,营造了一个美妙的神话世界。

最后"山翁一笑,胜桃源堪避征徭",点明题旨,隐居山中可以避免官府的横征暴敛,这就是隐居的好处。"山翁一笑",使全曲的气氛顿时活跃,作者巧妙地以桃花源和这里的特殊环境相比较,指出这里比桃花源更胜一筹,胜在"堪避征徭",于是山中老翁发出了怡然自得、轻松爽朗的笑声。作者在最后道出了山翁朗笑的原因,同时委婉地揭露了当时社会剥削压迫的残酷,深化了作品的主题。

这首小令写得凝练精辟,干净利落,"岩峣"、"蒙茸"、"叆叇"都是叠韵字;"山椒"、"溪毛"、"树腰"连用新颖的词组,说明作者在创作中刻意经营,努力追求体现与众不同的特色。写景简括清丽,格调自然,在写景中寄寓了作者深刻的思想意蕴。

〔越调〕天净沙

闲居杂兴

汤 式

近山近水人家。带烟带雨桑麻。当役当差县衙。一犁两耙①，自耕自种生涯。

【注释】

①犁、耙：都是耕作的农具。

【赏析】

这首小令作于作者他辞官之后，农村闲居之时，表现了辞官归田后生活的自得。

开头一句"近山近水人家"，交代农耕生活的环境，写得优美、轻松。"带烟带雨桑麻"，写作者所种的庄稼，当他看到自己种的绿油油的桑麻正在烟雨中顺利生长的情景，心中有说不出的舒畅和愉悦。"带烟带雨"四字在写景中流露了这种情感。第三句"当役当差县衙"，忽然插入当初辞官前自己日常的处所。这一句承上启下，与前两句故意造成强烈的反差，造成文章气势的跌宕，反衬出山水人家、烟雨桑麻的可爱，表现出县衙生涯的可厌；同时与下文相连，表现作者脱离公务羁绊后自食其力的自由自在，造成文章气势的高扬，使作者蔑视官场、安于躬耕归隐生活的清高自得之情跃然纸上。最后两句"一犁两耙，自耕自种生涯"，回到现实状况，写诗人农耕生活的自适。这两句又成为一重对比，大有"昨非而今是"之意。自食其力的劳动尽管劳累一点，但没有官场上虚意逢迎、尔虞我诈的苦闷，因而足以自慰。两个"自"字，既指自食其力，又表现出作者融融自得的欣慰之情。

这首小令篇幅虽小，但却写得飘逸跌宕，不落俗套。

〔商调〕知秋令

秋　夜

汤　式

月晃银河淡，庭空珠露湿，天阔玉绳①低。觱篥②城头奏，蟋蟀③阶下泣，络纬④井边啼。一弄儿⑤秋声闹起。

【注释】

①玉绳：星名。在玉衡星（北斗星座第五星）北，共两颗。　②觱篥：亦作"筚篥"，"悲栗"，又名"笳管"，簧管乐器，起源于西域龟兹国，后为隋唐燕乐及唐宋教坊音乐的重要乐器，常用来演奏悲凉萧瑟的乐曲。　③蟋蟀：秋虫名。　④络纬：即莎鸡，俗名络丝娘、纺织娘。　⑤一弄儿：一片儿，一派。

【赏析】

这是一首描摹秋夜景色的小令，它一反写秋夜秋凉的凄清寂苦，用两组鼎足对，描绘了一幅形象逼真、有声有色的月夜秋声图，充满了生机和喧闹，可谓是一首别出心裁、别具一格之作。

小令开头三句"月晃银河淡，庭空珠露湿，天阔玉绳低"，以一鼎足对写秋夜之景。作者选取了三组相互关联且能形成对比的代表性景物加以描绘。夜晚，天空显得特别晴朗和辽阔，银河像一条白练悬挂在空中；在明亮的月光照耀下，银河之光显得有点黯淡，玉绳星也比往常显得低了；空旷的庭院里没有了人迹，只弥漫着夜露的清新味。这里，作者没有正面去渲染秋天萧瑟的气象，而是极言秋夜的空阔，而且运用对比的手法，用银河之"淡"反衬月光之明，进一步表现秋夜的晴朗。而夜空的辽阔，竟使人产生了错觉，觉得玉绳比平时低了许多。寥寥十五个字，用了六个形容词，塑造的画面非常有立体感，给人明、凉、空、阔之感。

接下来三句"觱篥城头奏，蟋蟀阶下泣，络纬井边啼"，又是一组鼎足对，从声音来描摹秋夜的景物，通过城头的军乐声，阶下、井边秋虫的鸣叫声，把本来非常幽静安谧的秋夜描写得十分喧闹，到处充满着生机。在月明星稀、天高地阔的秋夜，这三种声音有远有近，丰富多彩，读后令人精神振奋，毫无悲秋之感。最后一句"一弄儿秋声闹起"，点明秋声不仅仅这些，而一个"闹"字，活现了秋夜百虫和鸣的热闹景象。

这首小令看似句句写景，看不到抒情主人公的影子，但是细细读来，在字里行间还是能感受到作者的思想情绪，在萧瑟的秋夜，城头觱篥的悲声、秋虫如泣如诉的鸣叫声中，足见作者凄清的心绪。

〔商调〕二郎神

怨 别

杨 讷

景萧索①，迤逗②秋光渐老。隐隐残霞如黛扫③，暮天阔烟水迢迢④。数簇黄花开烂熳⑤，败叶儿渐零零乱飘⑥。无聊。绿依依⑦翠柳，满目荒芜⑧衰草。

〔梧叶儿〕凄凄凉凉恹⑨渐病，悠悠荡荡魂魄消。失溜疏剌金风送竹频⑩摇，渐渐的黄花瘦，看看的红叶老，题起来好心焦⑪，恨则⑫恨离多会少。

〔二郎神么篇〕记伊家幸短⑬，枉着人⑭烦烦恼恼。快快⑮归来入绣幕，想薄情镇日魂消⑯。乍⑰离别难弃舍，索惹的恹恹⑱瘦却。

〔金菊香〕多应他意重我情薄，既不是可怎生雁帖鱼缄音信杳⑲。相别时话儿不甚好，恨锁眉梢⑳。越思量越思想越添焦。

〔浪来里煞〕情怀默默越焦躁，冷冷清清更漏迢㉑，盈盈业眼不暂交㉒。画烛荧荧，他也学人那泪珠儿般落。畅道有几个铁马儿铎㉓，琅琅的空聒噪㉔。响珊珊梆梆的寒砧捣㉕。呀呀的塞雁㉖南飞，更和着那促织儿絮叨叨更无了㉗。

【注释】

①景萧索：景物萧条冷落。 ②迤逗：同"迤逦"，曲折连绵貌。这句是说冉冉前进的秋光将暮。 ③隐隐残霞如黛扫：这句是说，行将消逝的山边晚霞，有如画眉。黛，比喻妇女的眉毛。 ④阔：无边无际。迢迢：远。 ⑤簇：团，丛。黄花：指菊花。烂熳：色彩鲜丽貌。 ⑥渐零零乱飘：指将枯的树叶零落飘散。渐零零，落叶声。 ⑦依依：轻柔貌。 ⑧芜：指草。 ⑨恹：精神不振的样子。 ⑩失溜疏剌：风吹声。金风：秋风，因秋天属金。频：不断，连续。 ⑪看看的红叶老，题起来好心焦：暗用红叶题诗的典故。 ⑫则：只。 ⑬伊家：指他。幸短：犹言薄幸，负心薄情。 ⑭枉着人：空令人，徒然使人。着人，一本作"教人"。 ⑮快快：不愉快貌。 ⑯薄情：指他，离去的负心人。镇日魂消：指自己整日愁苦伤感。镇，整。 ⑰乍：刚刚。 ⑱索：应，该。恹恹：

病貌。 ⑲既不是：既然不是这样。可怎生：但为什么。雁帖鱼缄：指书信。古时谓雁能传书，鱼能送信。音信杳：没有消息。杳，指无影无声。 ⑳恨锁眉梢：指紧蹙眉头，表示怨意。 ㉑更漏迢：指报更的漏壶，滴得很久。表示夜深久不成眠。更，旧时一夜分五更，一更约今两小时。 ㉒盈盈：水清浅貌。业眼：有罪的眼睛（佛教用语）。不暂交：一刻也合不了眼。这句话的意思是，夜间眼睁睁地含泪睡不着。 ㉓畅道：正是。铁马儿：悬于檐间的铁片，风吹作响。铎：大铃。此处可作动词，摇。 ㉔琅琅：金石相撞声。聒噪：嘈杂喧扰声。 ㉕珊珊椰椰：石上捶衣声。砧：捶衣石。捣：捶，打。 ㉖呀呀：雁叫声。塞雁：边塞的雁阵。 ㉗和：应和。促织儿：蟋蟀。更无了：越发没完没了。

【赏析】

这首套数题为《怨别》，描写男女的离愁别恨。

首曲总写秋景，描写了一片残霞暮水、残叶败草，一片萧索的景象，为思夫女子的出场作了很好的铺垫。连绵不断的秋光，青黑如黛的残霞；时已黄昏，暮霭沉沉，烟水茫茫。这一派萧瑟的秋光秋景，渲染了孤凄、寂寞、惆怅的悲凉气氛，寄托着女子的愁情。

接着〔梧叶儿〕一曲，转向感情描写，将一个精神颓废、心绪不宁，病恹恹的女子的形象描绘了出来，使所描绘的景色与哀婉女子的出场气氛很协调。开头一句"凄凄凉凉"，紧承上曲子，总括了广阔的秋景，突出了主人公周围的小小环境。接下来，"失溜疏剌金风送竹频摇，渐渐的黄花瘦，看看的红叶老"三句，以景衬托主人公度日如年的心境。最后"恨则恨离多会少"一句，点明题旨，交代主人公的愁绪都是因离愁所致。

接下来，〔二郎神幺篇〕和〔金菊香〕两曲，从心理角度刻画了女子的思念。〔二郎神幺篇〕一曲写离别的原因。开头她"记伊家幸短，枉着人烦烦恼恼"，怪夫君薄情负心，惹得她烦恼"恹恹瘦却"。一个"枉"字，说明她的多情是自作烦恼。明知道相思是徒然的，但仍摆脱不了感情的纠葛；明知希望渺茫，仍然"想薄情镇日魂消"。令人感叹。最后两句感情又生一波折。"乍"字用得极妙，显示出主人公情路的坎坷。〔金菊香〕一曲把主人公的感情推向高潮。"多应他意重我情薄，既不是可怎生雁帖鱼缄音信杳。相别时话儿不甚好，恨锁眉梢。越思量越思想越添焦。"这种自问自答托出百思不得其解的手法，便把一个整日为思念丈夫而困扰苦闷的女子心理刻画得细致入微，从而体现了作者善于通过人物心理活动的刻画，来表现主题的写作技巧。

结尾一曲〔浪来里煞〕写主人公一夜的感受，描写女子因思念过度，夜不成眠，泪流不止，心情焦躁的情状。其中以蜡烛流汁比喻人在淌泪，以檐马被风吹作响，寒砧洗衣的捶捣之声，寒雁南飞的鸣叫来加强女子的心绪不宁。体现了作者善于用比喻的手法和环境气氛的烘托等艺术手法来描写女子的极度思念之情。

这篇套数描写男女思念之情，最大的艺术特色是通过周围环境的刻画来渲染衬托女子的思念之情，借景抒情有机结合，并对女子的心理活动给予细致的描写，全曲呈现出一种典雅含蓄的凄婉之美。

〔南吕〕四块玉

风情（四首之二）

兰楚芳

我事事村①,他般般丑。丑则丑村则村意相投。则为他丑心儿真,博得我村情儿厚。似这般丑眷属、村配偶,只除天上有。

【注释】

①村：指蠢、笨。

【赏析】

本篇的主人公是一个自称"事事村"的姑娘,她爱上了一个"般般丑"的男子。兰楚芳的这首《风情》,抛除了男才女貌的传统爱情题材,以别致的手法,热情歌颂了迥然异于世俗的爱情和婚姻,令人耳目一新。

小令一开头,曲中女主人公便直言不讳地宣称"我事事村,他般般丑",他们并不为"村"和"丑"感到难堪,而是用欣然自得的语气互相炫耀,互相夸赞,这是对对方心灵美善的倾心爱慕。接下来,"丑则丑村则村意相投"一句,在女主人公看来,"丑"也好,"村"也罢,这些都无关紧要,最可贵的是双方心意相通,情投意合。这两个"则"字,十分生动传神地表现出女主人公对高尚纯洁的爱情的追求。下面"则为他丑心儿真,博得我村情儿厚"两句,女主人公似乎是用一种倔强不屈的语气,表明她同心爱的男子是以心换心,以"心儿真"换"情儿厚",获得真正和谐、诚挚、甜蜜的爱情。最后,"似这般丑眷属、村配偶,只除天上有",情趣盎然,使这种特别的情爱得到进一步升华,表现出女主人公无比的欣喜与自豪。

在作者生活的那个时代,婚姻追求的不是门当户对,就是男才女貌,为什么在一般人看来并无美满可言的"丑眷属、村配偶",在他们看来,除非"天上"才有呢？作者构思极巧,用意极深,他一反传统,拿"村"和"丑"向世俗挑战,把心灵的交流作为爱情的首要条件,这无疑是对封建婚姻观的一种否定。

综观全曲,衬字的使用,使曲子音律婉转动听,宛如夫妻间相对畅谈衷心；"村"、"丑"二字多次交替出现,造成回环复沓,渲染出咏叹调的效果,使曲子具有鲜明的民歌风味。

〔南吕〕四块玉

风情（四首之三）

兰楚芳

意思儿真，心肠儿顺。只争个口角头不囫囵①。怕人知，羞人说，嗔②人问。不见后又嗔，得见后又忖③。多敢④死后肯。

【注释】

①只争：只差。口角头：嘴边。囫囵：完整。 ②嗔：嗔怪的意思。 ③忖：忖度、估量。 ④多敢：大概。

【赏析】

这首《风情》写一个女子的心理活动，十分婉曲复杂。

曲中女主人公爱上了一个男子，爱他"意思儿真，心肠儿顺"。从开头两句可以看出，那男子不仅对自己有真诚的情意，而且心肠、性格特别的柔顺，是个称心如意的郎君。她深深地陷入了苦恋中。那么，女主人公是否大胆地向心上人表明心迹了呢？接下来"只争个口角头不囫囵"，交代了主人公并没有这样做，多少次话到嘴边，都生生咽了回来，连一句完整的意思都没表达出来。可以看出，女主人公的性格还是有些软弱，不能克服少女的羞涩与腼腆，更加畏惧周围人的眼光。

接下来，"怕人知，羞人说，嗔人问"三句，极贴切地描画了女子"怕——羞——嗔"这一矛盾的心理。她怕人知道，羞于被别人议论，更嗔怪别人问她！既然爱了，又不能光明正大地大胆去爱，这是何等的矛盾！主人公在这种极度的矛盾中没有片刻的宁静，以下两句"不见后又嗔，得见后又忖"，就是写这一对情人约会时两种表现，极富情趣。她同心上人偷偷约会，没有见到男子时，满心焦躁，连连嗔怪；可当她见到心上人，却又犹犹豫豫，不肯痛痛快快地说出心里话。最后连她自己都自怨自艾起来，只能说"多敢死后肯"，大概只有死后，她才能不顾世俗和礼教，勇敢地表明心迹。结句说得俏皮风趣，而又蕴涵丰富，细腻地表现出女子的情蕴。

这首《风情》不过五十余字，但却细腻地描绘出一个少女复杂、起伏的感情心理，一波三折。而曲子描摹的逼真，语言的生动，令人感叹。

〔黄钟〕愿成双

春 思

兰楚芳

春初透，花正结①，正愁红惨绿②时节。待鸳鸯冢上长连枝③，做一段风流话说。

〔么篇〕融融日暖喷兰麝④，倩⑤东风吹与蝴蝶。安排心事设山盟，准备着鲛绡揾血⑥。

〔出队子〕青春一捻⑦，奈何羞娇更怯⑧。流不干泪海几时竭⑨，打不破愁城何日缺⑩，诉不尽相思今夜舍。

〔么篇〕看看的捱不过如年长夜，好姻缘恶间谍⑪，七条弦⑫断数十截，九曲肠拴⑬千万结，六幅裙挼⑭三四折。

〔尾声〕三四折裙挼且休藉⑮，九回肠解放些些，量这数截断弦须要接。

【注释】

①花正结：花正收束，结实。 ②愁红惨绿：指残花败叶。 ③鸳鸯冢：指夫妻合葬墓。连枝：连理枝。两棵树的枝或干连生一体的叫连理枝，古时比喻夫妇为连理枝。 ④兰麝：熏香。 ⑤倩：请，让。 ⑥鲛绡：相传为鲛人（人鱼）所织之纱，入水不湿，又相传鲛人每逢明月之夜，出海望月，泣而成珠。此处"鲛绡"即指手帕。揾血：揩泪之意。 ⑦一捻：一捻手之间，比喻光阴飞逝。 ⑧奈何：没办法。羞娇：代指女子。更怯：更伤情。 ⑨竭：干涸。 ⑩打不破愁城何日缺：意为离愁难遣，如城墙一样坚固。 ⑪间谍：意为中断，隔绝。 ⑫七条弦：琴有七弦，因以七弦代指琴。这里指琴弦，比喻爱情。 ⑬拴：绾结。 ⑭挼：杂糅。 ⑮休藉：不要坐卧在上面。

【赏析】

这篇套曲反映的封建时代青年男女的爱情悲剧，将情人间的惨别表现得极为痛彻。他们愁肠万结，柔情寸断，将泪尽而泣血；海誓山盟，愿鸳冢连理，风流长存。曲子写得简洁凝练，将抽象的感情形象化，真实动人。

首曲可以看作是全篇的序曲。开头"春初透，花正结"点明时令，此时正是大地回春，花开的时节，而作者却"正愁红惨绿时节"，作者眼中的"愁红惨绿"衬托出了他此时凄凉的心境，同时也奠定了套曲悲剧性的感情基调。"待鸳鸯冢上长连枝，做一段风流话说",意思是说,作者期待着鸳鸯冢上长出连理枝来,以便作一段有关爱情的文字。"鸳鸯冢",照应了故事的悲剧性,主人公与情人可能是双双殉情而死,而作者期待着从这墓茔上长出连理枝来,表明他对为坚贞的爱情而殒命的青年男女无限同情和怜惜。

第二曲〔么篇〕开头一句"融融日暖喷兰麝",就赞美了二人美好的爱情。"倩东风吹与蝴蝶"一句写得极妙,既写出风送花香、蝶舞蜂忙的自然美景,也暗喻少男少女芳心暗许的脉脉情愫,"东风"便是为他们传递信息的媒介。"安排心事设山盟,准备着鲛绡揾血"二句,将青年男女热恋时的海誓山盟,以及现实压力带来的痛苦的期待与无望的相思表现得淋漓尽致。从恋爱的甜蜜和幸福突然跌宕到"准备着"以帕揾血,让人猝不及防,包含着作者对那个戕害自由恋爱的时代的愤怒的控诉。

第三曲〔出队子〕进一步倾诉恋爱之苦后带来的更深的痛苦。"青春一捻,奈何羞娇更怯"二句,直接抒发了作者的感慨。他感叹青春的短暂,而陷入苦恋中的少男少女们不仅羞娇,更要品尝恋爱带来的痛苦。"流不干泪海几时竭,打不破愁城何日缺,诉不尽相思今夜舍",他们整日以泪洗面,天天紧锁愁眉,诉不尽的相思最后也只能无奈地割舍,令人肝肠寸断。作者用白描的手法,形象地表现出恋爱中的少男少女痛苦,寄予了作者无限的同情。

第四曲〔么篇〕描写爱情被毁灭后的痛苦:"看看的捱不过如年长夜,好姻缘恶间谍,七条弦断数十截,九曲肠拴千万结,六幅裙揉三四折",长夜漫漫,度日如年,难以捱过;爱情断绝,令人痛楚不堪,愁肠百结;衣带渐宽,容颜憔悴。作者连用"七"、"十"、"九"、"千"、"万"、"六"、"三"、"四"等数词,形容好姻缘被离间后的身心交瘁,一个受感情折磨的痴情者的形象跃然纸上。

最后一曲〔尾声〕,"三四折裙揉且休藉,九回肠解放些些,量这数截断弦须要接"三句,作者规劝失去爱情的少男少女们千万不要舍弃人生,放宽心,弥补珍惜自己的大好姻缘,表现出作者对人生积极、豁达的态度。

这篇套数以抒情为主,其中贯穿着叙事的因素,结构起承转合,条理清晰,颇具艺术性。

〔南吕〕一枝花

隐 居

胡用和

左右依两壁山,横竖盖三间屋。高低田①五六亩,周围柳数十株。活计萧疏,偏容俺闲人物,两般儿亲自取:不用买江上风生,谁要请天边月出②。

〔梁州第七〕兴到也吟诗数首,懒来时静坐观书。消闲几个知心侣③：负薪樵子，执钓渔夫。烹茶石鼎，沽酒葫芦。崎岖山几里平途，萧疏景无半点尘俗④。染秋光红叶黄花，铺月色清风翠竹，起风声老树苍梧。有如，画图。闲中自有闲中趣，看乌兔⑤自来去。百岁光阴迅指⑥无，甲子须臾⑦。

〔尾声〕矮窗低屋随缘度，土炕蒲团乐有余。散诞⑧逍遥少荣辱。嗟吁叹吁，心足意足。伴着这松竹梅花做宾主。

【注释】

①高低田：指梯田。②"不用买江上风生"两句：化用出苏轼《前赤壁赋》有"惟江上之清风，与山间之明月，耳得之而为声，目遇之而成色；取之不禁，用之不竭"的句意，谓江上清风、山间明月之类的自然美景可以任自己尽情享受。③消闲几个知心侣：指为了消磨闲暇时光，结交了几个知心朋友。④尘俗：犹言庸俗。⑤乌兔：传说中日中有三足乌，月中有玉兔，后以"乌兔"代指日月。⑥迅指：犹弹指一瞬间。⑦甲子须臾：指六十年有如片刻，一晃而过。甲子，古以干支纪年，六十年为一甲子。⑧散诞：放诞不羁，逍遥自在。

【赏析】

这篇套曲歌咏了徜徉山林、闲适自娱的隐居生活。作者着意渲染居住环境的优美、生活的清悠、隐居者志趣的不俗，叙事、抒情、议论紧密结合，抒发了作者隐居时悠然自得的心境。

作者采用了由表及里、由浅入深的写法。第一曲写山居生活幽雅静谧的自然环境和风月无边的闲适情趣。开头四句"左右依两壁山，横竖盖三间屋。高低田五六亩，周围柳数十株"，就点出了清幽的山居环境。两组对偶句浑然天成，既表现出了环境的幽雅静谧，又展现了生活的自然简朴。接下来五句："活计萧疏，偏容俺闲人物，两般儿亲自取：不用买江上风生，谁要请天边月出"，着重写作者的闲适情趣。作者化用前人的句意，写自己可以尽情享受江上清风、山间明月这些自然美景，无比惬意，其间透露着作者淡泊名利、安贫乐道的人生态度。

第二曲〔梁州第七〕详细具体地描写山居闲适的生活的细节和优美的山间景色。"兴到也吟诗数首，懒来时静坐观书"，描写隐士自娱的方式，表现出他们高雅的生活情趣和不凡的文学修养。接下来"消闲几个知心侣"一句，意思是说，为了消磨日常的闲暇时光，作者还结交了几个知心朋友，他们是"负薪樵子，执钓渔夫"，表现了作者在躬耕的隐居生活中，已融入到了广大劳动人民之中。"烹茶石鼎，沽酒葫芦"，从日常饮食起居写起，表现了作者山居生活的古朴以及知足常乐的心态。接下来，"崎岖山几里平途，萧疏景无半点尘俗"两句，转向对自然风光的歌咏。作者先概括了景物的特征，崎岖不平的山路也有几段稍为平坦的路途，山间景色疏淡，毫无世俗的繁华气息，写景中渗透着作者自然素朴的审美意趣。下面三句"染秋光红叶黄花，铺月色清风翠竹，起风声老树苍梧"，从三个不同的侧面表现山上不同的景致。这三句对偶构成了一组"鼎足对"，铺陈描叙了深秋时节的壮阔景象：漫山的红叶黄花，色彩斑烂；清风微拂，修竹的翠绿色彩在月光下依稀可辨，妩媚动人；疾风与老树苍梧相叩击，发出自然音响的奏鸣，苍劲有力。

大自然的美好如同一幅无法用丹青描绘的画卷，富有无穷的魅力。闲散的生活，美妙的风景，必然会触动主人公的内心，接下来抒发了作者的独特感受。"闲中自有闲中趣，看乌兔自来去"，一个"闲"字和一个"自"字，点明了题旨。"闲"字概括了作者的山居生活；"自"字点明了作者远离世俗的自由自在，逍遥快活。然而，在闲散自适的生活中，作者不觉老之将至。最后"百岁光阴迅指无，甲子须臾"两句，意思是说，人生百年，弹指一瞬间，已过了六十年。这几句表明了作者沉浸在大自然的怀抱，乐以忘忧，从而表现出热爱自然、热爱生活的人生态度。

最后一曲〔尾声〕是对前面两曲的总结，凸显隐居的乐趣，表现曲家对隐居生活的感慨。山水木竹的美景充斥其间，天造地设的偶句俯拾皆是，给人以环境美、艺术美的享受。"矮窗低屋随缘度，土炕蒲团乐有余"，照应了首曲，描写的隐居环境，补充说明房屋构造和内部陈设的简陋，表现作者随遇而安、知足常乐的心境。"散诞逍遥少荣辱"一句，进一步表现出作者追求精神自由的人生态度。"嗟吁叹吁，心足意足"，意思是说，虽然作者对现实还是很不满，但是嗟叹之后，他更加满足于自己现在的隐居生活。最后"伴着这松竹梅花做宾主"一句，表达了作者想同大自然的和谐相处、长久地隐居下去的希望，表现出作者寄情山水、乐以忘忧的审美情趣。

这篇套数的基本思想是顺其自然，格调舒缓平和，语言本色自然，表现了作者在如画的自然景色中，随缘而过，离尘脱俗，散诞逍遥，无荣辱，无是非，自满自足的人生态度。这正是处于动乱时代、逃避世事的隐士们生活的典型写照。

〔中吕〕满庭芳（二首）

谢应芳

神仙有无？安居华屋①，即是蓬壶②，榴花也学红裙舞，燕雀喧呼。水晶盘馔供麟脯③，珊瑚钩帘卷虾须④。吹龙笛⑤，击鼍鼓⑥。年年初度⑦，长日尽欢娱。

横山⑧翠屏，藏龙古井⑨，走马长汀⑩。四时花竹多风景，胜似丹青。好儿郎天生宁馨⑪，好时节日见升平。氛埃静，年年寿星⑫，光照望云亭。

【注释】

①华屋：言人富贵，居处豪华。 ②蓬壶：即蓬莱，海上仙山，传说为仙人所居住的地方。晋王嘉《拾遗记·高辛》云："三壶则海中三山也。一曰方壶，则方丈也；二曰蓬壶，则蓬莱也；三曰瀛壶，则瀛州也。形如壶器。" ③馔：指盘子中的饭菜。麟脯：以麒麟肉制做的美肴，形容食物的精美。 ④珊瑚钩：指以珊瑚制做成的华贵的门帘钩。虾须：这里指帘子的流苏，形容珠帘之华贵美丽。 ⑤龙笛：管首制龙头，御同心带，吹奏

时其声音似水中龙鸣,因以为名。 ⑥鼍鼓,用鼍皮蒙的鼓,敲打的时候发出的声音,俨然鼍鸣。 ⑦初度:出生的年时,后称人的生日为"初度"。 ⑧横山:谓山脉如横空出世。 ⑨藏龙古井:比喻天下太平,波澜不兴。成语有"古井无波"。 ⑩走马长汀:长汀,县名,在福建省。这里比喻出门远行,平安顺利。 ⑪宁馨:如此的意思。唐朝刘禹锡《赠日本僧智藏诗》有:"为问中华学道者,几人雄猛得宁馨。" ⑫寿星:即老人星,古时常作为长寿老人的象征。

【赏析】

　　谢应芳,字子兰,武进(今江苏常州)人。至正初隐居白鹤溪,筑小室曰归巢,因此为号。入明,徙居芳茂山。有《毗陵续志》、《龟巢集》等。《全元散曲》录有其小令两首。这两首重头小令是元曲中少有的充满热情、明快、活泼情调的小令,作者以欢快畅朗的笔触,描绘了为一位老寿星祝寿活动的盛况,表现他欣逢太平盛世,安度晚年的喜悦幸福感。

　　第一首写祝寿的情形:长寿如仙的寿星,喜气洋洋的气氛,精美丰盛的食物,盛况空前的祝寿和愉快欢乐的心情。小令开头"神仙有无?安居华屋,即是蓬壶",先问:到底有没有神仙呢?紧接着又作了明确的回答:那安然地居住在富贵华丽房子里的老者,就是蓬莱仙境中的仙人。作者以一设问句开篇,描绘出了一位高寿的老人,富贵安然的幸福晚年。接下来"榴花也学红裙舞,燕雀喧呼"两句,渲染了欢快热闹的环境气氛。石榴花怒放,燕雀欢闹,在一派热烈美好的景致中,老者宛如童心萌发,曲子字里行间充斥着生动活泼的情调。"水晶盘馔供麟脯,珊瑚钩帘卷虾须"两句,转向描写佳肴美食之盛,华屋装饰之富。水晶石的盘子盛满了稀奇佳肴,珊瑚钩的珠帘卷起了虾须般精美的流苏。最后"吹龙笛,击鼍鼓,年年初度,长日尽欢娱"四句,进一步描绘祝寿活动礼仪的盛况和欢乐。在庆贺老人寿辰的宴会上,笙笛共吹,鼓乐齐奏,热闹非凡。而作者进一步指出老者的寿辰年年都如此,所以他整天都沉浸在愉悦、幸福之中,对生活的无比热爱和极大满足。

　　第二首写太平盛世的景象:江山如画、儿孙幸福、天下升平。开头三句"横山翠屏,藏龙古井,走马长汀",勾勒出一派秀丽多彩的景物:山峰巍峨,山色葱翠,宛如一座碧绿的屏风;天下太平,兵戈不兴,老百姓生活安定;出门远行,道路安宁,没有匪盗之祸。这里既有对锦绣山川的赞美,也有对安定社会的歌颂。接下来"四时花竹多风景,胜似丹青"两句,意思是说,一年四季鲜花盛开,争芳斗艳;翠竹茂密,郁郁葱葱。这绚烂多彩的自然风景,胜过了画家笔下调丹青精心绘画的山水图卷,表现了作者对山川风光的讴歌与无比热爱。"好儿郎天生宁馨,好时节日见升平"两句,转向述写儿孙的可爱,他们生逢升平盛世,幸福安乐。老者年高寿永,生活富余,儿孙满堂,因此他由衷地感到心满意足,娱然自乐。曲子末尾"氛埃静,年年寿星,光照望云亭"三句,在这风光秀丽的地方,清新幽静,那颗年年岁岁光辉熠熠、永不冥灭的老人星,总是照耀着山顶的望云亭。最后"年年寿星,光照望云亭",显然是作者的祝寿祈愿之词。其实,那位庆贺寿辰的长寿老者正是作者自己,他希望自己像天上的寿星那样长长久久。

　　这两首小令,笔调热烈欢快,集中表现了对美好生活的无边热爱和无限向往。

〔中吕〕满庭芳

徐畹

乌纱裹头。清霜篱落①,红叶林丘②。渊明彭泽辞官③后,不事王侯。爱的是青山旧友,喜的是绿酒新篘④。相拖逗⑤,金樽⑥在手,烂醉菊花秋。

【注释】

①清霜:指秋气清爽,寒霜初降。篱落:即篱笆。 ②红叶林丘:形容深秋季节。 ③渊明:又名陶潜,字文亮,私谥靖节,别号五柳先生,浔阳柴桑(今江西九江西南)人,曾为彭泽令,后辞官归田。 ④篘:一种用篾编成的滤酒器具,也指滤酒。 ⑤拖逗:撩拨、勾引的意思。 ⑥樽:古时酒具。

【赏析】

作者字仲田,元末明初淳安(今浙江淳安县)人。著有南戏《杀狗记》,与《荆钗记》、《白兔记》、《拜月亭》,并称为元代四大著名南戏。

这是一首赞咏东晋著名文学家陶渊明的小令。通过对陶渊明隐居生活的具体描写,热情赞美了陶渊明抛弃功名富贵,远离官场生活,隐居乡野田园,放浪江湖,寄情山水,追求诗酒自娱、闲适自乐的思想情操。

开篇一句"乌纱裹头",总写陶渊明的形象特征。作者仅仅抓住了陶渊明的服饰,只用廖廖四个字,就勾勒出一个普普通通的清贫文人的形象。接着,"清霜篱落,红叶林丘"两句,点明季节时令,通过这一特定的时节描绘陶渊明居住的环境。正值深秋时节,一场寒霜之后,一处靠近山丘的院落,院子周围以竹篱围绕,山林中的树叶染上了一层红色,空气清新,秋霜宜人,景象优美。接下来"渊明彭泽辞官后,不事王侯"两句,直接点明吟咏的对象。陶渊明曾出仕彭泽县令,但看不惯一些横行霸道的贪官污吏以及官场腐败的恶习,愤怒不屑地说:"我岂肯为五斗米向乡里小儿折腰!"于是毅然甩下乌纱官帽,弃官归隐田园,过着"采菊东篱下,悠然见南山"的闲适生活。同时他一生创作了大量的田园诗歌,被誉为田园诗派的创始者。"不事王侯"赞扬了陶渊明性格高洁和傲岸风骨。

小令的后半部分着重描绘了陶渊明醉心山水田园,与好友开怀畅饮的惬意。陶渊明一生爱菊、爱酒,他作有《饮酒二十首》,而且在《五柳先生传》中自述云:"性嗜酒,家贫不能常得。"沉迷诗酒,可以看作是逃避现实的表现,表达了对现实社会的不满。最后,"相拖逗,金樽在手,烂醉菊花秋"三句,具体描绘了陶渊明与好友开怀畅饮、玩乐逗趣的情景。只见他们倾慕于红叶青山之间,吟赏秋菊,互相逗趣,醉态酩酊,形骸放浪,全然不将功名放在眼里。这其实是对时政不满的表现。

这首小令,刻画了陶渊明醉心田园山林、追求欢娱自适的形象特征,热情地歌颂和赞美了陶渊明高洁傲岸的思想情操。语言通俗流畅,雅俗共赏。

〔双调〕新水令

秋江送别——赠鲁渊、刘亮①

施耐庵

西窗一夜雨蒙蒙,把征人归心打动。五年随断梗,千里逐飘蓬。海上孤鸿,飞倦了这黄云陇。

〔驻马听〕落尽丹枫,莽莽长江烟水空。别情一种,江郎②作赋赋难工。柳丝不为系萍踪,茶铛要煮生花梦。人懵懂③,心窝醋味如潮涌。

〔沉醉东风〕经水驿④三篙波绿,向山程一骑红尘⑤。恨磨穿玉洗鱼⑥,怕唱彻琼箫凤⑦。尽抱残茗碗诗筒。你向西来我向东,好倩个青山互送。

〔折桂令〕记当年邂逅相逢,玉树兼葭⑧,金菊芙蓉⑨,应也声同。花间啸月,竹里吟风。夜听经趁来鹿洞⑩,朝学书换去鹅笼⑪。笑煞雕龙⑫,愧煞雕虫⑬。要论交白石三生⑭,要惜别碧海千重。

〔沽美酒〕到今日,短檠⑮前,倒碧筒⑯,长铗⑰里,掣青锋⑱。更如意敲残王处仲⑲。唾壶痕,击成缝⑳,蜡烛泪,滴来浓。

〔太平令〕便此后隔钱塘南北高峰,隔不断别意离悰㉑。长房缩地㉒恐无功,精卫填波㉓何有用?你到那山穷,水穷,应翘着首儿望侬。莽关河,有月明相共。

〔离亭宴带歇拍煞〕说什么草亭南面书城㉔拥,桂堂㉕东角琴弦弄。收拾起剑佩相从。撩乱他落日情,撩乱他浮云意,撩乱他顺风颂。这三千芥子㉖多做了藏愁孔。便倾尽别筵酒百壶犹嫌未痛。那堤上柳赠一枝,井边梧题一叶,酒中梨倾一瓮。低徊薛荔㉗墙,惆怅蔷薇拢。待他鹤书㉘传奉,把两字儿平安,抵黄金万倍重。

——耐庵施肇瑞谱于秋灯阁

【注释】

①鲁渊：字道原，淳安人，元代进士。初任华亭县丞，后迁浙西副提举。张士诚起义，他曾被聘为博士。刘亮：字明甫，吴郡人，亦曾仕于张士诚。施耐庵亦曾参加张士诚农民起义，所以三人之间当是战友情谊。　②江郎：指南朝诗人江淹。江淹长于作拟古诗歌，所著抒情短赋《恨赋》、《别赋》为六朝文学名篇。晚年仕途显达，文学才思减退。③懵懂：糊涂，迷糊。　④水驿：水路驿站。　⑤山程：山间的路程。红尘：灰尘。⑥玉洗鱼：鱼形的玉洗。元有玉制小盆，称玉洗，大者可洗脸，小者可洗笔。　⑦琼箫凤：凤形的玉箫。琼箫，玉箫。　⑧玉树兼葭：树与苇，喻指不同的人。此用蒹葭倚玉树之典故。　⑨金菊芙蓉：菊花与荷花，喻指不同的人。　⑩鹿洞：宋代著名书院。⑪书：书法。鹅笼：典故，大意是一人挑鹅笼，路遇一读书人，脚痛，要求用他鹅笼代步。后来那人从鹅笼出来后，吐出很多美食，还有美女，女又吐男，男又吐女，一起同食同欢。　⑫雕龙：据《史记·孟子荀卿列传》载，战国时齐人驺奭修驺衍之文，饰若雕镂龙文。后因用"雕龙"指善于撰写文章。　⑬雕虫：据《法言·吾子》载，作赋绘景状物，与雕琢虫书、篆写刻符相似，都是童子所习小技。⑭白石三生：谓前世有缘。此用三生石典故。　⑮檠：灯架。　⑯碧筒：即碧筒杯。一种用荷叶制成的饮酒器。　⑰铗：剑把。　⑱青锋：指宝剑。　⑲王处仲：晋人，以豪爽闻于世。尝以如意敲唾壶放歌，以抒胸次。典见《世说新语》。　⑳唾壶痕，击成缝：此用击锤壶之典故，指慷慨悲歌。　㉑惊：心情。　㉒长房缩地：传说东汉神仙费长房有缩地术，可将千里缩为咫尺。㉓精卫填波：即神话故事精卫填海。相传精卫为炎帝女，淹死于东海，化为精卫，常衔西山木石去填东海。　㉔草亭：茅草亭屋。泛指简陋的房屋。书城：书满四周，有如城墙，比喻书室书多。　㉕桂堂：桂木造的厅堂。泛指华美的堂屋。　㉖芥子：芥的种子，喻极微小。　㉗薛荔：亦称"木莲"、"鬼馒头"，桑科，常绿藤本，夏秋开花。　㉘鹤书：即鹤头书。书体名。古时用于招贤纳士的诏书。

【赏析】

施耐庵，元末明初小说家，原名耳，名子安，元至顺进士。后弃官归里，闭门著作。著有《水浒》、《三国演义》、《隋唐志传》、《三遂平妖传》等，传世散曲有套数一套。

这篇套数本由民间传抄而来，王季思先生主编的《元明散曲选》也选入此曲（《全元散曲》未收录），曲尾署"耐庵施肇瑞谱于秋灯阁"十字。据抄录者考证，这套散曲为施耐庵的作品，当是可靠的。套数用七支曲子，分别写战友情谊、别离之情、昔日友情、别离之痛、依依惜别、酒祝平安。通过对往事的亲切回忆，对离别苦痛心情的反复描写，表达了战友间的深情厚意，是一篇不可多得的送别套数。

首曲〔新水令〕，描写施耐庵参加张士诚农民起义时与鲁渊、刘亮三人一起征战的峥嵘岁月，慷慨激昂，表现了三人的深厚情谊。第二曲〔驻马听〕，描写别离的痛苦。面对水烟浩渺的晚秋景色，人的心底好像打翻了五味瓶，暗潮汹涌。第三曲〔沉醉东风〕，通过具体描写离别时动作、描摹情感的变化，进一步写离别时的情景。第四曲〔折桂令〕，用了一连串的典故，回忆当年战友之间的深情厚意。第五曲〔沽美酒〕，描写如今的生活与别离的痛苦。第六曲〔太平令〕，描写别离后，战友相互之间的殷切思念之情。第七曲用了一支带过曲〔离亭宴带歇拍煞〕，描写别离时的宴席与相互之间的嘱托，依依惜别，令人肝肠寸断。

全篇套曲，语言通俗晓畅，雅俗共赏，格调清新自然，感情深挚质朴，体现出散曲"本色当行"的特征。

〔正宫〕塞鸿秋

山行警

无名氏

东边路西边路南边路，五里铺①七里铺十里铺。行一步盼一步懒一步，霎②时间天也暮③日也暮云也暮。斜阳满地铺④，回首生烟雾，兀的⑤不山无数水无数情无数。

【注释】

①铺：古时驿站。顾炎武《日知录·驿传》谓："今时十里一铺，设卒以递公文。"后多用于地名。　②霎：突然。　③暮：日落的时候，引申为晚。　④铺：陈设，铺开。　⑤兀的：这。

【赏析】

元曲中不乏描写背井离乡、浪迹天涯的作品，大多写得愁云满纸，冷雨凄风。无名氏的这首小令也是描写羁旅情怀，然而却能独辟蹊径，用极富特色的语句，描写思乡思亲，创造出具有强烈美感的意境。全曲写主人公旅途所经所见，所为所思。

开头两句"东边路西边路南边路，五里铺七里铺十里铺"，既是概括交代主人公的回忆，又有现实描写，与眼前攀山越岭情景紧紧联系在一起，时间和空间的跨度都很大。主人公大概不知道离家多长时间了，在他的记忆里只有四面走不完的路，数不清的大大小小驿站。

而如今却是怎么样呢？接下来两句"行一步盼一步懒一步，霎时间天也暮日也暮云也暮"就是对主人公目前情景的叙说。他眼下还在走着，一"盼"是盼快点翻过眼前的山路，更是盼望回到家乡，回到亲人身旁。心里在"盼"，脚步却"懒"，这一"懒"字既表现出了行路的劳累，已经没有力气再走，又表现出越走离家越远的抑郁之情。一"盼"一"懒"这其中矛盾把旅途艰难景况、心情极为真切地表现出来了。过去的路无数，眼下的路不知何时能走完，诗人营造出这样的氛围之后，写出了曲的后四句。

"霎时间天也暮日也暮云也暮。斜阳满地铺，回首生烟雾，兀的不山无数水无数情无数。"这四句的意思是：突然之间天、日、云都已经在暮色之中了，又一个夜晚要到了。斜阳铺满了大地，他情不自禁地回头远望家乡，可来路上只有烟雾升腾，家乡不见，无数青山，无数绿水，引起他无限情思。由景入情，情景交融，恰到好处。

这首小令之所以如此优美感人，在于抒发的情感真实、描摹贴切、语言浅白，更在于重复手法的恰当运用。七句中有五句运用了词语的重复，这符合旅途不断出现的山水驿站，更表现了主人公的不尽惆怅，使整首作品笼罩着一种让读者感同身受的淡淡哀愁。

〔正宫〕塞鸿秋

丹客行

无名氏

朝烧炼暮烧炼朝暮学烧炼，这里串那里串到处都串遍，东家骗西家骗南北都诓遍，惹得妻埋怨子埋怨父母都埋怨。我问你金丹①何日成，铅汞②何日见？只落的披一片③挂一片拖一片。

【注释】

①金丹：炼丹者对丹的美称。　②铅汞：铅与汞，为炼丹的主要原料。　③片：此指衣服破碎所成的布片。

【赏析】

这首绝妙的讽刺小令，运用绕口令的手法，加入大量衬字，描绘了一个迷恋炼丹术，东走西窜、东诓西骗、最后倾家荡产的丹客那可耻可笑可悲的形象，使人读后受益匪浅。

小令从丹客学炼丹落笔，"朝烧炼暮烧炼朝暮学烧炼"这句中"烧炼"出现了三次，巧妙运用了回环复沓的形式，同时，一"朝"一"暮"，使一个朝以暮继，暮以朝承，朝朝暮暮痴迷于其中的炼丹士形象活脱脱地呈现在人们眼前。第二句"这里串那里串到处都串遍"，写丹客四处流窜，但是为了什么，却没有明说，留给读者很大的想象空间，也许是为了访求名师，也许是为了学习炼丹技术等等，但分明能让人想见那丹客滑稽的表情。第三句"东家骗西家骗南北都诓遍"写的是丹客到处行骗。丹客一心想要学习炼丹书，从而昼夜东奔西走，但是却不能忍饥挨冻，为了果腹充饥，难免不用道士——神仙（神仙在元代是对道士的敬称）的身份，见机而作，骗取酒食。这是因为这样的情况，接下来第四句"惹得妻埋怨子埋怨父母都埋怨"便是写一家老小对丹客行为的不满情绪，由此可见，这个炼丹士一直不务生计，埋头烧炼，一心只望成仙，也暗示了他的必然结局，为下文伏笔。

最后三句，用设问的方式，揭示了这位丹客炼丹烧药给自己带来的恶果。先是有意发问：什么时候才能烧出仙丹呀？铅和汞是道家炼丹的重要原料，把铅汞等物置于鼎中烧炼，生成的新物质就是所谓"金丹"。既然提出诘问，接下来就应作答，但诗人却有意避开这个问题，出乎意料地旁鹜一笔，转而描写丹客的肖像。看似与所问无涉，实则借衣衫褴褛的丹客形象曲折迂回地回答了前面的问话。丹客奔走一生，对家庭不管不顾，最终却只能落得个衣衫褴褛的下场，不觉给人一种凄凉之感。

在这篇小令中，诗人在讽刺炼丹士的同时，也有严肃的批判和善意的嘲笑，感情可以说是相当复杂的。复杂的感情却蕴于浅白的字里行间，让读者在体会嬉笑怒骂的同时感悟炼丹士人生的可悲。

〔正宫〕醉太平

无名氏

堂堂大元，奸佞专权。开河①变钞②祸根源，惹红巾③万千。官法滥刑法重黎民④怨。人吃人钞买钞何曾见。贼做官官做贼混愚贤。哀哉可怜！

【注释】

①开河：指元顺帝至正十一年（1351年）征发二十万民工挖黄河故道之事。元政府以贾鲁为工部尚书兼总治黄河使，征集民夫二十多万人，开黄河故道，修治堤防。民夫辛苦地被奴役，而所得工粮又受到贪官污吏的层层剋扣，以致民怨沸腾，群情思愤。②变钞：即钞法的更定。元初行钞法，于至元二十四年（1287年）颁行，到至正十年（1350年）更定钞法，那就是至正钞。至正钞纸质低劣，用不久就腐烂不堪转换，连至元钞也受到影响，其结果是物价飞涨，民不聊生。③红巾：红巾军，元末农民起义军。④黎民：指百姓。

【赏析】

据元末明初陶宗仪在《南村辍耕录》中的记载："〔醉太平〕小令一阕，不知谁所造，自京师以至江南，人人能道之。……今此数语，切中时病，故录之，以睬民风者焉。"这首小令在元末极为流行，从南到北遍地流传。"切中时弊"一说，是它真切描写出元末社会的动乱与败坏，诉说了"黎民"在苦难中的愤怒与怨恨，是历史的如实记载。

开头两句揭露了社会祸乱的直接原因，堂堂的大元朝，当权者皆为奸佞。接下来两句"开河变钞祸根源，惹红巾万千"写奸佞当权的朝廷拼命搜刮百姓，借口治理黄河大征民工，大敛民财，又发行超量的"至正钞"巧取豪夺，繁重的徭役、昂贵的物价，人民无以为生，只好揭竿而起，走上造反之路。这就点出了农民起义爆发的直接原因。

接下来三句是全曲的主体，每一句是三组三字短语，第一句是写官制紊乱，官多如牛毛，官都要民供养，便重法酷刑榨取民脂民膏，百姓怨声载道，怨而成愤，必然铤而走险。第二句中"人吃人"，从抽象意义看，是斥责官吏为钩爪锯牙食人肉的豺狼；从具体意义看，是元宋社会的写照，许多史料都记载了当时"人相食"，"易子而食"的惨象。而至正钞的无限制发行，以致无法使用，只好去换至元钞，这一切都是人类社会正常环境下不会有的，诗人为此愤怒地呼喊出："何曾见？"第三句揭露社会官贼不分，做贼可以做官，当官的更为恶贼，整个社会贤愚混淆，黑白颠倒。

结尾用了一个很常见、很普通的感叹句，而这种感叹是从全首曲的描写中自然升华而出了，恰如其分地表达了情怀。

这首小令描写真切，情怀感人，语言通俗，这也是这首小曲在大江南北广泛传诵的原因。

〔正宫〕醉太平

讥贪小利者

无名氏

夺泥燕口，削铁针头，刮金佛面细搜求，无中觅有。鹌鹑嗉①里寻豌豆，鹭鸶腿上劈精肉，蚊子腹内刳②脂油，亏老先生③下手。

【注释】

①嗉：食囊，鸟类的消化器官的一部分，在食道下部，像袋子，用来储存食物。②刳：剖开。　③老先生：元代称京官为老先生。这里泛指贪官污吏，有调侃意味。

【赏析】

这首小令以极度夸张的手法，无情地嘲讽了那些对"蝇头小利"孜孜以求的贪小利者，同时深刻地揭露了大大小小的贪官污吏对广大百姓的剥削和压迫，统治者疯狂地剥削老百姓，从而导致阶级矛盾和民族矛盾激化。这篇小令题为"讥贪小利者"，实指整个贪得无厌的统治阶级，具有深刻的社会意义。

开头三句"夺泥燕口，削铁针头，刮金佛面细搜求"，这三句采用倒装比喻句，意思是：从燕子口中夺泥，从针尖儿上削铁，从泥菩萨脸上刮金，这都叫"无中觅有"。这三个比喻句写其贪婪成性。燕口之泥，针头之铁这样细小的东西，也有人要去"夺"、"削"，甚至是佛像表面的一层薄金也不放过，细细"刮"过一遍，还再"搜求"一番，真是贪婪成性，可鄙可恨。

接下来三句"鹌鹑嗉里寻豌豆，鹭鸶腿上劈精肉，蚊子腹内刳脂油"是比喻其贪婪行为的残忍。瘦小鹌鹑的食囊他们不放过，强行剖开来寻找豌豆；鹭鸶的长腿，可算是瘦骨伶仃了，他们仍要从上面劈下精肉来；干瘪的蚊子的肚子，居然也成了贪婪者搜油刮脂的地方，真是残忍至极，可憎可恨！

诗人一口气连用了六个意思相近的比喻句，以漫画式的手法勾勒出了贪婪者的丑恶嘴脸，但各自的偏重点不相同，前三个比喻对象是无生命的物体，后三个比喻对象为有生命的物体，故状其贪婪淋漓尽致，写其狠毒入木三分。这首小令的最妙处就在于夸张手法的巧妙运用，体现在六个比喻句上就是，看似脱口而出，实为用心良苦。另外，"夺"、"削"、"刮"、"寻"、"劈"、"刳"等动词的运用，十分贴切，令人如见其行，把贪官污吏的丑恶嘴脸十分形象地摆在了读者面前。

最后一句"亏老先生下手"，写得很俏皮，又有强烈的感情色彩。一个"亏"字，后边加"下手"二字，使这寥寥六个字具有了事实上的潜台词：你们这些统治者和剥削者，官高位显享有万贯家财，可是你们还不满足，对穷苦百姓竟是如此惨无人道，搜刮殆尽。如果你们不是丧尽天良，怎么能下得了手呢？这最后一句直白朴实的话，表现了劳动人民对剥削阶级贪得无厌的无比愤慨和切齿痛恨。

〔仙吕〕寄生草

无名氏

花影儿来来往往纱窗外，光皎洁明明朗朗月正斜。金炉中氤氤氲氲①香烬②烟消灭，银台上昏昏惨惨忽地灯花谢。冷清清孤孤另另③怎生捱④今夜。小梅香⑤俄俄延延待把角门关，不剌⑥，谎敲才更深夜静须有个来时节⑦。

【注释】

①氤氤氲氲：烟云弥漫的样子。 ②香烬：香灰。 ③另另：同零零。 ④捱：忍受，拖延。 ⑤小梅香：丫鬟名。 ⑥不剌：表示犹豫或不能的语气词，不然。 ⑦时节：时间。

【赏析】

这首小令，描写的是一个女子在夜深人静的时候对自己心上人的期待。

开篇四句，诗人通过"花影"、"明月"、"炉烟"、"灯花"等景物，描写了一个静谧而带有丝丝惨淡的境况：花影在纱窗外来来往往，摇曳不定，空中那一轮皎洁的明月此刻正要西斜，香炉中那香已燃尽，连香烟都四散弥漫不见了，银台上方才还亮着的那一丝灯光在经过艰苦的挣扎之后，忽然就熄灭了。这几句，不但描写出了一幅惨淡凄凉的图画，同时也是对主人公心理的描写，那摇曳的花影，必然触动女子的情思，窗外皎洁的月光，更是让她期盼花好月圆的团圆，可是等到烟灭灯谢时，却始终未能见到心上人，等待中的失望和失望后的懊丧之情如溢纸上。这四句，借景传情、以景写人，真是绝妙。

"冷清清孤孤另另怎生捱今夜"这句是女子的心理描写。如此冷冷清清的夜晚，一个孤孤零零的我怎能捱得过去呢？可是有什么办法呢，夜已深，却仍然不见他的踪影，无奈，她不得不让婢女去关角门。"小梅香俄俄延延待把角门关"一句，其一，关的是"角门"，点出她是为偷期者有意留之；其二，去关角门的是"小梅香"（婢女的泛称），可见她是他们偷期密约的知情者，甚至是牵线人；其三，"小梅香"的举动"俄俄延延"，既写出她夜深久等后的困倦，又暗示出这位知情者也一样无可奈何，心灰意懒。然而，三层写的都是小梅香，衬托的却是那位女子，人情意态，生动如见。可是正当小梅香要关角门的时候，女子的心情又一次起了涟漪，"不剌，谎敲才更深夜静须有个来时节"，这句话的意思是说，假如再晚一些，他若还会来呢？于是在关与不关之间，产生出了摇摆、犹豫。如此一句，将女子那中期待却又失望，失望之中却仍不失期待之情表现得淋漓尽致，将那绵绵情意表现得如泣如诉。

这首小令，在景与情之中，展示了人物如痴如醉的深厚情意，不失为元曲中的佳作。

〔仙吕〕寄生草

无名氏

有几句知心话，本待①要诉与他。对神前剪下青丝发②；背爷娘暗约在湖山下。冷清清湿透③凌波袜④，恰⑤相逢和我意儿差。不剌⑥，你不来时还我香罗帕。

【注释】

①本待：本要。 ②"对神前"句：指起誓示爱。 ③湿透：谓夜凉露水。 ④凌波袜：形容女子体态轻盈。魏曹植的《洛神赋》说：在洛水上遇到一位仙女名宓妃，是为洛神，有"凌波微步，罗袜生尘"句。 ⑤恰：正。 ⑥不剌：不然的意思。

【赏析】

这首题为〔寄生草〕的小令，与前一首相似，均是写女主人公在等不到心上人时的那种心理感受，但此曲与上面一曲又有不同，这受小令写的是一个沉醉于情网中的女子，在准备向情人展示自己衷情的时候的遭遇。

开篇两句"有几句知心话，本待要诉与他"，由此可见，在这之前，这位女子与恋人已经有过交往，而此次，女子正想将自己的知心话告诉他，究竟是什么呢？诗人没有明说，但就是这简单的一句，将女子约会前那种对往事的甜蜜回忆、美好未来的想象和对即将到来的约会的盼望之情一一展现出来了。接下来一句"对神前剪下青丝发"继而写女子在约会之前的活动，自己不但准备将"知心话"告诉他，还在神明前发誓，并且将自己的头发剪下来，要在约会的时候送给情人，以表达愿意以终身相托的深意。这一番举动，展现了一个感情深沉、志向坚定、性格果断的女子的心理内涵。

接下来三句话锋一转，以"冷清清"领起，一反前面女子内心的那种甜蜜，内容急转，气氛骤变。这几句的意思是：女子背着父母在湖山下等待自己的情人，可是冷清清的空气不断侵袭着她，鞋袜都湿了，却始终没见到他的身影。这两句，有几层意思：一是，"背"字一方面表明他们之间的爱情不为世俗社会所容纳，另一方面也表现出女子的大胆与坚决；二是清冷的水气已经湿透了鞋袜，可见等待的时间之长久；第三，冷清清不仅仅指环境，同时也是女子的心情，情人久等不至，不觉让人觉得心里发凉，正是心凉，从而更觉得环境是凄凉的。

最后两句，是女子的心理描写。"恰相逢和我意儿差。不刺，你不来时还我香罗帕。"在久等仍不见之后，女子便开始思考原因，也许是他的心意有了变化，辜负了自己的一片诚心。如果是这样，女子该怎么办呢？最后一句在"不刺"这一强烈的语气词之后，表现了女子内心的想法：既然你对我的情意已经发生改变，那么请你归还我的香罗帕。这一句既写出了女子的决绝果断，也是对前面的呼应，赠香罗帕更见出两人之前的浓情深意。这正是一种带着恋恋不舍地决断，怀着深深爱意的怨恨，一个性格独特的女子形象到这里就非常清晰，更加丰满了。

〔仙吕〕醉中天

咏鞋（十首之二）

无名氏

哀告花笺①纸，嘱咐笔尖儿。笔落花笺写就②词，都为风流事。寄与多情艳姿，既一心无二，偷功夫应付③些儿！

【注释】

①花笺：是专供题诗、写信用的精致华美的纸张。 ②就：好了，成了。 ③应付：此处是指对付，并无敷衍应酬之意。

【赏析】

《咏鞋》本是采用同一曲调，连章叠用地歌咏男女相爱的一组曲子。因第一首中写到女子的脚，"三寸玉无瑕，底样儿分明印在沙"，所以名之为《咏鞋》。这里我们选的是其中的第二首。

开篇两句"哀告花笺纸，嘱咐笔尖儿"将男子对女子的思念与急于相会的心情表现得淋漓尽致。这两句是对偶句，"哀告"、"嘱咐"把那相思者可怜的急迫相写绝了，竟然到了哀告信纸、嘱咐笔尖的程度了。他寄希望与纸和笔，希望他们能给自己带来好运，打动美貌女子的心。

"笔落花笺写就词，都为风流事。"这两句的意思是：写已经写好了，都写了些什么呢？都是男女相爱的话，都是为了男欢女爱的风流事。这两句虽然没有详细交代具体内容，但究竟写的什么，留给读者无尽的想象空间。

最后三句"寄与多情艳姿，既一心无二，偷功夫应付些儿"的意思是：把信寄给那多情的、妖艳的女子，既然你一心无二，那就抽点时间来应付应付我吧？这三句，不仅从情感和姿色两方面点出了女子的美，而且进一步深化了女子在男子心目中的地位，最后一句，几乎是带着乞求的语气让女子忙里偷闲对付点感情给他。

　　这首无名氏之作，从文辞和情调来看，可能是出自一个下层文士之手。虽然曲中难免流露出"秀士"寒酸，但是感情却是极为真挚的。同时小令的结构也是非常清晰的，采用择纸、写信、信成、寄出这样的结构线，将男子的心情充分地表达出来了，而且表达地委婉而情深。

〔中吕〕朝天子

志感（二首）

无名氏

　　不读书有权，不识字有钱，不晓事倒有人夸荐①。老天只恁②忒③心偏，贤和愚无分辨。折挫英雄，消磨良善，越聪明越运蹇④。志高如鲁连⑤，德过如闵骞⑥，依本分只落的人轻贱。

　　不读书最高，不识字最好，不晓事倒有人夸俏⑦。老天不肯辨清浊，好和歹没条道⑧。善的人欺，贫的人笑，读书人都累倒。立身则小学⑨，修身则大学⑩，智和能都不及鸭青钞⑪。

【注释】

①夸荐：夸奖、抬举。　②恁：如此。　③忒：太、特。　④蹇：困苦、不顺利。　⑤"志高"句：志行高洁像战国时的鲁仲连。鲁连，战国时齐国的一位高士，即鲁仲连，见《史记·鲁仲连传》，太史公说："鲁连其旨意虽不合大义，然余多其在布衣之位，荡然肆志，不诎于诸侯，谈说于当世，折卿相之权。"　⑥"德过"句：德行超过了春秋是的闵子骞。闵骞，名损，字子骞，春秋时鲁国人，孔子弟子，居德行科，少为后母所苦，冬月，后母以芦花为子骞作衣，而为其所生二子衣以棉絮，父知其情，欲休后母，子骞求父曰："母在一子寒，母去三子单。"父遂止，后母感悟，遂待三子如一。　⑦夸俏：夸说他好。俏：美好。　⑧道：依据。　⑨"立身"句：卓然自立成人，要先学"小学"。古人八岁入小学，学习"洒扫应对进退之节，礼、乐、射、御、书、数之文。"所学之书即名《小学》，凡六卷，分内、外篇，内篇分立教、明伦、敬身、稽古，外篇分嘉言、善行诸目。　⑩大学：古代十五岁人大，学经术。　⑪鸭青钞：元代的一种纸币，因颜色呈鸭蛋青色，故名。

【赏析】

　　这是两首讽世的作品，诗人可能是一个潦倒的失意文人，作品写得十分率直，文字简单明了,而充满愤激之情。

这是两首十分难得的优秀政治讽刺诗,是对处于分崩离析前夜的蒙元政权所作出的一份准确的病危诊断书。

《志感》二首,从主题到结构都大体相似,对元朝后期贤愚不分、清浊莫辨、好歹混淆、善恶颠倒的荒诞社会现象作出了极为深刻的揭露和无情抨击。这位无名氏诗人也许和广大人民群众一样,是生活在社会最底层的清贫潦倒的知识分子,小令对知识和人才的问题表示了极大的关注。这是一个决定国家的文明程度和发展后劲的重要问题。可在元代,特别是在元代后期,却得不到应有的重视。大量士子被贬谪排挤,即遭到"折挫"、"消磨"、"轻贱"、"运蹇"的下场,而那些"不读书"、"不识字"、"不晓事",即愚昧无知、势利浅薄,手中却有大量"鸭青钞"者流,倒有人"夸荐"、"夸俏",得以重用。这样的国家政权,又怎么可能不濒临土崩瓦解的厄运呢?与此相关连的,就是社会风气的败坏,世态的凉薄。"志高",有德,"依本分"的人,无一例外地被轻贱,"读书人都累倒"、"智和能都不及鸭青钞"。这样的社会,又怎么可能有一个好的前途呢?这种从国家政治直到社会风气和思想意识的全面否定和批判,集中体现了人民群众对于蒙元末期腐败黑暗政权的无比愤慨和尖锐抨击。

在表现手法上,两首小令除了都运用强烈的对比手法,从而以此造成美善刺恶的鲜明思想倾向和形象效果外,同时也充分体现了群众创作直抒胸臆、爱憎分明、感情强烈、语言通俗质朴等特点。

〔中吕〕红绣鞋

无名氏

孤雁①叫教②人怎睡,一声声叫的孤凄。向月明中和影一双飞。你云中声嘹亮,我枕上泪双垂③。雁儿我你争个甚④的?

【注释】

①孤雁:古时常以雁喻传情,此处以孤独的雁喻自己的孤单。 ②教:让。 ③泪双垂:眼泪双双流下来。 ④甚:什么。

【赏析】

这首闺怨曲借孤雁表达怨妇孤独的心声,写得极为凄婉动人。

首两句"孤雁叫教人怎睡,一声声叫的孤凄"失伴的大雁在寂寞长空中哀鸣,无论从视觉上还是听觉上都创造了一种悲凉的氛围。为怨妇的"怨"创造了典型环境。孤雁叫,产生两种作用,从声音上使怨妇不能安睡,从心理上刺激怨妇孤独寂寞的心。孤雁叫发出的声音必然是凄哀悲凉,"一声声叫的孤凄"。声声哀鸣必然如针锥刺激怨妇破碎滴血的心。这样,景与情互为烘托,产生共鸣。因此,开头两句虽然描绘孤雁的寂寞哀鸣,实则更深刻地暗喻怨妇的相思之怨。

接下来继续描写孤雁"向月明中和影一双飞"意为：孤雁独自飞行，在明亮月色下只好与影子成双。这孤寂的身影，不也是怨妇形影相吊的情形的写照吗？以这样的画面为背景，揭示怨妇的心理活动，就从深层次上展示了怨妇相思之苦、相思之深。独居空闺的怨妇，辗转反侧，久久不能成眠，"你云中声嘹亮，我枕上泪双垂"。大雁失伴，以长鸣呼唤，虽凄哀亦能宣泄。但怨妇呢？她思念远方的游子，亦或有担心远方恋人变心的幽怨。但这一切恋与怨，都只能以无声的泪表达，这是更深刻的"怨"，更动人心魄的"恋"。雁与怨妇互写，有物有人，绘声绘色，使闺怨之情鲜明而丰富地展现在读者面前，结尾句写的颇耐人寻味："雁儿我你争个甚的？"似怨妇含泪的一声长叹，又似无奈的叱言。怨妇与大雁同病相怜，如影互照，凄凄之声，都是幽怨已极，还争个谁更凄苦，谁更孤独吗？

这支曲子颇有民歌味，既俚俗易懂，又表意真挚深切。善于利用景物渲染氛围，烘托情绪，以失伴离群的孤雁暗喻怨妇，贴切而又形象，很像《诗经》的表现手法。

另外，其构思之妙，大有唐诗"打起黄莺儿，莫教枝上啼。啼时惊妾梦，不得到辽西"之趣（金昌绪《春怨》），只不过物象与人之间关系不同而已。这首无名氏的小令以浓郁的生活气息、新颖别致的角度抒发闺怨之情而为人称道。

〔大石调〕初生月儿（四首）

无名氏

初生月儿悬太虚①，恰似嫦娥②髻③上梳。冰轮④未满羞叹处，漫长吁。离恨苦，冷清清凤只鸾⑤孤。

初生月儿一半弯，那一半团圆直恁⑥难。雕鞍⑦去后何日还，捱更阑⑧。淹泪眼，虚檐⑨外凭损阑干⑩。

初生月儿明处少，又被浮云遮蔽了。香消烛灭人静悄，夜迢迢⑪。难睡着，窗儿外雨打芭蕉。

初生月儿一似弓，梦里相逢恩爱同。觉来时锦被⑫一半空，去无踪。难再逢，窗儿外烛影摇红。

【注释】

①太虚：一作空寂玄奥之境；一作天，天空；一作宇宙亦指古代哲学概念中的宇宙万物最原始的实体——气。此处应为天空意。 ②嫦娥：神话中的月中女神，后羿之妻。后代指明月。 ③髻：髻角的头发。 ④冰轮：指明月。 ⑤鸾：古代传说中的一种神鸟。

⑥恁：如此。　⑦雕鞍：雕饰有精美图案的马鞍，借指宝马。　⑧更阑：更深夜残。　⑨虚檐：凌空的房檐。　⑩阑干：用竹、木、砖石或金属等构制而成，设于亭台楼阁或路边、水边等处作遮拦用。　⑪迢迢：一形容遥远，也作"迢递"；一指漫长，长久。此处取漫长意。　⑫锦被：以锦缎为面子的被子。

【赏析】

　　月亮，在古代诗人的作品中经常出现，或寄相思，或诉愁苦，总能激发人们无限的联想。这首散曲，以月起兴，运用民歌式的叠唱手法，通过对"初生月儿"的形象描绘，抒发了"离恨苦"的悲凉心境。

　　第一首总写对月的感受。初生月儿悬挂在天空，月光是柔和的，也是冷清的，它的光辉使万物迷蒙恍惚。月儿未满，人们为此长叹短嘘。如此凄清之境，我却仍是独自一人，好不冷清。一钩新月，自然没有多少光辉，周围的环境，笼罩于一片暗淡的月色之中，形成了一种令人压抑的气氛。而在这种环境之中，"凤只鸾孤"，饱受离恨之苦折磨的思妇，心情的悲哀程度是可想而知的。这情和景融为一体，就产生了一种令人心冷的艺术效果。

　　第二首，场景由室外转到屋檐之下。初生月亮已经满了一半，可是要盼到另一半团圆竟然是如此之难。那骑着雕饰漂亮的马鞍离去的他究竟什么时候会回来，我一个人苦苦捱到了深夜。泪水已经淹没了双眼，天天倚着阑干苦盼，竟将阑干都磨损坏了。月圆月缺，本是自然规律，主人公的感受，都是因情所致。恨月团圆难，是为了衬托人的团圆难。"何日还"，说明离别时日已久，相会却又不知在何时。在这相别已久的时光里，思妇每天是怎样度过的呢？一"捱"，一"损"，就充分表现了出来。"捱"，说的是每一日的举动，每天晚上或对月凝思，或望空遥想，总要捱到更深夜尽。"损"，说明时间的跨度，捱更凭栏的举动不是偶而为之，而是天天如此，致使栏杆都磨损坏了。而"淹泪眼"既概括了整个离别之后的心情，天天如此的延续，将要延续到何时呢？思妇未来的命运究竟会怎样？留给读者无限的想象空间。

　　第三首场景从室外转到室内。初生月儿本来就黯淡无光，却又被浮云遮住了。香烟消散了，灯灭了，周围的邻居也是静悄悄的了，而夜却是如此漫长，总也盼不到天明。我却怎么也睡不着，只听到窗外雨点不断敲打着芭蕉的声音。从客观形象看，浮云遮空，新月无光，是一种阴冷的环境；从主观意境上看，又能触发起不安的预感。丈夫久往不归，不由得引起思妇的怀疑，是不是象浮云蔽月那样，有人谗间其中？怀疑是痛苦的，但也是无法排除掉的，这就在孤独冷清之中，又加了一层精神负担。其结果是"夜迢迢，难睡着"。一静一动衬托出来思妇的心情。夜已深，周围一片寂静，才使雨打芭蕉的声音格外刺耳，令人烦躁。这一静一动的环境衬托，将多少难言之苦，尽隐其内，令人回味无穷。

　　第四首由"难睡着"转入梦中。日有所思，夜有所梦。多少愿望在现实中不可能实现，却在梦中很容易地实现了。在梦中，梦到了自己和丈夫如此恩爱。醒来却发现只有自己一人独自躺在床上，丈夫的影子已经毫无踪迹。我和他也许很难再相逢了吧，只见窗外烛光的影子在风中摇曳。写梦是为了以梦写醒，以乐写愁。重温相逢的梦，是对失去的欢乐昼思夜想，以追求短暂的精神寄托的必然结果；同时，这种重温欢乐的梦，要比品尝哀愁的梦，会给醒后带来更加难以忍受的痛苦。诗人从这种真实的生活体验出发，有意选择了一个欢乐的梦来写，而且还特意渲染了梦中的恩爱。其用意在于突出除了梦中的欢乐，便再也没有欢乐了，除了梦中对现实的暂时忘却，便无时无刻不受到孤独、寂寞、凄苦的折磨这一现实。这就是写梦的言外之意!

这四首曲子合成一组,写了思妇从醒到梦,从梦到醒的感受。虽然时间跨度只有一晚上,但却将主人公自别以后的相当长的哀愁生活表现出来了。全文将"初生月儿"这一景象和"离恨苦"这一感情联系起来,使四首散曲成了浑然一体的整体。

〔大石调〕阳关三叠

无名氏

渭城①朝雨浥②轻尘。更洒③遍客④舍青青,弄柔凝千缕,更洒遍客舍青青,弄柔凝翠色,更洒遍客舍青青,弄柔凝柳色新。

休烦恼,劝君更尽一杯酒,人生会少,富贵功名有定分。休烦恼,劝君更尽一杯酒,旧游如梦,只恐怕西出阳关,眼前无故人。休烦恼,劝君更尽一杯酒,只恐怕西出阳关,眼前无故人。

【注释】

①渭城:本秦都咸阳,汉高祖元年改名新城,后废。武帝原订三年复置,改名渭城。②浥:沾湿。 ③更洒:夜晚下雨。 ④遍客:所有寄居他乡的人们。

【赏析】

〔阳关三叠〕是一曲缠绵悱恻的送别歌。诗人运用叠句的方法,大胆化用王维《渭城曲》,将离别之情表现得淋漓尽致。

这首小令分为上下两阕。上阕写景,以景写情。"渭城朝雨浥轻尘"是直接从王维的诗中演化而来。渭城早上下的雨,刚刚能沾湿地上的浮尘。接下来便以"更洒遍客舍青青"引起,复叠三次,对柳进行描写。古人写柳,送别折柳都谐音表达"留恋"、"挽留"之意。上阕中的柳,是通过"弄柔凝千缕"、"弄柔凝翠色"、"弄柔凝柳色新"这三句表现出来的。"弄柔"两字传神。"弄",把玩得不忍释手;"柔",字面写柳条,隐含留人之柔情;"凝千缕",既状满院千缕嫩柳之态,又表达挽留之情的丰富。融情于景,物我两备。"凝翠色",写挽留之情浓如碧翠。"柳色新",写心中依依不舍之情,其兴奋、新鲜如同新柳。比起《渭城曲》,上阕写景铺陈细腻,所寄之情更浓烈、更具体。

下阕以"休烦恼"引起,复叠三句,抒发对朋友的宽解和关切心情。这段抒情仍是化用王维原诗的三、四句:"劝君更尽一杯酒,西出阳关无故人。"远行千里,物换人非,行人一定愁肠百结。与王维的含蓄相比,散曲则很直率,"人生会少,富贵功名有定分。"这是推心置腹的宽解:人生少聚而易散,远离可以谈心的故交,须知勿为富贵功名而焦心,切记仕途升沉"有定分"。"旧游如梦,只恐怕西出阳关,眼前无故人。"追忆昔日亲密交往，曾有诗酒往还，倾吐肝胆；曾经共议国事，在政坛互相支持，然而千里一别，此后将会如何，不得而知。"旧游如梦"，惋惜分离之情至此表现得淋漓尽致。"只恐怕"三字似乎表现更多的担心；"眼前"二字修饰，更切实表现出故友将有的孤独，与原诗相比，此曲另有韵味。

〔小石调〕归来乐

无名氏

从负郭①问桑麻②，遇邻翁数花甲③。铁笛儿④在牛角上挂，酒瓢儿⑤在渔竿上插，诗囊儿⑥在驴背上跨。眼底事抛却了万万千千，杯中物⑦直饮到七七八八。欢百岁谁似咱。哈哈，要罢便罢。分付⑧与⑨风月烟霞，准备着归家来耍耍。

【注释】

①负郭：靠近城的地方。 ②桑麻：代指农事。 ③数花甲：议论年岁。 ④铁笛儿：铁制的笛管。相传隐者、高士善吹此笛，笛音响亮非凡。 ⑤酒瓢儿：盛酒的瓢。泛指酒具。 ⑥诗囊儿：贮放诗稿的袋子。 ⑦杯中物：指酒。 ⑧分付：交给。 ⑨与：同于。

【赏析】

这首散曲是无名氏〔小石调·归来乐〕五首中的末一首。这一首写行将归隐时，对归去后生活的富有诗意的想象，也反映了诗人对归隐生活的热烈追求和向往。与前四首写了诗人对事业功名的蔑视和在现实生活中的顿悟浑然一体。

小令开篇两句"从负郭问桑麻，遇邻翁数花甲"意思是说：从城郭附近向百姓问问农事，与邻居的老翁相逢在一起议论年岁。这是两个极为工整的对偶句，从"问桑麻"和"数花甲"这两件极平凡的小事，透露出诗人对农事、百姓生活的关心以及对晚年生活的珍惜。

接下来三句"铁笛儿在牛角上挂，酒瓢儿在渔竿上插，诗囊儿在驴背上跨"则是具体写归隐之后诗意般的生活。首句是写诗人牧牛归来的情景。一头牛缓缓地向前走着，挂在牛角上的铁笛儿随着牛的脚步摇摆。第二句写诗人对渔父生活的憧憬。在闲暇之时，可以池边垂钓。第三句借用唐人李贺写诗的故事来写作者虽然牧牛、打鱼，过着俭朴的生活，但也不失其文墨风骚。传说李贺写诗，常常骑上毛驴，背着锦囊外出，每得诗句便投入其内，晚上归来完篇。此处诗人借李贺写自己。这三个彼此对偶的句子，通过三个特写镜头以及"挂"、"插"、"跨"三个动词不仅描画出三幅富有诗意的乡村生活图画，而且通过三个动词彼此联系，形成一个完整的整体。

继而通过"眼底事抛却了万万千千，杯中物直饮到七七八八，欢百岁谁似咱"这三句抒发自己的感情。眼底功名利禄的纷扰和纠缠都被抛弃。杯中的酒浇灭了胸中的抑郁。谁能像我一样拥有如此快乐的生活呢?反映了诗人对尘世的一种超脱情绪,从而产生了一种崇高的优越感,为自己愉快的晚年生活而自得。"哈哈,要罢便罢"这两句则进一步抒发诗人的感情。"哈哈"一声,表达了诗人对现实中功名利禄的清醒认识和嘲弄,"要罢便罢"就脱口而出,顺理成章。

最后两句"分付与风月烟霞,准备着归家来耍耍。"把自己的感情寄托于美好的大自然。把我托付给风月烟霞,准备着归家后尽情地玩赏。这一句,既是对前面的进一步推进,又是文章的总结。

此曲用语直白,没有生疏的字眼,读来让人顿觉畅快淋漓,美好生活的图景如映目前。

〔商调〕梧叶儿

嘲谎人

无名氏

东村里鸡生凤,南庄上马变牛,六月里裹皮裘①。瓦垄②上宜栽树,阳沟③里好驾舟。瓮④来大肉馒头,俺家的茄子大如斗。

【注释】

①皮裘:皮大衣。 ②瓦垄:房上的瓦脊。 ③阳沟:屋檐下排水的明沟。 ④瓮:一种陶制的腹部较大的盛器。

【赏析】

这是一首嘲弄说谎人的讽刺小品。吹牛撒谎是一种社会恶习。由于说谎人挖空心思,骗人相信,花样不断翻新,久而久之便积累了多种吹牛伎俩。本曲所讽刺的说谎手段,大致有三种。一是无中生有,二是张冠李戴,三是任意夸大。

开头三句"东村里鸡生凤,南庄上马变牛,六月里裹皮裘"便是无中生有的弥天大谎:鸡生凤,马变牛,六月里能穿皮裘,以绝对肯定的语气,说出绝不可能存在之事。捏造事实,瞒天过海,这正是天下一切说谎人的惯技。

接下来两句"瓦垄上宜栽树,阳沟里好驾舟"便是第二种伎俩:张冠李戴。屋顶上可长草,但瓦楞上无法栽树;阳沟里有水,但绝不能驶船。说谎人往往抓住一点似是而非的现象,添枝加叶,愈吹愈玄,达到以假乱真的目的,这似乎也是说谎的一条规律。

最后两句:"瓮来大肉馒头,俺家的茄子大如斗"属于第三种任意夸大的伎俩。这两句是不顾情理,随意夸大。馒头哪会瓮那样大?茄子岂能大如斗?小令通过描述这些现实生活中根本不可能有的事情,辛辣地嘲讽了这类人的吹牛撒谎,信口雌黄。但是对撒谎人的

"本事"不可掉以轻心。人们常说：耳听为虚，眼见为实。撒谎者常常利用这一心理，用所谓"亲眼所见"的假事来骗人。曲中最后一句"俺家的茄子大如斗"，在斗大的茄子前加上"俺家的"三个字，好像是有根有据，谁敢不信？这一招是吹牛撒谎者的看家本领。

因此，这首小令虽属调侃游戏制作，但却深刻地揭穿了说谎人手段之狡诈，伎俩之卑劣，欺骗性之强，危害性之大。这首小令曲辞质朴，描述逼真，如一曲通俗生动的民间歌谣，读来别具一番风味。

〔商调〕梧叶儿

题情

无名氏

解不开同心扣①，摘不脱倒须钩②，糖和蜜搅酥油。活摆布③千条计④，死安排一处休⑤。恁⑥两个忒⑦风流，死共⑧活休要⑨放手。

【注释】

①同心扣：即同心结，是用锦带打成的连环回文样式的结子，很难解开，用作男女相爱的象征。 ②倒须钩：是指安有许多倒刺的钩子，只要钩上就很难解脱。 ③摆布：摆脱。 ④计：计策，计谋。 ⑤休：休整，休息。此处应指死后安葬。 ⑥恁：那。 ⑦忒：太，过分。 ⑧共：共同，一道，引申为总共。 ⑨休要：不要。

【赏析】

这首小令是对一对真挚相爱的恋人勇敢结合的赞美歌。

开篇三句"解不开同心扣，摘不脱倒须钩，糖和蜜搅酥油"描绘出男女深爱之情。"同心扣"、"倒须钩"、"搅酥油"这三个比喻句的意思是：你们像同心结绾在一块，解也解不开；你们像倒须钩钩在一起，摘也摘不脱；你们俩的结合真像糖、蜜、酥油搅和成一体，是那么和谐甜美！这三句一气说出了诗人对这对男女结合的羡慕与赞美。

"活摆布千条计，死安排一处休。"这两句是对他们的相恋史的回顾。这里诗人采用对仗的形式，使斗争的双方形成一个鲜明的对比。一方是万般阻挠和破坏，要尽花招，施尽千条妙计；另一方却是坚定不移，抱定了至死不变的决心。由此可见，他们是从封建牢笼中苦苦挣扎出来的，他们的幸福来之不易，所以才越发显得幸福。此处给下文也作了一伏笔。

最后两句"恁两个忒风流，死共活休要放手"是诗人对这对贴心人由衷的赞赏和衷心的祝愿。与前面两句赞赏他们敢于不拘礼法、冲破封建礼教的束缚不同，最后两句是祝愿他们要珍重这得来不易的幸福，白头至老，永不分手。

这首小令,不仅是一曲对真挚爱情的歌唱,也是一曲反封建礼教的鸣奏。在封建礼教统治一切的时代,相爱的人敢于冲破礼教的束缚,而诗人能站出来歌颂这样一对有情人,实属不易。这样的作品,就其思想意义而言,给争取自由相爱的青年鼓舞和力量。就艺术性而言,刚健质朴的语言,也是其他作品所不及的。

〔越调〕天净沙

无名氏

平沙细草斑斑①,曲溪流水潺潺②,塞上③清秋早寒。一声新雁,黄云④红叶青山。

【注释】

①斑斑:一点一点稀疏的样子。 ②潺潺:流水的声音。 ③塞上:犹塞北,泛指我国北部边远地区。 ④黄云:古诗中黄云常与边塞连在一起。如唐郎士元《送李将赴定州》诗中"春色归边尽,黄云出塞多",李频《闻妓唱梁州》诗中"惊起黄云塞上愁"等,即其例。

【赏析】

这首小令描绘塞外秋色。色彩鲜丽,意象清新,情调疏朗,文辞俊秀,是一首成功的写景之作。

全曲五句,句句写景,描绘出一幅边塞清秋美丽的自然风光:广阔的戈壁滩上丛生的细草斑斑点点,蜿蜒的小溪流水潺潺,遍地的秋天早已经弥漫着清寒。一声雁叫,看那黄云红叶青山把边塞装点得生机盎然。这是大漠高秋纯粹的风景画,色调清丽,场面空阔,给人一种明朗、高爽的美感享受。时令让人思归,更何况南飞的新雁,一声划破长空,于是,此刻流落在塞外的游子,不论他是商旅,抑或戍卒,都不能不翘首远望,归思难收了。但是,他所能看见的却只有远处的青山,霜染的红叶;那天与山相连的碧空,朵朵朝霞,与平沙相映,呈现一片金黄。如画的景色,表达了一个思家望归者的心绪。

在艺术手法上,这首小令纯用白描,用王国维的说法,是所谓的"唯于静中得之"的"无我之境",是纯粹的风景画。语言明丽,风格清新优美。

〔双调〕蟾宫曲

酒

无名氏

  酒能消闷海愁山,酒到心头,春满人间。这酒痛饮忘形,微饮忘忧,好饮忘餐。一个烦恼人乞惆①似阿难②,才吃了两三杯可戏③如潘安④。止渴消烦,透节⑤通关⑥,注血和颜,解暑温寒。这酒则是汉钟离⑦的葫芦,葫芦儿里救命的灵丹!

【注释】

①乞惆:皱紧。 ②阿难:如来弟子,其塑像多作思苦状。 ③可戏:漂亮。 ④潘安:即晋人潘安,后代指美男。 ⑤节:关节。 ⑥关:经络点。 ⑦汉钟离:传说中的八仙之一。

【赏析】

  自从传说中的"古者少康初作箕帚、秫酒"(《说文解字·巾部》)以来,不知有多少人歌咏过酒。我国古典诗文中有关酒的名篇、名句,可谓俯拾即是。如"何以解忧?惟有杜康。"(曹操)"断送一生唯有,破除万事无过。"(黄庭坚)诗词咏酒,往往重于凝练。而散曲则较能自由淋漓地铺陈,本曲则是这类作品的代表。

  本曲起首三句"酒能消闷海愁山,酒到心头,春满人间"高屋建瓴,总述酒的威力,气势不凡。"闷海愁山"的愁是何等深重啊,可是酒却能将其消解。只要喝上一口酒,再大的愁闷也会烟消云散,化为乌有,给人间带来一片春色。酒的威力横空出世,使人耳目一新,为之震颤。

  接下来的四至六句条分析,"这酒痛饮忘形,微饮忘忧,好饮忘餐。"这三句,从不同角度介绍了饮酒的妙处。痛饮可以使你忘形,微饮可以使你忘忧,好饮可以使你忘餐。如此看来,纵有万事,只要你举起酒杯,或痛饮,或慢饮小酌,或好饮,就会让你享受到如许乐趣。

  接下来两句又妙用生动夸张的对比,"一个烦恼人乞惆似阿难,才吃了两三杯可戏如潘安。"这两句突出酒的"魔力"。一个烦恼的人,蹙眉皱脸简直就像庙里的罗汉,可是刚刚吃了两三杯酒,便容光焕发,漂亮得像潘安了。虽然夸张,但酒的好处不免让人印象深刻。

  "止渴消烦,透节通关,注血和颜,解暑温寒。"这四句贯珠的行话、道出了酒的那些熟为人知的、实实在在的效用。

  最后两句"这酒则是汉钟离的葫芦,葫芦儿里救命的灵丹!",这一针见血的比喻,将酒的好处推向了极致，使人体味出诗人对酒的那种渴慕的深情。

诗人咏酒赞酒，不仅仅指出了酒的好处，更是借酒的好处，有芒有角地发泄出对社会人生种种黑暗郁寒的牢骚。

〔双调〕拨不断

无名氏

老书生①，小书生，二书生坏了中枢省②。不言不语张左丞③，铺眉拓眼董参政④，也待学魏征⑤一般俸请。

【注释】

①书生：本指读书之人。此处特指那些只会咬文嚼字死啃书本的"书蠹"。 ②中枢省：本为"中书省"，是执掌全国政务中枢的官署。元代以中书省总领百官，与枢密院、御史台分掌政、军、监察三权，较前代权势尤重。 ③左丞：丞相。古代以左为大，故左丞为丞相中官职较高者。 ④参政：官名。宋代参知政事的省称，为宰相的副职。元于中书省、行中书省，皆置参政，为副贰之官。明于布政使下置左右参政。清初，各部也设参政，后改侍郎。 ⑤魏征：唐初著名的政治家，唐太宗时为谏议大夫，历任秘书监、侍中，封郑国公。他曾前后陈谏二百余事，多次劝太宗以隋亡为鉴，认为民为水，君为舟，"水能载舟，亦能覆舟"，必须"居安思危，戒奢以俭"，"任贤受谏"、"薄赋敛，轻租税"。 ⑥俸请：犹俸赐、俸禄。原是指贵族、官僚定期朝见皇帝；春见为朝，秋见为请，故名"奉朝请"。这里是借指被皇帝信任和享有殊荣。

【赏析】

这首小令以诙谐优美的笔调，讽刺了那些身居要职却尸位素餐，整日装模作样以求恩宠的恶心文人。

开篇三句"老书生，小书生，二书生坏了中枢省"概括说明了朝中重臣均为无用书生的现象。执掌全国行政大权的中枢省，由那些只靠死读书、读死书的一班人掌管着。他们只把读书当作求得一官半职的"开路石"，哪懂得什么民生疾苦，治国之道，更不要指望他们能做出些利国利民的事情了。由此看来，正是这一帮无用的家伙坏了中枢省。

接下来三句，进一步形象说明这些无用之辈的丑恶嘴脸。"不言不语张丞相"，这句的意思是说，他们贪赃枉法却治国无方，还"不言不语"，装得一副老成持重的样子，不觉让人厌恶。"铺眉拓眼董参政"，这是个涉世未深、少年得志的官场小丑。他虽然无治国良策，却舒眉展脸，摆出一副小人得志的样子。这里的"张左丞"、"董参政"都并非实指，同时，当我们反复诵读的时候会发现，"张"与"脏"谐音；"董"与"懂"谐音，这无疑体现出了诗人作曲时的另一层深意。最后一句"也待学魏征一般俸请"笔锋一转，如上之人，本也只够回家另谋生路，可是人家却偏不！他们还想要学魏征，以期博得皇帝的信任和恩宠。可是他们也不想想，就凭自己这群酒囊饭袋，有何面目与魏征相比，有何面目学魏征的样子得到殊荣！一个"也"字，极见诗人的鄙视与憎恶。

这是一首绝妙的讽刺诗，语言简朴，口气通俗，应该是出自于民间劳动人民之口，是真正的民间散曲。